Julius Rode

Die Insel der Heiligen

Zweiter Theil

SALZWASSER
VERLAG

Julius Rodenberg

Die Insel der Heiligen

Zweiter Theil

Unveränderter Nachdruck der Originalausgabe von 1864.

1. Auflage 2022 | ISBN: 978-3-75259-750-9

Verlag: Salzwasser Verlag GmbH, Zeilweg 44, 60439 Frankfurt, Deutschland
Vertretungsberechtigt: E. Roepke, Zeilweg 44, 60439 Frankfurt, Deutschland
Druck: Books on Demand GmbH, In de Tarpen 42, 22848 Norderstedt, Deutschland

Die Insel der Heiligen.

Eine Pilgerfahrt

durch

Irlands Städte, Dörfer und Ruinen.

Von

Julius Rodenberg.

Zweite Ausgabe.

Zweiter Theil.

Berlin, 1864.

Limerick und die Shannongegend.

Erst in Mallow erwachte ich aus einem Zustande, der nicht Traum, nicht Wachen war. Meine Augen waren lange geschlossen gewesen, mein Blick hatte sich nach Innen gewandt. Das Brausen der Maschine, das gleichförmige Rollen über die eiserne Straße, umfing die heimkehrende Seele. Der Haidegrund zu beiden Seiten, wenn das Auge ihn überflog, schien endlos, und der graue Herbsthimmel lag flach über der Fläche und senkte sich glanzlos gegen ihre Ränder. Zuletzt, mit plötzlichem Stoß, stand die Wagenreihe still und aus jener traumhaften Zwischenwelt trat ich erwacht in die Wirklichkeit des Tages zurück. Nüchtern genug erschien sie mir; die Menschen drängten sich in der Halle hinauf und herunter, es war eine naßkalte Athmosphäre und Alles fühlte sich unbehaglich. Karren wurden über das feuchte Steinpflaster hin- und hergeschoben, Kasten und Bündel polterten durcheinander, die Packträger schrieen und die Signalglocken riefen mit schrillen Lauten. Der Bahnhof von Mallow ist einer der größten und verworrensten im Lande; es begegnen sich hier die Züge, welche aus dem Norden in den Süden und aus dem Osten in den Westen fahren. Ich hatte Mühe genug den meinigen zu finden, und als ich ihn gefunden hatte, war ich auch noch nicht sehr erbaut. Der Uebergang aus dem cultivirteren Zustande des Ostens, aus der poetischen Fülle des Südens machte sich hier sogleich fühlbar. Mit dem Fuße, den ich in diesen Wagen setzte, überschritt ich schon die Grenze; das Coupé war enger, die Bänke ärmlicher, die Fenster niedriger geworden. Ich merkte nun wol, daß es bald mit Allem zu Ende gehen würde, woran uns die Gemächlichkeit des Lebens gewöhnt hat, und ohne Aussicht, einen Ersatz dafür zu finden, drückte ich mich in die harte Wagenecke.

1*

Ich saß nicht allein; zwei katholische Weltgeistliche in guten Jahren und wolgenährt, hatten sich mir, nach freundlich herablassendem Gruße, gegenübergesetzt, und ein dritter, jünger, ernster, trauriger als die Andern, nahm an meiner Seite Platz. Die Beiden sprachen zuerst viel und lebhaft, wiewol in gedämpftem Tone, miteinander; der Dritte schwieg und sah mit zusammengeschlossenen Lippen vor sich nieder. Wenn er aufblickte, so verbreitete sein dunkelgraues Auge einen wehmüthigen, feuchten Schein; aber die langen, schwarzen Wimper bedeckten es bald wieder und das Gesicht nahm seinen starren, finstern Ausdruck an. Den Eckplatz am andern Fenster nahm ein Werbesoldat ein; er kümmerte sich Nichts um den schwarzen Leibrock und die Bänder der drei Geistlichen. Er war ein Engländer und ein Hochkirchenmann, und er sah die Papisten mit keinem Auge an und pfiff ein englisch Lied vor sich hin und nahm die Mütze herab und ordnete die bunten Bänderchen, die um dem rothen Streifen derselben flatterten. Nun trat auch ein junger Mann in den Wagen und blieb stehen und verbeugte sich tief, als er die Geistlichen sah und „Gott grüß Euch, Vater M'Cloghan," sagte er, „und Euch Andern!" Vater M'Cloghan, der Geistliche, welcher mir in der Ecke gegenübersaß, neigte die Hand, wie zum Segen, gegen ihn und freundlich rief er: „tretet herein!" Der junge Mann wandte sich zurück, und sogleich erschien auf dem Wagentritt ein blühendes, frisches Weib, mit einer Kapuze über dem Kopfe, die sie zurückschlug, indem sie eintrat. „Gott grüß Euch Alle!" sagte sie, und verbeugte den blühenden Kopf mit den schwarzen Augen und den schwarzen Haaren gegen die drei Geistlichen.

„Ei," sagte der geistliche Nachbar von Vater M'Cloghan, indem er sich lächelnd zu diesem wandte, „wißt Ihr nicht, daß ein alter Kanon einem Mönch verbietet mit einer Jungfrau zusammen in demselben Wagen zu reisen?"

„Daß Ihr ein Weltgeistlicher seid, ehrwürdiger Bruder, wie wir andern Zwei, und kein Mönch," erwiderte der Angeredete, „das wissen wir Alle; und daß jene Dame dort keine Jungfrau ist, daß weiß wenigstens sie und der junge Schelm dort, ihr Mann; denn vor acht Tagen habe ich sie selber in der Kirche von St. Mary getraut!"

Das junge hübsche Weibchen erröthete tief, und ihr Mann, der nach irischem Begriff wol ein „Gentleman" war, obgleich er ein Loch in der Hose und ein Loch im Rocke hatte, breitete seinen gleichfalls sehr zerlumpten Mantel über die Holzbank, um ihr einen weicheren Sitz zu bereiten; und wir saßen noch nicht lange, so pfiff die Lokomotive und führte uns in das flache, kümmerliche Land hinaus. Alsbald knöpfte sich Vater M'Cloghan den Rock auf und nahm ein großes Buch, das bisher neben ihm auf der Bank geruht hatte, in die Hände, und so, wie er da vor mir saß, auf seinen Eichenstock gestützt, in die Worte des Buches versunken — mit dem klaren Blick und den langen, weißen Haaren, war es in der That ein sehr ehrwürdiges Bild. Ich betrachtete ihn mit Wolgefallen. Trotz der weltlichen Bemerkung von vorhin, die dem jungen Weibchen das Blut in die Wangen getrieben hatte, war Milde und geistliche Würdigkeit um ihn, wie ich denn überall mit Vergnügen bemerkte, daß der irische Clerus eifrig Dem ergeben ist, was ihm das allein Wahre und göttlich Gebotene scheint, daß er gegen das Volk, mit dem ihn die verfolgte Religion, die schwer gekränkte Nationalität und ein von Geschlecht auf Geschlecht vererbtes Märterthum verbunden hat, die Güte und Geduld eines Vaters übt, und daß seine Moral und seine Sitten von großer Reinheit, und — trotz der innigeren Theilnahme so an dem allgemeinen Elend, wie an der allgemeinen Freude — von großer Strenge sind. Ich bin oft und in den verschiedensten Theilen Irlands mit katholischen Geistlichen zusammengereist; aber ich habe nie die Haushälterin und nie jenen Strohkorb mit Kuchen und Weinflaschen unten, und Vulgata und Gesangbuch oben, gesehen, die in Frankreich und Belgien ihre beständigen Reisegefährten sind. — Er mußte bemerkt haben, mit welchem Antheil ich ihn betrachtet hatte. In der That, ich ward es nicht müde, den bedeutenden Kopf, schön unter den bleichenden Haaren, zu studiren, und in dem geistvollen Gesicht mit den üppig aufgeworfenen Lippen zu lesen, während er in dem heiligen Buche las. Nachdem er sein Pensum beendet hatte, blickte er auf, und da er meinem Blicke begegnete, reichte er mir das Buch mit der Frage, ob ich es lesen könne? Es war ein irisches Hymnenbuch, und ich stand nicht an, ihm einige Verse daraus vorzulesen, und — da mir die Stelle sogleich bekannt war — ihren Sinn auf Englisch wiederzugeben. Alle sahen mich groß und mit freudigem Staunen an; denn sie hörten es an der Aussprache, daß ich weder ein Irländer noch ein Engländer sei. Auch der junge Geistliche schlug sein dunkles, schwermüthiges Auge auf, aber bevor ich noch seinen Blick erwidern konnte, hatte er ihn auf's Neue zu Boden gesenkt.

Vater M'Cloghan fragte: „Zu welcher Nation gehört Ihr, Herr?"

„Ich bin ein Deutscher," erwiderte ich.

„So gehört Ihr zu der Nation Humboldt's."

Dieses Wort von seinen Lippen überraschte mich, als sei es plötzlich aus andern Welten gekommen.

„Kennt Ihr diesen Namen?" fragte ich rasch und etwas ungläubig.

„Ich kenne ihn," erwiderte der Geistliche. „Ich weiß, daß er nicht zu unserer heiligen Kirche gehört. Aber der Mann, der zur Ehre Gottes seine Wunderwerke erforscht, und der, indem er — durch die umfassende Tiefe seiner Kenntnisse und durch die geistige Ueberlegenheit seiner Schlüsse ausgezeichneter als alle Andern — doch zuletzt an einem Punkte anlangt, wo die menschliche Weisheit, auch des Höchsten unter ihnen, aufhört und die Göttlichkeit des Wunders anfängt, uns um so fester in unserm Glauben macht: der Mann verdient es, daß die Diener der wahren Kirche ihn lieben, wenn sie es auch beklagen müssen, daß er nicht zu ihr sich bekennt."

Das sagte, auf dem Wege von Mallow nach Limerick, der irische Priester zu derselben Zeit, wo der Pfarrgeistliche von Inspruck die Lectüre des Humboldt'schen Kosmos als irreligiös interdicirte. —

„Ehrwürdiger Vater," begann ich nach einer Pause, „wie ich sehe betet Eure Gemeinde noch in irischer Sprache; sie ist in dieser Gegend wol noch die Sprache des Bauern und gemeinen Mannes?"

„Wäre sie's!" erwiderte der Vater mit einem Seufzer. „Daß ich's Euch ehrlich sage, unsere Sprache ist nur ein traurig verstümmelter Rest, welcher untergeht und in seinem Untergange uns mehr ein Fluch als ein Segen ist. Wir haben ganze Striche, zumal gegen Westue, wo dem Volk, welches im wilden Gebürg und an der einsamen flachen Meeresküste in Fischerhütten lebt, die Sprache der Engländer noch immer die Sprache der Vornehmen, der Fremden, der gehaßten Unterbrücker ist, die sie weder sprechen noch verstehen können. Wir haben andere Striche, hier herum, aus den Kerrybergen die höhlenreiche

Küste hinunter bis an die Mündung des Schannon, wo das Volk nothdürftig sich in englischer Sprache auszudrücken weiß, wenn es den Markt der Städte besucht und vor Gericht geladen wird, aber in seine heimathliche Zunge zurückfällt, sobald es in seine Hütten zurückgekehrt ist oder zum Altar kommt, um zu knieen. Dabei herrscht eine so große und ungleichmäßige Verschiedenheit, daß hier ein Dorf liegt, dessen Bewohner einen zusammenhängenden Satz in englischer Sprache nicht immer richtig verstehen würden, während nicht hundert Schritte davon ein anderes nur noch alte Leute hat, die fließend Irisch sprechen. Und während es keine einzige Schule mehr gibt, in welcher Irisch unterrichtet wird, so ist der Geistliche dieses Landes gezwungen, in dem einen Dorfe Irisch in dem andern Englisch zu predigen, und an einem Sonntage sein Gebet bald in der einen und bald in der andern Sprache zu sagen. Ich selber z. B. muß in einer Hauptkirche von Limerick Englisch, und in einem Filiale des wenige Meilen entfernten Dorfes Kilkrie Irisch predigen. Ihr wißt, lieber Herr — denn Ihr seid, wie ich mit Freuden bemerke, nicht als ein Feind unseres Landes und unseres Volkes, und nicht unbekannt mit Beiden, hierher gekommen — Ihr wißt, welcher Mittel man sich Jahrhunderte lang gegen uns und unsere Sprache bedient hat, und wie Grausamkeit auf der einen und unselige Zwietracht auf der andern Seite gemeinsam gegen uns gewüthet haben. Die mittleren und oberen Classen der Gesellschaft äfften nur zu bereitwillig die Sitten der englischen Ansiedler nach und die Sprache ihrer Väter ward ihnen lästig, ja verhaßt, weil sie das Erkennungszeichen der verachteten Race war; und die Jugend, wenn sie sich aus ihren heimathlichen Schluchten in die Welt hinaussehnte, mußte zuerst der Worte sich entwöhnen, die sie an der Mutterbrust gelernt, weil sie der Hemmschuh ihrer Carrière war. Der Dorfschulmeister, den der englische Grundherr bestellt hatte und verjagen konnte, wenn es ihm beliebte, hat sich seit langer Zeit bemüht, den Gebrauch der heimischen Mundart unter dem Volke zu unterdrücken, und ein vollständiges Spioniersystem eingeführt, wobei die Kinder des einen Dorfes zu Zeugen gegen diejenigen eines andern gemacht wurden, die sich eines irischen Ausdrucks bedienten. Daher die sehr unvollständige Kenntniß, welche dieß erwachsende Geschlecht von der Sprache hat, welche das einzige Mittel der Unterhaltung zwischen ihren Eltern bildet. Der arme Bauer sieht, daß für seine Kinder nur in der englischen Sprache Heil ist, und während sein Herz blutet, wenn er die geliebte Sprache der Väter also in Vergessenheit gerathen sieht, muß er ihnen den Gebrauch derselben verbieten, weil sie ein Hinderniß für die Erlernung der andern wäre. Dieser Uebergangszustand war und ist noch immer ein Hinderniß von sehr ernster Natur bei dem Gefühls = und Gedankenaustausch zwischen den Alten und den Jungen desselben Haushalts. Ich selbst," sagte Vater M'Cloghan mit nachdenklichem Kopfschütteln, „habe oft genug auf peinlich komische Art, in den Hütten meines Kirchspiels, eine Verwirrung entstehen sehen, wenn die Eltern, die kaum ein englisches Wort verstanden, sich Mühe gaben, mit ihren Kindern zu sprechen, welche aus Furcht vor dem väterlichen Verbot und dem Stock des Dorfschulmeisters, sich gezwungen in einer Sprache versuchen mußten, die ihre Eltern nicht kannten und von der sie selber einen viel zu dürftigen Wortvorrath besaßen, um nur den zehnten Theil von dem zu sagen, was sie hätten sagen mögen. — Das ist anders im Norden und im Osten und zum Theil auch im Süden von Irland; dort hat die englische Sprache die unsere verdrängt, und kein Kampf hemmt die geistige Entwicklung mehr, deren Mittel die erstere geworden. So muß es auch bei uns werden, ehe die Saat der neuen besseren Zeit aufgehen kann; aber wir stehen noch mitten im Kampfe; und wir, die wir den Untergang der irischen Sprache beklagen, sind dazu verurtheilt, denselben zu beschleunigen, wobei uns nicht einmal die schmerzliche Freude erspart ist, zu sehen, wie fest das Volk an dem Letzten hängt, was ihm aus unserer nationalen Vergangenheit geblieben ist."

„Würde es denn nicht möglich sein, die irische Sprache dadurch neu zu beleben, daß man sie auf literarischem Wege zum Mittel der Volksbildung machte?" fragte ich den Ehrwürdigen.

„Es ist nicht möglich," erwiederte dieser, „die irische Sprache hat eine neue Zukunft als Sprache der Wissenschaft, aber keine mehr als Sprache des Volkes. Bedenkt doch, was das Schicksal einer Sprache sein muß, welche lange aufgehört hat, die Sprache der Gebildeten zu sein, und zur Fortbildung lediglich in die Hände von Leuten sank, die von Regeln keinen Begriff und von Grammatik nie Etwas gehört hatten. In Folge der jahrhundertelangen Vernachlässigung entstand eine unbeschreibliche Unregelmäßigkeit und Willkür in der

Orthographie; und während die Sprache sich in ihren Worten und Formen vielfach erweitert und verändert hat, schreibt man heute noch, wie man vor vierhundert Jahren geschrieben hat. Das natürlich verleidet dem gemeinen Mann die irische Schrift; und der Bauer, wenn er auch die Buchstaben kennt, kann sie doch nicht lesen. Daher gibt es auch keine wirklich lebendige Literatur, und für den Mann, welcher nur Irisch spricht, besitzen wir keine Bildungsmittel, weil er Irisch nicht lesen kann. Gaelische Zeitungen gibt es nicht; es hat deren auch nie, weder in Irland, noch in Schottland gegeben, so viel ich weiß. Doch haben wir von irischen Blättern in Amerika gehört, der neuen besseren Heimath für so viele unseres Volkes, dem wahren und eigentlichen Irland unserer Tage. Von Büchern gibt es nur den Katechismus und das Hymnenbuch, welches aber der irische Bauer nur mit der größten Mühe und Schwierigkeit lesen lernt. ...."

Hier hätte ich den Ehrwürdigen einwenden mögen, daß eine irische Bibel=Uebersetzung vielleicht das heilsamste Mittel zur Neubelebung der ersterbenden Sprache sein dürfte; aber ich würde ihn durch diesen Einwand nur in einen neuen Conflikt zwischen seiner katholischen Strengläubigkeit und seinem nationalen Gefühle gebracht haben, und verschwieg ihn. —

Er aber schloß seine Worte mit dem Ausruf: „Wir müssen niederreißen, damit diejenigen, welche nach uns kommen, bauen können. Es ist nicht das erste Mal, daß der Ire Hand an seine besten Heiligthümern legt. Auch der mächtige Hugh Roe, der Fürst von Donegal, hat das Schloß seiner Väter zerstört, damit der Feind nicht eine Zwingburg gegen das eigene Volk daraus mache, aber „er hat geweint, indem er es zerstört," wie die alte Ballade sagt, die der Barde auf seinen Trümmern gesungen." —

Vater M'Cloghan schwieg und wir schwiegen Alle, und die Wagen rollten über die Schienen, und der englische Werbesoldat pfiff und die bunten Bänder seiner Mütze flatterten im Winde, welcher herbstlich vom Blachfeld heranstrich. Aber das stetige Rollen und die Ruhe, welche sonst herrschte, übten eine einschläfernde Wirkung. Das hübsche junge Weib hatte ihr Köpfchen an die Schulter des Mannes gelehnt, und war süß entschlummert; auch er nickte mit dem Kopfe und schlug die Augen nur noch dann und wann und zuletzt immer seltner auf, um der holden Gefährtin sich zu erfreuen. Der englische Werbesoldat und der Eine von den Geistlichen schlossen, einschlafend, den Bund, den sie, erwachend, wahrlich nicht ratifizirt haben würden, sie taumelten eine Weile mit den Köpfen gegeneinander und fanden zuletzt eine Stellung heraus, wo sie, Einer durch den Andern gestützt, ihren von jedem Vorurtheil freien Schlaf auf's Glücklichste fortsetzen konnten. Vater M'Cloghan, der sich müde gesprochen hatte, faltete seine beiden Hände über seinem Stock und legte sein Haupt darauf, daß die langen weißen Haare wie ein silberner Schleier niederfielen. Zuletzt saßen nur noch wir Beide, der junge Geistliche und ich, wachend nebeneinander; aber wir sprachen nicht, er sah vor sich nieder und ich blickte durch's Fenster hinaus, auf die Haide, über welche, wie ein Geisterzug, das Dampfgewölk der Locomotive dahinwandelte. Lange waren wir so gefahren; da erschien, fern am Horizont der Ebene, den beiden Wachenden sichtbar, eine Häusermasse, über welche ein viereckiger Thurm emporragte.

„Das ist St. Mary von Limerick," sagte der junge Geistliche, indem er mit der feinen, zierlichen Hand gegen den Thurm deutete.

Es waren die ersten Worte, die ich aus seinem Munde vernommen hatte; mit ihrem fremdartigen Klange berührten sie meine Seele eigenthümlich.

„Ihr seid kein Irländer?" fragte ich rasch; und gelassen und entschieden abweichend erwiderte er „Nein!" Jede Erörterung war abgebrochen.

Ueber eine Weile sah er mich wieder an. „Kennt Ihr die Geschichte der Glocken von St. Mary?" fragte er. Ich kannte sie nicht; und er begann in jenem fremden Idiom, der meine Seele so bewegte.

„Die Glocken von St. Mary sind in einem andern Lande gegossen worden. Es ist ein schöneres Land, als dieses; die Leute, die es bewohnen, reden eine andere und süßere Sprache. Die Sprache klingt wie Musik; die Leute, die sie reden, haben dunkle Augen und feurige Herzen. Der Himmel dieses Landes ist von ewiger Bläue, die Wolken, die ihn durchwandeln, sind von rosigem Schimmer und die Sonne, die länger in ihm verweilt als anderswo, scheint goldener und wärmer. Das Meer, welches die immergrünen Gestade dieses Landes bespült, ist von unergründlich tiefem Blau, wie sein Himmel, und sein Rauschen

ist Gesang. Der Boden dieses Landes trägt Myrthen, um die
Locken der Geliebten und Lorbeer, um die Stirnen der Gefeierten zu
bekränzen. Dieses Land ist Italien und dort sind die Glocken von
St. Mary gegossen worden. Der Mann, der sie goß, war ein ge-
ehrter Künstler; manches Glockenspiel, das die Klöster und Kirchen-
thürme seiner Heimath schmückte, flocht den Ruhm des frommen Mannes in seine süßen Morgen- und Abendmelodien und da er sich nun
in der Vollkraft der Jahre fühlte, nach dem reifen Genuß der Liebe
mit drei Söhnen, die kräftig an seiner Seite emporwuchsen, beschenkt:
beschloß er zum Preise des höchsten Gottes das Meisterwerk seines
Lebens zu schaffen. Mehrere Jahre widmete er der Ausführung, und
Glocke nach Glocke ward vollendet, und rein und überirdisch lauter
war ihr Ton und als ihr Spiel zuletzt von dem Thurme des benachbarten Klosters, dem er sie gewidmet hatte, im vollen Zusammenklang
über das blühende Gefilde hallte, da schien sich die Seele des Meisters
mit Musik des Himmels zu füllen, und weinend kniete er hin und erbat sich vom Herrn des Himmels, daß er einst unter dem Geläute seiner
Glocken sterben möge. Jahre vergingen, älter wurde der Meister,
trüber die Zeit; die blutigen Kriege zwischen Kaiser Karl dem Fünften
von Deutschland und Franz dem Ersten von Frankreich vernichteten
Italien. Aber Frieden strömte aus dem Laute seiner Glocken in die
Seele des Meisters. Seine drei Söhne fielen in der Schlacht von
Pavia. Da weinte der Meister, aber der Klang seiner Glocken war
die Erinnerungsmusik seines einsamen Herzens. Der Krieg, der Aufstand, der Wechsel alles Bestehenden drang näher heran, er stieg über
die Berge, die das stille Thal umfriedeten, in welchem der Meister
wohnte und seine Glocken läuteten; sein Haus ward eingeäschert —
das Kloster ward bis auf den Grund zerstört; und als der Tumult,
der das Kriegsheer begleitet hatte, vorübergegangen war, da hatte der
Meister seine Heimath und seine Glocken verloren. Der Feind hatte
das Glockenspiel geraubt und in ein fremdes Land verkauft, so hörte
er sagen; die Musik seiner Seele war dahin, und aus weiter Ferne
rief sie ihm klagend zu: „such mich wieder! o, such mich wieder!" Er
machte sich auf, sie zu suchen. Er nahm den Stab in die Hand und
verließ das zertretene Land der Schönheit. Er irrte Jahre lang; er
ward alt, immer älter, sein Haar ward grau, immer grauer und sein

Herz welkte. Da war's in Spanien, daß er von einem Schiff erfuhr, das nach Irland segeln wollte. „Such mich wieder! o, such mich wieder!" schluchzte es in seiner Seele und er bestieg das Schiff. — An einem Herbstabend, im Jahre 1559, sah man einen alten Mann am Stern eines Kauffahrteischiffes stehn, welches spanischen Wein und spanische Früchte in den Hafen von Limerick führte. Mit vollen Segeln trieb es den Shannon, wo er sich breit in's Meer ergießt, hinauf; Abendwind schwellte sie, und um das silberne Haar des alten Mannes glühte das Gold des Sonnenuntergangs. Schon sah man, an ihren glänzenden Wassern, die gute Stadt daliegen; schon ragte, in die Pracht des Abendhimmels, der starke, dunkle Thurm der Kirche von St. Mary. Da begann ein süßes Läuten ... mit himmlischen Akkorden füllte sich die Luft ... Die spanischen Schiffer entblößten die Häupter, denn es war Vesperzeit. Die Augen des greisen Mannes aber leuchteten, wie sie nie zuvor geleuchtet hatten — „Das sind meine Glocken!" rief er, und Alles, was er längst verloren hatte, brachten ihm an diesem fremden Gestade, das er nie gesehn, ihre Klänge wieder: seine Heimath, sein Haus, seine Söhne, sein Glück — jeder Ton, wie er grüßend den sinkenden Tag durchbebte, gab ihm ein seliges Erinnern zurück, sein ganzes Leben lebte er in wenigen Minuten noch einmal, aber unendlich schöner, reicher, ahnungsvoller, als das andere gewesen — und wie der letzte Nachhall leise verbebt, da war auch sein Leben aus; denn, wie er sich's einst erbeten hatte, so war er unter dem Geläute seiner Glocken entschlafen, und der dunkelblaue Nachthimmel von Irland mit seinen tausend Sternen war das Thor, unter welchem er zu seiner ewigen Ruhe einfuhr. — Das ist die Geschichte der Glocken von St. Mary, und wenn Ihr sie läuten hört, lieber Herr, so denkt an die verlorene Musik der Heimath und an Einen, der sie einsam im fremden Lande sucht und nicht finden kann!"

Der junge Geistliche schwieg. Der Schluß seiner Erzählung, das Zittern seiner Stimme, der feuchte Blick seines dunklen Auges hatten mich auf's Neue erregt. Ich sann auf eine Frage, die ihm den Antheil meines Herzens ausdrücken möchte, ohne ihn zu verletzen. Doch ehe sie sich noch einstellen wollte, hielt der Zug an, der Stoß, welcher dem Stillstand folgte, weckte die Gesellschaft aus ihrem Schlaf, wir hielten im Bahnhof von Limerick und Jeder rüstete sich zum Aussteigen. Der englische Werbesoldat war am Schnellsten draußen; die Gesellschaft war offenbar nicht nach seinem Geschmack gewesen — und die Zugeständnisse, die sein taumelndes Haupt im Schlafe dem Papistenpriester gemacht hatte, schien er sehr zu bereuen. Der junge Ehemann nahm sein Weibchen und entfernte sich unter ehrfurchtsvollen Verbeugungen gegen die Geistlichen; und diese, mit ihrem Gebetbuch unter dem Arm und die schwarzen Bänder ihres Ornates über dasselbe schlagend, schieden mit herzlichem Händedruck von mir. Der eine von den beiden älteren, welcher bis dahin sehr wenig mit mir gesprochen hatte, empfahl mir noch im letzten Augenblick ein „kleines, wolfeiles" Wirthshaus, wo ich bei „frommen Leuten" wie zu Hause sein würde. Ich dankte ihm zwar für seinen guten Rath, war aber Libertin genug, ihn nicht zu befolgen; vielmehr beschloß ich bei meinem protestantischen Cruise zu bleiben, dessen Hotel mein grüner Freund, der „pittoreske Tourist," als „eines der Besten in Irland" bezeichnete. Bestieg demzufolge einen Car und rollte der Stadt entgegen.

Limerick, „die Stadt des gebrochenen Vertrages," ist hochberühmt in der Geschichte von Irland und die Balladen des Volkes feiern ihre gloriöse Vergangenheit. Als unter Jakob II., — welcher mit französischen Hülfstruppen und französischem Gold auf französischen Schiffen aus dem Exil von St. Germains herangekommen war, — Irland den letzten Versuch für seine nationale Selbstständigkeit und religiöse Freiheit machte: da war Limerick die feste Burg des Westens und der Name Sarsfield's, der sie heldenmüthig gegen eine überlegene und besser disciplinirte englische Armee vertheidigte, wird für alle Zeiten bewundert bleiben. Denn das schmähliche Ende, welches die Fahnenflucht des Prätendenten dem Unternehmen machte, verringert nicht den Glanz, der sich um das reine Andenken dieses für einen König, der ihn im Stiche ließ, und für eine Sache, die hoffnungslos geboren war, begeisterten Mannes, gesammelt hat; und die Anerkennung, die ihm der Freund versagte, hat ihm Wilhelm von Oranien in einer Capitulation gezollt, die das Unglück des Besiegten ehrt und durch ihren theilweisen Bruch den Ruhm des Siegers nicht wenig trübt. — Das ist jetzt Alles fast zweihundert Jahre her, aber der Mann von irischer Geburt hat es nicht vergessen; und die mit Schwärmerei gepflegte Erinnerung an jene Zeit und an die todesmuthige Begeisterung und das herzbrechende Unglück, an dem sie so reich war, ruht auf den zusammengestürzten Wällen dieser ihm im gewissen Sinne heiligen Stadt. —

Freilich ist der Eindruck, den der Reisende von ihr empfängt, in keiner Weise wohlthuend. Das Auge muß sich, jemehr man gegen Westen vordringt, an die ungastliche Kahlheit, an die kalte Monotonie des Lebens gewöhnen. Die Häuser werden unansehnlicher, die Straßen stiller. Die Menschen selbst erscheinen ernster und in der Tiefe des dunklen Auges wohnt ein alter, angeborener Schmerz. Der Theil der Stadt, der sich gegen den Bahnhof öffnet, hat allerdings ein englisches Aussehen; aber es sind nur englische Namen und englische Aeußerlichkeiten. Das Innere ist traurig und öde und weiß Nichts von der Fülle und dem Behagen des englischen Lebens; und es trat mir um so fühlbarer entgegen, als der Nebel des Vormittags · sich kalt herabgesenkt und die farblose Eintönigkeit der ersten Erscheinung in Grau gekleidet hatte. So kam ich vor meinem Gasthof an, und ein wahrer Coloß von einem Gebäude war es, und auf seiner breiten Stirne glänzte in Goldschrift der Name: „Cruise's Royal Hotel." Die königliche Herrlichkeit schwand nun allerdings um ein Bedeutendes zusammen, sobald ich den Flur betreten hatte und über das Treppenlabyrinth in die Höhe stieg. In den Städten von Irland ist es, wo man die sociale Verkommenheit dieses Landes am Peinlichsten empfindet; die eigene Existenz wird für einen Augenblick in das unsichre Uebergangsstadium hineingezogen, man macht die Bildung neuer Zustände gleichsam auf eigene Rechnung mit und wird von dem Unbehagen, das die Unfertigkeit überall auf Gemüther macht, die an glücklichere Organisationen gewöhnt sind, erst dann wieder erlöst, wenn man in die Freiheit der Natur hinaustritt, deren ewige und feststehende Formen unserer Seele das Gleichgewicht zurückgeben. Die kahlen Gebirge des Westens, die breite, unabsehbare Fläche des Ozeans nähren das Gefühl der Einsamkeit und des Unendlichen in uns; die armseligen Hütten der Moorgegenden mit allem Elend, was sie umschließen, erfüllen uns mit Trauer, die zuweilen hoffnungslos wird: aber das kümmerliche, bedrängte Leben der Städte, das mit dem stolzen Namen, die es sich beilegt, und den glänzenden Aussenseiten, die es gegen die Straße kehrt, so schneidend contrastirt, hat mich jedesmal tief ver=

stimmt. Darum habe ich mich in den Städten von Irland, zumal in den größeren, stets so beengt gefühlt. Man sieht, daß hier der Streit zwischen den beiden Elementen noch lange nicht erschöpft ist, der Frieden ist nur äußerlich vollzogen worden, nicht innerlich; der englische Schein widerspricht dem irischen Wesen, und nirgends trat mir dieser Widerspruch herber und unvermittelter entgegen, als hier in Limerick. Wenn man die blitzende Goldschrift und die mächtige Front meines Hotels ansah, welche Erwartungen wurden da rege gemacht! Aber inwendig war Alles so schlecht als möglich bestellt; unbequem, unfreundlich, zum Verzweifeln unbehaglich. Die hohen Fenster schienen seit Ewigkeit nicht geputzt; Staub lag auf den zerrissenen Sammtmöbeln, die seidenen Betten waren bis zum Ekelhaften schmutzig — silberne Theekannen und Tassen mit halb zerschlagenen Henkeln, Messer mit abgebrochenen Spitzen, verbogene Gabeln bildeten den Hausrath. Die vollständige Gleichgültigkeit und Theilnahmlosigkeit für Alles, was das Dasein nicht blos erträglich, sondern auch angenehm macht, trat dem Ankommenden auf jeden Schritt entgegen und übte ihre niederschlagende Wirkung auf ihn. In der dumpfigsten Shibbin-Kneipe des fernsten Westens bin ich mir nicht so verlassen vorgekommen. Dort war es meine freie Wahl, mit dem unglücklichsten und ärmsten Theile des armen Volkes den Whiskey und das Haferbrod zu theilen und ihre Märchen und ihre Lieder würzten das Mahl und verwandelten es in eine Scene voll Schmerz und Poesie: hier aber, eingeklemmt zwischen Prätension und Unzulänglichkeit und in der Enge zwischen den weißen „chokers" der Kellner und den schmutzigen Tischen und Bänken überkam mich eine große Angst.

Ich begab mich darum sogleich in's Freie; und mein erster Gang war nach der Kathedralkirche von St. Mary. Dem Hotel gegenüber stand ein hohes, ganz neues Kaufhaus, das nach Art der Dubliner Monstreläden eingerichtet war. Es war erst vor einigen Tagen eröffnet worden, der ganze bunte Einweihungsschmuck umflatterte noch die Wände, bunte Fahnen neigten sich vom Dach hernieder, und das stattliche, massive Gebäude schien die Bewunderung aller Leute in Limerick. Und doch hatte dieser „Prachtbau" etwas unsäglich Unfertiges und Unerquickliches. Die großen Spiegelscheiben waren so bestaubt, daß man die Teppiche und Bänder und Kleiderstoffe, die dahinter aufgehängt waren, kaum noch erkennen konnte, die Schaltern schlossen nicht recht, die Rouleaux in den oberen Stockwerken hingen schief. Der frische, freudige Antrieb fehlte; es war Alles mit halber Seele und ohne rechte Lust zum Vollbringen gethan. Es war, als habe man das Ordnen und Gestalten dem Zufall überlassen und werde ohne Uerraschung sehn, daß im nächsten Augenblick Alles wieder zusammenstürze. Die Liebe zum Leben ist die Quelle alles irdischen Wolergehns; hier rinnt diese Quelle noch träg unter den Trümmern der Vergangenheit. Irlands Zukunft beruht zunächst auf einer negativen Thätigkeit, auf dem Wegräumen des Schuttes. Weh genug ist uns Allen dabei, weh genug mir selber, indem ich hier mit zitternder Hand das Todesurtheil einer Nationalität unterschreibe, die ich, wie kaum eine zweite, lieb gewonnen habe, weil sie so hochherzig, so reichbegabt und so unglücklich ist. Aber ich unterschreibe es. —

Die Straße, die nun vor mir lag, heißt George=Street. Sie ist die Hauptstraße der Stadt; breit, massiv, nicht ohne etwas Großartiges, wenn man sie nach beiden Seiten hin überschaut — aber dabei so nackt, so kahl, so kalt! Einst wird ein wärmeres Leben diesen schönen Tummelplatz erfüllen, und glücklichere Gesichter werden aus den Fenstern herniedersehn. Das Irland der Zukunft steht vor meiner Seele und ich beklage es nicht, daß es mir nur bestimmt war, ein Bild seiner traurigen aber an Keimen der Entwickelung reichen Gegenwart zu hinterlassen. Ich habe ohne Vorurtheil betrachtet, ich bemühe mich, die Stimme des Herzens zu unterdrücken, indem ich schreibe; und ich freue mich auf die Zeit, wo mein beglückterer Nachfolger, die Schilderung des deutschen Wanderers mit der Wirklichkeit vergleichend, ausruft: „es ist besser geworden." — Die Cathedrale liegt auf einem stillen Hofe, von Gruppen dunkler, uralter Bäume umrauscht. Sie ist jetzt dem englisch=protestantischen Gottesdienst gewidmet. Der Platz, den sie bedeckt, trug einst das Schloß Donald O'Brien's, des Königs von Limerick; er schenkte ihn der Kirche und um das Jahr 1180 begann der Bau der Cathedrale. Vollendet ward sie erst im dreizehnten Jahrhundert. Sie zeigt in ihrer Bauart jenen Uebergangsstyl vom irischen Rundbogen zum normannischen Viereck, den ich schon an einer andern Stelle dieses Werkes charakterisirt habe. Sie ist womöglich noch plumper, als Alles, was ich in der Art schon früher gesehn und beschrieben habe, aber ihre Masse und die Schwere der Construction, ihr Alter und die mit grau gewordenem Moos bedeckten Mauern machen einen starken, traurigen Eindruck, der durch die Ungleichmäßigkeit des Ganzen nicht geschwächt wird. Hier haben wir ein Fensterviereck, dort ein Spitzbogenportal; zuweilen überrascht uns eine Rosette von wunderbarer Feinheit und anmuthiger Vollendung und trotzig an der Ecke steht der finstere, viereckige Normannenthurm, um dessen Zinnen die Wolken und die Raben ziehn. Die Contraste des Aeußern setzen sich im Innern der Kirche fort. Die letzten Spuren des irischen Heiligendienstes konnten nicht gänzlich vertilgt werden, und die englischen Betstühle passen nicht recht in die Stelle, auf der sie stehn.

Es ward eben Gottesdienst darin gehalten. Orgelschall empfing mich, und des Thürmers hübsches Töchterlein stieg mit mir empor. Der Orgelschall füllte den ganzen Bau bis hinauf, wo die frische Luft des Himmels einströmte und die aufgelösten Klänge im Weiterziehn mitnahm. Aber sie blieb melodiös und löste zuletzt auch die Seele des Emporsteigenden und lud sie zur ungetrübten Umschau ein. Das schwarzgelockte Kind verließ mich bald; es sagte, im Glockenthurme wolle es auf mich warten, ich solle derweil an die Höhe hinaussteigen. Ich stieg; alte, zerbrochene Stufen ließ ich hinter mir, eine Wendeltreppe, ganz zerbröckelt, je höher ich kam, ward erklommen, zuletzt eine Holzleiter. Nun war ich oben. Unter mir Orgel und Chorgesang verhallend; unter mir die Glocken; und durch die moosigen, zersprungenen Mauerscharten des Thurmes sah ich hinunter auf die Bäume des Hofes, auf die Straßen der neuen Stadt und den von Menschen erfüllten Markt, auf die Brücken und die Wagen darauf, auf den Shannon und die mannigfachen Steindämme, über welche er schäumend weiter rauscht — dahinter auf die alte Stadt mit ihrem dunklen Häusergewirr, ihren rauchenden Schornsteinen und dem Qualm und Dunst, der sich über das Ganze senkte, und die Schiffe, die jetzt — bei Ebbezeit — trocken bei den Mauern im Sande lagen. Darauf trat ich an eine andere Scharte. Hüttenwände, von Armuth und Elend zerfressen, sah ich nun; offene Hüttenräume, zersprungene Mauern, dazwischen Häuser und rauchende Kamine und dahinter eine andere Windung des Shannon, der sich hier ruhiger durch Wiesen schlängelt und Landhäuser und Triften und blaue Hügelketten, die, im Kreis um das

Ganze gelagert, Alles einzuschließen scheinen. Jede Scharte bot einen neuen Blick und das Elend der Stadt und die Herbstschauer der weiten Flur dahinter klagten zu mir herauf, und das stete Rauschen des Shan= non aus der Tiefe und der starke Wind aus dunklen Wolken begeg= neten sich. Hier gewann ich den freien Blick über Anlage und Bau der Stadt. Limerick liegt am Shannon, der die großen Provinzen Leinster und Connaught trennt und die großen Seen von Mittel=Ir= land mit dem Atlantischen Ozean, dem er mit breiter Mündung zu= rauscht, verbindet. Limerick liegt an dem Punkte, wo sich diese Mün= dung gegen das Meer zu öffnen beginnt; die großen Schiffe können dicht bis an die Steine seiner Quais heranlaufen. Limerick besitzt einen von den zahlreichen Häfen der irischen Westküste, die vor allen Gefahren und Zufälligkeiten des Meeres durch die Natur selber ge= schützt, doch alle jene Vortheile seiner unmittelbaren Nähe genießen, welche durch Kunst nur schwer und unvollständig zu ersetzen sind. Der Hafen von Limerick ist still; und so sind auch die andern Häfen. Aber die Zeit wird kommen, wo der fröhliche Jubel des Weltverkehrs die öden Meeresbuchten von Irland bevölkert, wo die Wimpel aller Nationen um seine Küstenhügel flattern werden. Der Wanderer, wel= cher einsam die stillen Strecken am Meeresrande hinabwandert, hat das Gefühl, als wandere er am frühen Morgen und das kalte Zwie= licht, das ihn umgibt, ist Morgengrauen. —

Ich ging hinunter in den Raum, wo das Kind auf mich wartete. Es saß zwischen den Glocken. Alte gothische Fenster in jeder der vier Eckwände, mit hölzernen Einsätzen, um die sinkenden Bögen zu stützen, warfen einen fahlen Schein über das lieblich frische Gesichtchen; und von Unten her dröhnte auf's Neue die Orgel und der Chorgesang. „Das sind die Glocken aus dem Land Italien," sagte das Kind, in= dem es sich erhob und auf die acht Glocken wies, welche stumm und gefesselt in ihren Krampen hingen. „Ich weiß es, liebes Kind," sagte ich hinzutretend. Die Räder, um welche die Stränge laufen, sind bis auf drei zerbrochen; das volle Spiel des Ganzen ist lange zerstört; nur drei Glocken allein werden an jedem Sonntagmorgen noch geläutet. „Wo wirst Du die verlorene Musik, von der Du mir gesprochen hast, wiederfinden?" ... fragte meine Seele, indem sie des jungen Geist= lichen gedachte, der die Geschichte von den Glocken erzählt hatte.

Der Shannon, „der König der Irischen Ströme" — „der Shenan, breit sich öffnend wie ein Meer," wie ihn Spenser genannt hat, fließt majestätisch unter der Stadt dahin und einer von seinen Armen, der Salmon=River, trennt sie in zwei, noch immer scharf geschiedene Theile, in die irische Stadt und die englische Stadt. Ich habe die beiden Gegensätze nie härter nebeneinander gesehn. Was ich von der englischen Stadt gesehn hatte, war nicht sehr erquickend gewesen; aber es war dennoch ein Abstand wie zwischen Tag und Nacht, wenn ich es mit dem verglich, was ich nunmehr sehn sollte. Die ganze Verkommenheit, der ganze Schmutz, die ganze Fäulniß des irischen Wesens sollte ich mit einem Blicke überschauen. Es war Sonnabend=Nachmittag, und die irische Stadt war voll vom Marktgewühl des gemeinen Volkes. Die Haupt= und Geschäftsstraße derselben, Irish Town Ward (und merkwürdigerweise hat sich in den irischen Weststädten das germanische: „Warte" als Straßenbezeichnung conservirt), voll von Menschen und Kleinhandel, trug mir sogleich das wüste Geschrei und den unbeschreiblichen Gestank entgegen, welche das krasse Elend zu verbreiten pflegt. Die Häuser, die hier stehn, sind muffige Höhlen, in deren Untergeschossen sich Magazine voll ekelerregender Speisen befinden. Häringstonnen, mit schmutziger Brühe übergossen, sind vor die Thüren gestellt; schimmelige Schinkenschnitte liegen auf Bänken ausgebreitet, fettige Schaalen mit Kalbseingeweiden und Thierfüßen stehn daneben, stockige Hasenfelle und Gänseflügel hängen rings umher. Eselkarren nehmen die Straßenmitte ein und halbnackte Menschen umgeben sie. Die Grundflur fast aller Häuser haben Kleidertrödler inne, — jedes dritte Haus wird von einem Pfandverleiher bewohnt. Und — als ob sich selbst bis auf dieses kleinste Anzeichen die Armuth erstreckte — während diese edelste Zunft der Gewerbetreibenden sich sonst durch drei Kugeln über der Thür ankündigt: hier hängt nur eine Kugel aus. Und was für Sachen erblickt man unter derselben! Röcke, deren Aermel kaum noch an einem Faden hängen, Uniformen, in denen ganze Soldatengenerationen schon gesteckt zu haben scheinen, aufgeschlitzte Hosen, Stiefeln ohne Sohlen, Kappen voll Koth, Hemden voll Unrath. Und dabei nun die Kunden, die diese Sachen kaufen: Männer mit eingedrückten Hüten und Lumpenfracks, — Frauen mit nie gewaschenen Gesichtern und nie gekämmten Haaren. Die Straße wimmelt von entsetzlichen Wesen; der ganze Jammer der Menschheit hat sich in seinen grauenhaftesten Gestalten versammelt, und er wird noch grauenhafter durch den Schmutz und jede denkbare Spur der Verwahrlosung, die er an sich trägt. Hier ein Mann ohne Beine, der auf den Händen geht; dort ein Weib, das auf Händen und Füßen, wie ein Thier, über die Straße kriecht. Unter einem Thorweg saßen zwei Dudelsackmänner und machten wechselsweise Musik. Eine Schaar von Lumpengesindel hatte sich versammelt und horchte auf die bekannten Weisen; aber Niemand sang zu den Melodieen, die traurig in der Dunkelheit des Thorbogens verhallten; und als ich mit den Uebrigen stehn blieb, bespritzte mich ein altes Weib, das hinter einem Häringsfaß stand, mit der unangenehmen Lauge. Ich zweifle nicht, daß sie mich für einen Engländer hielt. — Auf einem Stein in der Nähe saß ein Mann, der seine Stiefel ausgezogen hatte, und neben ihm auf einem niedrigen Holzschemel ein Schuster, der sie flickte. Alle zehn Schritte, auf der offenen Straße, sah man einen Schuhflicker in voller Arbeit, und um ihn herum, an der Erde, standen die „brogues," jene eigenthümlichen Schuhe der irischen Bauern, die mit Lederstreifen über den Füßen, wie Sandalen, zusammengeschnürt werden. Das Geschäft ist hier vollständig aus den Häusern in's Freie hinausgetreten; es gewinnt dadurch den Schein des südlichen Lebens, der aber mit dem nassen Nebel, von dem die Steine tropften, und mit den erfrorenen, armseligen Gestalten der Straße sehr jämmerlich contrastirte. Nichtsdestoweniger aber waren allesammt im höchsten Grade darauf erpicht, Geschäfte zu machen; ich selber wurde im Gedränge hundert Mal angehalten. Da waren Mädchen, welche die „berühmten Spitzen von Limerick" ausriefen, und Jungen, die mir Bänder zu Schnürleibchen verkaufen wollten. Auch eine Frau kam, die mir einen eben gefangenen Salm, ein kleines Meerungeheuer in seiner Art, antrug. Sie verfolgte mich straßenlang mit ihrem Korb und ihrem Geschrei. Zuletzt kehrte ich mich um, halb lachend, halb ärgerlich. „Was soll ich denn mit Eurem Fisch?" „Ich weiß es nicht," sagte die Frau, „aber ich dachte, Ihr könntet ihn vielleicht gebrauchen." — Limericker Spitzen, Limericker Salme und Limericker Handschuhe sind die drei großen Artikel dieser Stadt, namentlich die Handschuhe; sie sind von Ruf und Renommée durch ganz Irland, und „Meister O'Gallagher" weiß in dem populären Liede,

das seinen Namen trägt, keinen besseren Vergleich für sein
Mädchen, als:

> O, welch ein zierlich Ding ist sie, von Haltung, Gang und Schick!
> Sie paßt mir just, als wie ein Paar Handschuh von Limerick.

Handschuhe jedoch waren auf dem Sonnabendmarkt der irischen
Stadt nicht zu finden; man colportirt sie nur in den besseren Straßen
der englischen Stadt, wo die Dinge, die man anfaßt, ein Weniges
reinlicher sind. Dagegen trieben sich Knaben in ganzen Haufen herum,
welche mit Lieberbogen handelten. Hier ist der Markt für die Straßen=
ballade; hier ist das Volk, das sie kauft und leidenschaftlich liebt.
Ob sie diese Verse singen, weiß ich nicht; ich glaube es nicht einmal.
Aber kein Bauer kehrt vom Sonnabendmarkt in seine Lehmhütte zurück,
ohne ein neues Blatt zu den übrigen, die ihren Platz neben dem Ge=
sangbuch und dem Katechismus einnehmen, hinzuzufügen. Die Straßen=
ballade ist der letzte Rest und Ausläufer der irischen Volkspoesie in
Irland; sie ist, in ihrer rohen Form und in ihren gemeinen Wendungen,
voll von den letzten Ausbrüchen einer einst in ihrer Liebe und ihrem
Haß leidenschaftlich schönen Natur, das Einzige, was der gemeine
Mann des Westens liest, so weit er überhaupt lesen kann. Eine traurige
Literatur ist es, interessant für den Forscher, aber von den schädlichsten
Wirkungen für das Volk, dessen hoffnungslosen Zorn sie nährt, anstatt
zur Versöhnung hinüberzuleiten. Die Klänge von Moore's sanften Melo=
dieen berühren die Grenze dieses Gebietes nicht mehr; sie leben nur in
den Gegenden, wo englische Cultur im Uebergewicht ist, oder wo englische
Reisende sie durch häufigen Besuch verbreitet haben. Hier, im ganzen
Westen, durch Connaught bis nach Ulster hinauf, herrscht neben den
Ueberresten des süßen altirischen Volksgesangs, welcher in manch' einer
Hütte der Haide noch lebt, und neben den Erzählungen von Fin Mac
Cul und seinen Helden, welche manch' ein Schäfer im einsamen Gebirg
noch wiederholt, die Straßenballade. Sie ist fast ausnahmslos von einem
dunkeln, verwilderten und rohen Charakter; aber auch in ihren schlechtesten
Mustern lebt noch ein schwacher Schimmer der ursprünglich so reich be=
gabten Dichternatur dieses Volkes, und nicht selten springt uns ein Funke
entgegen, heiß und glänzend genug, um das Herz auf einmal zu entzünden.
Es wird ein sehr bedeutendes Geschäft mit diesen Erzeugnissen der Straßen=

muſe getrieben; es lebt eine Claſſe von Menſchen in den Städten
Irlands davon, ſie zu verfaſſen, zu drucken und zu verbreiten; und es
iſt rührend genug zu ſehn, wie dieſes Volk, indem es im großen Strome
der engliſchen Uebermacht untergeht, ſich zuletzt noch an den äußerſten
Zweigen des Baumes feſtzuhalten ſucht, deſſen prächtige Krone einſt,
in vergangenen Tagen, ſein Stolz und ſeine Herrlichkeit geweſen. —
Die Balladenjungen ließen ſich durch das Geſpräch, das ich mit dem
Fiſchweibe gehabt, nicht abſchrecken; und Dank ihrem Eifer habe ich
eine ganze Collection der damals gangbaren Straßengedichte als Andenken an den Markt von Limerick mit heimgebracht. Sie ſind ſämmt-
lich auf große, ſchmutzig-gelbe Blätter gedruckt und verläugnen ſchon
durch ihr bloßes Aeußere weder ihre Abkunft noch ihre Beſtimmung.
Sie tragen in einer von den Ecken den Namen ihres Druckers — von
dem Dichter iſt nirgends die Rede, ſo daß ſich das Lied, indem es aus
dem Bewußtſein des Volkes hervorgeht und dahin zurückkehrt, voll-
ſtändig als Eigenthum deſſelben zu erkennen gibt. In einer andern
Ecke lieſt man Bemerkungen wie die folgenden: „Landverkäufer — merkt
es Euch, daß S. B. Goggin, der Drucker, fortwährend mit einem
vollſtändigen Vorrath von Bildern und Balladen verſehen iſt, die alle-
ſammt unter ſeiner eigenen Aufſicht angefertigt werden." — Man kann
über dieſe Bemerkung lächeln; man kann aber auch recht traurig darüber
werden. Es geht daraus hervor, daß das poetiſche Bedürfniß des
Volkes geblieben iſt, wie es war; und es iſt wol ein neues Zeichen
ſeines Unglücks, aber kein Tadel für daſſelbe, daß man dieſes Bedürfniß nur noch fabrikmäßig befriedigen kann. Was nun die „Bilder"
anbelangt, die Meiſter Goggin empfiehlt, ſo ſtellen dieſe in der Mehrzahl die männlichen und weiblichen Heiligen dar, deren die Inſel
mehrere Tauſende zählt und die den einzigen Schmuck der iriſchen
Bauernhütte bilden. Der Vater, die Mutter, jedes von den Kindern
hat ſeinen eigenen Patron, welcher an die Lehmwand oder über das
ärmliche Strohlager geheftet und in gewiſſen Zwiſchenräumen durch
eine neue Abbildung erſetzt wird. Der Reſt der Bilder iſt von ſehr
kunſtloſer Natur, und man ſieht ſelten ein Blatt mit Straßenballaden,
das nicht mit einem oder mehreren Beiſpielen derſelben verziert wäre.
Da ſehn wir „der treuen Liebhaberin Klage," mit dem Sinnbild eines
Elephanten darüber. Ueber dem „Fall des Unterrocks" — einer bittren

Satyre gegen die Frauen der englischen Städtebevölkerung — sitzt ein Affe; und „der gute Arbeitsmann" ist mit einem Esel bedacht.

Was nun die irischen Straßenballaden anlangt, so bilden sie den hervorragendsten Bestandtheil der sg. anglo=irischen Literatur, d. h. sie sind englisch geschrieben und gedruckt, und circuliren nur unter der englisch redenden Bevölkerung Irlands; aber der Geist, den sie ath= men, ist ächt irisch. Ihre Gegenstände sind unveränderlich der Ab= schied von der Heimath, die Auswanderung nach Amerika, Verurtheilung und Hinrichtung von Missethätern, wobei der Richter jedesmal grausam, der Vertheidiger stets „edel" und „kühn" und der Verbrecher selbst ein Gegenstand der tiefsten Sympathie ist; die große Masse der Straßen= balladen von Irland aber vertheilt sich auf die Liebesballade und die Parteiballade. „In der Liebesballade sind besonders zwei Dinge be= merkbar, welche den Charakter des Volkes treulich widerspiegeln; erstens: Gesetzliche Verheirathung ist gleichmäßig das Ziel und Ende, zweitens: Davonlaufen ist sehr gebräuchlich und wird nicht im Mindesten für anstößig gehalten. Die Eltern werden gewöhnlich als die natürlichen Feinde treuer Liebhaber beschrieben; und als solche wird es nicht nur für erlaubt, sondern im höchsten Grade für preisenswerth gehalten, sie zu schmähen, betrügen und selbst gradeweg zu berauben. Aber das romantische Prinzip von Lieb' in einer Hütte, welches unter den Ro= meos und Julien der feineren Poesie herrscht, findet hier keine An= wendung, denn es ist immer dafür gesorgt, daß der eine oder andere Theil des verliebten Paares mit „reichen Mitteln" versorgt ist und oftmals wird der genaue Betrag der Mitgift nachdrücklich erwähnt. Beispiele von reichen Ladies, die sich in junge Männer vom nie= drigsten Rang verlieben, sind (in der Balladenwelt) außerordentlich zahlreich; Matrosen und Knechte oder Arbeitsmänner (labouring-boys) scheinen die Würdigsten für solche Glücksfälle." (Irish Bal-lad Singers and Irish Street Ballads, Household Words, No. 94, p. 363. 1852.)

Beispiele genug für das hier Gesagte finden sich in unserer eigenen kleinen Collection. So heißt es in „der treuen Liebhaberin Klage" — unter dem Sinnbild und Zeichen, wie gesagt, des Elephanten:

> Mein Schatz ist ein junger, schlanker Mann, sein Alter ist achtzehn;
> Er ist ein so hübscher junger Mann, als einen ich je gesehn.

Mein Vater hat Reichthümer groß, und Reilly, der ist arm,
Und weil ich meinen Matrosen lieb', b'rum litt ich solchen Harm.

Darauf erzählt die treue Liebhaberin, wie ihre Mutter sie bei der Hand genommen und ihr gesagt habe: „wenn Du in Reilly — (beiläufig heißen unter zwölf Balladenliebhabern zehn stets Willy oder William Reilly, zur Erinnerung an einen jungen Katholiken gleichen Namens, der vor 65 Jahren die Tochter eines reichen Protestanten triumphreich entführte) verliebt bist, so laß ihn dieses Land verlassen, denn Dein Vater sagt, er will sein Leben haben."

„O Mutter lieb', sei nicht so hart, wohin denn soll mein Schatz?
Mein Herz, das geht ja doch mit ihm, wo immer auch sein Platz."
„O Tochter lieb', ich bin nicht hart, hier sind eintausend Pfund,
Schick' Reilly nach Amerika, daß er dort kaufe Grund."

Die Liebhaberin nimmt das Geld, läuft zu Reilly, gibt es ihm und sagt, er möge noch diese Nacht das Land verlassen, ihr Vater habe die Flinte schon geladen, „segle nach Amerika und ich will folgen Dir." Er nimmt das Geld, bricht seinen Ring entzwei, sagt: „habe mein Herz und meinen halben Ring, bis zum Wiedersehn," und segelt ab; aber schon nach dreien Tagen kommt er wieder, um sie zu holen. Das Schiff leidet Schiffbruch, Alle kommen um, und ihr Vater findet sie mit ihrem Liebsten, Arm in Arm, todt an der Küste. In ihrem Busen trägt sie einen Brief, der mit Blut geschrieben war, des Inhalts: „grausam war mein Vater, der meinen Liebsten todtschießen wollte;" und die Moral lautet:

„So laßt das Euch 'ne Warnung sein, o Mädchen, fern und nah,
Daß nie mit Euren Liebsten Ihr geht nach Amerika."

Von ähnlicher Art, nur mit dem Unterschied, daß hier an die Stelle des Seemanns der Landmann tritt und auch in seinem Ausgang idyllischer, ist „the bonny labouring boy." Es beginnt mit einer rührenden Beschreibung des schönen Arbeitsmanns, „er ist wolgestaltet, nett und weise," und mit der Klage des Mädchens über die grausamen Eltern:

Sagt die Mutter zu der Tochter:
„Wie sprichst Du da so fremd!

Zu frei'n einen armen Arbeitsmann,
Der nicht 'mal hat ein Hemd!
Nimm lieber einen edlen Lord,
Der Dich versorgen kann,
Anstatt Dich wegzuwerfen so
An einen armen Arbeitsmann!"

Sagt die Tochter zu der Mutter:
„Dein Reden ist all' umsunst;
Denn Grafen, Herzöge und Lords —
Ich verachte ihre Gunst.
Lieber will ich dürftig leben mit Dem,
Der ja mein Herz gewann —
Und lieber als alle Reichen ist mir
Mein guter Arbeitsmann."

Sie erklärt es rund heraus: „in den Armen meines Arbeits=
mannes gedenk' ich zu leben und zu sterben." Worauf dann folgende
Strophe gemeinnützigen Inhalts den Gesang schließt:

Nun füllen die Gläser wir bis zum Rand
Und lassen den Toast gehn rund:
Auf's Wohl jedweden Arbeitsmanns,
Der da pflügt und sä't den Grund.
Der, wenn die Arbeit vorüber,
Daheim sich ausruh'n kann;
Und glücklich das Mädchen, welches nimmt
Einen lustigen Arbeitsmann.

Die grausamste von allen Liebesballaden und die beliebteste dazu,
sollten wir denken, ist „der Pflugknecht an den Ufern des Dundee."

Ich hörte von einem Mädchen, so wunderschön und hold.
Ihr Vater starb und ließ ihr fünftausend Pfund in Gold.
Sie lebte bei ihrem Onkel und sie verließ ihn nie,
Bis sie den Pflugknecht liebte an den Ufern des Dundee.

Da kam ein reicher „Squire," der Mary — so heißt unsere
Heldin — zu sehen wünschte,

„Aber immer noch liebte den Pflugknecht sie an den Ufern des Dundee."

Eines Morgens, grad bei Tagesanbruch, kam ihr Onkel in ihre Kammer und sagte:

„Mary, steh' auf, Du sollst bald sein eine große Dame — denn sieh'
Der Squire, der wartet schon auf Dich an den Ufern des Dundee."

„Der Teufel hole Deine Squires, und Herzöge dazu —
Ich liebe den Pflugknecht William nur — und nun laß mich in Ruh'!"

Für diesen peremptorischen Bescheid wird William, der Pflugknecht, „verbannt von den Ufern des Dundee." William läßt sich anwerben, und ficht „für die Freiheit, obgleich sie zehn gegen Einen standen." Eines Abends begegnet Mary dem Squire, der ihren Jungen in den Krieg geschickt hat.

Er schlang seine Arme rund um sie und warf sie auf die Erd' —
Da sah in seinem Schlafrock sie zwei Pistolen und ein Schwert.
Jung' Mary nahm die Pistolen und, da Gott ihr Beistand lieh,
Erschoß sie den verhaßten Squire an den Ufern des Dundee.

Ihr Onkel hörte den Lärm — „weil Du den Squire erschossen hast, so will ich Dir eine Todeswunde beibringen;" aber Mary nahm die zweite Pistole und schoß ihren Onkel dito todt. Zuvor aber, auf dem Sterbebett, nachdem ein geschickter Doctor und ein Advocat gekommen waren, vermachte er testamentarisch all' sein Geld der jungen Mary, „die so männlich gefochten hatte." Nun ward nach William gesandt, und er kam eilig zurück.

Das Aufgebot ward proclamirt und freudig reichte sie
Ihre Hand dem Pflugknecht William an den Ufern des Dundee. —

Noch interessanter fast, in culturhistorischem Betracht, sind die Parteiballaden. Bekanntlich kennt die große Masse des irischen Volkes nur zwei Parteien; die eine besteht aus Katholiken, Patrioten und schmachvoll Unterdrückten, die andere aus Protestanten, Orangemännern, unrechtmäßigen Landeigenthümern und Unterdrückern im Allgemeinen. Die Ballade nun stellt sich natürlich auf die Seite der ersten Partei, ja sie ist das vorzüglichste Mittel, in welchem sich die Leidenschaft und der Haß derselben gegen die andere Luft macht. Die protestantische Straßenballade, was man etwa so nennen könnte, hat ein verhältnißmäßig kleines Gebiet in Ulster und dem Norden von Leinster.

Die Parteilieder unserer Sammlung gehören durchaus der katholisch-patriotischen Richtung an; und eins der factiösesten, welches sich darin befindet, ist das von „Cahill und Malone." Ueber Malone habe ich Näheres nicht erfahren können. Cahill ist ein unruhiger, durch mehrere heftige politische Zeitungsartikel in Irland populär gewordner katholischer Priester, welcher vor einigen Jahren nach Amerika ausgewandert ist; so lange er aber in Irland war, nicht müde ward zu predigen, zu lesen und zu schreiben, daß es in Frankreich nicht Mann, Weib noch Kind gebe, die, bei der Aussicht auf eine günstige Gelegenheit, ein Messer in den Leib eines Engländers zu stoßen, nicht vor Freude tanzen würden. — Unser Lied beginnt mit einer offenen Aufforderung zur Rebellion:

> Ihr Römischen, all', nun schenkt Gehör auf eine Weile mir,
> Die Thrannei der Englischen will ich beschreiben hier.
> Vereint, wie tapfre Helden Euch, und schaart mit wildem Drohn
> Um Eure Freund' und Führer Euch, um Cahill und Malone.

Weiterhin heißt es, man solle gegen die lutheranischen Nero's aufstehn, um die Kirche von Rom zu beschützen. Es wird erzählt, daß die Bande Cromwell's dreizehnhundert irische Priester „gemetzgert, gehängt, geschlagen, geröstet und lebendig begraben" hätte; daß „die höllische Schaar von König Wilhelm" mit Galgen und Beil gegen die Römischen Nacht und Tag gewüthet hätte und unter der „blutigen Anna" alle Nonnenklöster aufgehoben, alle Mönche getödtet worden wären.

> Als nun Georg der Zweite kam, da wuchs des Volkes Druck,
> Den Kathedralen raubten sie den heil'gen Kirchenschmuck.
> Nicht Land, noch Haus, noch Reitpferd man den Katholiken ließ,
> Bis unser Dan O'Connel all' die Schmach bei Seite stieß.
> Und nun ist der Befreier todt, und unser Jammer lebt,
> Daß unf're Hoffnung wie ein Traum und auch so bald verschwebt.
> Doch ob wir jetzt auch schweigen noch — es kommt die Stunde schon,
> Dann stehn wir dichtgedrängt im Feld um Cahill und Malone.

Doch genug. Klarer kann sich der Haß, der Ingrimm, die Empörung nicht aussprechen; und unerklärlich wär' es, daß die englische Regierung den Verkauf solcher Schriften auf offenem Markte duldet, wenn man nicht zu gut wüßte, was der Haß, der Ingrimm, die Empörung des irischen Volkes zu bedeuten hat. Sein Schmerzensschrei ist ein Schrei der Ohnmacht, welcher wirkungslos verhallt; sein Weheruf

ist von traditioneller Natur und ohne Consequenzen für die Gegen=
wart. Von dem feig gewordenen, verkommenen irischen Volke hat die
englische Regierung Nichts mehr zu fürchten; und die kleinen Aufstände
der Hintersassen, und die bei Nacht versuchten Mordthaten gegen die
Grundbesitzer sind Dinge, die vor die Richterbank und längst nicht
mehr vor das Forum der Politik gehören. —

So kam ich zum Haymarket, einem Marktplatz, der die Grenze
zwischen der irischen und der alten englischen Stadt bildet. Die eng=
lischen Ansiedler hatten eine Passion dafür, die Lehmhütten und die
unwegsamen Straßen von Irland mit lieben Namen der Heimath zu
schmücken. Aber wo sind die stolzen Häuserfronten vom Haymarket=
hügel in London — wo die stattlichen Portale und Säulengänge, wo
das volle Welttreiben, so prächtig, so ehrenfest bei Tage, so leichtsinnig,
so berauschend bei Nacht? Nichts von alle Dem; ein großer, wüster
Hofraum, im Viereck von einem Holzdach auf Holzsäulen umgeben. Die
Glorie von Irland ruht auf Holzsäulen, welche unten herum, im
Moorgrund, schon vermorscht sind. Im ganzen Raume war fast nichts
zu sehen, als alte Kleider, die, zum Verkauf ausgehängt, im Winde
baumelten; davor, im Viereck des Hofes, war der Haupthandelsartikel —
Buttermilch, der auf Eselwagen in großen Kübeln herangefahren und
in großen Blechschaalen vom durstigen Volke getrunken ward. In der
alten englischen Stadt — denn es gibt auch eine neue englische, New=
town Perry, in welcher die vornehme Welt von Limerick in einigen
hübschen Häusern wohnt und die wir von Cruise's königlichem Hotel
schon kennen — sieht es nicht viel besser aus, als in der irischen.
Auch hier zunächst wieder eine ganze Straße voll von Kleidertröblern,
und in den Kellern derselbe Gestank, dasselbe Gewühl von schmutzigen
Menschen und schmutzigen Sachen. Selbst an den Quais, die hier
den Salmon River und Shannon entlang laufen, kann die frische Luft
vom Wasser und dem nicht sehr fernen Ozean die miserable Lumpen=
luft nicht ganz bewältigen. In den Hauptstraßen ist ein undurch=
dringliches Durcheinander von Schuhflickern, Eselkarren, elenden Männern,
Häringsfässern, gemeinen Weibern, verkommenen Kindern und Tröbel=
buben — in den Nebenstraßen ist es dumpf und still. Ich habe nichts
„von den altehrwürdigen Häusern mit Giebeldächern" gesehen, die
Macaulay so schön zu schildern weiß; ich habe nicht gefunden, daß

„der Aspect der Straßen ein solcher ist, daß ein Reisender, der sie durchwandert, sich leicht einbilden könne, er sei in der Normandie oder in Flandern." Dagegen habe ich, mit einziger Ausnahme der Georgestreet, in der Bannmeile von Limerick kein Haus gesehen, in welchem nicht das Dach durchlöchert, oder die Thür zerbrochen, oder mindestens doch einige Fensterscheiben zersplittert gewesen wären. Ich erinnere mich, durch ein großes Haus gegangen zu sein, von dem nur noch die Wände standen, die Fensterhöhlen erkennbar waren und einige Fetzen Tapeten an den Wänden herabhingen. Und nicht bloß hier, sogar in Newtown Perry, dem Stolz von Limerick, sah ich ganze Reihen von Ruinen; ja selbst mitten im Shannon, wo er am breitesten fließt und nirgend Weg, Steg oder Brücke zu erblicken war, standen zwei große, zerfallende Häuser, ohne Dach, ohne Fenster. Woher diese erschreckende Masse von Trödelbuden auf allen Straßen, von dach= und fachlosen Trümmern mitten im Strome des vollen Lebens? Ich weiß es nicht. Es ist, als ob das Volk in Irland „Ruinen" baue, wie man bei uns Häuser baut; und anstatt der Kleidungsstücke unserer Werkstätten gleich Lumpen und Moder auf den Markt bringe. —

Nun befand ich mich, nach dem Plan, den ich bei mir trug, in der Nähe des berühmten Schlosses von Limerick; konnte es jedoch, wegen des dunklen Straßengewirres ringsum nicht finden. Ich fragte nach demselben. Wenige kannten es; sie sahen mich mit verwunderten Gesichtern an und ließen mich gehen. Erst als ich nach der „Caserne" fragte, wußte man mich zu bescheiden. So sehr schon scheint das Volk seiner eigenen Vergangenheit zu vergessen! Ihre Unzufriedenheit kennt den historischen Grund nicht mehr; sie haben sich an die Veränderungen der neuen Zeit zur Genüge gewöhnt, und ihr Groll ist der Groll eigensinniger, unvernünftiger Kinder. Sie wissen selbst nicht, was sie wollen; und haben nur das dunkle Gefühl, daß es zwei Parteien gebe, von denen die Engländer die Unterdrücker, und sie, die Irländer, die Unterdrückten seien. — An die Mauern des Schlosses hat man Casernen gebaut, in welchen die Miliz und die Invaliden liegen. Ein alter Corporal mit rothem Rock und rother Nase saß auf einem Eckstein unter dem Thorbogen und schmauchte sein Pfeifchen. Er mußte wichtige Gedanken haben; er rührte sich nicht von der Stelle, bis ich dicht vor ihm stand. „He, Kamerad!" rief ich, „wollt Ihr mich führen?"

Er sah langsam auf und erhob sich noch langsamer; es schien ihm sehr schwer zu werden, seinen Platz auf dem Eckstein zu verlassen. Er war von irischer Geburt und sprach das Englische zum Erbarmen schlecht und nicht ohne Mühe. Er hatte den Befreiungskrieg auf dem Continent mitgemacht und hatte sich unter Wellington in Spanien und den Niederlanden geschlagen. „Wellington war ein braver Mann," sagte er — „Gott segne sein Andenken! Er ist auf irischem Boden geboren worden, er kannte das irische Volk und hat es geliebt!" —

Nach diesem Ausruf, mit welchem er mir sogleich sein ganzes Herz ausgeschüttet hatte, traten wir unsere Wanderung an; und denkwürdiger Boden war es, auf dem wir gingen, Schritt für Schritt. In diesem Schloß hielt, bis zum Letzten treu, und nachdem der König längst treulos geworden und nach St. Germain's zurückgeflüchtet war, die irische Armee unter Sarsfield aus. Der alte Corporal wußte mehr noch von diesen alten begrabenen Geschichten, als ich anfänglich vermuthet hatte. „Kommt," sagte er, nachdem er mein Interesse daran bemerkt hatte, „ich werde Euch die Thürme zeigen." Eine uralte, graue Masse, bekleidet mit Moos und dichtem Epheuwuchs, schaut das Schloß auf den Shannon nieder, der breit, aber mit vielen Steinhaufen, die seinen Fluß hemmen, unter den Mauern desselben dahinrauscht. Es ist ein Bau aus den Tagen von König Johann; massive Mauern, runde Thürme mit Zinnen, Spitzbögen über der Hauptpforte und den Fenstern im Innern sind seine Charakterzüge. Sechshundert Jahre voll wilder Kämpfe und nutzloser Friedensschlüsse sind über ihm dahingegangen. Kugeln aus jedem Zeitalter stecken in seinen Brüstungen, und das Blut viel edler Herzen von beiden Parteien hat den Boden getränkt, auf dem es steht. Eine Zwingburg der englischen Thrannen anfangs, ward es später die Festung der irischen Rebellen; dann wurden seine zerschossenen Mauern, seine gesprengten Thürme auf's Neue hergestellt und gegen ihre ehemaligen Bewohner gekehrt — und heut', wo die Kreuzflagge des heiligen Georg von England breit und ruhig über ihm flattert, blickt es noch finster in den „König der Ströme" — ach, auch ein König ohne Krone, wie die andern Moorkönige von Irland, die in den Hütten der westlichen Niederungen wohnen, — und wartet der Zeit, wo ein neues Morgenroth um seine graue, steinerne Stirn spielen wird! — Die Fronte des Schlosses —

im schweren Festungsstyl der Normannen, breit und plump — steht noch
wolerhalten und an schadhaften Stellen ausgebessert, der Straße und
der Brücke zugekehrt. Den Eckthurm links hat man auf den alten
Fundamenten neu aufgebaut; er war von Ginkell's Kanonen anno 91
ganz zertrümmert worden. — Die beiden Thürme in der Mitte zwischen
dem Hauptportal sind bis auf einige Reparaturen in den Zinnen,
alt. Der Eckthurm rechts ist über den Zinnen abgebrochen und mit
einem neuen spitzen Dache bedeckt worden. Spuren einer Galerie von
den Mittelthürmen zu diesem Eckthurm, namentlich eine Thür, die auf
sie geführt haben muß, ist noch erkennbar. Sonst ist Alles Ruine und
Trümmerhaufen; der Eckthurm auf der andern Seite, die Mauern
nach dem Fluß zu, und eine träge, verworrene Steinmasse schiebt sich
den Abhang bis weit in das Wasser hinunter. Die Zuneigung und
Offenheit des alten Rothrocks schien mit jedem Thurme, den ich bestieg, zu wachsen; und als ich nun gar die Absicht äußerte, auch die
Ruine am Wasser zu erklettern, da lieh er mir, mit verklärtem Gesicht, seine Schulter als Leitersprosse und drückte mir zärtlich die Hand,
als ich über mir vorauspolterndem Gestein zurück auf den Mauerrest stieg,
auf welchem er mich erwartete. Von hier aus übersahen wir das
Wasser, die Brücke, das andere Ufer. Dort standen die Zelte der
irischen Reiter; dort waren ihre kleinen, wilden Pferde angebunden;
dort brannten ihre Lagerfeuer. Einige Vorstadthäuser und Gärten
bedecken nunmehr den Grund. Ginkell, der holländische Commadeur von
Wilhelm's Belagerungsarmee, beschloß die Verbindung zwischen der
belagerten Armee Sarsfield's im Schloß und den Reitern vom Clare-
Ufer aufzuheben. Der Angriff auf die Reiterei wurde gemacht; sie
wich, sie wurde zerstreut, sie floh in wilder Auflösung. Alsdann wurde
das Fort des Brückenkopfs angegriffen und rasch erstürmt; die Garnison desselben floh nach der Stadt zu. Aber aus Furcht vor den
nachdringenden Engländern war das Thor verrammelt worden. „Viele
von den Irischen gingen über Kopf in den Strom und kamen daselbst
um. Andere schrieen um Gnade und hielten ihre Taschentücher zum
Zeichen der Ergebung in die Höhe. Aber die Sieger waren toll von
Wuth: ihre Grausamkeit konnte nicht unmittelbar gezügelt werden;
und nicht eher wurden Gefangene gemacht, als bis die Leichenhaufen
über die Parapeten gestiegen waren." (Macaulay, History. VI, 213.)

„Das ist die Brücke," sagte der alte Corporal, indem er mit den Fingern auf einen stattlichen Bogenbau über's Wasser wies. „Man hat die hölzerne Brücke abgerissen und eine steinerne an ihre Stelle gesetzt; aber ich erinnere mich der alten noch gut genug und werde auch die Grausamkeit der Engländer nicht vergessen, die mit ihrem Andenken verbunden ist!" — Durch den rothen englischen Rock flammte jetzt zum ersten Mal das irische Herz des alten Soldaten; und er bemühte sich's auch nicht weiter zu verstecken, obwol er noch lange sehr vorsichtig blieb. — Dann capitulirte die Stadt und auf der andern Seite der Brücke ward der berühmte, oft genannte, oft interpretirte, und von Freund und Feind oft gemißbrauchte „Vertrag von Limerick" geschlossen. Seine militairischen Paragraphen sind leicht zu wider-holen. Sarsfield und diejenigen seiner Waffengefährten, welche ihm folgen wollten, sollten freien Durchzug bis zum Meere haben, um von dort aus nach Frankreich zu emigriren, und daselbst eine neue Heimath und neue Dienste zu suchen. Nichts ist erschütternder in Irland's Leidensgeschichte, als der Zug dieser Emigranten. „Cork und die Nachbarschaft war von den Schaaren der Auswanderer erfüllt. Weiber in großer Anzahl, Viele derselben ihre Kinder führend, tragend, säugend, bedeckten alle Wege, die zu dem Platze der Einschiffung führten ... Nachdem die Soldaten eingeschifft worden waren, ward noch Raum für die Familien einiger derselben gefunden; aber noch blieb an der Wasserseite ein großer Haufen, welcher jämmerlich flehte, an Bord genommen zu werden. Als die letzten Böte abstießen, war es ein Stürzen in die Brandung. Einige Weiber hielten sich an den Stricken fest, wurden aus der Tiefe herausgeschnellt, hingen, bis ihre Finger durchgeschnitten waren und kamen in den Wogen um. Die Schiffe begannen sich zu bewegen. Ein wildes und furchtbares Klagegeheul erhob sich von der Küste und erregte ungewohntes Mitleid in Herzen, welche von Haß gegen die irische Race und den römischen Glauben verhärtet waren. Sogar der strenge Cromwellianer, nun zuletzt, nach einem verzweifelten Ringen von drei Jahren, der unbezweifelte Herr des blutbefleckten und verwüsteten Eilands, konnte nicht unbewegt diesen bitteren Schrei hören, in welchem alle Wuth und aller Kummer einer besiegten Nation sich ausströmte. Die Segel verschwanden. Der abgezehrte und im Herzen gebrochene Haufen derjenigen, welche ein

Streich, grausamer als Tod, zu Wittwen und Waisen gemacht hatte, zerstreute sich, um ihren Weg heimwärts durch ein wüstes Land zu betteln, oder niederzuliegen und an der Landstraße vor Gram und Hunger zu sterben. Die Exilirten wanderten dahin, um in fremden Lagern jene Zucht zu lernen, ohne welche natürlicher Muth von geringem Nutzen ist und auf entfernten Schlachtfeldern die Ehre wiederherzustellen, welche durch eine lange Reihe von Niederlagen daheim verloren worden war. In Irland aber war Friede..." (Macaulay, a. a. O. 225.)

Was für ein Gesicht dieser Friede gehabt haben mag, wie bleich, wie unsäglich elend, wie hohläugig — das will ich an dieser Stelle nicht zu schildern versuchen. Genug, es war Friede, und die Civilartikel des „Vertrags von Limerick" hätten ihn dauernd und auf die Länge auch wolthuend machen können. Es wurden in diesen Artikeln den irischen Katholiken alle jene Freiheiten und Privilegien verbrieft und versprochen, deren sie sich unter Karl's II. Regierung erfreut hatten. Die freie Uebung ihrer Religion sollte ihnen zugestanden, ihr Landbesitz ihnen garantirt, jede Art von bürgerlichem Gewerbe ihnen eröffnet werden; ihrer Gentry sollte das Tragen von Waffen gestattet sein. Von politischen Rechten, von öffentlichen Aemtern, von einem Sitz im Parlament war nicht die Rede; und die Irländer waren gedemüthigt genug, einen Anspruch dieser Art damals und noch lange nicht zu erheben. Aber auch das geringe Maß der bürgerlichen und religiösen Freiheit ward ihnen nicht erfüllt, und der Vertrag von Limerick ward, keine zwei Jahre nachdem er unterzeichnet worden war, auf das Schmählichste gebrochen. Macaulay thut sehr Unrecht, den Vertragsbruch hinwegdemonstriren zu wollen. Umsonst bemüht er sich auf mehreren Seiten seines Geschichtswerks zu beweisen, daß den Iren ein Sitz im Parlament, das Recht auf Civil = und Militairämter nicht gebührt habe. Darin sind wir Alle einverstanden; darum handelt es sich nicht. Versprochen war ihnen das Recht des Besitzes, des bürgerlichen Erwerbes, der freien Religionsübung; und dieses Versprechen ist ihnen nicht nur nicht gehalten worden: man hat im Gegentheil in allen drei Punkten ihre Lage noch unverträglicher mit Allem gemacht, was Menschenrecht und Menschenwürde heißt, als sie früher gewesen. Es ist nicht edel von dem großen Geschichtschreiber, daß er nach jener seitenlangen

Ausführung nur eine winzige Anmerkung von wenigen Zeilen hat, um kleinlaut zu gestehn, daß nach der angegebenen Richtung hin der Vertrag allerdings verletzt worden sei; und vergeblich erwarten wir, daß er seine Stimme, die doch sonst laut und mächtig klingt, wenn es sich um das Recht unterdrückter Völker und unterdrückter Freiheit handelt, erhebe, um uns zu sagen, daß schon 1694 den irischen Katholiken bei Strafe verboten ward, Studirens halber außer Landes zu gehn und daheim eine andere als protestantische Erziehung zu erhalten. Und als das Volk von Irland über diesen Treubruch sich bitter beschwerte, da ward ihm 1703 und in den folgenden Jahren mit einer Reihe von Bestimmungen geantwortet, deren Gesammtheit, unter dem Namen „Straf-Codex" bekannt, jenes Gesetzbuch voll wilder Härte und unmenschlicher Grausamkeit bildet, welches, wie Hallam, von Macaulay selbst „der gerechteste und unparteilichste der englischen Geschichtschreiber," genannt, (Burleigh and his times. Essays, II, p. 102) sich ausdrückt, „fast seines Gleichen nicht hat in Europäischer Geschichte." Der „Straf-Codex" machte die Katholiken von Irland in bürgerlicher und religiöser Beziehung vogelfrei; er raubte ihnen den Schutz des Besitzes und der Person, das erste Grundrecht jedes Menschen; das Recht des Erwerbs und der testamentarischen Disposition über das Erworbene ward ihnen entzogen und wenn nicht die Toleranz und Erleuchtung einer späteren Zeit mitleidsvoll und entrüstet eingeschritten wäre, so würden die Reste des irischen Volkes heut nicht anders sein, als es die Neger in den Sclavenstaaten von Amerika sind. Darum nennt der Irländer die Stadt Limerick „die Stadt des gebrochenen Vertrages," darum zuckt sein Herz noch ein Mal krampfhaft zusammen, wenn er das alte Schloß und den Shannon sieht, darum ballt sich seine Faust noch ein Mal im doppelt kränkendem Gefühl des erlittenen Unrechts und der Ohnmacht, wenn er die Geschichte desselben erzählt. Und das Alles zog am traurigen Herbsttage meiner Seele vorüber, da ich auf dem zerbrochenen Thurme des Limericker Schlosses stand und den Shannon rauschen hörte, der mit dumpfem Murren an seine Grundmauern dahingeht.

Ich aber stieg, auf die Schulter meines Corporals gestützt, nieder, und selbander verließen wir das alte Gemäuer. Wir gingen über

die Thomond=Brücke. Auf der andern Seite, nicht weit von dem letz=
ten Pfeiler, rechts, liegt ein großer, schwarzer Stein, tief in die Erde
gesunken. Die Zeit hat an seinen Ecken genagt, er ist vom Regen der
Jahrhunderte zerrissen und zerklüftet. Aber wol erkennbar noch ist die
obere Fläche, die wie eine Tischplatte das Ganze bedeckt. „Dieß ist
der Stein des Vertrages," sagte der Corporal. Ich blieb stehn, um
mir die Umrisse desselben in mein Tagebuch zu zeichnen. Wenige
Schritte davon, gegenüber, liegt M'Donald's Whiskeyschank, ein kleines,
stockirisches Haus, in dem es immer hoch und laut herzugehn pflegt.
M'Donald ist ein eifriger Patriot; und die Patrioten versammeln
sich bei ihm und trinken seinen Whiskey und machen in seinen vier
Wänden, wo sie Niemand hört, Lärm und fluchen gegen die Engländer
der. M'Donald stand auf der Schwelle, während ich beim Stein ver=
weilte; der Corporal trat zu ihm, und bald ward ich gebeten, einzu=
treten. Der Raum war eng, und viele Männer mit erhitzten Gesich=
tern saßen auf Fässern und Bänken umher, und die kleine niedliche
Frau des Wirthes stand hinter der Barre. Sie kam hervor, um mich
zu begrüßen. „Führe den fremden Herrn hinauf!" sagte M'Donald,
und gab dem Corporal ein Glas starken Whiskeys. Die Frau ging
und ich folgte ihr eine kleine, enge Treppe hinauf; dann traten wir
in ein helleres Gemach, das gegen den unteren Raum wie ein Staats=
zimmer aussah. „Hier, lieber Herr," sagte sie, „könnt Ihr's lesen,"
dabei wies sie auf ein mit großen Buchstaben bedrucktes Blatt, welches,
unter Glas und Rahmen gefaßt, auf dem Tische lag. Es waren die
Artikel des Vertrags von Limerick. Ich stand noch, über sie gebeugt, um
zu lesen, da trat M'Donald wieder ein und sagte, „wir wollen hin=
untergehn und einen Vortrag halten," und nahm die Artikel mit sich
in den Schankladen und wir folgten ihm dahin. Seine Kunden, die
Männer mit den erhitzten Gesichtern, voran der Corporal mit dem
Pfeifchen, der inzwischen auch schon mehr als ein Glas auf meine
Gesundheit und meine Kosten geleert hatte, stellten sich um den Wirth
und hörten zu, während er die Artikel, einen nach dem andern mit
lauter Stimme und rednerischem Pathos vorlas. Als ich ihn am Ende,
da ein tiefes Murren durch den Kreis ging, fragte, was denn nun
diese Artikel mit jenem Stein zu thun hätten, da erwiderte er: „diese
Artikel sind auf jenem Stein unterzeichnet worden, und der Engländer

hat diesen Artikel hier gebrochen, und diesen hier" — und dabei zeigte er auf den ersten, den dritten, den siebenten Artikel. . . .

„Er hat sie Alle gebrochen, nicht Einen hat er gehalten!" rief ein Mann mit dickem braunen Bart, ein herkulischer Mann, ziemlich anständig gekleidet und nicht ohne Anschein von Bildung. „Ihr wollt wissen," sagte er, an die Wand gelehnt, „was jener Stein bedeute? Er ist ein ewiges Denkmal für englischen Treubruch und irische Tapferkeit!' Ein Mann mit weißem Haar und blöden Augen, aber ein pfiffiger Mann und von großer Geltung unter seinen Genossen, der auf einer umgestürzten Tonne saß, sagte, daß er die Engländer hasse und daß er die Franzosen liebe, und daß die Iren und die Franzosen Verwandte und Brüder seien im Glauben und im Blute, und daß die Franzosen noch einmal kommen würden, um ihnen aus dem Elend zu helfen; „und wenn sie kommen", schloß er, „so sollen sie die besten Salme aus dem Shannon und den besten Whiskey aus M'Donald's Keller haben — und weil Ihr ein französischer Mann seid, so heißt Euch O'Leary von Limerick willkommen und reicht Euch sein Glas, um mit ihm auf das Wohl von Irland zu trinken!'

Ich wagte nicht zu widersprechen, noch den Trunk abzulehnen. Aber mir ward bang zu Muthe. Denn es war eine schwüle Luft, zum Ersticken, in dem aller Ausdünstungen vollen Raum, und die vom Spiritus entflammten Gemüther der Männer fingen an auf unheimliche Weise zu phosphoresciren.

„Heida! und wenn die Franzosen kommen, so will ich mit ihnen gegen die Engländer stehn," rief mit einem plötzlichen Ausbruch der kleine Corporal im rothen Rock der Königin, der bisher nur geraucht, zugehört und geschwiegen hatte. „Heida!" ich bin auch kein schlechterer Irischmann, als Ihr Andern, und ich trinke mit Allen auf das Heil unseres Landes und unseres Volkes!'

„Es wird blutige Arbeit in Irland noch geben," sprach ein steinalter Mann, der in einem Winkel zusammengekauert auf einem niedrigen Schemel saß. Sein Auge hatte den kalten Glanz des Alters, welches am Grabe sieht, und seine Stimme, indem er sie erhob, hatte etwas prophetenhaft Tiefes, das mich erschütterte. „Blutige Arbeit," wiederholte er, „und Schlachten auf Schlachten. Ein Weib wird stehn auf dem höchsten Graben im Lande, drei Tage lang, ohne einen einzigen Mann noch erblicken zu können. Die Kühe werden dastehn und Niemand wird sie melken; der Herbst wird verloren sein, weil Niemand da ist, um zu ernbten, und die Geister aller Ermordeten werden durch das Land gehn, um die Mitte des Tages. Am Ende wird die letzte Schlacht geschlagen werden an den Ufern des Loughhail, welcher genannt ist „See der Sorgen." Drei Tage lang wird eine Mühle rund gehn von dem Blute der Erschlagenen, bis am Ende das Heer von Irland die Fremden in den See getrieben haben wird, wo der Letzte von ihnen ertrinken wird . . ."

In diesem Augenblicke, wo M'Donald, das Todtenschweigen, welches den ergreifenden Worten gefolgt war, unterbrechend, an eines der Fässer gegangen war, um das Glas des Corporals noch ein Mal zu füllen, that sich die Thür auf, und herein trat ein alter Bekannter — der Werbesoldat von heut Morgen. Sein englisches Gesicht war ganz roth vor Kälte und die bunten Bänder an seiner Mütze, feucht von Nebel und Regen, hingen in einem Bündel schlaff hernieder. Aber er war nicht allein. Es umgaben ihn drei, vier junge Bursche in zerrissenen Röcken, welche Handgeld genommen hatten. Auf die Schultern waren ihnen einige bunte Bänder geheftet worden. Alles war stumm, da die neue Gruppe eintrat; der herkulische Mann und der pfiffige Mann und der Corporal drückten sich in die Ecke um den stein-alten Propheten zusammen und schwiegen, als ob sie nie ein Wort gesprochen hätten. Aber um so lauter trumpfte der Werbesoldat auf. „Holla! Whiskey her für meine Jungen!" rief er, als er noch nicht halb eingetreten war --- „Whiskey her für die leichte Fußgarde Ihrer Majestät — und ein Schuft, wer nicht einstimmt, wenn ich rufe: „Gott schütze die Königin und ihr Reich!"

Die drei oder vier Jungen besannen sich nicht viel; sie sahn aus, als ob sie lange Nichts gegessen und noch viel länger Nichts getrunken hätten — sie stürzten das ihnen gebotene Glas rasch hinunter und aßen die Bretzel dazu, die ihnen gereicht ward, und schrien, den Mund ganz voll, zwischen dem Kauen: „Gott schütze die Königin!" Die Andern aber schwiegen. „Warum sitzt Ihr da so still?" rief der Werbesoldat, sich trotzig umkehrend. „Und Du, — Hund von einem Corporal — warum rufst Du nicht mit, wenn wir das Wol unserer allergnädigsten Königin trinken?" „Mein theurer Herr," erwiderte der

Corporal, dem vor Schreck das Pfeifchen ausgegangen war, „mein Glas ist leer und ...“ „Und Du willst, daß der Diener Ihrer Majestät es fülle? Wolan, im Namen der Königin! füllt ihm das Glas!“ M'Donald, dessen Gesicht während der ganzen Scene finster gewesen war, ging an's Faß und füllte; aber er sagte kein Wort. Der Werbesoldat mit seinen Burschen und der Corporal stellten sich zusammen, stießen mit den frisch gefüllten Gläsern an und der Ruf: „Gott schütze die Königin!“ ging durch denselben Raum, der wenige Minuten vorher noch der Zeuge des Begeisterungsrausches für Irlands Freiheit und Irlands Glauben gewesen. — Ein neuer Lärm und von der grad entgegengesetzten Art als der, welcher mich empfangen hatte, setzte sich in M'Donalds Whiskeyschank fest, die neuen Gäste ließen sich tumultirend auf den Sitzen der früheren, die sich langsam und Einer nach dem Andern entfernten, nieder, und heimlich trug man die Artikel von Limerick wieder hinauf in das Staatszimmer vom ersten Stock. Auch ich ging und der Corporal mit mir. Aber schweigend und gesenkten Hauptes schritt er hinter mir her; ihm war offenbar zu Muthe, wie nach einer Niederlage, und er wagte lange nicht, mich anzusehn oder anzureden. Und also, ungestört von ihm, der wie das erbarmungswerthe Schicksal von Irland selber hinter mir herwandelte, setzte ich meinen Weg längs der Ufer des strömenden Shannon fort. —

Ich hatte wieder einmal einen Blick in das gährende Herz dieses Volkes gethan; und erfreulich war auch dieser Blick nicht gewesen. Englischer Treubruch und irische „Tapferkeit“ hatten sich mir gegenüber eine neue Schlacht geliefert, von deren Ausgang ich wahrlich nicht sehr erbaut sein konnte. Ich war wieder einmal für einen Franzosen gehalten und mir waren, als dem Vertreter der „großen Nation“ neue Beweise der leidenschaftlichsten Sympathie für sie gegeben worden. Sie klammern sich an die Illusion einer Hülfe von Frankreich mit der ganzen Kraft der Verzweiflung an. Nicht blos hier, sondern überall in Irland derselbe ohnmächtige Haß gegen England, dieselbe kindische Vorliebe für Frankreich, das ihnen immer noch vorzugsweise das Land ist, in welchem ihre rechtmäßigen Souveraine, die Stuarts, und die kleine Schaar der Getreuen, die denselben folgte, als Märtyrer lebten und als Heilige starben. Sie haben eine Art schwärmerischer Verehrung für dieses Land, die — wie mir aus mannig-

fachen Anzeichen scheinen wollte — durch die Priesterschaft lange ge=
nährt ward. Es ist die umherirrende Sehnsucht, die nach einem Anker=
grunde sucht; es ist der versinkende Arm, der nach einem Strohhalm
greift. Mit der Zähigkeit von Gemüthern, welche immer neue Illu=
sionen aufwerfen, wenn die alten zersprungen sind, halten sie die Hoff=
nung auf Frankreich fest und lassen sie nicht los — auf Frankreich,
das dem unterdrückten Volke, da es ihm zum ersten Mal zu Hülfe
kam, Nichts nützte, beim zweiten Mal sogar schadete, indem das fran=
zösische Revolutionsgeschwader von 1796 unter General Roche zu
früh und das andere von 1798 unter General Humbert zu spät kam,
und endlich, als es zum dritten Mal aufgerufen wurde, jede Vermit=
telung und weitere Einmischung ablehnte. Vielleicht ist es nicht allge=
mein bekannt oder seitdem wieder vergessen worden, daß im Jahre
1848 auch Irland sich noch einmal zu regen begann und eine Depu=
tation an die provisorische Regierung von Frankreich absandte, um der=
selben zum Sturze der Monarchie Glück zu wünschen und die
junge Republik aufzufordern, „der unterdrückten Nationalität von Ir=
land" Hülfe zu leisten. Hören wir einige Sätze aus der Rede, mit
welcher Lamartine damals diese Deputation empfing und abwies:
„Bürger von Irland," begann er, „wir sind nicht erstaunt darüber,
heut eine Deputation von Irland vor uns zu sehn. Irland weiß,
wie tief seine Geschicke, seine Leiden und seine allmäligen Fortschritte
auf der Bahn religöser Freiheit, Einheit und verfassungsmäßiger Gleich=
heit mit den anderen Theilen des vereinigten Königreichs zu allen
Zeiten das Herz Europas bewegt haben. Wir sagten dasselbe vor
einigen Tagen einer anderen Deputation Eurer Mitbürger. Wir sa=
gen dasselbe allen Kindern der glorreichen Insel Erin, welche der an=
geborne Genius ihrer Bewohner und die großartigen Ereignisse ihrer
Geschichte gleicherweise zu Symbolen für die Poesie und den Heros=
mus der Nationen des Nordens gemacht haben ... Erzählt Euren
Mitbürgern, daß der Name von Irland gleichbedeutend ist mit dem
Namen der Freiheit, muthig vertheidigt gegen das verjährte Vorrecht
— daß es ein Name von Popularität für jeden französischen Bürger
ist. Erzählt ihnen, daß die Republik sich der Gegenseitigkeit, welche
sie anrufen, — dieser Gastfreundschaft, derer sie nicht vergessen haben
— mit Stolz erinnere und sie unveränderlich gegen die Iren üben

werde. Aber . . . wo eine Verschiedenheit der Race herrscht, wo Nationen sich fremd im Blute sind — da ist Intervention nicht zuträglich. Wir bekennen uns zu keiner Partei in Irland noch sonst wo, außer zu jener, welche für die gerechte Sache, für die Freiheit und das Glück des irischen Volkes kämpft . . . Wißt Ihr, was am Meisten dazu beigetragen hat, Frankreich zu reizen und es während der ersten Republik von England zu entfremden? Es war der Bürgerkrieg [in einem Theile seines Territoriums, welchen Pitt mit seinen Waffen, mit seinem Gelde, mit seinen Rathschlägen unterstützte . . . Es war keine ehrenhafte Art der Kriegführung. Es war eine royalistische Propaganda, mit französischem Blute gegen die Republik gemacht. Diese Politik ist noch jetzt nicht, trotz all' unsrer Anstrengungen, gänzlich aus dem Andenken der Nation hinweggewischt. Wol! dieser Grund einer Trennung zwischen Großbritannien und uns soll von unserer Seite nicht erneuert werden."

Das war wenigstens klar und ehrlich gesprochen; und die irische Deputation zog, zwar enttäuscht, aber nicht getäuscht in die Heimath zurück. Wir wissen nicht, wie man jetzt in den Tuillerien über diese Sache denkt, und ob der Kaiser der Franzosen nicht eines Tages trotz der Innigkeit seiner Verbindung mit England, den irischen „Schmerzensschrei" hören wird. Ja, man scheint in England selbst sich nach dieser Richtung nicht hin ganz sicher zu halten; und noch neuerdings, in jener Oberhaussitzung vom 6. Juli 1859, wo Lord Lyndhurst in feurig-glänzender Rede dazu aufforderte, die Küsten Englands gegen Frankreich zu befestigen und das Land durch eine Armee von hunderttausend Mann zu beschützen, sagte er: „Jede meiner Bemerkungen gilt auch von Irland, denn wer weiß, ob man Irland auf der andern Seite des Canales nicht auch zu den unterdrückten Nationalitäten rechnet?" . . . Wir wissen es ebensowenig, als der edle Herr vom Hause des Lords. Aber wir sehn die Fruchtlosigkeit aller solcher Versuche bei Irland voraus. Frankreich wird Irland vielleicht revolutioniren können, wenn es will; aber Frankreich wird, selbst wenn es wollte, Irland nicht frei machen können. Ein Volk, welches frei sein will, muß sich selbst frei machen können. Ein Volk, welches frei sein will, muß die Freiheit der eigenen Kraft verdanken und nicht der Beihülfe eines andern. Freiheit läßt sich nicht schenken. Freiheit muß verdient sein, oder sie ist keine. Freiheit muß täglich neu verdient

sein. Das Volk, welches einem andern die Freiheit bringt, gehört zum
Geschlecht der Danaer. Wer nicht frei sein kann aus sich selbst, wird
es nie durch Andere werden. — Glücklicherweise scheint eine verwandte
Ansicht — durch Frankreichs antipapale Bestrebungen beschleunigt —
jetzt endlich auch in den oberen Schichten des irischen Volkes durchgedrungen zu sein, und die beste Antwort auf Lord Lyndhurst's Bemerkungen finden wir in der Rede, welche von dem, (seinem geistlichen
Range nach ersten Katholiken Irlands) dem Erzbischof Dr. Cullen, vor
einer großen Versammlung irisch-katholischer Unterthanen zu Dublin
(Januar 9., 1860) gehalten ward. „Die Journalisten in England,"
so sprach er wörtlich, „scheinen uns alle für Verschwörer zu halten,
denen nichts so sehr als eine französische Invasion erwünscht wäre.
Einige schelmige Jungen, die der Leichtgläubigkeit unserer Nachbaren
jenseits des Canals einen Possen spielen und sie in Angst versetzen
wollen, mögen vielleicht über ein deratiges Ereigniß Winke fallen lassen;
ich aber bin überzeugt, daß jeder vernünftige Irländer eine fremde Invasion als das größte Unglück für sein Land betrachen würde. Was
mich betrifft, so zöge ich eine siebenjährige Hungersnoth, Cholera und
Fieber einer Besetzung unseres Landes durch ein Feindesheer vor, selbst
wenn sie nur Einen Monat währen sollte. Denn durch Gottes Heim-
suchungen werden wir geläutert; die Gegenwart eines Feindes aber
würde die edleren Gefühle des Landes erniedrigen und uns materiell
zu Grunde richten."

Hinter Wellesley-Brücke trennte ich mich von meinem Führer,
dem Corporal. Er schlich, noch immer mit gesenktem Kopfe, und im
doppelt unbehaglichen Gefühl des Katzenjammers, welcher dem Whiskey- und
dem Begeisterungsrausche gefolgt war, der Schloßkaserne zu; ich suchte
das „Königliche Hotel" auf, in welchem ich nunmehr für eine Weile zu
rasten gedachte. Mir war, als ich an dem für mich bereiteten Tisch
niedersaß, wie wenn ich eine Wanderung durch Jahrhunderte gemacht
hätte. Ich kam mir so alt, so grau, so überjährig vor, wie ein Zu-
rückkehrender vom andern Ufer; und ich hätte mich nicht gewundert,
wenn ein französischer Chevalier mit Federhut und hohen Reiterstiefeln
oder ein irischer Rebell, solch' einer, als mit Sarsfield zu Schiffe
ging, schweigend sich mir gegenübergesetzt hätte. Daran war nun
nicht zu denken, in Cruise's ganz nach englischem Vorbild eingerichtetem

Speisesaal. Die Wärter machten steife, vornehme Figuren, obwol ihnen doch zuweilen am Ellbogen oder sonst durch ein verrätherisches Loch die grüne Insel hervorlugte. Gaslichter brannten und bemühten sich, ihren Schein durch staubige Kuppeln zu verbreiten, so gut es anging. Verdrießliche Reisende saßen hier und da an Tischen, gleich mir, oder riefen nach Zeitungen, die nur spärlich zu haben waren. Mir indessen wurde das Diner aufgetragen, unter Zinndeckeln, wie in England; aber das eigenthümliche Spiel, welches der Koch auf diese Weise sowol mit dem Hunger als mit der Einbildungskraft des Tischgenossen treibt, wurde nicht so angenehm gelöst, als es dort der Fall zu sein pflegt. Die Fische waren halb roh und roth, der Braten — natürlich vom vaterländischen Hammel — war nach der entgegengesetzten Seite hin ungenießbar. Der Hammel-Patriotismus wird von hier ab, je weiter man gegen Westen gelangt, immer unverträglicher mit den Ansprüchen, die ein wolorganisirter Magen auf vernunftgemäße Abwechselung machen muß. Man steht zuletzt mit Hammel auf und geht mit Hammel zu Bett, und die ganze Welt scheint einen Hammelgeruch an sich zu tragen. Unbehaglichkeit, wohin man blickte und fühlte; die Porterflaschen waren schlecht verkorkt, dem aufgetragenen Käse sah man, wie der Rinde gewisser Bäume, durch eingekerbte Spuren seine ganze Vergangenheit an, und um die Butter hatten sich die Brodkrumen vieler Gäste vor mir gesammelt. Die Teller und Schüsseln waren freilich stark versilbert, wie die Cravatten der Wärter von der aristokratischsten Steifheit. Zum Glück hatte sich mein Appetit im Verkehr mit den Geistern meiner Nachmittagswanderung auch mehr vergeistigt, und ich war bald wieder so weit, mit angebrannter Cigarre vor die Thür und auf die Straße treten zu können.

Es war Samstagabend und George-Street war sehr lebendig. Diese Straße ist die Promenade Limericks, und beim Scheine der Gaslaternen — die hier freilich in sehr weitläufigen Zwischenräumen brannten — trieb sich die promenirende Menge hinauf und herunter. Einige wenige Damen in Crinolines, einige wenige Herrn mit Hüten — die Mehrzahl der weiblichen Lustwandelnden ging mit nackten Füßen und die Männer trugen Fracks und zerrissene Hosen, das Nationalkostüm von Irland. In den Kellerwohnungen ging es lustig her. In der einen — Schankwirthschaft und Barbierstube zugleich — wurde hier Einer

bei offener Thür und Gasbeleuchtung geschabt, und dort saß Einer
am Tisch und trank einen „Whiskey without." Denn der Irländer hat
über den Gebrauch des Whiskeys seine eigene Philosophie. Er weiß,
daß ihm dieses Getränk im Ganzen nicht zuträglich ist und er ver=
mischt es daher herkömmlich mit dem abkühlenden Wasser, so daß,
wenn man in Irland „Whiskey" fordert, der Wirth stillschweigend
das geringe Maaß des Gewünschten mit einer unverhältnißmäßigen
Quantität der „res omnium communis" wässert. Der Irländer for=
dert darum auch selten anders als „Whiskey without," das heißt „Whis=
key ohne . . .", da in den meisten Fällen wol schon der bloße Gedanke
an das unausgesprochene Wort genügt, als eine reservatio mentalis
sein Gewissen zu beruhigen. In andern Kellerwohnungen wurde auf
den Sonntag gebraten und gebacken und es war ein warmer, übler
Geruch, der diesen sonntäglichen Speisen voraufstieg. Limerick sah
überhaupt bei Nacht viel lebendiger und lebenslustiger aus, als bei
Tage. Es war fast, als ob die Irländer, nach Art nervöser Men=
schen, erst beim Erscheinen der ersten Abendlichter zum vollen Bewußt=
sein und Gebrauch ihrer Kräfte erwachten. An der Straßenecke bei
Pechfackeln saßen Weiber mit Obst und Kartoffeln, und kleine Mäd=
chen mit schwarzem Haar und südlichem Gesichtsschnitt lagen daneben
auf dem Straßenpflaster und schliefen, von den hin= und hergejagten
Flammen phantastisch beleuchtet. Hin und wieder war ein Mann von
den irischen Constabeln im breiten Tschacko und schwarzen Frack postirt;
und allmälig kamen auch die Nachtwächter mit langen Stöcken zum
Vorschein. Aber zwischen den ersten Abendlichtern und den langen
Stöcken der Nachtwächter lag ein eigenthümliches Plaisir, dessen ich ge=
nießen sollte. Ich hatte mich nämlich lange nach irgend Etwas um=
gesehn und erkundigt, was den müßigen Theil des Abends ausfüllen
könne. Ein Theater gab es nun zwar in Limerick; aber es waren keine
Schauspieler da. Vergnügungslokale in unserem Sinne darf man in
Irland nicht suchen; zuletzt jedoch hörte ich von den „Salons zum
königlichen Albert," in welchem allabendlich Concerte Statt fänden.
Ich hatte nun zwar das Vertrauen zu allen „königlichen" Dingen in
Irland verloren, dennoch beschloß ich diesen einzigen Ort des öffentlichen
Vergnügens in Limerick — denn als solchen stellte er sich immer mehr
heraus — nicht unbesucht zu lassen. Mühe genug machte es mir

freilich, ihn zu finden. Die Einen wollten überhaupt Nichts davon wissen, die Andern kannten Namen und Lage nur ganz im Allgemeinsten. Endlich wurde ich nach dem Arthur=Quai hingewiesen.

Hier, am Rande des Gewässers, sah es bunt genug aus. Mehrere Schiffe lagen hart an den Quadern der Werft, und nur einige Lichtstrahlen vom Ufer fielen in ihr dunkles Stangenwerk. Es roch nach See, wenn man sich gegen sie wandte; und nach Häringen, wenn man dem Lande zublickte. Man blieb also im Element. Die Schiffer schienen sich da herumzutreiben. Sie lungerten in ihren Theerjacken müßig an den Ankersteinen, oder lagen auf den Treppenstufen der unterirdischen Whiskeykneipen. Sie rauchten dazu ihren Tabak und sprachen laut und lachten; und baarhäuptige Knaben jagten sich zwischen den aufgestapelten Tonnen und den Kabelenden der Schiffe. Eine Gaslaterne, mit zerbrochenen Scheiben — die einzige, die man erblickte — ließ ihr Licht unruhig nach der Richtung des Windes flackern; und vor einem der Häuser, die längs dem Quai stehen, brannte in einer Steinschaale ein Theerfeuer, welches mit breitströmender, dunkelrother Lohe emporschlug. Nach diesem Hause ward ich gewiesen, als ich nach dem „königlichen Albert" fragte. Vornan im Hause war der ordinaire Whiskeyschank, der seine Thüren nach der Straße zu geöffnet hatte. Die Salons lagen nach der Hofseite. Bei königlichen Angelegenheiten ist es erlaubt im Plural der Majestät zu reden; in die Sprache des Alltagslebens übersetzt waren die „Salons" aber Nichts weiter, als ein erbärmliches, schmutziges, mit Rauch und Gestank erfülltes Loch — im Hintergrund eine Art von Bühne, unten ein Raum für das gemeine Volk, oben eine nicht sehr staubfeste Galerie für die „gentlemen," die Edelleute! An solchen waren, außer mir, etwa drei oder vier vorhanden. Sie schienen Reisende zu sein, wie ich; aber mehr aus geschäftlichen Beweggründen. An Vergnügungsreisenden gab es um diese Zeit in Limerick und vielleicht in ganz Irland nur Einen, und dieser Eine war ich. Unten im Raume saßen an festgenagelten Tischen etwa zehn Menschen; sie repräsentirten das Volk, rauchten dazu aus erzväterlichen Thonpfeifen von ansehnlicher Länge und füllten die Pausen mit Flüchen darüber aus, daß ihnen die Spitzen derselben so oft abbrächen. Ungenirt ging es überhaupt in den königlichen Salons her, das ist nicht zu läugnen. Es kam mir auch sogleich eine Dame ent-

gegen, als ich die Gentlemen=Galerie betreten hatte. Und was für
eine Dame! Sie war die Primadonna des königlichen Albert, und
trug ein großgeblümtes Kattunkleid nebst einem Blechdiadem über der
Stirne. Sie war über die Jahre hinaus, in welchen Primadonnen
gefährlich zu sein pflegen, und schien des Lebens Leid und Lust schon
in allen Gestalten erfahren zu haben. Sie reichte mir die Rechte,
welche sich mehr nach der „Kehr"=Seite des Lebens anfühlte, als nach
dem veredelnden Umgang mit den schönen Künsten und führte mich zu
einem Holzstuhl. Sie mischte mir alsdann Whiskey mit heißem Wasser
und braunem Streuzucker, und hatte Nichts dagegen, als ich sie auf=
forderte, das Gebräu zu trinken. Inzwischen hatten die Gesangsvor=
träge begonnen, die meisten urzuständlich ohne alle Begleitung, einige
mit Orchester. Das Orchester bestand aus einem Violinsolisten, bei
dessen Spiel sich die Edelmannshaare der Galeriezuhörer emporsträubten;
und bei besonders erhabenen Anlässen trat noch ein Junge hinzu, der
das Pianoforte behandelte. Die meisten Tasten dieses unglücklichen
Instrumentes reagirten nicht mehr, auch hatte der Junge, den ich vor
einem Weilchen noch mit den andern am Wasser herumjagen sah, keinen
Begriff von der süßen Kunst der Saiten. Das Erstere schadete Nichts,
und das Zweite war nicht nöthig. Denn der Violinsolist bezeichnete
dem Jungen vor Anfang jeder Piece zwei Tasten, die er auf ein ver=
abredetes Kopfnicken unveränderlich bis zum Ende derselben anzuschlagen
hatte. Je nach den Zurufen seines Meisters schlug er sie darauf
langsamer, schneller, leiser, lauter an, bald mit den beiden Daumen,
bald, wenn diese müde geworden, zur Abwechselung mit den beiden
Mittelfingern seiner Hand. Unter solchem Spiel war die Zeit gekom=
men, wo die Primadonna uns verlassen mußte. Sie kletterte die Stiege
in den untern Raum hinab und ihre Gewänder rauschten durch die
festgenagelten Tische des Volkes dahin. Das Rauschen klang zwar
sehr nach Kattun, aber desto aristokratischer war ihre Haltung, desto
stolzer blitzte ihr Diadem von Blech. Sie würdigte das Volk der
Zehner keines Blickes; sie war Primadonna nur für den oberen Rang
der Gesellschaft, und ihr Auge, ihr Lächeln, ihr Herz schwebte zu den
fünf „Edelleuten" empor. Der Violinist hatte dem Jungen die beiden
Tasten gezeigt, und dieser saß, ängstlich sie zu verlieren, mit ausge=
streckten Fingern und halbumgewandtem Gesicht, um doch auch einen

bescheidenen Antheil von dem Momente zu erhaschen, wo sie auf die Bretter dahin treten würde. Jetzt trat sie auf; und sie trat so hart auf, daß das dünne Brettergerüst in seinen Grundvesten wankte und der Junge wirklich vor Schreck die beiden Tasten fahren ließ, die er bisher ängstlich gehalten hatte. Der Meister gab dem Jungen zuerst eine Ohrfeige und zeigte ihm darauf die verlornen Tasten wieder; dann strich er über die Saiten und sie räusperte sich. Die Lichter der königlichen Salons fuhren unterthänigst hin und her, als sie sich räusperte. Dann setzte sie ein; dann fing sie an zu singen. Es war das Lied von „bonnie Dundee", dem kühnen Hochlandsführer und seinen Buntmützen. Es ist ein schottisch Lied und der ganze Felsentrotz der Hochlandsclans singt sich in den scharf betonten Wendungen, den eigenthümlich abgestoßenen Schluß= tacten aus. Aber was machte die Limerick=Primadonna aus diesem Lied! Du lieber Gott! Mit ihrem hohen Sopran zog sie gegen Harmonie und Tapferkeit zu Felde und diese sammt „bonnie Dundee" und Fiedel und Clavier räumten es unverzüglich. Zwar plädirte der Junge mit seinen beiden Daumen noch eine Weile gegen sie — aber die beiden Töne wurden immer jämmlicher, immer schwächer und unschlüssiger, und zuletzt starben sie in einem hülflosen Gewimmer dahin. Auch der Violinist suchte umsonst, was eine kräftige Bogenführung gegen eine Primadonna ver= möge — es half ihm Nichts, die Primadonna behielt doch Recht — und Arm, Bogen und Violine sanken tobtmüde nieder. Es war ein Kampf auf Tod und Leben um die Hegemonie im Reiche der Mißtöne, und Flucht war das einzige Mittel der Rettung. Aber noch durch zwei Straßen verfolgten mich ihre Buntmützen, und der Beifallsdonner der Zehne vom Volk und der vier „Edelleute," unter welchen die Walkyre des Gesanges das Schlachtfeld zu verlassen schien. —

Das Sonntagsglockengeläut weckte mich am andern Morgen. Die Glocken von St. Mary waren darunter — ich erkannte die drei kla= genden Stimmen aus dem Land Italien, welche durch den trübfeuchten Nebel irrten, die drei letzten heimathlosen Töne eines Akkordes, be= stimmt in freudeloser Fremde traurig zu brechen. Es war ein Regen= tag, kalt, unbehaglich — mich fröstelte in dem dunkeln, dumpfen Zimmer, das man mir gegeben, am ganzen Leibe. O schöner Traum von Kil= larney — wie warst Du „knisternd zerstoben!" Ich hatte meinen Winterrock angelegt und trauerte. Mir war, als ob eine Welt und

eine Ewigkeit zwischen mir und der goldenen Zeit an den Seen liege.
Alles war anders geworden. Alles hatte eine andere Farbe, einen
andern Ton. Armselig, kahl, nackt — Alles schien in Schmutz und
Regellosigkeit verkommen. Mein Fenster bot einen Ausblick gegen den
Arthurquai und über den Shannon. Trotz der unwirschen Kälte des
Herbstmorgens wimmelte der Fluß von Pferden und Menschen, welche
bunt durcheinander badeten; und das geschah in Front der fashiona-
belsten und lebhaftesten Straße von Limerick; und auf dem Steinpflaster
der Quais, während die Pferde die Schauer des Bades gelassen ab-
schüttelten, machten die Menschen ihre Toilette. Von einem solchen
Naturzustand hat man keinen Begriff, wenn man es nicht selber gesehen. Es ist beinahe, als ob die wilden Bewohner Irlands, die nach
Giraldus Beschreibung Ziegenbärte und Ochsenfüße haben, und nach
Richard von Cirencester sich den Leib mit Blut beschmieren, aus den
Haidegräbern wieder erstanden seien, um sich in der nebligen Frühe
des Octobermorgens, dem Sonntag, dem Anstand und der George-
street von Limerick zum Hohn im Shannon zu baden! Dabei sahen
diese Menschen all' eher häßlich aus, als sonst Etwas; ihre Physiog-
nomien waren gedrückt, ihre Züge roh, ihre Gestalt unangenehm. Es
geht durch alle Reisehandbücher zwar eine Sage von der Anmuth der
„Limerick lasses," und ein französischer Tourist, der sich nirgend durch
seine Höflichkeit gegen Irland auszeichnet, selbst nicht in dem Compliment, das er den Limericker Damen macht, sagt: daß „sie berühmter seien
durch große Schönheit, als ihre Männer durch großen Verstand."
Allein mein „pittoreskes Handbuch" war der einzige Ort, wo ich etwas
von dieser gepriesenen Schönheit sah. Auf den Straßen ging Alles
sehr trübselig einher. Auch der Sonntag und das Sonntagszeug brachten
keine wesentliche Veränderung zu Wege. In all' seinen Classen blieb
das Volk schäbig und armselig wie immer. Von der Behäbigkeit, der
frommen Monotonie und gottseligen Abgeschiedenheit des englischen
Sonntages keine Spur. Handel und Wandel gingen auf den Straßen
ungenirt weiter und hatten ihr lustiges Wesen allda. Die großen
Läden der Engländer von Georgestreet waren allerdings geschlossen;
aber an den Ecken standen die Höckerweiber mit Aepfeln und Pflaumen
und Kohl und Fischen, und der Kleinhandel, welcher immer den meisten
und unangenehmsten Lärm macht, füllte die schlechten Quartiere und

die Kellerbehausungen. Es kam mir vor, wohin ich mich auch wandte, als ob ich wieder in Seven=Dials oder Pettycoatlane sei, jenen schmutzigsten Höhlen des Elends von London, die bekanntlich auch das „privilegium odiosum" haben, am Sonntag zu handeln und außerdem gestohlene Sachen kaufen und verkaufen zu dürfen. —

Mitten in dem Trübsal und der Verstimmung, welche die nächste Umgebung in mir hervorgebracht hatte und immer auf's Neue nährte, fiel mir ein beschriebenes Blatt in die Hände. Es stammte aus besseren Tagen. Es war der Brief, den Mr. Tupper, mein Freund vom Trinity=College, mir an jenem Abend gegeben hatte, wo ich Abschied von ihm, dem gemeinsamen Freunde, und Dublin nahm. Ich hielt ihn in den Händen und betrachtete seine Aufschrift lange. „Miss Nora O'Keane. Castle Connell. Limerick." Wie ein Stern in dunkler Nacht winkt mir dieser Mädchenname. Wir glauben ja noch an Sterne, wir armen Erdenpilger. Oft, in fremden Landen, in weglosen Wildnissen haben sie uns schon geführt. Nora's Bruder, den Studenten von Dublin mit den schönen, wehmüthigen Augen, und dem schönen, wehmüthigen Herzen, welches voll war von den Leiden seines unglücklichen Landes, ihn, den treuen Sohn seines geächteten Volkes, hatte ich kennen gelernt und lieb gewonnen. Jetzt sehnte ich mich nach Nora und noch heute mußte ich sie sehen.

„Wo liegt Castle Connel?" fragte ich den verdrossenen Jungen, der auf das Läuten meiner Glocke im Zimmer erschien.

„Fünf, sechs Meilen von hier, Sir, auf dem Wege nach Killaloe. Wenn Ihr das Dorf besuchen wollt, Sir, so findet sich heut' Nachmittag Gelegenheit. Es ist eine Eisenbahn dorthin gebaut worden, und heut' wird sie eröffnet." —

Ich begab mich sogleich auf den Weg. Der Bahnhof von Limerick war bald erreicht. Es ist ein Gebäude, das schon jahrelang steht, die neue Bahnstrecke war nur ein Nebenzweig, der in die Mittellands=Grafschaften weiter geführt werden sollte, und die Einweihung desselben konnte dem längst Vorhandenen nur ein freudig erhöhtes Leben und einigen Festschmuck hinzugefügt haben. So erwartete ich; aber ich hatte mich in jeder Weise getäuscht. Auf dem Bahnhof von Limerick herrscht completer Naturzustand. Weder eine Bank, noch ein Wartesaal, noch dergleichen Luxus der Uebercivilisation des andern Europa's —

nur hier und da ein Schubkarren, auf den man sich setzen, oder eine Leiter, an die man sich lehnen konnte. Ich hatte auf einem Haufen übereinandergelegter Bretterbohlen Platz gefunden. In der Mitte zwischen den Schienen stand die Bretterbude, deren Kreideaufschrift: „Booking Office," sie als den Ort der Billetausgabe ankündigte; und darin saß ein kaum vierzehnjähriger Knabe, welcher die Rolle des Cassirers spielte. Von Fahnen und Kränzen und fröhlichem Volkstreiben, wie bei unsern Eisenbahneröffnungen, war keine Rede. Dieses Volk hat keine Freude am Neuen; es empfindet den Fortschritt der Zeit noch nicht und setzt allen Ereignissen das dumpfe Gefühl des Mißtrauens entgegen. Mit rohen, stupiden Gesichtern standen sie herum, und die Frauen, die ich unter ihnen sah, waren gleichfalls von einer großen Häßlichkeit.

Mir aber ward woler, als ich endlich allein im gepolsterten Wagen saß, dahinflog, das bekannte dumpfe Rollen, den Gesang der Geister im Dampfe, wieder vernahm und die Luft einsog, die feucht aber frisch über das weite, vom Nebel verhängte Gefild heranwehte. Ja, indem wir dahin fuhren, zertheilte sich der Nebel vor unsern Augen und eine Weile herrschte kurze, trügerische Sonnenhelle. Ich ließ sie in mein Herz voll einströmen, und dieß Herz, das wie alle andern vom Truge lebt, ward für eine Weile hell. Das Dorf ward erreicht und sein Sonntagsfrieden nahm den Wanderer auf. Es hatte mit Fremden und Fremdenverkehr bisher Nichts zu schaffen gehabt, und hier zuerst löste sich der Widerspruch, den ich seit dem Einzug in Limerick qualvoll in meiner Brust getragen hatte. Gebt mir das Elend, gebt mir das ganze Leid der Menschheit, ich will es tragen; aber gebt es mir unverhüllt und versucht es nicht, die schmerzliche Majestät seiner Erscheinung in fadenscheinige Gewänder zu verkleiden. Nennt es nicht mit andern Namen. O, das Unglück hat eine mächtige und welterschütternde Stimme, und es donnert Euch sein Veto in's Gesicht, wenn Ihr es zu verläugnen wagt. Hier war diese Stimme zu weichem, wehmüthigem Flüstern gedämpft — die Bäume schauerten leis, — leise floß das Wasser und leise sang der Wind durch die Lorbeerhecken am Wege. Schön liegt das Dorf am Fuße seiner Hügel; und den Gipfel des ersten krönen die Trümmer eines alten Schlosses. Kommt mit mir! Unter Ruinen wollen wir das Schicksal dieses Landes be-

weinen; wenn wir unter Ruinen sind, dann sind wir in Irland.
Auf Trümmern wohnt der gebrochene Genius dieses Landes und harrt
der Zeit, die seine gesenkten Schwingen auf's Neue beflügeln wird.
Er harrt; und die Zeit dämmert herauf. Aber wir entfliehen dem
kalten Grau der Gegenwart und setzen uns zu ihm und schauen ihm
in's süße Antlitz, das vom Abendroth der alten Zeit noch glüht. Indessen steigt die neue Zeit und das neue Morgenroth herauf. —

Auf einem runden Fels, mitten in blühender, lieblicher Flur, in
der Ferne von bläulichen, mäßig hohen Bergzügen umschlossen und
in ihren Triften von einem klaren Wasser durchströmt, hat dieses
Schloß einst nahe dem Wasser gestanden; jetzt sind nur noch wenige,
aber mit Liebe gepflegte Reste desselben vorhanden. Ein schöner, breiter
Kiesweg führt vom Dorfe herauf und oben ist Alles frisch und sauber
gehalten. Noch steht die eine Hälfte des Eckthurms zur Rechten mit
halbzerfallenem Bogengang; noch steht etwas Mauerwerk mit Fenstern
und Thüren, zerbrochen zwar, doch reichlich mit Epheu bewachsen.
Sonst ist vom Umfang des Schlosses, in welchem die Söhne und
Enkel des großen Brian Boru einst gewohnt, Nichts mehr vorhanden;
Nichts mehr von den Hallen, in welchem einst der rothe Earl von
Ulster Hof hielt; Nichts mehr von den Warten, in welchen die Soldaten der irischen Rebellion dem Heere des großen Oraniers bis zum
Letzten trotzten. Aber rings verstreut liegen gewaltige, in der Ver-
wesung noch unzertrennliche Klumpen des Mauerwerks, welches nach
der Bezwingung der Bergveste der Prinz von Hessen sprengen und
zerschießen ließ. Auf grünendem Rasen und von Rosenbeeten umgeben,
ragen hier noch vier einzelne Stücke — Felsblöcken gleich — und dort,
weit unten in der Tiefe des Thals, in die Feldmark verschleudert,
liegen die Zinnen und Thurmquadern, schwarz noch von Pulverdampf
und dem Wettersturm der Jahrhunderte; aber schüchtern umher zeigte
sich das erste Grün der Halme, die in einem künftigen Lenze zu wachsen,
zu reifen gedachten. In vielen andern irischen Trümmerwerken fand
ich Gräber; hier aber war Alles mit freundlichen, Versöhnung ath-
menden Blumenbeeten ausgefüllt. Wie Kränze der Erinnerung und
der Hoffnung hatte man sie um die Burgreste geschlungen. Die ganze
Ruine schien zu blühen und zu duften; und beim Aufdämmern der
matt verschleierten Nachmittagssonne ward mir Irland nun ein Weib —

jung, liebreizend, von seltener Schönheit, eine Wittib, die mit feuchten Augen, aber lächelnd, und mit keuscher Hand auf die Trümmer einer altnationalen Burg — im Kampf für *ihre* Freiheit und *ihre* Ehre gebrochen — auf die Ruhestätte des für sie gefallenen Geliebten Blumen streut.

Das neue Ereigniß, welches das Dorf mit der Welt — ach, und eine traurige Welt war es wol! — in Verbindung setzte, hatte doch einiges Leben auf seine stillen Plätze gebracht. Man sah den Fremden wie eine wunderbare Erscheinung an und bemühte sich mit schüchterner Gefälligkeit ihm den Weg zu der Besitzung zu zeigen, die er suchte. Ein hoher Baumgang an der Grenze des Dorfes nahm mich auf, und an seinem Ende, unter Rosengebüsch sah ich die freundliche Wohnung mit weißen Wänden und blanken Fenstern, in denen die späte Sonne flimmerte. Die O'Keane's, so hört' ich nun sagen, sind ein altes Geschlecht von irischem Adel. Ja, ihre Vorfahren waren Fürsten in diesem Lande; aber da sie stets treu zu der Sache ihres Volkes standen, so nahmen sie auch ihren vollen Antheil an jedem neuen Unglück, von welchem dasselbe betroffen ward, sie litten durch jede Verfolgung, durch jede Niederlage der Irischen, durch jeden Sieg der Englischen, und von den ausgebreiteten Besitzungen, die sie einst besessen haben, wurden sie bis auf dieß letzte Außenwerk an der Grenze des Dorfes Castle Connell beschränkt. —

Ein weiter Hofraum schloß sich an die alten, ehrwürdigen Bäume, unter deren Rauschen ich bis hierher gekommen. Vom Regen noch feuchte Gelände umschlangen die Grundflur des Hauses; die letzte von den Heckenrosen hielt sich noch verblühend an den Stengeln und das Grün der Blätter spielte in das Roth des Spätherbstes hinüber. „Friede dem Eintretenden" flüsterte mir Blatt und Blume zu und ich trat ein. Ein alter Diener bat um meine Karte und nicht lange war er gegangen, so erschien ein bejahrter würdevoller Herr, mit schneeweißem Haar und dunkeln Augen, auf dem Teppich des Corridors.

„Ihr seid mir herzlich willkommen," sagte der alte Herr, „mein Sohn aus Dublin hat mehrfach von Euch geschrieben und wir sind glücklich, seinen Freund unter unserem Dache zu begrüßen."

Die Thür eines schönen, freundlichen Gemaches zu ebener Erde öffnete sich und von dem gastfreundlichen Herrn des Hauses eingeführt, kam mir die Mutter und darauf Nora, die Schwester meines Freundes, mit herzlichem Händedruck entgegen. Der Friede selbst und eine himmlische Ruhe schien in diesem Gemache zu wohnen. Während noch von draußen die ganze dahingehende Pracht der Natur, im sanften Lichte des sinkenden Tages sich sonnend, durch die Fenster grüßte: spielte hier schon über den bläulich hellen Fußteppich der warme Reflex des Kaminfeuers. Eine blaue Tapete bedeckte die Wände, und golden über den blauen Grund bewegte sich der spielende Schimmer des Nachmittags. Eine behagliche, durchaus duftige Atmosphäre erfüllte den Raum, und im Anschaun und glückseligen Genießen ward es auch in der Seele des Fremden wieder „blau und golden," und er fühlte sich nicht länger fremd. Ich setzte mich sogleich zu den beiden Frauen; mich erfreute das liebe, duldende Gesicht der Mutter, durch aristokratisches Ebenmaaß und matronenhafte Würde zwiefach geadelt; und meine Seele sog neue Nahrung aus dem Anblick der Tochter. Ihre Erscheinung machte den Eindruck des Vornehmen, Bestimmten und Gütigen. Das Oval ihres Gesichtes war sanft, aber Entschiedenheit zeichnete die feinen Linien um ihren Mund, und ihr dunkles Auge war voll Liebe, voll Leidenschaft, voll Sehnsucht — voll träumerischen Rückblicks, aber stolz, wenn es auf die Grenzmarken traf. Ich hätte mir dieß Mädchen als Fürstin ihres Volkes denken können, Goldfäden in das Dunkel ihres üppigen Haares gewoben.

Es kam Besuch. Mehrere Squires der Umgegend mit ihren Frauen fuhren vor und wurden freundlich, wie alte Bekannte, bewillkommnet. Man setzte sich um den breiten Eichentisch in der Mitte des Zimmers; man rückte dem Kamine näher. Nora führte mich in eine Fensternische und wir plauderten. Der Blick von dieser Seite ging über die Landstraße, die nicht fern vorbeizog, über mannigfaltig Hügelland mit einzelnen Waldpartieen, mit breiten Wiesenstreifen, mit Hüttengruppen und den glänzenden Windungen des Shannon. In Augenblicken, wenn Alles still war, hörte man ein dumpfes Rauschen, das zu wachsen und abzunehmen schien, aber sich niemals ganz verlor und aus einer unerschöpflichen Fülle gewaltig hervorzuquellen schien.

„Das ist die Musik der Einsamkeit," erwiderte sie meinem fragenden Blicke. „Es ist süß, ihr zu lauschen, wenn man allein in diesem vergessenen Winkel der Welt sitzt. Mein ganzes Leben rauscht mit diesem Rauschen gleichmäßig, eben dahin. Kein Wunsch hemmt und empört seinen Lauf; kein anderer Wunsch als Frieden. Dieses Rauschen ist die Melodie geworden, nach der meine Seele wandelt, und mein liebster Gang ist zu der Stelle, von wannen es kommt, nach dem Wassersturz von Dunnash, nicht hundert Schritte von hier in der Wildniß der Hügel. Dorthin gehe ich, wenn meine Seele aus dem Gleichmaaß irrt; und die wilde Unordnung, die dort herrscht, dem Entfernten aber so harmonisch sich verkündet, führt sie zur Ordnung zurück."

Hier erinnerte ich mich — ich weiß wahrlich nicht recht, warum grade hier — an meinen Freund Mr. Tupper; und ich griff nach seinem Brief an Nora, den ich schon längst hätte überreichen sollen. Sie lächelte, da sie ihn erblickte, nahm ihn dankend aus meinen Händen, und wollte ihn erbrechen, als sie mein plötzlicher Ausruf: „Miß Nora, kennt Ihr den Mann dort?" in eine unbeschreibliche Aufregung zu versetzen schien. Leichenblässe wechselte mit fieberhafter Gluth in ihrem Gesicht; und Leidenschaft führte mit Stolz einen sichtbaren Kampf in ihrem düster blitzenden Auge. —

Auf der Landstraße, die dem Fenster nicht fern vorbeiführt, wandelte der junge Geistliche, dessen Bekanntschaft ich auf der Reise nach Limerick gemacht hatte. Langsam in seinen geheiligten Gewändern schritt er vorüber und langsam verschwand er hinter einem sanften Abhang des bewaldeten Hügels.

Sie steckte Tupper's Brief unerbrochen in die Tasche. Der Kampf in ihrer Seele schien schon zu Ende. Sie schien ihn schon öfter gekämpft zu haben. Mit einer Stimme, die tiefer und gedämpfter klang als zuvor, sagte sie: „Es ist Bruder Domenicho, der Pfarradjunct dieses Dorfes. Er ist ein Italiäner von Geburt, aber seit seiner frühesten Jugend schon auf unserer Insel. Woher denn interessirt er Euch?"

Ich erzählte dem Mädchen von unserer Begegnung. Dann war eine Stille im Gemache und man hörte wieder das dumpfe Rauschen aus der Ferne.

„Kommt, mein Freund," sagte Nora, „ich zeige Euch den Wassersturz!"

Mir war, als wiederholten ihre Lippen, aber ganz bleich und

zitternd und ohne den Laut finden zu können, die Worte von vorher: „Dorthin gehe ich, wenn meine Seele aus dem Gleichmaaß irrt."

Wir gingen. Sogleich hinter dem Hause betraten wir den Hügelpfad, der uns in einen laubschweren Hochwald führte, von den Strahlen der tiefstehenden Sonne wundersam glänzend. Das Rauschen ward stärker, je weiter wir schritten; es übertönte jedes Wort, das wir sprachen, zuletzt jeden Gedanken, den wir hegten. Wie Donner der Ewigkeit kam es über uns, indem wir der Nähe des Furchtbaren schweigend entgegengingen; feucht ward der Rasen, feucht unser Angesicht und eine Staubwolke seiner Feuchtigkeit nahm die Pilger der Erde auf. Hin und her bog sich das hohe Farrenkraut und darüber neigten sich die gewaltigen Bäume und suchten sich zu umarmen und fuhren zurück, sobald sie sich berührt hatten. Nun standen wir vor dem Wasserfall. Die ganze Masse des Shannon's, jetzt von dem grellrothen Schimmer der Abendsonne seltsam durchfunkelt, stürzt sich hier über eine starre Felsenmasse; das schwarze Urgestein, vom kalten Glanz des Westhimmels unheimlich angeglüht, setzt ihm seine Zacken entgegen, aber der Strom mit gerötheten Schaumwirbeln gräbt sich in seine Höhlungen und quillt in zischenden Strudeln durch jede seiner Spalten — und die ganze Wucht der Zerstörung ringt mit der Festigkeit des vom Anbeginn Gegründeten, und eine Symphonie, wie die Seele sie nicht immer hört im großen Dome der Schöpfung, begleitet diesen Kampf ohne Ende, und der Mensch betrachtet ihn von Ferne und wandelt zuletzt in Zerknirschung am Ufer des geglätteten Stromes in die Heimath zurück und gesteht es sich mit freudigem Aufblick nach Oben, daß die Lösung und die Antwort und der Friede nicht hier zu finden sei in dem ewig zwischen Tod und Leben ringenden Haushalt der Natur.

Heim am Ufer des geglätteten Stromes gingen wir. Auch ihre Seele, „durch die wilde Unordnung zur Ordnung zurückgeführt," war ruhiger geworden, und ihr Auge, so warm, so tief wie immer, ruhte mit neuer Klarheit auf den Gegenständen, deren Anblick es vor Kurzem voll Schrecken entflohen war. „Dieser Domenicho," sagte sie, „trägt verschwiegen ein großes Elend in seiner Brust, das größte, weil er 's nicht aussprechen darf. Er kennt die Sprache unseres Landes nur halb, er spricht sie mit Widerstreben. Sein Herz ist in Italien,

seine Sehnsucht wandert gegen Süden. Oft schon, wenn die Sonne
sank, habe ich ihn in der Pracht des Unterganges auf einem jener Hügel
stehn sehn. Sein Auge war in den Glanz versunken, bis dem Ge-
blendeten eine neue Welt aufzugehn schien, und ein leiser Gesang verbreitete sich um ihn, der niemals auf den Hügeln unseres Landes gesungen ward und Worte vernahm ich von weichem, träumerischen
Klange, die ich nicht verstand. Wer sein Vater gewesen, weiß man
nicht; doch sagt man, daß ein hoher Fürst unserer heiligen Kirche
das Dasein dieses Unglücklichen bejammere. Seine Mutter muß schön
und gut und heilig gewesen sein, wie die Madonna. Beide Bilder
hängen sich in seinem engen Studirzimmer gegenüber und sehn sich
mit wehmüthig schönen Blicken an vom Sonnenaufgang bis zum Sonnenuntergang. Aber seine Mutter ist schon lange todt, und lange ist
es, daß Vater M'Cloghan, ein irischer Geistlicher, der aus Rom's
Priesterseminar zurückkam, den Knaben mit sich nach Irland brachte.
Vater M'Cloghan erzog ihn und liebte ihn, wie ihn sein verlorener
Vater, der ihn nicht kennen darf, geliebt haben würde, ach! — und
vielleicht unter bitteren Qualen noch liebt. Bruder Domenicho empfing
die Weihen und die Tonsur und ich ... ich kenne ihn seit vielen Jahren,
und ich allein weiß, was er leidet und wie seine ganze Seele danach
jammert, aus diesen Hügeln, die uns einschließen, fortzukommen, und
wie er nicht fortkommen kann in das Land seiner Sehnsucht!"

So waren wir den Hügel hinangestiegen und standen nun über
dem Dorfe vor der Kapelle, die dort — von Lorbeergesträuchen
umbuscht — reizend gelegen ist. Sie stand in tiefer Einsamkeit und
Gottesfriede hatte sich in den röthlichen Wolken des Abends auf sie
herabgesenkt. Die letzten Sonnenstrahlen, die durch schwarz aufsteigen-
des Westgewölk breit hervorquollen, fielen in ihre Fenster und suchten
das Bildniß der Mutter Gottes, um deren Haupt sie sich sammelten.
An den Außenwänden hinauf spann sich eine breite Epheuschicht, so
dicht und voll, daß sie wie ein Aehrenfeld leichte Wogen schlug, wenn
der Abendwind daran hinunterglitt. Einer von den kleinen Thürm-
chen des zierlichen Baues war von unten bis in seine Spitze ganz
in Epheu gehüllt, daß er mit all' seinen feinen Ecken und gothischen
Bögen wie ein Thurm von Epheu erschien. Und so, in die stille
Pflanzenwelt ganz begraben, lag diese Kapelle, der wir in rauschender

Buchenallee vorbeigingen, auf dem Hügel in sonntäglicher Einsamkeit und sah uns lange nach und gab uns ihren Segen.

Der Pfad leitete zu Nora's Haus zurück. Ich wollte nicht mehr eintreten; denn die Sonne war nun unter und ich mußte der Heimkehr gedenken. Sie bat mich auch nicht, länger zu verweilen. „Wir werden uns wiedersehn," sagte sie, indem sie mir die Hand reichte. „Wir dürfen uns heut nicht zum letzten Mal gesehn haben!" Dann verschwand sie unter dem Thorbogen ihres Hauses; aber ihr Abschiedslächeln ruhte auf meiner Seele. --

Ich trat meinen Rückweg durch's Dorf an. Die Wolken, von Westen aufsteigend, hatten die ganze Wölbung des Himmels bedeckt; die letzten Strahlen der Sonne, welche sie noch eine Weile getragen und festgespannt zu haben schienen, waren verglommen und dahin, und ein rauschender Bergregen stürzte über mir nieder, bevor ich das Dorf noch durchschritten hatte. Ich suchte Schutz in einem Wirthshause, das glücklicher Weise hart am Wege lag, und begab mich in das von den Alltagsgästen frei gehaltene Oberzimmer hinauf. Hierher ließ ich mir ein Glas warmen Getränkes tragen und saß noch in den aufsteigenden gewürzreichen Dampf versunken, als die Thür zum zweiten Mal geöffnet wurde und ein Mann, der gleichfalls vor dem plötzlichen Regen Schutz gesucht hatte, hastig hereintrat. Er war in der Tracht der katholischen Geistlichkeit, er schlug die Kapuze, die er über den langen schwarzen Talar geworfen hatte, zurück, und mir gegenüber stand — Bruder Domenicho. Mir war, als sähe ich einen Freund, der lange in der Fremde gewesen, wieder; ich trat ihm entgegen, ich reichte ihm die Hand. Auch er hatte meiner nicht ganz vergessen, er setzte sich gern zu mir nieder und nahm den heißen Trank, den ich aus den noch um mich herum stehenden Ingredienzien für ihn mischte. Es war dunkel im engen Zimmer und wurde immer dunkler. Der Regen schlug gegen die Fensterscheiben und sie klirrten in ihren wurmstichigen Rahmen. Die Baumwipfel seufzten und ihre Aeste schienen auf das Dach unseres niederen Hauses zu schlagen.

„Ihr seid ein Mann aus Norden," sagte der Bruder „wenn ich mich der Antwort recht entsinne, die Ihr dem Vater M'Cloghan auf seine Frage danach gegeben. Euer Herz muß jauchzen, wenn solche

Nordlandsstürme gegen die Hügel und den Wald jagen! Euch muß
es Heimathsgesang sein!"

„Er ist es, Ehrwürdiger," sagte ich. Aber dennoch klingt der Ge=
sang Eures Landes weicher und singt die Einbildung in sonnige Träume,
während jener sie zu schauerlichen Anblicken aufrafft. O, nun ist mir
die Geschichte der Glocken von St. Mary klar, und nun kenne ich den
Mann, mein Bruder, der einsam im fremden Lande die verlorene Mu=
sik der Heimath sucht und sie nicht finden kann!"

„Wer hat Euch das gesagt?" rief der Bruder mit plötzlicher
Leidenschaft und ich glaubte durch die Dunkelheit sein dunkleres Auge
flammen zu sehn.

„Sie hat es mir gesagt", war meine Antwort, „die reinste, schönste,
heiligste Seele, der ich auf dieser Insel der Heiligen begegnet bin —
sie, Nora O'Keane hat es mir am Wassersturz von Dunnasch gesagt."

Domenicho schwieg lange. Dann hörte ich ein krampfhaftes
Schluchzen und zuletzt ein Weinen, so heiß, so bitter, so aller Hoff=
nung leer, daß das Herz in meiner Brust sich gegen mich kehrte und
mir laut und zürnend zurief: „Was hast Du gethan?" Aber ich hatte
es gethan, und ich versuchte nicht, durch Trost und Zuspruch es wie=
der gut zu machen. Es war nicht möglich, denn ich hatte, vom
hohen Felsvorsprung hinab in eine furchtbare Tiefe, in ein entsetz=
liches Geheimniß geschaut — und dabei heulte der Sturm, strömte der
Regen, bebte das Haus und die ganze Natur schien in Aufruhr
zu sein.

Er aber ging und ich konnte ihn nicht halten.

———————

Am andern Morgen stand vor dem Portal des „Königlichen Hö=
tels" zu Limerick ein wunderliches Gestell von einem Wagen. Es
war ein offener langer Karren auf vier Rädern mit zwei halblahmen
Kracken. Die Mitte des Fahrzeugs nahmen Häringsfässer und große
Kasten und Holzstangen ein; auf beiden Seiten, der Länge nach,
waren die Sitze, an welchen jedoch die unglückseligen Gestalten, die
als Passagiere gelten mußten, mehr hingen, als daß sie darauf saßen.

Dabei strömte ein kalter Herbstregen unbarmherzig hernieder und die Straßen standen halb unter Wasser.

„Sobald der Regen ein wenig nachgelassen hat, werden wir aufbrechen, Sir!" sagte ein Mann mit einer langen Peitsche, der in das Zimmer getreten war, um sich meiner beiden Reisesäcke, des rothen und des weißen, zu bemächtigen. Du lieber Gott! der eine sah nicht mehr roth, der andere nicht mehr weiß aus, sie hatten die Farbe der Liebe und der Unschuld verloren und jene aschgraue Couleur angenommen, die dem Verluste von beiden zu folgen pflegt. Ich aber stand trostlos am Bogenfenster.

„Das also ist die ‚Conveyance,' zu der ich ein Billet genommen?" fragte ich.

„Das ist sie, Sir!" sagte der Mann mit der Peitsche und schritt, meine beiden Leidensgefährten unter dem Arme, hinaus, wie er gekommen. Er stieg auf die „Conveyance" und beide wurden unter Häringsfässern begraben.

Es trat eine Pause in dem großen Regenwetter von Limerick ein und der Mann mit der Peitsche war der Meinung, aus dieser Pause Nutzen zu ziehn. Er gab das Zeichen zum Aufsitzen. Mein Fahrbillet lautete auf einen Platz erster Classe. „Erste Classe? — Hier!" sagte der Mann, und wies mir einen Platz auf der linken Seite des Wagens an. Groß waren die Vortheile des ersten Platzes. Er hatte eine wollene, zu dieser Zeit von Nässe dampfende Decke mit lederner Einfassung für die respektiven Beine ersten Ranges; er hatte ein langes, spiegelglattes Lederkissen zur höhern Bequemlichkeit, die aber dadurch sehr illusorisch gemacht ward, daß besagtes Kissen die Tendenz hatte, hinunterzurutschen; zuletzt gab er seinen Insassen das exclusive Recht, sich an die Kasten und Häringstonnen des Centrums anzulehnen. Die zweite Classe hatte ihren Sitz auf den Bänken zur Rechten, und der Mann mit der Peitsche paßte scharf auf, daß diese sich keines der Vorrechte von der ersten Classe bediente, namentlich litt er es nicht, daß sie sich an die Kasten lehnte. Die dritte Classe stand; nämlich hinten auf dem Trittbrett der „Conveyance," und bunt war die Gesellschaft vom dritten Range, sehr bunt. Da stand ein rothhaariges Mädchen ohne Schuhe und ein Mann mit einem Frack, an dem die losgegangenen Schöße mit Bindfaden festgebunden waren —

da stand ein Knabe von fünfzehn, sechszehn Jahren, welcher dem rothhaa-
rigen Mädchen Liebeserklärungen machte, und ein altes Weib, welches
kein Englisch sprechen konnte, aber sehr viel auf Irisch darüber fluchte. —
„Ueber Alles hoch, über Alles schön und von Allen hochgepriesen"
thronte der Mann mit der Peitsche; und allen drei Classen waren folgende Dinge gemeinsam: die Decke des Himmels, der schauerlich kalte
Regen und die beiden Kracken, die alle Viertelstunde ein Mal stehn
blieben und nur auf das Zureden des Mannes mit der Peitsche sich
wieder in Bewegung setzten. — Hier ging mein Elend an, das ich fast
bis in den Winter hinein auf Irlands Haiden und in seinen Gebirgs-
dörfern, bei Whiskey und Hammelfett, standhaft ertragen habe, bis ich
zuletzt unter den Iren selbst zum Iren ward, bis mein Rock zerrissen
war, wie der ihre, ja bis ich an Leib und Seele nur noch aus Frag-
menten bestand und mit den verwilderten normannischen Ansiedlern des
vierzehnten Jahrhunderts von mir beinahe hätte sagen können, ich sei
„Hibernioribus hibernior," das heißt noch Irischer als die Iren selber.
Der Tag von Limerick ist der große Wendepunkt in meinem irischen
Reiseroman. —

Der Humor und die Whiskeyflasche wurden nun meine treuesten
Bundesgenossen. — Dunkele Regenwolken standen über mir und vor
mir. Zuweilen schlug greller Sonnenschein durch und Wind und
rauschende Bäume waren um mich. Der Weg führte lange durch
die schönsten, hochgewölbtesten Baumgänge — ob es gleich in ganz
Irland wenig Wald gibt und derselbe von hier ab immer seltener
wird und zuletzt ganz aufhört, so waren doch die Bäume, die ich selbst
hier und weiterhin im Westen sah, immer noch schöner, kräftiger und
voller, als ich sie je in Deutschland gesehn. Als ein ewiger Vorwurf,
als eine ewige Klage rauschen sie über den Häuptern derjenigen, die
unter ihnen dahingehn.

Auf dem Wege, den wir fuhren, lag ein umgestürzter Karren
mit zerbrochenen Rädern und voll Heu. Kein Mensch kümmerte sich
um ihn; Keiner wußte, Keiner fragte, wem er gehöre. Er wird da
liegen bleiben und verfaulen, wie ringsum so viele Hütten- und Häuser-
ruinen. Etwas weiter kam ein Dorf. Im Bach, der es durchfließt,
lagen zerbrochene Wagenräder, schon mürbe und ganz auseinanderge-
modert, mit zerschellten Speichen und rostzerfressenem Eisenbeschlag.

Wieder etwas weiter, hinter dem Dorfe, stand ein einzelner Mann und baute sich ein Haus. Das Ding war ihm schon über den Kopf gewachsen. Er stand auf einer Holzbank und mauerte. Lehmhaufen, Steine und einige Sparren lagen um ihn herum. Sonst war Niemand ihm zur Hülfe bei seinem einsamen Werk. Es ist auch nicht sehr schwer, sich hier ein Haus zu bauen. Ich mußte immer an die Häuser denken, die wir Kinder uns im Garten oder auf dem Hofe gebaut hatten. Sie scheinen alle von vornherein schon so eingerichtet, als ob man sie nur auf kurze Zeit bewohnen und dann wieder verlassen wollte. Lehmwände, darüber ein Strohdach — das ist das irische Haus; nur die vornehmsten und besten haben kleine Fenster mit Glasscheibchen, die anderen und die Mehrzahl ist von dieser Art, haben nur schmale Löcher in der Lehmwand, durch welche Licht, Luft und Regen zu gleicher Zeit ihren Einzug halten. Das ganze Innere besteht aus einem einzigen Raum, muffig und qualmig, raucherfüllt, zum Ersticken, vom Herde, dunstig von den Leuten, die darin wohnen, essen, schlafen. Doch ist dieß, wolverstanden! immer noch die beste Art von dem, was der Engländer die irische „Cabine," „Höhle," oder „Lehmhütte" nennt. Bei dem, was wir im wilden Westen zu sehn bekommen, wird dem Leser noch ganz anders zu Muthe werden. Das Vieh, wenn es überhaupt eine feste Stelle im Haushalt der irischen Familie hat, ist nebenan, in einem besonderen Lehmloch einquartirt; meistentheils jedoch läuft es, sich selbst überlassen, in glücklicher Freiheit herum — Pferd und Esel, Kalb und Kuh, Schweine, Enten und Gänse, Alles fröhlich durcheinander; so daß man fast glauben möchte, dem Vieh in Irland sei woler als den Menschen. Uebrigens arbeitete der Mann, der sich sein Haus baute, mit jener Sorglosigkeit und Gleichgültigkeit, die — wie Carleton richtig bemerkt — den Irischmann charakterisiren, wenn er für sich selbst arbeitet. Er ließ Kelle und Hammer sinken, sobald er das Rollen unserer Fuhrgelegenheit vernahm, sah uns nach, als ob er nie so Etwas gesehn, und war allem Anschein nach sehr froh, eine Ausrede zu haben, um eine Weile müßig zu sein. —

So gelangten wir nach Killaloe und an die Ufer des finstern sagenreichen Lough Derg, woselbst ein kleiner Dampfer bereit lag, mit welchem ich den Binnensee zu kreuzen gedachte. An Reisegesellschaft war nicht viel vorhanden. Auf dem Deck saß in einem für ihn dahingestellten Polsterfessel von altfränkischem Ausfehn ein alter Herr, mit einem Bedienten zur einen und einem jungen, frischen Mann in englischer Seemannsuniform zur andern Seite. Ich erfuhr später, daß der alte Herr im Lehnstuhl der katholische Bischof von — sei und der jüngere, ein Bekannter von ihm oder ein Verwandter, das wußte man nicht genau, ein Lieutenant der englischen Marine. Sonst war noch ein demüthiges Bäuerchen vorhanden, das sich aber nicht in die Nähe Seiner Eminenz wagte, sondern schüchtern in der Steuermanns= gegend herumtrieb und bei der nächsten Station verschwand. Alsdann war natürlich der Capitain da, ein dunkler, bejahrter Irischmann; und unten im Raum, war Julliet, die Kellnerin, die lieblichste Irin, die ich seit langer Zeit gesehn. Es würde mich zu weit führen, wollte ich von ihrem blitzenden Auge sprechen, oder von ihrem süßen Munde, von ihrer reizenden Gestalt und ihren kleinen Händen und kleinen Füßen. Sie kam selten auf Deck und sie fürchtete sich sehr vor dem Capitain. Aber wenn gefährliche Stellen im See kamen und sie wußte, daß der Capitain nicht vom Steuerbord weichen konnte, dann war meine Julliet ganz blitzendes Auge, ganz süßer Mund, — o, ich werde mein Lebtag diese gefährlichen Stellen nicht vergessen!

Das Wetter war wieder sonnig geworden und Seine Eminenz, der Bischof, fand es sehr angenehm im Freien. Sein Bekannter oder Verwandter, der Seeoffizier, warf zuweilen einen Blick in den Raum hinunter — ach, die schönen Augen Julliet's blitzten herauf! — aber Seine Eminenz fand zu großes Vergnügen in seiner Unterhaltung und gab ihm keinen Urlaub. Auch ich mischte mich zuweilen in dieselbe, und kann nicht anders sagen, als daß Seine Eminenz sehr liebens= würdig gegen mich war und mir Alles erklärte und zeigte, was auf unserer Fahrt für den Fremden interessant sein möchte. Dann aber begab ich mich hinunter in den Raum, um unter Julliet's Augen mein Reisetagebuch weiterzuführen. Der Lough Derg ist eine der finster= sten und ungastlichsten Partien in ganz Irland; wenn ich aber an Julliet's Augen denke, so wird er sonnig und lieblich über die Maßen. Zum Glück heiterte sich das Wetter immer mehr auf; der Himmel ward blau, aber ein starker Wind strich über das dunkle Gewässer, und die aufgeworfenen Wellen funkelten wie Stahl gegen die Sonne. Die Ufer, zwischen denen unser Schifflein ging, waren hügelig und nur am Fuße spärlich mit Niederholz bedeckt. Das Uebrige war nackt und erschien grünlich=grau. Hier nun ist es, an diesen Gestaden, welche die einsame Woge des See's wäscht, wo einst das Schloß von Kincora, das Schloß des berühmten Königs Brian Boru, gestanden. Seine Eminenz deutete mit dem Finger nach der Gegend. Es ist Moorgrund, wie alles Andere. Spärlicher Graswuchs bedeckt ihn; aber kein Mauerrest, keine Trümmerspur ist zu entdecken. Nur die Sage des Volkes und die Poesie halten den Platz in heiliger Erinnerung; und als ich in den Raum hinunterkam, zu meinem Tagebuch und meiner Julliet, da sang sie das wolbekannte Lied:

> „Gedenket der Tage des tapfren O'Brian,
> Ob hin auch die Zeiten, so hehr;
> Ob er selber auch todt, vom blutigen Rain
> Heimkehrt nach Kincora nicht mehr."

Sie sang das Lied nach seiner traurigen Melodie vor sich hin; aber ihre Augen blitzten so lustig, wie immer.

Seine Eminenz war ein leutseliger, aufgeklärter und liebenswürdiger Herr. Er erkundigte sich nach dem Zwecke meiner Reise und lobte mein Unternehmen, nachdem ich es ihm auseinandergesetzt hatte. Auch that er, so lange wir Reisegefährten blieben, sein Möglichstes, um mich darin zu unterstützen. Kein Punkt von einiger Wichtigkeit im näheren oder entfernteren Gesichtskreise entging seiner Aufmerksamkeit und über alles Bemerkenswerthe machte er mir gütige und verläßliche Mittheilungen. Zuletzt jedoch fand es sich, daß der Anlaß zu solchen Mittheilungen immer häufiger und der Zuhörer, der doch gewiß allen Grund gehabt hätte, dankbar dafür zu sein, immer seltener wurde. „Wo ist unser junger Reisender?" fragte dann Seine Eminenz und sah den Flottenoffizier zu seiner Rechten an. Der Flottenoffizier, mit dem heldenmüthigsten Acte der Selbstverleugnung, erwiderte, der junge Reisende sitze unten im Raume und schreibe an seinem Tagebuch, was Seine Eminenz dann mehr als einmal zu beloben für gut fanden. Nunmehr aber waren wir an einem Punkt angelangt, wo solches Werk zum Besten des Ganzen unterbrochen werden mußte. Der Flottenoffizier lud mich in seinem Namen ein, heraufzukommen, und ich kam.

„O," sagte Seine Eminenz, „Ihr dürft mir diesen Anblick nicht verpassen. Seht Ihr dort zur Linken den Streifen Landes, der sich dunkel gegen das Wasser abzeichnet, und die schwachen Umrisse von Trümmern auf dem Hintergrunde des Himmels darüber?"

Der Capitain hatte ein Fernrohr für mich aufgestellt und gerichtet, und ich trat vor das Glas. Ich schwankte lange zwischen Himmel und Wasser, die sich im Glase zu einer blöden Masse von Blau grenzenlos erweiterte. Zuletzt faßte das Auge den grünlichen Punkt, der in dem Blau zu schwimmen schien. Dann schritt dieser Punkt weiter und breitete sich zu einem flachen Gestade aus. Ein schwarzes, bewegtes Wasser umgab diesen Strand, durch den Wind aufgeregt, überall mit Schaum gekrönt. Ja, nun erkannte ich auch den jenseitigen Strand und hinter demselben wieder den schwarzen Streifen des Wassers, von welchem dies Inselstück eingeschlossen ward. Flach, nur in der Mitte mäßig gewölbt, streckt sich das Eiland und dehnt sich mit spärlichem Graswuchs und langen Ufern in den See. Auch die Trümmer, von denen Seine Eminenz gesprochen, standen jetzt vor mir. Es hatte etwas Zauberhaftes, in dies Glas zu sehn und eine halb untergegangene Welt zu entdecken, die, von der kalten, matten Herbstsonne beschienen, jetzt verschwand, jetzt auf's Neue emportauchte, wie die Röhre vom Schwanken des Schiffs bewegt ward.

„Dies ist Inish Kaltra, das heilige Eiland," sagte der Prälat, „ein Ort, hochberühmt in der Heiligengeschichte unsres Landes. Es war die Heimath des heiligen Camin, der zu Anfang des siebenten Jahrhunderts ein Kloster daselbst gründete. Tretet doch wieder vor das Glas und sagt mir, was Ihr von den Trümmern noch erblicken könnt."

„Ich sehe," begann ich, „hier, dicht am Wasser einen Rundthurm. Vollständig und aufrecht steht er noch da und schaut hin über das traurige, schwarze Wasser. Und neben ihm steht ein zerfallenes Gemäuer, von Ephen und Strauchwerk halb verdeckt, und ringsum sind Gräber."

„Das zerfallene Gemäuer," erklärte der Bischof, „sind die Reste der heiligen sieben Kirchen, die Brian Boru wieder hergestellt haben soll, nachdem die Dänen sie 834 zerstört hatten. Aber Menschenwerk dauert nicht. Jetzt hat die Zeit sie zerstört und die Trümmer liegen da. — Nun sucht, links von den sieben Kirchen, an einsamer Stelle, ein dichtes Buschwerk, das sich rund zusammenschließt.

„Ich habe es gefunden, Eminenz!" —

„Unter diesem Buschwerk liegt eine Höhle versteckt, die man noch

in unsern Tagen das Purgatorium des heiligen Patrick nennt und
als heilig verehrt. Die Sage geht, daß Patrick den Herrn angefleht
habe, den Eingang zum Purgatorium nach Irland zu verlegen, damit
die derzeit noch ungläubigen Bewohner dieses Landes sich von der
Unsterblichkeit der Seele und den Qualen überzeugen sollten, welche
den Gottlosen auf der Schwelle zwischen Zeit und Ewigkeit erwarten.
Gott erhörte das Gebet seines Sendboten, und der Eingang zum
Purgatorium lag seit jener Zeit in Irland. Fromme Mönche be=
wachten den Eingang, und die Schwärmerei des Mittelalters führte
Tausende aus allen Ländern Europa's hierher. Diesen Platz zu be=
suchen, war die Sehnsucht aller Reisenden jener Jahrhunderte; hier,
im Leben schon, die Seele für die Wanderung in's Jenseits zu läu=
tern, der heiße Wunsch aller Gottesfürchtigen. — Heut' ist das anders
geworden. Die übrige Welt hat mit dem Aberglauben viel von ihrem
rechten Glauben verloren, und nur noch an wenigen abgeschiedenen
Stellen lebt die Inbrunst und das Heimweh. Bei uns finden noch
jährlich Processionen zum Purgatorium des heiligen Patrick Statt, und
zwar hier und mehr noch oben in den Gebirgen von Donegal, wo es
auch einen Lough Derg gibt und eine Insel, von der das Volk jener
Gegend behauptet, sie sei der wahrhafte Eingang zum Purgatorium.
Das englische Gouvernement liebt diese Processionen nicht; aber es
thut uns, dem katholischen Clerus von Irland, Unrecht, wenn es sagt,
daß wir sie begünstigen. Wir begünstigen sie nicht; aber Wehmuth
überkommt uns, wenn wir dieses Volk betrachten, wie es den Blick
rückwärts kehrt und in der Fülle seines Herzens mit beiden Armen
die Kreuze umschlingt, die von Alter schwer, mit grauem Moos be=
laden, sich ihm entgegenneigen."

Noch einen Blick warf ich über den dunkeln, wogenden See, noch
einen nach dem heiligen Eiland hinüber, das bereits schwach und immer
schwächer in der Ferne verdämmerte. Dann ging ich hinunter in den
Raum, um über das Purgatorium des heiligen Patrick weiter nachzu=
denken. —

Ich erinnere mich, im British Museum zu London ein altes Buch
von Giuseppe Rosaccio, dem Humboldt des 16. Jahrhunderts, gesehn
zu haben, in welchem ein System des Universums bildlich dargestellt
war. Nach diesem Bilde ist die Hölle das Centrum der Erde, darüber

ist das Purgatorium — und Flammen schlagen aus der Hölle in das=
selbe hinüber. Dann kommt das Limbo, eine Zwischenstation zwischen
Verdammniß und Seligkeit, wie das Purgatorium, das Fegfeuer, eine
Zwischenstation zwischen Schuld und Sühne. Ueber dem Limbo öffnet
sich den Erlösten „Abraham's Schooß," und dann erst kommt die
äußere Rinde der Erde, die sieben Planeten, die sternigen und chrystal=
linischen Himmel, das Primum Mobile, das sich von Ost nach West
und mit sich die Planeten und Firsterne dreht, und zuletzt das Em=
pyreum, der Himmel aller Himmel. Die Welt also, nach der wir uns
Alle sehnen, ob sie gleich Keiner von uns noch besucht hat: die Welt des
Schreckens, die uns Alle dämonisch anzieht, sowie die Pforte zu der Selig=
keit, die uns mit himmlischem Verlangen erfüllt, wenn wir an sie denken, liegt
unter unsern Füßen, hinter dem letzten Erdrande der Tiefe. Sie ist das
Dunkle, das Unbekannte, das unsere Seele sucht; keiner aber mit mehr Hef=
tigkeit, mit leidenschaftlicherem Ungestüm, als die celtischen Völker. „Im
Angesicht des Meeres," sagt Renan, mit seinem feinen Verständniß für
die Poesie dieser Völker (Essais de Morale et de Politique. Paris 1859,
p. 446), „im Angesicht des Meeres wollen sie wissen, was sich jenseits
desselben findet; sie träumen das Land der Verheißung. Im Angesicht
des Grabes träumen sie die große Reise, welche, unter der Feder
Dante's, zu einer so allgemeinen Berühmtheit gekommen ist. Die
Legende erzählt, daß dem heiligen Patrick, da er den Irländern das
Paradies und die Hölle predigte, diese gestanden, sie würden von
der Wirklichkeit dieser Stätten fester überzeugt sein, wenn er erlauben
wolle, daß Einer von ihnen dort hinuntersteige und darauf zurückkehre,
um ihnen Nachrichten darüber zu geben. Patrick willigte ein. Man
zog eine Grube, durch welche ein Irländer die unterirdische Reise an=
trat. Andere wollten nach ihm das Abenteuer versuchen. Man stieg
mit der Erlaubniß des Abtes vom benachbarten Kloster in das Loch,
man durchschritt die Qualen der Hölle und des Fegfeuers, dann er=
zählte Jeder, was er gesehen. Einige kamen nicht wieder; diejenigen,
welche wiederkamen, lachten nicht mehr und nahmen an keiner Lustbar=
keit mehr Theil. Der Ritter Owen stieg im Jahre 1153 hinunter und
verfaßte eine Schilderung seiner Reise, die einen unbeschreiblichen An=
klang fand. — Andere sagten, daß der heilige Patrick, während er die
bösen Geister aus Irland vertrieb, vierzig Tage lang an diesem Platze

von Legionen schwarzer Vögel stark gequält ward. Die Irländer gingen hierher und erduldeten die nämlichen Angriffe, die ihnen für das Feg=feuer galten. — Nach der Erzählung von Giraldus Cambrensis war die Insel, welche diesem bizarren Aberglauben zum Schauplatze diente, in zwei Theile getheilt; der eine davon gehörte den Mönchen, der an=dere war von bösen Geistern bewohnt, welche daselbst nach ihrer Weise mit höllischem Lärm umzogen. Einige Bußfertige setzten sich zur Süh=nung ihrer Sünden der Wuth dieser bösen Wesen aus. Es gab neun Gruben, in die man sich des Nachts legte und in denen man auf tau=sendfältige Weise gequält ward. Man bedurfte, um hineinzusteigen, der Erlaubniß des Erzbischofs. Dieser hatte die Pflicht dem Büßenden von dem Abenteuer abzurathen und ihm vorzustellen, wie viele Leute es schon gewagt hätten und nie wiedergekehrt wären. Wenn der Ge=treue bei seinem Vorsatz beharrte, führte man ihn mit feierlicher Cere=monie an das Loch. Man ließ ihn an einem Seil hinunter mit einem Brod und einem Napf Wasser, daran er sich im Kampfe mit dem bösen Geiste stärken möchte. Früh am andern Morgen warf der Sa=cristan auf's Neue dem Duldenden ein Seil zu. Wenn er daran heraufstieg, dann führte man ihn mit dem Kreuz und unter Absingung von Psalmen nach der Kirche. — In den neueren Zeiten dauerte der Besuch neun Tage. Man verbrachte sie in einem ausgehöhlten Baum=stamm; man trank Wasser aus dem See, einmal an jedem Tage; man machte Processionen und Stationen um die „Betten" oder „Zellen der Heiligen." Am neunten Tage traten die Büßenden, also vorbereitet, in die Gruben selbst ein. Man predigte ihnen, man machte sie mit der Gefahr bekannt, die sie laufen könnten, man erzählte ihnen furcht=bare Beispiele. Sie vergaben hierauf ihren Feinden und nahmen, Einer von dem Andern, Abschied, als ob sie schon im Todeskampf begriffen wären. Die Grube, nach den Erzählungen von Zeitgenossen, war ein runder, enger Kreis, in den man, immer zu Neunen, eintrat, und in welchem die Büßenden, aneinandergedrückt und zusammengebunden, einen Tag und eine Nacht verbrachten. Der Volksglaube fügte der Grube noch einen Abgrund hinzu, welcher die Unwürdigen und diejenigen, welche nicht glaubten, verschlänge. Verließ man nun endlich die Grube, so begab man sich, um zu baden, in den See, und also hatte man sein Purgatorium vollendet. Es geht aus dem Bericht von Augen=

zeugen hervor, daß diese Sachen sich heut noch in fast derselben Weise zutragen." —

Plötzlich hielt das Schiff und das Wasser arbeitete dumpf um die gefesselten Räder. Ich stieg sogleich an Deck. Seine Eminenz hatte sich erhoben. Das Schiff lag bei Terryglasch am Ufer. Dicht an der Wasserseite hielt eine Kutsche mit Vieren, und ein geistlicher Bruder des Hochehrwürdigen schien auf die Ankunft desselben zu warten.

„Ihr kommt wol aus dem Purgatorium, junger Freund?" sagte der Prälat, der sich gutmüthig noch einmal nach mir umwandte.

Ach ja, ich kam aus dem Purgatorium. Julliet's Augen waren die Flammen, die um mein armes Herz emporloderten. Aber ich schwieg davon, da solche Flammen weder kanonische Gültigkeit besitzen, noch von absolvirender Kraft sein sollen. Ich schlag von Herzen in die mir dargebotene Rechte des geistlichen Herrn und nahm mit aufrichtigem Danke den Segen an, den er mir für meine Weiterreise und das glücklich erwünschte Ende derselben zu ertheilen geruhte. Alsdann schritt er über das gelegte Brett nach dem Ufer hinunter, gefolgt von dem jugendlichen Seehelden und dem Bedienten mit dem Lehnstuhl; ich sah ihn noch von den Armen seines geistlichen Bruders ehrfurchtsvoll und herzlich umschlungen, und hierauf setzten sich Kutsche und Schiff zu gleicher Zeit in Bewegung und ich bleb fortan der einzige Passagier im Dampfboot — ein Glück, über welches Julliet, die Kellnerin, und ihr Herr, der Capitain, verschieden dachten; doch blieben Beide freundlich, wie zuvor. Die Gegend war und blieb flach und traurig; nur in der Ferne standen blaue, mächtige Gebirge. In einem von den Gipfeln derselben ward ein Einschnitt sichtbar. „Das ist der Teufelsbiß," sagte der Capitain. „Der Teufel hat einstmals in großem Zorn — ich habe vergessen, worüber — ein Stück aus diesem Gebirge herausgebissen und hernach in Cashel — hundert Meilen weiter — wieder ausgespieen. Und auf diesem Teufelsbissen — der Hölle zum Trotz — sind die heiligen Gebäude von Cashel erbaut worden, die jetzt auch schon in Ruinen zerfallen sind." —

Wohin man blickt — Ruinen! Die Hölle und der Himmel selbst sind in Irland zu Ruinen geworden. —

Das Schiff ging seinen Weg sehr einsam. Nachdem wir eine Stunde gefahren, war uns auf der weiten Fläche nur ein Schlepp-

dampfer, mit zwei Fahrzeugen träge heraufziehend, begegnet. Der
Wind strich tief über uns dahin, und das Schilfrohr an den Ufern
schaukelte traurig und stöhnte dabei. Wie mir der Steuermann sagte,
ist es immer windig auf diesem Gewässer und im Winter schneidend
kalt, so daß oft der ganze See von Strand zu Strand zufriert. So
erreichten wir das obere Ende des See's und Portumna, ein ärmliches
Städtlein, hinter welchem wieder der Shannonfluß beginnt. Dieser
Fluß der den „bläulichen" Lough Rie, weiter nördlich, mit dem
Lough Derg verbindet und hinter Limerick in's Meer strömt, kommt
hoch aus Connaught herunter und war einst belebter als jetzt, wo nur
zuweilen noch das Schaufelrad des Dampfbootes und das Ruder eines
Fischerkahnes seine kalte Woge aufwirft. Breit und reizlos fließt er
zwischen flachen Binsenufern dahin. Bei Banagher ist eine Zugbrücke,
die aber wegen seltenen Gebrauchs zu rosten scheint. Das Dampfboot
pflegt das einzige Fahrzeug zu sein, welches die alten Schrauben zu=
weilen in Bewegung setzt. Die Fischernachen streichen leicht darunter
hin. Hier treffen sich die Grenzen dreier Grafschaften; zwei davon
gehören zur Provinz Connaught. Fortan befinden wir uns im Westen
von Irland. — Flacher Weidenstrand. Seitwärts zweigt sich der große
Canal nach Dublin ab. Seit die Eisenbahn durch diese Gegend läuft,
ungefähr zehn Jahre, liegt er öde und verlassen, wie der Shannon und
die Seen. An seinem Rande steht ein großes Gebäude, das in der
Ferne noch immer stattlich erscheint. Es war eines der besten und
besuchtesten Hotels, in welchem die Kaufleute, welche die Canalufer und
die Shannongegend bereisten, ihre Niederlage hatten; seit zehn Jahren
aber ist es auch leer und wird nur noch von einigen Arbeiterfamilien
bewohnt. Alles leblos, Alles still; man glaubt den Wandel der Zeit
zu vernehmen. Die Zukunft schreitet mit verhülltem Haupt dahin;
die Vergangenheit steigt herauf. Dort, aus der Einöde von Wasser,
Himmel und flachem Wiesengrund taucht, dicht am Ufer, Clonmac=
noise auf, eine der ehrwürdigsten Trümmerstätten auf dieser Insel der
Heiligen. Die Uferniederungen erheben sich hier ein Weniges, und auf
dem hügeligen Rasenboden stehn die beiden Rundthürme, Kirchenruinen
und Kirchhof umher. Auf dem ersten Hügel liegen die eingesunkenen
Mauern eines alten Kirchenbaues — spitze, verzogene Formen, von Wind
und Wetter ausgetragen, die Fenster vieleckig. Die Zeit, die sich ihre

Ruinen macht, hat wunderbare Phantasieen. Auf einem andern Hügel
der große Rundthurm. — „O'Ruark's Thurm," — bis unter's Dach
vollkommen erhalten. Das Dach ist verschwunden. Wie eine Guir=
lande windet sich eine breite Epheuschicht um seine mittlere Höhe. Dicht
neben diesem Thurme stehen die Ruinen der Cathedrale. Ganz in
der Niederung, etwas weiter landeinwärts, steht der andere Rundthurm,
düster, noch ganz vollständig, mit spitzem Dach auf dem finstern Ge=
mäuer, dahinter „Mac Dermot's Kirche," mit dem prächtigen Portal
in Rundbogen, frisch und vollkommen, als wär' er erst eben gemeißelt.
Das konnte man sogar vom Schiff aus erkennen. Von dem Hügel des
großen Rundthurms bis in die Niederung des zweiten ist Alles mit
aufrechtstehenden Grabsteinen bedeckt. Wer hier begraben wird, geht
sogleich von dieser Erde in den Himmel. Kein böser Zwischengeist hat
Macht über ihn. „Cluain-mac-noise" ist die „Zuflucht der Söhne der
Edlen" geworden. Unter diesen Grabsteinen, ein zerfallendes Grabmal,
steht „St. Kiaran's Kirche." Hier soll der Heilige selber begraben
liegen. Die Bauern haben den Grund umher zerrissen. Ein Stück
Erde von dieser Stelle im Getränk aufgelöst, heilt den Körper des
Gläubigen von jedem Leiden. Das Wunder von Clonmacnoise ist
„St. Kiaran's Stein," ein Kreuz von seltener Pracht der Sculptur,
voll heiliger Gestalten, voll schöner Symbole, welche die Seele trösten.
Eine Mauer umfriedet noch heute den geweihten Ort, die Stätte vieler
Wallfahrten und Processionen in unsern Tagen. Nach der offnen
Seite fließt der dunkle Shannon unter den Ufern dahin. Erst in ehr=
erbietiger Ferne erscheinen einige Menschen und einige Hütten — Mäher
auf der Wiese, Knaben im Schilfe. Ein fahler Schimmer, wie aus
alten Zeiten, träumt über dem Orte. Wehmüthig schaut er gegen das
Wasser. Kein Geist ruft uns von einem seiner Thürme zu:

Und Du, Du Menschenschifflein, dort!

Alles ist todtenstill. Wir selber, wie eine Todtengemeinde, treiben
den dunkeln Strom hinunter. —

Und nun war unsere Fahrt zu Ende. Wir hatten das Ziel un=
serer Reise erreicht. Neben einem breiten Wehr, über welches der
Shannon cascadenartig niederstürzt, legten wir an. Etwas erhöht
darüber, von der frischen Luft des Wassers durchweht, liegt Athlone.
Traurig stand Julliet mit den blitzenden Augen auf der Schiffstreppe,

als ich Abschied nahm. Sie winkte mir ein langes Lebewol zu und verschwand dann langsam im Dunkel des unteren Raumes. Mir war, als ich sie hinuntersteigen sah, als kehre sie — die Eurydice der Shannongegend, die einzig Blühende unter so viel Schatten — zu dem Fegefeuer von Inisch Kaltra und zu den Gräbern von Clonmacnoise zurück. —

Ich aber stieg die Landungstreppe zum Damm empor, wo ein Wagen des „Royal Hotel" wartete. Ich habe allerlei Fahrzeuge in Irland gesehen, von denen ich zuvor keinen Begriff hatte; aber eins, wie das des „königlichen" Hotels in Athlone ist mir nie, weder vorher, noch nachher, unter die Augen gekommen. Es war ein Sarg, den man auf zwei Räder genagelt hatte. Kein eigentlicher Sarg, wenn ich bei der Wahrheit bleiben will; aber ein Gebäude, das keinem Ding auf Erden so ähnlich sah, als einem Sarge. Der Sarg war inwendig ganz mit schwarzen Lumpen ausgeschlagen, und wittwenhafte Fetzen hingen von dem Sitz herunter. Ein Fenster hatte der Sarg nicht; aber eine Thür. Und durch besagte Thür strömte nebst etwas Licht mehr Wind herein, als ein Mensch — sei er nun todt oder lebendig — vertragen kann. Ich hatte keine Ahnung von dem Wege, den der Sarg mit mir einschlug. Nur zuweilen durch eine schwindelartige Empfindung, die ich verspürte, und den verstärkten Zug durch die Thür merkte ich, daß er eine Wendung mache. Auch der Lärm der Straße, in die wir nun wol gelangt sein mochten, klang nur gedämpft, wie die verworrenen Stimmen einer andern jenseitigen Welt an mein Ohr. Ich kam mir zuletzt wie ein Scheintodter vor, den man begraben will.

Endlich hielt der Wagen und ich ward erlöst. Aber so sehr ich mich freute, als ich bei'm Heraussteigen fühlte, daß ich noch lebe, ein so gewaltiger Schauer ging durch meine Seele, als ich, mit der Sehnsucht auf ein baldiges und gutes Mittagsessen, das „königliche" Haus betrat. Dem Hotelbesitzer hing das Hemd hinten aus der Hose, und „Boots," der Hausjunge, schrie, weil ihm „Waiter," der Oberkellner, mit der eingepackten Flinte, die sich Gott weiß wie? unter meine friedliche Bagage verirrt hatte, auf den Kopf schlug. Das Speisezimmer sah aus, als wäre es seit den Tagen der Erschaffung nicht mehr gekehrt und gereinigt worden, und vom Sopha war das Haartuch herabgerissen, und das Pferdehaar, mit den großen Fetzen desselben vermischt, lag voll Staub und Unrath jeder Art offen herum. Trotz meines Hungers und meines Durstes auch, kehrte ich auf der Schwelle um. Hier konnte ich nicht bleiben — ach! ich hatte die Erfahrungen, die jenseits Athlone lagen, noch nicht gemacht. Mein Hunger war noch ein Aristokrat und mein Durst sah noch die Ränder der Gläser an. Das habe ich später verlernt. — Jetzt indessen war ich noch nicht soweit, und meine beiden Mantelsäcke in beiden Händen begab ich mich wieder auf die Straße, um das „andere" Hotel zu suchen, ich fand es; aber Essen war daselbst nicht zu haben; nur etwas Butter, Käse, Bier und Brod. „Reisende müssen zufrieden sein!" rief ich mit Touchstone's weisem Worte meinem Aristokraten, dem Hunger zu; und derselbe demüthigte sich sehr und that Buße und aß Brod, Butter, Käse und trank sauer gewordenes Bier dazu. Aber lustig ging's dabei her, das will ich nicht verschweigen. Je schlechter die Beköstigung ward, desto besser ward der Humor. Es muß doch wol wahr sein, daß Fasten witzig macht. — Und Tafelmusik hatte ich auch; denn ein Dudelsackmann stand auf der Straße, und die eintönige, schwermüthige Weise seines schnarrenden Instrumentes erzählte mir von alten Hoch= landshelden und viel schönen Haidemädchen. Gegenüber war das „Post=Office." Der Postmeister ist zugleich Buchhändler, Kaufmann „in Wein und Cigarren," Apotheker und Wundarzt. Auf seinem Schilde zeigt er an, daß er verschiedene Arten von Parfümerieen und Patent=Arzeneien zu verkaufen habe und Blutegel setze. Am Schau= fenster schwankt oben eine malerisch verzierte Papptafel mit Stahlfedern, weiter unten, neben Rarey's „Kunst, wilde Pferde zu bändigen," para= diren „Hunt's Familienpillen gegen überladenen Magen," darunter „Cigarren," ein paar Puppen, eine Kindertrommel und den grotesken Schluß macht, an einem Bindfaden aufgezogen, ein Sortiment von Zahnbürsten. —

Nachdem ich mich an diesem Schauspiel satt gesehen hatte — von Hunt's Familienpillen war glücklicher Weise jetzt und weiterhin kein Ge= brauch zu machen — begab ich mich auf die Straße, um noch vor Sonnenuntergang einen Begriff von der guten Stadt Athlone zu haben. Ich faßte mich kurz. Sie hat vollständig den Charakter der Kleinstadt und ihre Straßen sind eng. Der alte Schloßbau — berühmt wegen seiner Vertheidigung gegen die Armee des Oraniers im Jahre 1690 und 1691 — mit seinen starken Mauern gibt der Stadt bei'm ersten Anblick den Anstrich einer kleinen deutschen Festung. Der Theil, welcher am Hügel hinaufliegt, ist schmutzig und verkommen; der untere Theil, am Wasser, sieht etwas besser aus. Hier waren die Häuser erträglich gehalten und die Nähe der Armuth machte sich weniger fühlbar. Die Menschen — soviel mir ihrer von den 6200 Einwohnern der Stadt begegneten — waren nicht alle so mangelhaft bekleidet, als der Eigenthümer des „königlichen" Hotels, und die Frauen waren etwas schöner, als die von Limerick. Vielleicht trug die schöne Abendbeleuchtung dazu bei. —

Zugleich mit der untergehenden Sonne verließ ich Athlone, und durch nächtige Gefilde führte mich der Dampfwagen Galway, dem Ziel meiner lebhaftesten Sehnsucht, der Hauptstadt des Westens, dem berühmten Sitze der „alten Geschlechter", entgegen.

Galway und die Seeküste.

Es war Mitternacht; durch die großen, jagenden Wolken schien der volle Mond und ich irrte noch immer in den Straßen von Galway. Der frische Meerwind, der die Straßen füllte, die alten Erinnerungen rund um mich her, die Einsamkeit — das waren die ersten Eindrücke. Ich kann mir Galway ohne den Mitternachtsmond nicht mehr denken. Wie eine Geisterstadt mit viel schönen, traurigen Wohnungen für die Phantasie steht diese Stadt vor mir, und die einsame Nacht geht mit mir, wenn ich sie besuche. Und doch war noch mehr Leben auf dem großen Platze und in der Straße, als bei uns oder selbst in London um diese späte Stunde zu sein pflegt. Aber es war das Leben des Traumes — für die Seele, nicht für das Auge — ohne feste Umrisse und entfliehend, sobald die Hand sich ausstreckt. Burschen saßen auf den Steinpfeilern, Mädchen standen in den Thüren, und die breiten, dunkelblauen Schatten der Giebelhäuser, quer über die engen Straßen, umgaben die Paare. In den Untergeschossen der Häuser war noch Licht und die Thüren standen geöffnet. Ich hatte die Region des rauhen Herbstes hinter mir; hier war eine feuchte, kühle Sommernacht. Aber der Traum ging dahin und ein todtenartiger Schauer stieg herauf, je weiter ich schritt, je länger ich wandelte. Zuletzt empfand ich eine tiefe Rührung, als wäre ich unter Gräbern und unter Särgen. Große Steinhäuser mit vernagelten Thüren und Fenstern waren um mich — stolze Giebel in blauer Mondluft standen über schmutzig zerfallenen und veröbeten Stockwerken, prachtvolle Portale leiteten in moderduftige Höfe, und wie ein Mitternachtsgeist, wie ein Gespenst in Weiß, mit ausgestreckten Knochenfingern stand Lynch's Schloß vor mir, mit seinen unregelmäßigen Fenstern, seinen Erkern, seiner ganzen Dunkelheit vom bleichen Mondenhimmel umdämmert. Dann ein Rauschen aus der Ferne herauf, durch die stillen Gassen wandelnd. Das Rauschen der Ewigkeit, das nicht aufhört mit seinen vollen, erdumwallenden Akkorden; das Rauschen des ewig freien, ewig unwandelbaren Meeres, das ich seit Wochen zuerst wieder vernahm, hier, in der Mitternacht von Galway. O, wie jauchzte mein Herz ihm entgegen! Wie rief es mich, wie antwortete ich ihm! Welch ein Zwiegespräch in dieser fremden Welt! Welch eine Unterhaltung zwischen diesem kleinen Menschenherzen, das — wer weiß, wie bald? — und jenem großen Weltenherzen, das nie aufhören wird zu schlagen, zu klopfen, zu ebben und zu fluthen bis an das Ende aller Tage! Ich ging dem Rauschen nach und kam bald an die Quais; hinter mir Fässer, Stangen, Gerüste, Krähne und der einsam schreitende Wächter und sein Hund — vor mir das in's Meer zurückebbende Hafenwasser, der Leuchtthurm mit seinem rothen Funken auf dem matten Nebel der Nacht und dahinter das Weltenherz, „das ewig schlagende," der atlantische Ozean, der von hier in ununterbrochener Breite bis gen Amerika rollt — ein Beispiel der Unermeßlichkeit für das befangene Menschenauge ... und zur Rechten, in dunkeln, unsichern Linien, in der Mondnacht nicht recht mehr erkennbar, die Fischervorstadt von Galway, der Claddagh. —

Als ich, spät genug, ein übernächtiger Gast, in mein Hotel zurückkam, fand ich, gegen alle Erwartung und sonstige Regel, das ganze Haus noch in lebhafter Bewegung. Auf den Gängen war überall Licht, in einzelnen Zimmern und Sälen wurde gearbeitet, und dazwischen hörte man das gedämpfte Lachen der Dienstmädchen und den Poltertritt der Hausknechte treppauf, treppab. Das wäre für mich nun grad' Musik zum Einschlafen gewesen! Das Rauchzimmer war noch hell, ich trat hinein und fand einen Herrn im Lehnstuhl vor dem Kamin. Ich freute mich des späten Genossen, nahm Platz neben ihm, zündete noch eine Cigarre an und ließ Whiskey mit heißem Wasser kommen. Mein Nachbar war ein Mann in mittleren Jahren, höchst anständig in seinem Aeußern und höflich in seinem Betragen. Die Abgeschiedenheit der Nacht ist die beste Ceremonienmeisterin; wir kannten uns bald und plauderten hinüber und herüber. Mein freundlicher Nachbar — dem ich gleich hier seinen Namen Mr. Morris geben will, wenn ich ihn auch erst später erfuhr — wohnte in der Umgegend von

Galway und war in die Stadt gekommen wegen eines großen Balles, der übermorgen in diesem Hotel stattfinden sollte. Dieser Ball, sagte er, werde alljährlich um diese Zeit gehalten, und es sei dabei wesentlich auf eine Zusammenkunft der durch jahrhundertelange Beziehungen und heilig gewordene Gewohnheiten miteinander verbundenen „alten Familien" abgesehen, die mit all' ihren reichen Abzweigungen und Nebengeschlechtern entweder Galway selbst oder die Umgegend bewohnten; doch pflegten auch regelmäßig andere durch ihr Alter und ihre Vergangenheit ausgezeichnete Häuser aus den entfernteren Theilen Irlands sich an diesem Feste zu betheiligen, das immer einiges Leben in die Stadt, und — wie ich sähe — in dieses Wirthshaus schon Tage und Nächte vorher bringe. Diese alten Familien, dreizehn an der Zahl, zu einer von welchen Mr. Morris selber gehört, hätten sich seit mehreren Jahrhunderten bei gewissen Rechten und Privilegien, wie eine Art von Patriziern gegen die übrigen erhalten. Sie hätten sich seit frühester Zeit dem einträglichen Handelsverkehr mit Spanien gewidmet und auf diese Weise eine geschlossene Kaufmannsaristokratie gebildet; die städtischen und später die parlamentarischen Würden seien ihnen daher ganz natürlich und ausschließlich zugefallen. Später, je mehr der Handel und die kaufmännische Bedeutung Galway's sank, seien auch diese Familien mehr und mehr zurückgekommen, ihre prächtigen Handelshäuser seien zerfallen, zum Theil verlassen worden, und im Besitz jener einst so wichtigen Privilegien, die sie gleichwol noch immer eifersüchtig vertheidigten, wie lange sie auch schon zu Schatten geworden seien, bebauten sie nun das Land umher, oder hätten an dem Kleinhandel der Stadt ihren Antheil. Dabei sei die herkömmliche Achtung und Ehrfurcht der andern Bürger vor diesen Familien nicht gesunken, und die Magistratur befinde sich noch immer, wenn nicht ausschließlich wie früher, so doch vorwiegend in ihren Händen. Bemerkenswerth, sagte Mr. Morris, sei es ihm immer erschienen, daß diese alten Familien durchaus nicht von irischer Abkunft, daß sie vielmehr erst vom 13. Jahrhundert ab eingewandert seien, die meisten zugleich mit den ersten anglonormannischen Eroberern, einige von Frankreich, eine sogar, und zwar nachmals die hervorragendste, die Lynch=Familie nämlich, aus Deutschland; aber sie seien, unter ihren irischen Nachbarn, allmälig so sehr zu Iren im patriotischen Sinne des Wortes geworden, sie hätten den

Boden, auf dem sie saßen, so lieb gewonnen und sich so fest an ihn und das Volk, das ihn ringsum bewohnte, geschlossen, daß Cromwell schon sie mehr gehaßt habe, als die eigentlichen Iren. Ihre Verthei=digung Galway's gegen die Occupationsarmee Wilhelm's von Oranien sei ein neuer heldenmüthiger Beweis aufopfernder Vaterlandsliebe ge=wesen; und das Recht, für gute, treue Iren zu gelten, das sie sich in den trüben Zeiten des Unglücks und der Verfolgung erworben, wollten sie auch jetzt nicht aufgeben, wo ein neuer Morgen über das unglück=liche Land anzubrechen scheine. Aber seltsam genug würde ich diese Stadt finden, meinte Mr. Morris. Von Engländern gegründet, sei sie in ihrem inneren Wesen und Leben durchaus volksthümlich irisch geblieben, während ihr Aeußeres, durch die erwähnte dauernde Ver=bindung mit Spanien, in ihren Häuserfaçaden, in den Gesichtern ihrer Bewohner, ja sogar in der Tracht auffallende Züge jenes fremden Landes angenommen und behalten habe. So könne man — nach der Versicherung von Reisenden, die beide Länder kennen — während man hier an einem der letzten Punkte des atlantischen Ozeans verweile, sich in das farbenreiche Volksgewühl des Südens und die spanischen Hafenstädte des Mittelmeers zurückversetzt glauben.

Mr. Morris, welcher wol sah, mit welchem Antheil ich seinen Mittheilungen gefolgt war, fragte mich: ob ich nicht über den Ball hinaus in Galway bleiben und in diesem Falle für jene Festlichkeit sein Gast sein wolle? Ich war erfreut über die Aussicht, einen Blick in das Leben der letzten Patrizier von Irland werfen zu dürfen, nachdem ich mich so lange in seinen elendesten Hütten umhergetrieben hatte, und dankbar nahm ich das Anerbieten meines Gastfreundes an. Das Feuer im Kamin war längst in Asche gefallen, und auch draußen auf der Treppe war das Lachen lange verstummt. Wir trennten uns nun für die Nacht und suchten durch das todtenstille Haus ein Jeder den Weg zu seinen Gemächern. Fast berauscht erreichte ich das meine. Der Whiskey konnte es nicht gethan haben; ich hatte ihn mit warmem Wasser zur Genüge vermischt. Aber der Gang um Mitternacht und Alles, was ich noch in später Stunde vernommen, hatte mich ganz bezaubert. Prachtbauten aus alter Zeit, altersschwarz, geheimnißvoll, standen vor mir; irische Ruinen dazwischen, ausgebrannt, verlassen, mit öden Fensterhöhlen, durch die der Mond schien, dazu sausend vom

atlantischen Ozean der starke, rauschende Wind, der um das Dach
brauste und durch die Kamine niederfuhr, und meine Seele in den
andern Ozean entführte, der das Leben umschließt, wie jener die Erde,
und auf dem wir zuletzt Alle in die unentdeckte Welt hinübertreiben,
die jenseits desselben liegt. —

Dießmal sollte es noch die bekannte Sonne sein und der liebe
vertraute Himmel, zu denen ich in frischer Morgenfrühe freudig er=
wachte. Vor mir lag ein weiter, geräumiger Platz. Ringsum, im
Viereck, standen große, stattliche Fronten, die meisten der Bauten mit
alten Rundbogenthüren, einige derselben freilich auch mit — Stroh=
dächern. In der Mitte grünte eine breite, schön gepflegte Rasenfläche
mit reinlich gehaltenen Wegen, von Blumen und Gebüsch umgeben.
Zur Rechten verliert sich die Stadt, sanft, fast ohne daß man einen
Uebergang bemerken kann, mit ihren letzten Häusern in's Grüne; zur
Linken dehnt sie sich mit spitzen Giebeln und vielen Schornsteinen, um
den alten Thurm gruppiert, weit in die Ebene. Um das ganze Pano=
rama, welches ich vom Fenster aus überschaute, schließt sich im Halb=
kreis eine ziemlich niedrige, unbewaldete Hügelkette an. Oeffnete ich
nun die Thür meines Zimmers, so hatte ich über Wiesen und Heu=
haufen fort den Blick auf den offenen Ozean und die Segel, die in
den Hafen treiben oder hinausschwanken. So stand ich, wie auf einer
Warte, zwischen den Freuden und Erinnerungen der festgegründeten
Erde und der Sehnsucht, dem Hoffen, die des Meeres Stimme, ja sein
Anblick schon so leicht erregt; und in den weichen Westwind von der
Wasserfläche herauf mischte sich der letzte Duft des Pflanzenreiches,
das hier, unter milderen Einflüssen des Climas und der befeuchtenden
Athmosphäre lange noch grün bleibt, wenn anderswo schon das ver=
gilbte Laub dahinfliegt. Diese Fülle und Dauerhaftigkeit der vegeta=
bilischen Welt habe ich den ganzen Weststrand von Irland hinauf
beobachtet; ich werde noch mehrmals davon zu reden und es dann
jedesmal zu beklagen haben, daß der Mensch sich dieses Vortheils, den
ihm die Natur anbietet, noch nicht zu seinem Nutzen bedient hat, ob=
wol für die Zukunft Irlands eine neue Garantie darin zu liegen
scheint. —

Zauberhaft steht diese Stadt am Meere, darin oft die Fata
Morgana erscheinen soll — selbst eine Fata Morgana anderer,

besserer Zeiten, ein vorüberziehender Schatten dessen, was sie einst
gewesen. Die Chronisten sind voll ihres Preises; sie erzählen von
dem Reichthum ihrer Kaufherren, vo der Feinheit, Höflichkeit und Ele-
ganz ihrer Sitten; von ihrer Gastlichkeit und dem Ruhm ihrer alten
Geschlechter. Noch Dr. Molyneux, der einhundertundfünfzig Jahre
vor uns eine „Reise nach Connaught" (abgedruckt iu dem „Miscellany of
the Irish Archaeological Society. Vol. I. Dublin, 1846) unternahm,
und den wir im Verlauf unsrer Erzählung nach mehrfach anzuführen Gelegenheit haben werden, sagt von Galway, daß sie, „Dublin ausgenommen,
Alles zusammengerechnet, die beste Stadt in Irland sei. Die Häuser
sind alle von Steiu, einer Art von Marmor, gebaut, eins wie das
andere; sehn aus wie Schlösser wegen ihrer Thorwege und starken
Mauern, Fenster und Fluren und scheinen alle ungefähr um dieselbe Zeit
erbaut, nach dem Muster, wie ich höre, irgend einer Stadt in Flandern."

Molyneux hat nicht Unrecht; es ist Etwas in der Stimmung dieser
engen Straßen, deren Steinpflaster vom Schritte der Jahrhunderte
ausgetreten scheint, dieser Giebel, die sich schwer und prächtig gegeneinander neigen, was mich an Verwandtes in Brügge oder in Gent erinnerte. Aber ich glaube, es ist die spanische Grandezza, die — einge-
schlummert, hier wie dort, unter der Steinpracht, welche in unsere Tage
nicht recht mehr passen will, — diese Wirkung ausübt. Es ist der
Anhauch aus kalten, feucht gewordenen Thorwegen; es ist der düstere
melancholische Blick aus moosumwachsenen Fensterwölbungen, der,
wie aus einem erstarrten Auge, auf uns ruht. Wir gehen durch die
Straßen einer Stadt, die ihre Zeit hinter sich hat; deren Reiz in Tagen liegt, die schon lange vergangen sind. Wir sind Fremde in ihr,
und die Leute, die sie bewohnen, haben das Schlaftrunkene der Erscheinung angenommen, und indem wir selber, wir — die Besucher
aus einer andern Welt, die noch lebt — zu träumen glauben, wandeln sie wie Gestalten unserer Einbildungskraft und nicht wie wirk-
liche Menschen, — wie Wesen, die viele hundert Jahre alt sind, durch
die dunklen Kaufläden und den Moderduft der Hallen. Spanien selbst,
sein Volk und ganzes Königreich, führt ein Leben, wie unsre Phantasie
es führt, wenn wir im Schlafe liegen; und seine Reste in den übrigen
Landen sind wie Mohnkörner ausgestreut. Sie betäuben; sie schläfern ein,
sie führen den Rausch herauf und den Traum. Und reich ist Galway an

diesen Resten spanischer Herrlichkeit; viel reicher als irgend eine Stadt des Continents. Flandern wehrte sich gegen Spanien und fiel von ihm ab; aber Irland sehnte sich nach Spanien und setzte seine Hoffnung auf Spanien, wie es sie, hundert Jahre nachdem die letzten Scheiter dieser Hoffnung mit den Trümmern der verschlagenen Armada gegen die Nordfelsen von Irland trieb (1588) und Don Juan de Aguila mit den übrig gebliebenen Resten seiner Expedition den Hafen von Kinsale geräumt hatte (1603), auf Frankreich gesetzt hat. „Spanischer Wein" und „päbstlicher Segen" waren damals die Worte, die ihre Seelen und ihre Schiffe gen Süden führten, wie es in der alten, noch jetzt volksthümlichen Ballade von „Ros Gal Dubh" heißt:

Der Pabst von Rom, der wird uns weihn,
Und Spanien schickt uns seinen Wein.

Aber der spanische Wein, der sie berauschte, hat sich als trügerisch erwiesen, und eine lange, öde Nüchternheit ist ihm gefolgt. Keine zweite Expedition ward versucht, und die Vorhallen des Escurial füllten sich mit den flüchtigen Fürsten der Iren, wie hundert Jahre später die Vorhallen des Schlosses von Versailles. — Die meisten von ihnen sind hier wie dort in Elend verkommen und als Bettler gestorben; nur zwei Namen haben sich erhalten und der alte Glanz umstrahlt sie in erneuter Herrlichkeit. Es ist das berühmte Tyconellgeschlecht der O'Donnel's, über deren Schloßruinen, die man in Donnegal noch zeigt, der Barde Malmurry Ward sein Trauerlied gesungen, welches sich in hohen Würden am spanischen Hofe ausgezeichnet hat bis auf unsere Tage; und in Frankreich, das namentlich durch den patriotischen Bischof Mac Mahon von Clogher (der in der Rebellion von 1641, das Kreuz mit dem Schwert vertauschend, die Ulster-Armee anführte) berühmt gewordene Geschlecht der Mac Mahon's, dessen jüngstem Sohne, nach dem Siege von Magenta, das Volk von Irland einen mit Diamanten besetzten Ehrensäbel übersandt hat. —

Kein Zweifel darum, daß der Handel zwischen Galway und Spanien einst sehr ausgebreitet und wichtig gewesen. Der spanische Styl mancher der schönen Häuser, die nun in Ruinen liegen, die Traditionen und authentischen Actenstücke bezeugen es, daß Galway in alten Zeiten einr sehr reiche, thätige, lustige und prachtliebende Stadt war

— in jenen guten, alten Zeiten, wo die starken, aromatischen Weine von Gascogne und Languedoc und aus den spanischen Weinbergen so billig in den Weinhäusern am Wege waren, als Dünnbier es heute ist; wo die Gastfreundschaft eine solche Höhe erreicht hatte, daß der Magistrat im Jahre des Herrn 1518 es verbieten mußte, daß kein Bürger bei 5 £ Strafe ohne Erlaubniß der Obrigkeit zu Weihnacht, Ostern oder jedem anderen Feste einen Freund bei sich beherbergen solle „damit kein O' und kein Mac durch die Straßen von Galway strauchle und schwanke." Kein Zweifel, daß viel spanische Kaufleute in Galway lebten und sich mit den Eingeborenen verheiratheten und daß die Enkel und Enkelinnen dieser südlichen Verbindungen unter den dunkeläugigen fremdländischen Gesichtern des Fischmarktes am Quai, zwischen Häringsfässern und grobem Netzwerk zu suchen sind. —

Eine alte, traurige Geschichte ist aus jener Zeit zurückgeblieben.

Der Held dieser Geschichte, der „Wardein von Galway," ist James Lynch Fitz-Stephen, welcher um das Jahr 1493 zum Bürgermeister gewählt ward, ein Mann von jener kalten, unerbittlichen Sittenstrenge, dergleichen uns die Annalen der Römer schildern; ein Fanatiker des Rechts, ein Verleugner des Menschenherzens, den wir bedauern, indem wir ihn bewundern. Der Chronist sagt von ihm, er sei „Einer von den ausgezeichnetsten Einwohnern der Stadt" gewesen, und habe sich „von seiner Jugend an durch ächten Bürgersinn ausgezeichnet." Zu der Zeit florirte der Handel zwischen Galway und Spanien, und James Lynch, der Chef seines alten und reichen Hauses, unternahm eine Reise in jenes Land, nach Cadix und brachte den eigenen Sohn seines Geschäftsfreundes Gomez mit sich zurück, als er heimkehrte. Der fremde Jüngling ward von der Familie seines väterlichen Freundes mit all' jener Herzlichkeit aufgenommen, durch welche sich das irische Volk jederzeit ausgezeichnet hat; und zumal war es der junge Walter Lynch, der sich ihm auf's Innigste anschloß. Auch er war der einzige Sohn seines Vaters; und seine bezaubernde Schönheit hatte ihn zum Liebling der Frauen, sein heldenmüthiges und doch so herablassendes Wesen zum Abgott des Volkes gemacht. Als Gomez sein Freund ward, hatte das Herz Walter's schont gewählt und der Gegenstand seiner Neigung war Agnes, die Tochter einer jener alten Familien, die damals, wie noch heute, untereinander in der engsten Beziehung stan-

den. Walter vertraute dem Freunde sein Gefühl und es sollte diesem
bald Gelegenheit gegeben werden, das schöne Wesen kennen zu lernen,
für welches sein Interesse durch mannigfache reizende Schilderungen
schon im Voraus angeregt worden war. Der Wardein von Galway
veranstaltete seinem Gastfreunde zu Ehren ein großes Fest, auf welchem
auch Agnes erschien. Walter selbst war es, der seinen Freund seiner
Geliebten zuführte, und auf seine Weise berichtet nun der Chronist
jene kurze, traurige Episode, die so oft schon in ähnlichen Fällen den
ruhigen, makellosen Verlauf einer traurigen Liebesgeschichte unterbrochen
hat. Der Liebende wird eifersüchtig auf den Freund, dessen Vorzüge
er selbst zuvor der Geliebten enthusiastisch gepriesen; diese, vielleicht
zu stolz im Bewußtsein ihrer Unschuld, vertheidigt sich nicht, und
verblendet von Leidenschaft und den Gefühlen der Kränkung und des
Verraths, ersticht der Ire den spanischen Gastfreund in der Stille der
Nacht, am Ufer des Meeres. Umsonst nun, daß der doppelt Schul-
dige das Opfer seiner That im Meere zu verbergen sucht. Das
Meer trägt am andern Morgen schon die Leiche wieder an's Land.
In der endlosen Länge der Nacht aber und in der schauerlichen Einsamkeit des Hügelwaldes, in welchen Walter entflohen, kommt das Bewußtsein seines Frevels über ihn; die Leidenschaft wird stumm und
das Gewissen fängt an zu sprechen. Walter kehrt in die Stadt zurück und zu den Füßen seines Vaters bekennt er seine Schuld. Und
nun beginnt jener Zwiespalt zwischen der Vaterliebe und der Richter-
gewalt, mit welchem die Bürgerschaft von Galway ihn bekleidet hatte.
Grausam ist es, wenn die Vorsehung das Menschenherz in Conflicte
von dieser Art bringt; aber solche Kämpfe sind der Götter erhabenes
Schauspiel, wie der blinde Griechendichter lehrt. Der Vater verhüllte
sein Angesicht und trauerte über den Sohn; darauf sprach der Richter
und ließ den Verbrecher in den Kerker führen. Das Volk von Galway stand auf für seinen Liebling — „er soll frei sein!" hieß es in
den Herbergen und Werkstätten, „er hat den treulosen Spanier er-
stochen! 'er hat den Verführer eines irischen Mädchens bestraft!"
Die Stadt war in Aufruhr, die Stunde des Gerichtes nahte. Und
James Lynch Fitz Stephen, der Bürgermeister und Wardein von Galway, saß über seinen einzigen Sohn zu Gericht, wie Lucius Junius
Brutus, der erste Consul und Wardein von Rom, über seine Söhne

6*

zu Gericht gesessen hatte; und James Lynch Fitz Stephen verurtheilte seinen einzigen Sohn wegen Mordes und Bruchs der Gastfreundschaft zum Tode, wie Lucius Junius Brutus seine Söhne wegen Verraths am Vaterlande zum Tode verurtheilt hatte. Aber er that noch mehr; er vereinte die hartherzige Tugend des römischen Magistrats mit der unmenschlichen Kraft jenes römischen Bürgers, welcher die beschimpfte Tochter erstach, da Niemand ihr den ersehnten Tod geben wollte. Denn es war Nacht geworden und der Sohn sehnte sich nach dem Tode. Der Vater war, in Begleitung eines Priesters, in den Kerker gegangen, um die letzte Nacht mit seinem Sohne zu verbringen. Weinend an seinem Herzen lag er die ganze Nacht, und der Vater weinte mit ihm, bis der Morgen graute. Dann nahm er Abschied von ihm und begab sich nach Hause. Aber das Volk hatte sich um das Gefängniß versammelt, und sein Murren und Grollen wuchs tumultuarisch und es drohte das Lynch=Haus in Brand zu setzen, wenn man ihm seinen Liebling nicht zurückgebe. Und der Lärm wuchs und die entscheidende Stunde nahte, und die angesehensten und einflußreichsten Bürger Galway's, — unter ihnen das Haupt der Blake=Familie, welcher die Frau des Bürgermeisters, die Mutter des Unglücklichen angehörte — erschienen; und seine ganze Familie, Mutter und Tochter sanken vor ihm auf die Kniee und die ehrenfesten Rathsherren standen mit erhobenen Händen und am Boden lag Agnes und raufte sich das Haar. Aber fest blieb James Lynch Fitz Stephen, und fest blieb er, als man vernahm, daß der Pöbel einen Angriff gegen das Gefängniß unternommen habe. Was an militairischen Kräften in der Stadt vorhanden, war aufgeboten worden; aber auch auf diese war in diesem Momente, wo das Menschenherz so gewaltig gegen die Strenge des Blut=Gesetzes rebellirte, kein Verlaß mehr und finstere Haufen schnitten den Weg zum Schaffot ab. Da, plötzlich erschien — und dies sind die eigenen Worte der Chronik — „der tugendhafte, unglückliche, standhafte Vater in einem Bogenfenster, welches die Straße überblickte, darinnen das Volk versammelt war; er zeigte sich und sein Schlachtopfer, um dessen Nacken er einen Strick geschlungen hatte, und indem er das andere Ende desselben in einem Eisenkrampen, der aus der Mauer hervorstand, befestigte, sagte er mit lauter, weithin vernehmbarer Stimme: „Du hast nur noch kurze Zeit zu leben, mein Sohn, nimm das letzte

Fahrwol von Deinem bejammernswerthen Vater." Darauf umarmte er den Unglücklichen, und im nächsten Augenblicke baumelte derselbe, eine Leiche, über den Köpfen des aufrührerischen Volkes. Und so blieb dieser außerordentliche Mann am Fenster stehn und erwartete augenblicklichen Tod von dem rasenden Pöbel — aber dieser Act der Größe entsetzte sie, und sie standen noch lange regungslos in den Straßen. Dann begaben sie sich, Jeder in seine Behausung und trauerten über den Sohn, mehr aber noch über den Vater, der ihn gerichtet hatte."

Das Haus, in welchem diese That geschehen ist, die der fromme Glaube des Chronisten uns bewahrt und die den tragischen Dichtern des vorigen und selbst noch dieses Jahrhunderts den Stoff zu manchem Melodram für die Londoner Bühne geliefert hat, steht nicht mehr. Es ist im Jahre 1849 niedergerissen worden. Aber Leute, die sich seiner noch wol erinnern, haben mir gesagt, daß es in Lombardstreet — jener Straße, die durch ihren Namen an die handeltreibenden Lombarden des Mittelalters und ihre Leihhäuser und Girobanken erinnert — gestanden und seine Seitenmauern einem Gäßchen zugekehrt habe, welches noch heute „des todten Mannes Gäßchen" (Deadman's lane) genannt wird. Sie haben mir gesagt, daß es ein düstres Haus ohne architectonische Besonderheit gewesen, zerbröckelnd, mit zerbrochenen Schornsteinen, in seinen Dimensionen weit und groß, mit zwei Stockwerken und hohen Fenstern — unbewohnt, ein Schreck der Kinder und zuletzt niedergerissen, weil es den angrenzenden Häusern Gefahr gedroht habe. Man erinnerte sich noch einer Tafel von schwarzem Marmor, die im Jahre 1624 zum Andenken des schrecklichen Ereignisses in die Wand gemauert worden sei. Sie habe einen Todtenkopf mit darunter gekreuztem Menschengebein dargestellt und die Inschrift getragen:

Gedenke des Todes.

Eitelkeit der Eitelkeit — und Alles ist Eitelkeit.

Doch ist auch diese Tafel nunmehr verschwunden, und ich habe Nichts mehr von ihr erfahren können. Es läge nicht zu entfernt, an irgend einen Ideenzusammenhang zwischen dem erzählten Act der selbstvollzogenen Gerechtigkeit und Dem zu denken, was man in Amerika als Lynch-Justiz bezeichnet. Die Aehnlichkeit des Namens führt darauf, doch habe ich Nichts anzugeben, was — bei der mannigfachen innern Verschiedenheit — die Annahme bestätigen könnte.

Das Geschlecht der Lynch's soll, wie bereits angedeutet, aus Deutsch=
land, und zwar aus der Stadt Lintz in Oesterreich stammen. Ich weiß nicht,
wie viel an den Worten der Chronik wahr ist, „daß ein Ahnherr dieser Fa=
milie die genannte Stadt gegen eine Uebermacht von Feinden vertheidigt
habe, so lange noch ein Grashalm im Umkreis ihrer Mauern zu sehen
gewesen, und daß er aus diesem Grunde ein Kleeblatt als Wappen=
bild, einen Luchs (lynx), das scharfäugigste Thier, als Helmkamm, und
den Schildspruch: ‚Beschützt durch eigene Tugend' erhalten habe.“
Gewiß ist, daß die Familie seit dem dreizehnten Jahrhundert ununter=
brochen die höchsten Würden in der Stadt bekleidet hat; daß schon im
Jahre 1274 ein Thomas de Lince Provost gewesen, und daß zur Zeit,
wo ich in Galway verweilte, ein junger Lynch High=Sheriff von Gal=
way war. Sonst sind die Lynches über die ganze Umgegend verstreut;
nur noch Wenige von ihnen sind Geschäftsleute, die Meisten leben in
Landhäusern umher oder bewohnen neue Häuser in der Stadt. Ihre
Stammburg, das Gebäude, welches mir in der Mondendämmerung
bei der mitternächtigen Runde so gespenstisch entgegengetreten war,
haben sie längst verlassen, obgleich es noch immer unter dem Namen
von „Lynch's Schloß“ bekannt ist. Und unheimlich genug blieb es
sogar noch am Tage und ist es für mich geblieben, so oft ich auch an
ihm vorbeiging. Es ist ein breites, massives Eckhaus in Williamstreet,
der Hauptstraße, welche zum Wasser führt; mit all' der maurischen
Fremdartigkeit der Alhambrareste, aber ohne ihre Farbe, ihre Sonne,
ihren Rosenduft. Vielmehr hängt ein grauer Schatten über dem Ge=
mäuer; Moos wächst aus den Steinfugen und über die Fenster nieder
weht Gras in langen Büscheln. Löwenköpfe, in's Grauenhafte ver=
zerrt, schauen von der First des Daches herunter: zwei eigenthümliche
fabulöse Wappenthiere — „Lynxes“ Lüchse nur dem Namen und höch=
stens dem Kopfe nach, aber mit phantastisch verzogenen Schwänzen —
springen aus der Steinwand, daneben ein Löwe, der einen Frosch ver=
schlingt und halb verlöschte Inschriften auf steinumkränzten Gedenk=
tafeln. Die unregelmäßig gestalteten Fenster sind von maurischen
Arabesken umschlungen und zwischen den, sonst in keinem markirten
Styl gehaltenen, Formen erscheint auf einmal eine, deren byzantinische
Rundung uralte, kleine, blindgewordene Scheiben umfaßt, die in allen
Farben des Regenbogens eigenthümlich schillern. Das Untergeschoß

nehmen jetzt zwei Läden ein; der eine, ein Porzellanladen, trägt auf seinem Schild den Namen: „P. O'Dea" und bietet unter dem Titel: „fancy goods" (etwa unsere Galanteriewaaren) nebenbei Strohmatten und Haarbesen feil; in dem andern wohnt ein Seifensieder und Lichterzieher.

Und nicht bloß in dieser Hauptstraße, sondern in allen Neben= gassen und Seitenwinkeln die großartigsten Reste alter, stolzer Archi= tecturen, die mit dem Leben, das sie umschließen und einrahmen, in dem grellsten Contraste stehen. Ein prächtiger Bogengang mit Mar= morbildern und gothischem Erkerbau führt in einen feuchten Hof voller Scherben und Unrathhaufen. In einer Halle, die den Durchblick auf eine breite Treppe von trefflicher Bauart eröffnet, wühlen die Schweine. Gebäude, deren Wände die Wappen stolzer Geschlechter tragen, werden von Schuhflickern bewohnt; andere liegen öde mit vernagelten Ein= gängen da und vermodern in ewiger Nässe. Hohe Lagerhäuser am Wasser, einst vielleicht voll von Gallonen feuriger Südweine, stehen schwarz in vereinsamten Straßen, mit faulenden Thüren, mit regen= zerfressenen Fensterläden. Auf den von Koth schlüpfrig gewordenen Steintreppen, unter mächtigen Portalen oben eingesunkener Giebelhäuser lagen halbnackte Kinder. Und das Rauschen des Meeres, das diesen Anblick schöpferisch begleitet, nahm für einen Augenblick die Melodie aus Beethoven's „Ruinen von Athen" an, wo ja auch der Pascha seine Rosse an eine Säule binden und aus einem Marmor=Sarkophag fressen läßt. Ich war noch in Irland, dem Lande des Elends und der Ruinen; aber hier, zum ersten Mal, trat mir mitten aus dem Elend die Poesie der Ruinen entgegen. Und dabei in diesen Straßen, so fremd, so traurig, so märchenhaft an sich, die Frauen mit bunten Trachten, mit nackten Beinen und schwarzen Augen ... ein phan= tastisches Durcheinander von spanisch=maurischen Reminiscenzen, von englischen Kaufläden und irischen Hütten, von Segelböten längs der Quais, von Amerikafahrern und Dampfern im Meere, und dazwischen das irisch redende Volk, und keine Tagereise fern, in der Oeffnung der Bucht: Arranmore — „lov'd Arranmore" — und das verzauberte Eiland! Vergangenheit und Gegenwart, romantische Poesie und häß= liche Wirklichkeit, Stolz und Demüthigung, Herrlichkeit und Verfall mischen sich hier auf den Straßen, wie sich im Blute des Volkes, das darin wandelt und wohnt, südlich=romanisches Blut mit nördlich=celtischem

und anglo-normannischem mischt — schwarze Augen und goldblondes
Haar sind nichts Seltenes auf dem Fischmarkt von Galway. Wollt
Ihr Gegensätze, so kommt nach Galway — wollt Ihr Räthsel und
Märchen und uralte Geschichten und Lieder und Sitten, von denen
man sonst Nichts mehr weiß, so kommt an die Bai! Die meisten Gesichter haben etwas entschieden Südliches: ovale Formen, lange Nasen,
dunkle Augen, dunkle Haare. Südliche Trachten, bunt und grell —
aber zerfetzt und zerrissen. Die Frauen und Mädchen tragen rothe
Röcke, die bis an die Enkel reichen — alles Andere ist nackt. Die
Haare sind rund um den Kopf geschoren und hängen über dem Nacken
nieder. Darüber schlagen sie den Mantel — den Ueberrest der spanischen Mantille — blaue Mäntel, schwarze Mäntel, oft sogar car-
moisinrothe Mäntel, malerisch über den Kopf gezogen und unter dem
Kinn zusammengenestelt. Die dunklen, ausdrucksreichen Gesichter gewinnen in dieser Verhüllung an Eigenthümlichkeit und wenn auch nicht
schön, so sind sie doch alle fesselnd und voll feurigen Lebens. —

Am Ende der Stadt, an den Quais, wo man links die geankerten
Schiffe und die Bai und gegenüber die Hütten des Clabbagh hat, ist
der Fischmarkt von Galway. Der Platz heißt die spanische Parade; eine Insel, nicht weit im Hafenstrom hinauf, heißt Madeira.
Ein stehen gebliebener Rest der Stadtmauer mit stolzem gothischen
Thorbogen und trotzigem Zinnenwerk begrenzt die spanische Parade
nach der Stadt zu. In einem dieser prächtigen Spitzbogenportale
hat sich ein Hufschmied häuslich niedergelassen, und durch die Dunkelheit, welche in diesem vermauerten Verließe immerdar herrscht, leuchtet
die Flamme des Kohlenherdes und die Funken fahren knisternd um
die Häupter der Cyclopen von Galway. Der Markt davor war voll
von Blaumänteln, die hinter den Fässern lagen und Meerkrebse verkauften, und voll Rothröcken, dazwischen herumgehend. Die jüngeren,
mit ihrer Manteldraperie um den Kopf, sahen oft reizend aus, ihre
Gesichter hatten nicht selten den süßesten Ausdruck der Leidenschaft und
ihr Mund war leicht und üppig aufgeworfen. Die alten Fischweiber
dagegen, die neben den Tonnen saßen und aus kurzen Thonpfeifchen
feuchten Taback rauchten, hatten eher etwas hexenhaft Unheimliches.
Kein englisch Wort habe ich hier vernommen; die Kunden waren das
Landvolk, die Bewohner der Haide umher, und die Verkäufer waren

die Weiber des Claddagh — Nichts als irisch Blut. Die Männer des Claddagh treiben sich auf dem Meere herum und fischen und lungern, die Lazzaroni des Westens, jenseits an der Bai, wenn sie vom Meere heimgekehrt sind und gefischt haben. Um den Handel bekümmern sie sich nicht, diese Hüttenaristokraten. Der Claddagh und das Küstenmeer ist ihre Welt; darüber hinaus gibt es Nichts für sie. Der morsche Nachen, die zerfallende Hütte ist ihre Wohnung; alles Andere verachten sie. Sie nennen Jeden, der nicht zu ihrer Commune gehört, einen „Fremden." Ein Mann aus dem nächsten Kirchspiel ist ein „Fremder," und es ist die Regel, daß sie sich mit „Fremden" nicht verheirathen. — Sie weichen nicht aus ihren Grenzen, aber sie gehen auch nicht darüber. Kein politisches Elend, kein Strafcodex, keine Hungersnoth hat sie vertrieben; aber jede Verbindung mit Dänen, Sachsen und Normannen haben sie verschmäht — ja, nicht einmal hinüber nach Galway haben sie geheirathet, keine Mischung mit dem fremden spanischen Element war gestattet. Daher ist auch in den Zügen der Claddagh=Männer Nichts, was an den Spanier erinnern könnte, wie bei den andern. Die Claddagh=Weiber tragen niemals rothe Mäntel. Die Landweiber rings um Galway tragen den krapprothen Rock; aber blau ist die Claddaghfarbe. Sie haben unter sich lange eine Art von Fischermonarchie gebildet, und wählen noch bis auf diesen Tag am Johannisabend ihren „Claddagh=König," der die Streitigkeiten seiner Unterthanen — soweit sie etwa zur Competenz eines Bürgermeisters gehören — entscheidet und dessen Boot als Auszeichnung eine weiße Flagge führt. Eine große Procession voll scherzhafter Verkleidungen und roher Masken, dem ein Tanz um Freudenfeuer folgt, bezeichnen den Anfang seines Königreichs. Doch soll seit den letzten zehn Jahren Manches von diesem alten Herkommen abgeändert sein und auch mit den Mischheirathen nach Galway hinüber und von dort herein soll es nicht mehr ganz so genau, wie in der früheren Zeit, gehalten werden, wie mir mein Freund, Mr. Morris, sagte. Doch hat das bis jetzt auf das innere Wesen des Claddagh und seine Bewohner noch keinen merkbaren Einfluß ausüben können. Ihre Namen sind noch durchaus irisch, und wenn man auch einmal hier und da eine englische oder walisische Aehnlichkeit vermuthen könnte, so kommt doch ein spanisch klingender, wie das in Galway so oft der Fall ist,

nie vor. Da es nun aber so viele Personen in Clabbagh gibt, die
denselben Namen haben, so unterscheiden sie sich dadurch, daß sie den
verschiedenen Gleichgenannten den Namen eines Fisches als Unterschei=
dungszeichen hinzusetzen. So findet sich ein „Paddy, der Meerhecht,"
ein „Paddy, der Lachs," ein „Paddy, der Wallfisch," ein „Paddy, der
Sprott." Sie können zwar meist Alle Englisch sprechen, oder minde=
stens doch verstehen; unter sich aber gebrauchen sie um keinen Preis
ein Wort aus der Sprache der „Sassenach."

Von eigenthümlichen Liedern, die man bei einem so abgeschlossenen
Völkchen, das zugleich in so innigem Verkehr mit der sehnsuchterwecken=
den, täuschungsreichen Welt des Meeres steht, vielleicht voraussetzen
dürfte, habe ich Nichts vernommen; ihr ganzes poetisches Vermögen —
und von unendlicher Tiefe und Kraft ist es, das werden wir bald
sehen, — haben sie in einer Reihe von märchenhaften Tradition aus=
geströmt, welche die ganze Seeküste längst der Galway=Bucht mit den
glänzendsten Schauplätzen phantastischer Bildungen bevölkert. Ihre
Lieder aber sind dieselben, die wir im ganzen übrigen Westen verstreut
finden. Sie sollen diese Lieder besonders schön singen; und ihre Tänze
sind berühmt in Irland. Dabei lieben sie — wie alle Celten — bunte
Kleider und helle Farben. Außer dem kurzen blauen Mantel, an dem
man das Clabbagh=Weib erkennt, trägt es gern einen rothen Unterrock,
bei Sonnenschein ein buntes Tuch um die dunkeln Haare, bei Regen=
wetter ein Bettlaken über den blauen Mantel. Es gibt keine braveren
Männer auf See, als die Clabbagh=Fischer, wenn sie auslaufen mit
der priesterlichen Einsegnung und dem geweihten Salz und der Asche
an Bord. Aber an Land sind sie ein wenig sehr schüchtern und furcht=
sam; namentlich sollen sie den Anblick von Feuerwaffen nicht vertragen
können, und sich mit Boxen ein für allemal nicht abgeben. „Ein
halbes Dutzend Constables treibt zehntausend Clabbagh=Fischer vor sich
her," sagt man. Merkwürdig genug bei einer Menschenklasse, die ihr
Leben jeden Tag dem gefährlichen Elemente Preis gibt und es jeder
Welle auf's Neue abringen muß. Uebrigens habe ich ganz Aehnliches
auf der Insel Helgoland gefunden. Ein starker Bursche, der vor der
donnernden See gewiß nie gezittert, ergriff vor einem Schweine —
welches er freilich, da es auf Helgoland keine Schweine gibt, in seinem
ganzen Leben noch nicht gesehen — die Flucht!

Alles bei ihnen bezieht sich auf den Fischfang: ihre Lebensart, ihr Gespräch, ihre Furcht, ihre Hoffnung, ihre Sagen, ihr Glaube und ihr Aberglaube. Der Heilige selbst hat ihnen diesen Ort an der fischreichen Bucht angewiesen und vor grauen Jahrhunderten schon ihr Gewerbe für alle Zukunft gesegnet. „Hierauf nun," heißt es in den Acta Sanctorum (p. 709, s. XXIV.), „kam Sanct Endeus an ein Land, welches Medraighe genannt wird (heut Maaree, eine Halbinsel, welche sich auf ungefähr fünf englische Meilen weit in die Bucht hinaus erstreckt). Hierauf wandelte Sanct Endeus an das Meer, und da er daselbst Fischer sah, so erbat er von ihnen Fische für sich und die Seinen. Diese aber antworteten und sprachen: die Fische sind zu uns aus dem Meere von Arran gekommen, und Dir gestatten wir jene bei Arran zu fangen und zu haben, und Du laß uns die Fische unseres Meeres haben. Da er diese Antwort der Bösen hörte, ward ein Knabe von dem Geiste Gottes bewegt und sagte: einen Fisch habe ich, welchen mir Gott gegeben hat, und ihn lasse ich Dir — darauf entwandelte Sanct Endeus und kam an den Hafen, welcher bis an ein Gewässer Namens Orbsen führt (heut Lough Corrib, — das Hafenwasser, welches sich bis dahin erstreckt, bespült den Platz, auf dem der Claddagh liegt) und bat Gott, daß wegen des Verdienstes dieses Knaben, der ihm einen Fisch gegeben, eine Fülle von Fischen hier immer vorhanden sein möge!"

Der eigentliche Schutzpatron des Claddagh jedoch und der ganzen Westküste mit ihren zahlreichen Inseln ist Mac Dara, dessen geheiligtes Eiland („sanctuarium" nennen es die alten Schriftsteller) das heutige Oilean Mhic Dara ist. Die ausführlichsten Nachrichten über Alles, was hierher gehört, habe ich in O'Flaherty, dem alten Chronisten von Connaught gefunden, der, von Hardiman herausgegeben und mit Anmerkungen begleitet, eine wahre Fundgrube für den Culturhistoriker des wilden Westens ist. „Die Böte, welche zwischen Mason-Head und jenem Eiland hindurchsegeln," sagt O'Flaherty, „haben den Gebrauch, ihre Segel dreimal zu Ehren des Heiligen niederzulassen. Ein gewisser Capitain von der Garnison zu Galway, der anno 1672 diesen Weg passirte und jenen Gebrauch versäumte, ward so von See und Sturm geschüttelt, daß er gelobte, er wolle dort nie wieder vorüberfahren, ohne dem Heiligen seinen Gehorsam zu bezeugen; aber er kehrte

nicht heim. Sein Schiff wurde als Wrack, er selber als Leiche an's
Land gewaschen. Wenige Jahre später ereignete es sich, daß ein
Fischersmann, Namens Gill aus Galway, welcher auch, dem Heiligen
zum Trotz, die Segel nicht streichen wollte, nicht eine Meile weit über
jene Straße hinaus war, als der Mast von einem Gegenwind umge-
brochen ward und ihn, der sorglos hinten im Schiff saß, auf der
Stelle todt schlug, obgleich an dem Tage, vor und nach diesem Ereigniß, schönes Wetter war." — Dieser Gebrauch hat sich bis auf
den heutigen Tag unverbrüchlich erhalten, und kein Claddagh = Fischer
würde dem Eiland des Heiligen vorüberfahren, ohne das Großsegel
dreimal ein wenig zu lockern. Denn der Zufall, von dem diese Männer abhängen, hat sie abergläubisch gemacht, und es gibt hundert
Dinge, die ihrem Fischfang Heil oder Unheil vorhersagen. Sie haben
ihre glücklichen und ihre unglücklichen Tage, und wehe dem, der an
einem ungünstigen Morgen auslaufen möchte. Früher hätten sie um
keinen Preis den Fischfang begonnen, wenn nicht der Priester mit
ihnen gefahren wäre und in regelmäßiger Form seinen Segen über die
Bai ausgesprochen hätte. Das Boot mit dem Priester segelte dann
allen andern voran. Aber auch heut noch geht kein Boot in See ohne
Haferkuchen, Salz und Asche. Sie glauben, daß in diesen drei Dingen
ein eigenthümlicher Segen ruhe; denn Alles, was durch's Feuer gegangen ist, sagen sie, ist heilig. Ganz besonders abergläubisch sind sie
in Bezug auf die prophetischen Eigenschaften gewisser Thiere. Wenn ein
Rabe über das Boot fliegt und kräht, indem er hinüberfliegt, so ist das
ein gutes Zeichen; denn der Rabe sagt: „Fisch' Euch bracht' ich! Fisch'
Euch bracht' ich!" So groß aber ist ihre Furcht vor einem Fuchs, Hasen oder
Kaninchen, daß sie niemals die Namen dieser Thiere aussprechen, oder
es auch nur anhören möchten, wenn Andere dieß thun. Wenn ein
Claddagh = Fischer eines von diesen Thieren gesehen, oder den Namen
desselben hat erwähnen hören, so wagt er sich an diesem Tage nicht
in See; und die Ursache dieses seltsamen Aberglaubens wissen weder
sie selber, noch ist es möglich, derselben weiter nachzuforschen. Uebrigens
findet sich die Furcht vor dem Hasen in ganz Irland und datirt
schon aus uralten Zeiten. „Wenn sie am ersten Maientag," sagt
Camden, „einen Hasen zwischen ihrem Vieh finden, so ruhen sie nicht
eher, bis sie ihn todtgeschlagen haben, weil sie fest glauben, daß es

eine alte Hexe sei, welche Absichten auf die Butter habe." Es ist ein verbreiteter Aberglaube, daß Hexen die Macht hätten, sich in Hasen zu verwandeln, und daß, wenn sie so an der milchenden Kuh sögen, diese die Milch verlöre, und sie — die Hexen — zwölf Monate lang in ihrem eigenen Butterfaß die Butter all' dieser Kühe hätten. So in den Ackerbau= und Viehzuchtdistricten von Irland. In den Küsten= strichen wird das Omen auf den schlechten Ausfall des Fischfangs oder auf sonstiges Unglück zur See bezogen. Folgende spaßhafte Geschichte wird darüber in Galway erzählt: In der Nähe des Claddagh lebte einst ein ehrsamer Metzgermeister, der sich den Aberglauben seiner Nachbaren auf eine launige Weise zu Nutze machte. Sie gehen nämlich niemals auf einen Sonnabend zum Fischfang aus, weil sie fürchten, sie könnten durch irgend welchen unvorhergesehenen Zufall in den Sonntag hinein zurückgehalten werden, und den Sonntag halten sie heiliger als Alles auf der Welt. Deswegen ist der Freitag ihr Haupt= fischtag, und ein glücklicher Fang an dem Tage hat den natürlichen Erfolg, die Fleischpreise des Sonnabendmarktes sehr herabzudrücken. Der Metzgermeister nun, dessen Beruf und Gewerbe auf diese Weise häufig Schaden litt, sann auf ein Auskunftsmittel, welches sich auf lange Zeit, bis es zuletzt entdeckt wurde, als probat erwies. Er schaffte sich nämlich einen Fuchs an, oder, wie Einige behaupten, einen ausge= stopften Fuchsbalg, und ließ selbigen an jedem Freitag auf dem Platze paradiren, über welchen die Claddagh=Fischer zum Meere gingen. Dieser Anblick erzeugte allgemeinen Lärm und große Aufregung unter den Fischersleuten, und er verfehlte niemals seine Wirkung. Die Fischer gingen an diesem Freitag nicht in See, und der Metzgermeister ver= kaufte am folgende Sonnabend sein Fleisch zu guten Preisen. —

Vieler Mittel, von fast heidnischer Physiognomie, bedienen sie sich, um das Wetter zu beschwören und die Richtung des Windes zu verändern. In der Vorstellung dieser Leute werden die Elemente von mächtigen Geistern regiert, und der dunkeln Wolke, der empörten Woge bauen sie Altäre, bringen sie Opfer, wie es vielleicht ihre Väter thaten, ehe Patrick sie zu Christen gemacht. Es wird erzählt, daß sie — um guten Wind zu bekommen — eine lebendige Katze bis an den Nacken im Sande der Seeküste begraben, und das Gesicht derselben der Welt= gegend zukehrend, aus welcher der ungünstige Wind bläst, das arme

Thier daselbst sterben und verfaulen lassen. Zuweilen auch errichten sie einen Steinhaufen an der Küste, welcher eine rohe Aehnlichkeit mit einem Hause oder einem „Schlosse" hat, und sie bieten es einem ein= gebildeten Wesen, einem Gespenst zur Wohnung an und erwarten da= gegen guten Fahrwind. Aber dieß ist eine ernste Handlung, und der Fischer kann sie in seinem Leben nur ein einziges Mal vollziehen; wiederholt er sie, so schlägt sie zu seinem sichern Verderben aus.

Es ist zu denken, daß bei einer Gemeinschaft, die sich durch solch' eigenthümliche Grenzen von den Uebrigen geschieden und durch noch eigenthümlichere Gebräuche untereinander verbunden hat, das Familien= leben von großer Festigkeit und Wärme ist. Es fehlt ihm nicht an zarten Zügen; denn es ist eine alte Erfahrung, daß sich unter der rauhesten Schale nicht selten der mildeste Kern verbirgt. —

Wenn ein Claddagh=Bursch ein Mädchen liebt und ihr den An= trag machen will, so geht er — wenn „die Küste klar ist" — in die Hütte derselben und setzt sich an den Feuerheerd, dem Gegenstand seiner Liebe gegenüber. Er spricht kein Wort. Es ist die unveränderliche Regel schweigend zu sitzen. Er fängt die Verhandlung damit an, daß er Funken vom Heerde nimmt und mit denselben nach ihr wirft. Sie wird auf diese Weise eine Weile damit beschäftigt, die glühenden Kohlen von ihrem Zeuge abzuschütteln. Wenn sie den Antragsteller nicht mag, so läßt sie ihn ruhig weiter werfen, oder sie steht vom Heerde auf und geht. Dieß ist das Zeichen der Verneinung. — Wenn sie ihm aber Gehör gibt, so wirft sie auf den liebenden Feind Funken zurück. Dann erst beginnt die mündliche Verhandlung, und zuletzt geht der Liebende zum Vater seiner Erwählten und fragt: „Wollt Ihr mir Eure Tochter geben?" Der Vater erwidert — und die Erwide= rung wie die Frage geschieht in herkömmlich vorgeschriebenen und ein= für allemal feststehenden irischen Worten —: „Möge ich erstickt und er= tränkt werden, wenn ich meine Tochter verheirathe, bis sie sich selber verheirathet!" — Damit ist das Ceremoniel abgemacht und die Liebenden gehören einander als Braut und Bräutigam an. — Es ist bei diesem, wie bei allen andern natürlich verbliebenen Völkerresten im Abendlande, der leitende Grundgedanke: daß es das Mädchen selber ist, die über ihr Herz und ihre Zukunft entscheidet. Im Gegensatz zum Orient wird dem Weibe das Recht der freien Selbstbestimmung zuge=

sprochen; und was sich in dem „Freiwerben auf dem Bette" der Wa=
liser, dem „Thüren" der Friesen und dem „Fensterl'n" der Alpenbe=
wohner ausdrückt, hat sich hier in ein noch viel lieblicheres Symbol
gekleidet.

Wenn ein Mann in See verloren gegangen und der Leichnam
nicht an die Küste zurückgewaschen worden ist, so halten die Ver=
wandten noch längere Zeit die Todtenwache über seinen noch im Hause
befindlichen Kleidern. Sie legen dieselben alsdann auf ein Bett und
breiten ein Laken darüber, ganz so, als läge die Leiche darunter; zün=
den Lichter an, wie bei der Todtenwache gebräuchlich, das Klageweib
erhebt den „caoine" und die Männer stimmen mit dumpfem Klagelaut
ein. Denn es ist der Glaube, daß die Geister derjenigen, deren
„caoine" nicht gesungen werde, verdammt seien und unfähig, Ruhe
zu finden.

Eine Brücke über das Hafenwasser führt von der spanischen Parade
in den Claddagh hinüber — eine Stadt für sich, wie ich noch nie
eine gesehen — eine Stadt voll fünftausend Fischer, eine Stadt voll
Hütten ... Straße an Straße, Haupt= und Seitenstraße voll Hütten.
Der scharfe Seewind geht hindurch und Alles riecht nach Salz. Stein=
wände ohne Kalkverkleidung — in den Fenstern keine Scheiben, aber
derbe Holzklappen davor — der rohe Mensch und die rohe Natur
stehen hier, Hand in Hand, am letzten Küstenrande und sehen auf's
Meer und spotten des Lebens hinter ihnen. Es liegt etwas ungemein
Trotziges in diesem Schein der Armuth. Hier ist kein Elend — hier
ist Stolz, Hohn und Selbstvertraun. Und dabei gehen die Gänse und
die Schweine auf der Straße. Und was für Schweine! Wahre Ex=
cellenzen an Ernsthaftigkeit und Würde! Mit Schnauzen so lang,
mit Ohren so spitz und so steif, wie Vatermörder — mit pfiffigem
Gesicht, mit durchbringenden Augen. Und diese Schnauzen stecken sie
in Alles, und diesen Ohren entgeht Nichts — und wenn sich ein fremder
Tritt vernehmen läßt, so erheben sich die pfiffigen Gesichter und die
durchbringenden Augen richten sich auf den Eindringling — wahre
Polizeiaugen, als ob sie nach dem Paß fragen wollten. Ganz un=
heimliche Bestien diese Schweine, deren erst in Claddagh gemachte Be=
kanntschaft sich später noch zur Vertraulichkeit steigern sollte, in jenem
großen, unvergeßlichen Moment, wo mich mein unglücklicher Hang zum

„Studien-Machen" auf den Viehmarkt von Clifden geführt hatte, und ich — im eifrigen Gespräch mit einem Schweinezüchter des Westens — plötzlich bemerkte, daß alle Rüssel seiner Heerde sich in meine Rocktasche und mein Reisetagebuch darin vertieft und eben begonnen hatten, an den Blättern desselben gastronomische Studien zu machen! Denn die Connaught-Schweine verschlingen Alles, was man nicht aus ihrem Bereich entfernt — Lumpen, Knochen, Holz und Leder — und hätte ich sie nicht Erde, ja Steine fressen sehen, so würde es mir gewiß ein Compliment gewesen sein, daß sie sogar das Werk eines deutschen Reisenden für genießbar hielten!

Die Clabbagh-Hütte hat ein Strohdach; das Innere ist einfach und dunkel. Neben dem Heerd sitzen Mutter und Kinder und die Schweine, wenn sie nicht draußen sind; auf dem Tisch neben dem Feuer liegt die Katze. Auch an ganzen Reihen von Ruinen fehlt es nicht. In dieser Beziehung ist der Clabbagh doch auch irisch. Hier noch eine Thür im Trümmerwerk, mit einem Strick festgebunden, das Dach darüber eingesunken; dorten Thür und Fenster mit Steinen ausgefüllt. Die Iren sind mit Steinen sehr bei der Hand; und wie ihre Väter über die Gräber ihrer Verstorbenen ganze Haufen davon aufthürmten, so werfen sie jetzt auf jede Ruine zum Ueberfluß noch neue Ruinen. Dann auf einmal — mitten in all' dem sonderbaren Gewirr — dunkle Bäume und stille Mauern: der Kirchhof und die Pfarrwohnung. Diese letzten Orte des Friedens, die beide auf der Grenze zwischen Leben und Tod liegen, ihre heiligsten Stationen, bleiben sich doch überall gleich; und inmitten der Wanderung, deren End' und Ziel uns hier vor die Seele tritt, überkommt den Einsamen im fremdesten Land ein Gefühl der Ruhe, das seinen Blick auf eine Weile der ewigen Heimath Aller zuführt. O, wie oft schon in fernen Landen habe ich auf Gräbern gesessen, und, unbekannt mit denen, die darin schlafen, einen Trost gefunden, den ich lange vergeblich gesucht. Hier erst, wie nirgends sonst, geht uns das Gefühl der Verwandtschaft mit Allem auf, was da lebt; und was wir bei den Todten empfunden, führt uns auf's Neue zu den Lebenden zurück. — Wie ein Wesen höherer Ordnung schritt ein Priester mit schwarzem Talar und schwarzen Bändern dahin — die Frauen verbeugten sich vor ihm, die Knaben entblößten die Häupter, die Männer rührten an die Theerhüte. In der

Straße des Claddagh sah ich keine Männer; sie waren alle am Quai und wo es dem Meere zugeht. Hier lagen sie auf den Steinen, hier lehnten sie an den Thüren, hier saßen sie auf Tonnen und rauchten — träge, stämmige Gestalten, echt neapolitanische Gruppen. Ihnen auch ging ich vorüber und jetzt war ich am Ende. Noch ein paar Hütten, noch ein paar Fischer — ein paar Gänse, ein paar Schweine und dann über das Kartoffelfeld mit seinem dürren Stroh, über die Strand= wiese und die Steine fort der offene Blick auf die Bai und die flachen Küstenhügel, die sie in der Ferne gegen das Land decken. Nun Nichts mehr als die Schiffe, der graue Wolkenhimmel und der Wind, der über die breite atlantische Woge heranstrich. —

Hier nun, in der Einsamkeit des an= und abrollenden Gewässers, zwanzig Meilen von dem Punkt, auf dem ich stehe, liegen drei schöne Inseln, die Arran=Eilande — liebliche Stätten des ungetrübten Friedens, beneidenswerthe Wohnsitze glücklicher, abgeschiedener Leute, deren Grenze der unermeßliche Abendhimmel ist mit der bezaubernden Pracht der Sonnenuntergänge und dem goldenen Nebel, der diese Welt in eine ganz neue Welt der Täuschung erweitert . . .

O! Arranmore, wie oft im Traum
Schwebt mir die Zeit vorbei,
Wo ich an Deiner Küsten Saum
Gewandert jung und frei.
Wol manch' einen Pfad ging ich seither
Durch wonnig' Blumenland;
Doch nie fühlt ich den Frieden mehr,
Den ich bei Dir empfand.

Wie gern auf Deinem luft'gen Kliff
Stand ich bei Morgenruh —
Dann flog mein Herz, leicht wie das Schiff,
Dem sonnigen Meere zu.
Und wie — wenn nun vom Abendstrahl
Das Westmeer überquoll,
Hab' ich gesucht das Ruhethal,
Das dorten liegen soll.

Das Eden, wo der Tapf'ren Schaar
In stillen Lauben ruht,

Das oft den Wellen wunderbar
Entsteigt bei Abendgluth …
Ach, Traum an Schmerz und Wahrheit reich!
Dort über'm Meer die Höh'n,
Sie sind dem Glück der Jugend gleich —
So flüchtig und so schön.

(Thomas Moore.)

Dieses Eden aber, welches der Dichter von Arranmore aus suchte, ist Hy-Brasail, das verzauberte Eiland, auf welchem die Seligen wohnen, der schöne Aberglaube der Westländer, die Sehnsucht des Alterthums, das Paradies, welches immer weiter rückte, je mehr der Mensch ihm nahte, bis es hier in's Meer versank, um sich nur zuweilen noch in der duftigen Stunde des Sonnenuntergangs den Augen der Fischer zu zeigen, die am Gestade von Arranmore stehen, — die Atlantis, von der schon Plato geträumt. Westwärts ging der Zug der Sehnsucht seit allen Zeiten, und hier im Westmeer ist die Stätte, um welche die schönsten Gedanken einer langen Reihe von Menschengeschlechtern schweben. —

Wer jemals zur Zeit des Sonnenuntergangs am einsamen Ufer des Meeres gestanden, wenn die glühende Kugel in den aufsteigenden Nebel versinkt: der kennt diese Visionen, der hat sie selber schon gehabt. Dann erheben sich aus dem Schooße des Gewässers — dessen letzte Wellen klagend und brausend gegen den Strand rollen — große, goldene Lichtgestalten, die gen Westen zu wallen scheinen und weiter ziehen, bis der Halbkreis des Himmels von ihnen erfüllt ist. Dann tauchen wunderfame Gebilde in das große, schwebende Gewölk empor, und die Sonne, durch Wasser und Nebel gebrochen, leiht den Phantomen tausend unbeschreibliche, von Augenblick zu Augenblick wechselnde Farben. Wir haben Wälder mit hohen, prächtigen Wölbungen, welche von Purpur schimmern; wir haben Berge, deren kühne Spitzen im reinsten Silber erglänzen; wir haben Ströme, in welchen sich Goldwellen schaukeln; wir haben Geister mit flatternden Mänteln und blitzenden Kronen, welche segnend darüber hinschweifen, und Löwen in ihrem Gefolge, und Einhorne und buntes Gefieder … und tief, da drunten, liegen stille Wohnungen mit Kuppeldächern, und wo Alles Glanz, Alles blendende Pracht ist, da winkt hier ein blauer, duftiger Schatten und lockt die Seele in das ersehnte Ruhethal. Aber der blaue, der duftige Schatten wächst … in sein Geheimniß hüllt er den schwebenden Geisterzug, die

Farben erblaffen, — die Krone blitzt nicht mehr, der Königsmantel
zerfließt ... und Strom und Berg und Wald treten in das graue,
kalte Nachtgewölk, das dem Meere zuftrebt und nun auf ein Mal Alles
mit hinunternimmt und nur den Einfamen zurückläßt, der dort am
Ufer fteht und in das fchaurig rollende Meer hinausfchaut und die
liebliche Geifterwelt fucht und nicht mehr finden kann ...

Das Menschenherz, in feiner Qual zwischen den enggefteckten
Grenzen der Wirklichkeit und dem Sehnfuchtsdrang in eine weite,
räthfelhafte Ferne, hat nach einer Stätte gefucht, auf die es fein un=
befriedigtes, hienieden nie zu befriedigendes Verlangen flüchten möchte.
Da hat es von untergegangenen Infeln im Meere gehört, und es haben
fich dafelbst feine Träume angefiedelt. Diefe Wohnftatt befindet fich
im Weften, in jener füßen Dämmerung des Abendroths über dem
Waffer — aus ihrer Wiege im Often haben die Völker des indoger=
manifchen Stammes die Sehnfucht nach dem Weften mitgebracht. Die
Chandra dwip der Hindus, die Atlantis der Griechen, die Thule der
Römer lag in feinen unentdeckten Fernen. Die Puranas verlegen die
heilige Infel „in die weftlichen Seen;" bei Plato liegt fie im Mittel=
meer. „Zu jener Zeit," heißt es im Timaeus, „war der atlantifche
Ozean noch fchiffbar, und es lag eine Infel vor jener Bucht, die Ihr
die Säulen des Herkules nennt. Diefe Infel war größer, als Lybien
und ganz Afien zufammen und gewährte einen bequemen Weg zu den
benachbarten Infeln, fo wie es auch leicht war, von diefen Infeln zu dem
Feftland, das die atlantifche See begrenzte, zu gelangen ... Aber da
in folgenden Zeiten furchtbare Erdbeben und Ueberfchwemmungen ftatt=
fanden, welche in einer Nacht und einem Tage oft Alles zerftörten,
fo ward auch das atlantifche Eiland felbft von der See verfchlungen
und verfchwand gänzlich." —

Es muß eine untergegangene Infel fein, begraben in das
ganze Geheimniß der unerforfchlichen Tiefe, nur die Phantafie darf fie
erreichen, dem Auge aber erfcheint fie nur felten, in geweihten Augen=
blicken. Bei Procop liegt das zauberhafte Eiland, an welches die
Menfchheit glaubte, weiter hinauf in der Nordfee. Ein irdifcher Fähr=
mann fetzt die abgefchiedenen Geifter über; der Nachen wird fchwerer,
er droht zu finken, bis er das Geftade erreicht, und nun auf einmal
mit ätherifcher Leichtigkeit entfchwebt, während wunderbare Stimmen

7*

vom Eiland rufen ... Aber die Grenzen der wirklichen Welt erweiterten sich, und die irischen Mönche, die das Festland besuchten, erzählten von ihrer Insel. Und weiter gen Westen auch wanderte das verzauberte Eiland, aus dem Bereich der entdeckten Welt in die unentdeckten Meere hinaus. Ganz Irland war dazumal dem übrigen Europa noch ein Land des Wunders; und wie jener geheimnißvolle Zug nach einer abgeschiedenen Insel der Seligkeit aus dem Heidenthum in das Christenthum hinübergewandert war, so deutete er jetzt nach der Richtung, wo man sich auch das Purgatorium des heiligen Patrick dachte. Die ascetische Strenge des frühen Christenthums schimmerte von dem wehmüthig schönen Scheidestrahl der untergehenden Götterwelt. Damals suchte man das verzauberte Eiland in dem dunkeln stürmischen Gewässer zwischen Großbritannien und Irland, und sein Name war Thule. Aber der Zug der Welt ging immer mehr nach Westen. Irland ward von seinen Eroberern betreten, und die anglo-normannischen Barone zerstörten den sagenhaften Duft, der lange über dem westlichsten Lande der Erde von damals gehängt hatte — und das verzauberte Eiland wanderte auf's Neue. Es blieb eine Zeit lang im Norden, an der Küste von Ulster, wo die unwegsame Straße am Riesendamm es vor Entweihung schützte. Aber der Mensch bezwang die Schrecken dieses Felsenmeeres, und das Eiland zog hinter die Küsten von Donegal und weiter hinaus in die ungestörte Ferne und Wildniß des atlantischen Ozeans. Allhier ist es verblieben, die griechische Atlantis, die römisch-christliche Thule ward zum irischen Zaubereiland Hy-Brasail. Zwar ward die Welt noch einmal größer, als Columbus seinen Fuß auf neue Continente setzte; aber kleiner war das Herz, kleiner die Sehnsucht des Menschengeschlechts geworden. Aus dem mittelalterlichen Traum, so voll von schönen Heiligenbildern, so voll von unvergänglichen Märchengestalten, hatte Luther die Menschheit erweckt; und aus den Himmeln ihrer Schwärmerei und ihrer Entsagung kehrte sie zum Genusse der Erde zurück und das verzauberte Eiland, das Paradies des Mittelalters, blieb einsam an seiner Stelle im Westmeer liegen, und nur die Fischer des Claddagh, die Bewohner der Küste, die Leute von Arran allein sehen es noch, weil sie allein noch daran glauben. Nicht blos die Götter, auch die Heiligen sind in's Exil gegangen. —

Bei keinem Völkerstamme tritt diese unerklärliche Sehnsucht nach dem Westen mehr hervor, als bei dem der Celten.

Die Celten des Continents setzten den von ihren Druiden ihnen gelehrten Glauben vom Fortleben der Seele nach dem Tode mit diesen geträumten Eilanden in Verbindung; und erst spät, als das Christenthum diesen Glauben in eine höhere und reinere Sphäre emporführte und an die Stelle des räumlichen Paradieses ein spiritualistisches setzte: verwandelten sich, sowie aus dem „draoi," dem Druidenpriester ein Hexenmeister wurde, auch die druidischen Inseln in abgeschiedene Stätten, welche von finstern Geistern in Besitz genommen, von einem magischen Nebel verhüllt wurden, und deren verborgene Klippen und Untiefen nun dem vorbeisegelnden Schiffe Gefahr drohen. — Damals aber glaubten sie, daß die Seelen der Gerechten in ein Paradies geführt würden, fern im West, welches Flaith-inis hieß, — grade so, wie die Iren noch heute „den Himmel" nennen.

Aber die verschiedenen Colonisten von celtischer Race, welche Irland in mehrfachen Einwanderungen bevölkerten, brachten ihren verschiedenen Glauben in Bezug auf die Beschaffenheit und Lage dieses glückseligen Landes mit, — düsterer, heller, phantastischer, schattenhafter — je nach der Stimmung der Gegend, in welcher die celtischen Wanderer indessen geweilt, und nach den Traditionen, die sich dort in ihre östlichen Stammsagen gemischt hatten. Allen diesen Stämmen, welche sich nach und nach und im Verlaufe von Jahrhunderten in Irland versammelten, war der Glaube gemein, daß dieses Paradies gen Westen liege, und eine dunkle Vorstellung findet sich damit verbunden, daß die Abgeschiedenen, um in dieses Paradies zu gelangen, über eine Brücke schreiten mußten, welche Droicead an aei ribe, „die Brücke von einem Haar" hieß. Dem Gerechten war der Gang leicht und sicher, da die Brücke unter seinem Tritt sich dehnte und weitete und hinreichenden Raum gewährte; bei der Berührung des Bösen aber zog sie sich zusammen und wurde so fein, wie ein einzelnes Haar, so daß derselbe fiel und noch ein Mal in die Welt zurückgeworfen wurde, um in verschiedenen Gestalten seine Wanderung durch's Leben noch einmal zu machen. — Dies ist der Ausgangspunkt der von den Druiden gelehrten Seelenwanderung, von welcher noch Caesar spricht — „non interire

animas, sed ab aliis post mortem transire ad alios" (de bello Gall. VI, 14.)
Der Gedanke an die Pythagoräische Metempsychose liegt nahe, und
es ist wahrscheinlich, daß Caesar daran gedacht hat. Aber die Sache
verhält sich in der That doch anders. Die Seelenwanderung, welche die
Druiden lehrten, steht im Gegensatz zu ihrem Paradies; sie ist das,
was in der katholischen Kirche das Fegfeuer ist. Denn die Seelen
gehn nicht, wie Caesar sagt, „ab aliis ad alios," von einem Menschen
zum andern, sondern in Thierkörper über. Wie es zum Beispiel von
Tuan Mac Coireall (im Buch von Leacan) erzählt wird, daß er zuerst ein Mensch, dann dreihundert Jahre ein Hirsch, dreihundert Jahre
ein wilder Eber, dreihundert Jahre ein Vogel und zuletzt dreihundert
Jahre ein Salm war, bevor er erlöst wurde.

So wie nun allen Celten in Irland der Glaube an die Seelenwanderung gemeinsam war, so theilten auch alle die Vorstellung, daß
der Eingang zum Paradies von Dunkel und Gefahr umgeben sei.
Dieß war das Gemeinsame; über das Paradies selber hatten die einzelnen Stämme abweichende Ansichten.

Die Firbolgs setzten ihr Paradies unter das Wasser der irischen
Seen. Ein Stück ihrer Mythe hat sich in der Erzählung von dem
versunkenen Dorf und dem Maienritter O'Donnoghue an den Seen
von Killarney erhalten. Ebenso am Lough Neagh, im nördlichen Irland. „Die Fischer jenes Gewässers," erzählt Giraldus Cambrensis
(Topogr. Hibern. II, 9) „erblicken bei heiterem Wetter deutlich unter
den Wellen Kirchthürme, nach der Sitte des Landes gebaut und rund,
und zeigen sie häufig den fremden Wandersleuten, welche sich über
die Ursachen dieser Erscheinung wundern."

Die Tuatha de Danans, deren Druiden in Höhlen und andern
abgeschieden unterirdischen Aufenthalten lehrten, hatten ihr Paradies
unter der Erde, und die Milesier — dieser vorzüglichste Stamm der
irischen Celten, welcher den ganzen Rosenduft der Heimath noch an
sich trug, als er in Irland landete — machten das ihre zu einer Art von un-
beschreibbarem Orte, zu welchem ein unterirdischer Eingang führte. Sie
nannten es Tir na n-Og, das Land der ewigen Jugend. Hier schweifte der
Tugendhafte und Tapfere auf Feldern voll süßer Blumen und in Wäldern
voll köstlicher Früchte. Hier lustwandelten sie, wie es ihnen gefiel; die Einen
in glückseligen Gruppen, während Andere in schattigen Lauben ruhten,

oder an der Jagd, dem Faustkampf, dem Wettrennen sich ergötzten.
In diesem glücklichen Lande wurde Niemand alt; keiner seiner Bewoh-
ner fühlte sich je übersättigt vom Genuß, noch merkte er, wie die
Jahrhunderte dahinschwanden. In dieses Land der seligen und ewigen Jugend ward der weise Barde und Ritter Oisin, der Sohn Fin-
Mac Cul's, entführt, als er nach der blutigen Schlacht von Gabhra
allein von allen seinen Freunden und Verwandten übrig geblieben. Da kam
eine schöne Prinzessin auf weißem Roß und sagte, sie sei die Tochter des
Königs von Tir na n-Og, und wolle ihn mit sich in das Reich ihres
Vaters nehmen. Und sie machte ihm eine Beschreibung des Landes,
welche in den alten Heldengesängen von Irland aufbewahrt ist.

Tir na n — Og ist das schönste Land, das zu finden,
Das fruchtbarste nun unter der Sonne.
Die Bäume beugen sich unter der Frucht und der Blüthe
Und Laub wächst zur Spitze jeglichen Brombeerstrauchs.

Wein und Honig sind in ihm zum Ueberfluß
Und jegliches Ding, das ein Auge je schaute;
Nichts schwindet und scheidet, so lange Du lebst,
Noch sollst Du seh'n Tod oder Auflösung.

Du sollst haben Schmaus, Jagd und Gelage,
Du sollst hören bezaubernde Musik der Harfe,
Du sollst haben Gold und Silber,
Du sollst auch haben viele Juwelen.

Du sollst erhalten einhundert makellose Schwerter,
Einhundert glänzende Kleider von köstlicher Seide,
Einhundert Stuten, muthig im Kampfe,
Zusammen mit einhundert scharfspürenden Hunden.

Du sollst haben das Diadem vom König des Land's der Jugend,
Welches er nie gab irgend Einem unter der Sonne,
Es soll schirmen Dich bei Nacht und bei Tage
In Schlacht, Streit und hartem Gefechte.

Du sollst erhalten ein trefflich passendes Stahlgewand,
Ein goldgriffig Schwert, das rasch beim Gebrauche,
Dem Niemand noch lebend entkommen,
Sobald er geschaut die scharfspitz'ge Waffe.

Du sollst erhalten einhundert seid'ne Hemden,
Einhundert Kühe, einhundert Kälber,
Einhundert Schaafe mit goldnen Fließen
Und einhundert köstliche Steine, dergleichen nicht mehr auf Erden.

Du sollst erhalten einhundert lustige junge Mädchen,
Hell und lachend wie die Sonne,
Ausgezeichnet in Gestalt und Form und Zügen,
Mit Stimmen, süßer als die Melodie der Vögel.

Du sollst haben einhundert Gefährten, erfahren im Kampfe,
Alle wol bewandert in Thaten der Ehre,
Mit Waffen und Kleidung fertig, Dich zu begleiten,
In Tir na n—Og, wenn Du mir dahin willst folgen.

Oisin folgte der schönen Prinzessin in's Land der Jugend und blieb, ein blühender Jüngling, dreihundert Jahre bei ihr. Als er zurück= kehrend den Boden der Erde wieder berührte, war er ein schwacher armer, lebensmüder Greis; die Ritterherrlichkeit war geschwunden, das Feuer von Tara verlöscht und der heilige Patrick waltete in Irland.

Aber das Christenthum tilgte diesen fabelhaften Zug gegen Westen, der die Sehnsucht des Celtenthums war, nicht aus; es führte ihm vielmehr neue und tiefsinnigere Nahrung zu. An die Stelle der Träume trat das mittelalterliche Verlangen nach Abenteuern und wunderbaren Entdeckungen. Sogar die walisische Sage ist voll davon; ihr Fürst Madoc soll es gewesen sein, der im 12. Jahrhundert Amerika entdeckt hat und ein Reisender unserer Tage weist die Verwandtschaft zwischen der walisischen Sprache und derjenigen der Missouri=Mandaner nach (s. meinen „Herbst in Wales," p. 51, und G. Catlin, die In= dianer Nordamerika's, deutsch von Berghaus. 1851). Bei den Iren dieser Zeit war es das verlorene Wunder=Eiland, das sie suchten. Wie, einst, in der Zeit ihrer heidnischen Feste, bei der großen Nationalfeier, die alle drei Jahre in Tara stattfand, der Oberkönig in der Mitte der Halle saß, „das Gesicht gegen Westen" gekehrt, so nahm jetzt die erste Schwärmerei des Christenthums jene Sehnsucht in sich auf und tauchte sie in die süßen, starken Farben ihrer Mystik. Ja, so hoch steigerte sie sich zugleich mit jener abenteuerlichen Sucht, die das

Mittelalter kennzeichnet, daß „fern" und „westlich" für sie fast dieselben Begriffe wurden (s. Hardiman, Irish Minstrelsy, I., 368)̓, und ihr folgend segelten viel kühne und phantastische Männer vom geistlichen Stande in die Einöde des westlichen Meeres hinaus. Fünfundsechszig Jahre vor den ersten Dänenschiffen waren sie schon an die Küste von Island verschlagen worden, wo man später ihre Bücher, ihre Glocken, ja ihre Namen noch fand; und jener zwiefache Drang zum Abenteuer und zur Ascese trieb die irischen Mönche in das Geheimniß der Ferne. Hervorragend unter ihnen ist der heilige Brandan, der Gründer der Abtei von Clonfert in Galway. Er ist der christliche Odysseus, und die Beschreibung seiner Wunderfahrten die Odyssee des Mittelalters. Er selber hat die Beschreibung dieser Wunderfahrten in lateinischer Sprache verfaßt; romantische Nachbildungen der normannischen Trouveurs, sowie irische, walisische, spanische, englische, deutsche und niederländische Bearbeitungen von „St. Brandan's Pilgerfahrt," von denen sich noch viele werthvolle Reste, namentlich in der Pariser Bibliothek finden, reichen weit über die Erfindung der Buchdruckerkunst bis in's 16. Jahrhundert und sind in die „goldene Legende" übergegangen. (Vergl. Achille Jubinal, „La légende latine de S. Brandaines etc. Paris, 1836). Ja, so fest stand noch zu der Zeit der Glaube an das Zaubereiland und die Fahrt, die St. Brandan gemacht, um es zu entdecken, daß Usher, (Erzbischof unter Karl I.), welchen sogar der sehr christliche Edinburger Professor Spalding für den größten Gelehrten erklärt, „den die protestantische Kirche unseres Landes jemals hervorgebracht habe," von der Westküste Irland's sagt (de Hibernia, p. 813), daß über sie hinaus, gegen Untergang, keine bewohnbare Erde mehr gefunden werde, „außer den wunderbaren Orten, welche St. Brandanus im Ozean gesehen habe." Es ist beinahe, als ob die Iren von der Ahnung eines fernen, besseren Landes verfolgt worden seien, das sie suchten und suchten, bis Columbus, der Richtung ihrer Träume folgend, es entdeckte und der armen, vom Boden ihrer Väter verjagten Race eine neue und glücklichere Heimath darin anwies!

Die Legende des heiligen Brandan lautet in ihren Grundzügen also: Es kam ein Mönch, Namens Barontus, vom Meere zurück und bat im Kloster von Clonfert um gastliche Aufnahme. Sie ward ihm gewährt, und der Abt dieses Klosters, Brandan, forderte den Heimgekehrten auf, von den „Gotteswundern, die er im großen Meere gesehen habe," zu erzählen. Barontus erzählte von einer schönen Insel, die in der Mitte der Meeresströmung liege. Sie sei den Heiligen aufbewahrt, und „das Land der Verheißung" genannt; er habe seinen Schüler Mernoc daselbst gelassen. Als Brandan Solches vernommen, machte er sich auf nebst siebzehn seiner Klosterbrüder, um das Land der Verheißung zu besuchen. Sie setzten sich in ein kupfernes Schiff und fuhren in's Meer und blieben sieben Jahre lang fort. Gott selber lenkte das Steuer und sein Wind blies in ihr Segel. Das Fahrzeug hielt nur an den großen Festen, Weihnachten und Ostern, still; alsdann stiegen sie aus, entweder auf den Rücken des Königs der Fische, oder an eine Insel, um zu feiern. Viele wunderbare Inseln besuchten sie durch die Führung Gottes. Eine davon, St. Brandans Eiland genannt, liegt unter den kanarischen Inseln, sie ist aber, seitdem Brandan sie verlassen, nicht mehr sichtbar gewesen. Auch neuere Seefahrer haben sie oft gesucht, aber niemals gefunden*). Die Spanier, welche das verlorene Eiland San Borendon nennen, glauben, es sei der Ort, auf welchem ihr König Rodrigo noch lebe; die Portugiesen denken es sich als das Asyl Don Sebastian's. — Eine andere dieser märchenhaften Inseln, die Brandan besuchte, ist die Insel der Schaafe, wo diese Thiere in einem geordneten Staate und unter selbstverfaßten Gesetzen leben. Im Paradies der Vögel feierte Brandan das Osterfest. Die Vögel leben hier nach strenger Klosterregel; sie singen Messe und Lauda um die kanonischen Stunden. Brandan und seine Genossen verweilten hier neunzig Tage, während welcher sie einzig vom süßen Gesange ihrer Wirthe lebten. Die wonnige Insel zeigte den seefahrenden Mönchen das Ideal eines klösterlichen Lebens. Auf dieser Insel gab es kein irdisches Bedürfen mehr; nicht Kälte, nicht Wärme nicht Krankheit, nicht Traurigkeit ward jemals gefühlt. Ein tiefes Schweigen ruhte auf ihr; und von selbst entzündeten sich die Lichter beim Gottesdienst. Niemand sah unruhig in die Zukunft, denn Jeglicher mußte die Stunde seines Todes voraus; und dieß Alles dauerte seit den Tagen des heiligen Patrick, der es also eingerichtet. Endlich

---

*) Noch im Jahre 1721 ward eine Expedition von Spanien ausgesandt, um das Eiland zu suchen. Vgl. Craik, Literature and Learning. Vol. I., 129.

erreichte Brandan das Land der Verheißung. Hier war es ewig Tag. Jeder Grashalm trägt hier Blumen, jeder Baum süße Frucht. Nur wenige auserlesene Menschen dürfen es besuchen, und ihre Kleider bewahren den Duft desselben noch vierzig Tage, nachdem sie es verlassen. (Vgl. Renan, Essais de Morale et de Politique, p. 443.)

Dieses ist das Zaubereiland, welches Brandan besucht. Es lag seiner Küste nahe, aber er fuhr sieben Jahre lang auf dem Meere, ehe er es erreichte und seine Pilgerschaft schloß, nachdem er es gesehen hatte, und sein Andenken ward kanonisirt. Man merkte die Stelle, auf welcher es nach seiner Angabe liegen mußte, und man verzeichnete sie auf allen Karten des Mittelalters. Aber viel hundert Jahre vergingen, wo es unsichtbar blieb und von Menschen nicht mehr betreten ward. Viel fabelhafte Geschichten von ihm wurden erzählt, aber Niemand mehr sah es und umsonst bemühten sich die gelehrten Männer, sein Verschwinden zu erklären. „Es mag wol der Rest der Urbewohner Irland's," heißt es in einer alten handschriftlichen „Historie von Irland" aus dem Jahre 1636 (Auszüge bei Hardiman, Minstrelsy I., 183 u. 368.), „auf diesem Eiland, welches fern in der See liegt, leben. In vielen alten Karten, namentlich Karten von Europa oder auch der Welt, könnt Ihr es unter dem Namen O'Brazile unter 03° 00' Länge und 50° 20' Breite finden. So daß es wol sein kann, daß diese Zauberer nun daselbst wohnen und durch ihre magische Kunst ihr Eiland vor Fremden verbergen."

Die übrige Welt hatte schon lange den Glauben an Wunder und Märchen verloren; schon hatte der größte Dichter des katholischen Südens den phantastischen Glanz des Ritterthums zum Gegenstande gutmüthigen Spottes gemacht und schon der größte Dichter der ganzen modernen Welt die befreiende Klarheit des Nordens, die sittlich erlösenden Ideen des Protestantismus in ewigen Gestalten verkörpert. Aber die Bewohner Irland's suchten noch immer das verzauberte Eiland. Und im letzten Drittel des Jahrhunderts, welches mit den Stuarts begann und mit dem Oranier schloß, war's, daß auf Einmal die Nachricht: „Das verzauberte Eiland ist gefunden!" durch Irland flog und selbst bis London drang. Um diese Zeit nämlich (1675) empfing ein Gentleman, welcher in London lebte, einen Brief von seinem Vetter Hamilton aus Londonderry im nördlichen Irland. Dieser Brief

enthielt wunderfame Gefchichten, erregte fo großes Auffehen, daß er
als Flugblatt fogleich gedruckt erfchien, und ward fo begierig gelefen,
daß eine Auflage der andern folgte. Von diefem Flugblatt haben fich
mehrere Exemplare bis auf unfere Tage erhalten; es führt den Titel:
„O'Brazile oder das verzauberte Eiland, vollftändiger Bericht der
neulichen Entdeckung und wunderbaren Entzauberung eines Eilandes
an der Küfte von Irland" 2c. Der Zweck des Schreibens jedoch, fo
märchenhaft auch fein Inhalt klang, war ein höchft praktifcher und
ernfthaft gemeinter. Der Vater des Adreffaten nämlich, „ein weifer
Mann und ein großer Gelehrter," wie ihn der Brieffteller nennt, hatte
unter König Karl I. ein Patent auf diefe Infel genommen, „wenn
immer fie entdeckt werden follte; denn er und diejenigen, welche ihm
zur Löfung diefes Patentes gerathen hatten, fahen es als ein verzau-
bertes Königreich oder Eiland an, welches zu feiner Zeit wieder entdeckt werden müßte ... Nun," fährt Hamilton fort, „ift diefer Fall eingetreten. Das Eiland ift durch irifche Matrofen, deren Schiff an
feinen Küften ankerte, entdeckt worden, Du bift der Erbe des ver-
ftorbenen Patentinhabers, Du befindeft Dich grade in London: alfo
mache Dein Recht geltend und kehr' als Fürft des entzauberten Eilandes nach Irland zurück." — Alsdann folgt die an Abenteuern reiche
Gefchichte der Entdeckung und das Blatt fchließt mit der Beftätigung
irifcher Obrigkeiten und Priefter, daß fie wirklich vollbracht fei und
Alles fich fo verhalte, wie Hamilton gefchrieben. Nachrichten von dem
Erfolge und der Befitzantretung des Geifterkönigreichs durch den Londoner Gentleman fehlen; aber wir haben alle Urfache zu glauben,
daß er ein Fürft ohne Krone und ein König ohne Land geblieben fei
bis an fein Ende. Das Eiland verfchwand wieder und erft im 18. Jahrhundert hören wir noch einmal von ihm. O'Flaherty, ein Abkömm-
ling jener im Weften von Irland noch immer berühmten und verbreiteten Familie, die fich in alten Zeiten durch ihre Kühnheit und wilde
Tapferkeit, und in fpäteren durch die große Zahl der ihr entftammten
Gelehrten auszeichnete, hat uns die letzte Nachricht von ihm gegeben.
    Er war fchon fehr alt, als Dr. Molyneux aus Dublin ihn im
Jahre 1709 befuchte und lebte „in einem elenden Zuftande, arm und
aller Güter des Lebens beraubt, in Park, etliche drei Stunden weft-
lich von Galway, in H-Jar-Connaught." So fpät bemüht fich der

alte O'Flaherty noch einmal das Geheimniß des verzauberten Eilands zu lösen. Er zweifelt schon leise, aber er kann doch nicht leugnen, was er gesehen und gehört hat. „Ob es ein wirkliches und festes Land sei," sagt er, „verborgen gehalten durch den besonderen Rathschluß Gottes, oder nur eine Täuschung der luftigen Wolken, welche sich auf der Fläche des Meeres spiegelt, oder das Werk böser Geister: ist mehr, als unser Urtheil ergründen kann. Da ist westwärts von Arran, in Sicht von der nächsten Küste der Balynahinch=Baronie, Skerbe, ein wildes Eiland voll riesiger Felsen, der Wohnort einer Menge von Seehunden, deren man einen Theil alljährlich daselbst erschlägt. Diese Felsen scheinen zuweilen eine große Stadt zu sein, weit ab, voller Häuser, Schlösser, Thürme und Schornsteine; zuweilen voll lobernder Flammen, Rauchs und Volkes, das hin und wider rennt. Ein anderes Mal sieht man Nichts, als eine Anzahl Schiffe, mit Segeln und Takel= werk, oder so manchen großen Strich oder Ebenen voll Korn und Moor. Und das nicht blos an schönen Sonnscheintagen, wann man denken möchte, der Abglanz der Strahlen, oder der Dunst, der um sie auf= steigt, sei der Grund: nein, auch an finstern und wolkigen Tagen er= eignet es sich. Da ist eine andere gleiche Anzahl von Felsen, genannt Carrigmeacan, an derselben Küste, bei denen dieselben Erscheinungen wahrgenommen werden. Aber das verzauberte Eiland O'Brasil ist nicht immer sichtbar, wie diese Felsen es sind, noch zeigen diese Felsen immer jene Erscheinungen. . . . Nun weiß ich von einem Manne, Namens Morrogh O'Ley, den ich selber noch gekannt habe und der es mir mit seinem eigenen Munde erzählte, daß er auf dem verzau= berten Eilande gewesen und von einem der Einwohner ein Buch er= halten habe mit der Anweisung, sieben Jahre lang nicht hineinzusehen. Er hielt das Gebot, und als er nach sieben Jahren es öffnete, da war er auf Einmal mit der Heilkunst begabt und begann als Arzt mit wunderbarem Erfolg zu wirken, ob er gleich nie vorher diese Kunst studirt oder ausgeübt hatte, wie mir Alle, die ihn gekannt haben, seit er Knabe war, bezeugen können."

Dieses aber ist die letzte Nachricht, die wir von dem verzauberten Eiland gehört haben. Seit jener Zeit hat man keine Versuche mehr gemacht, es zu entdecken und zu betreten. Nicht mehr gestört von menschlicher Neugier, liegt es im Meeresgrabe, und nur zuweilen —

alle sieben Jahre in Sommertagen — sehen die Bootsleute von Arran
fern gegen Westen über dem rollenden Ozean im wässerigen Horizont
eine überirdisch schöne Landschaft hängen ... Eine ganze Reihe von
Zaubermitteln gibt es, um sie dann in ihrer schwindenden Pracht eine
Weile zu fesseln. Das mächtigste derselben ist, wenn ein guter Christ,
sobald er sie auftauchen sieht, eine glühende Kohle in der Richtung gen
West wirft, wo sie liegt; dann sinkt jeglicher Duft, der sie noch verbirgt, und all ihre Herrlichkeit steht dann vor dem menschlichen Auge.
Wälder mit hohen, prächtigen Wölbungen, welche von Purpur schim-
mern ... Berge, deren kühne Spitzen im reinsten Silber erglänzen ...
Ströme, in welchem sich Goldwellen schaukeln ... Geister mit flatternden Mänteln, Kronenträger, welche segnend darüber hinschweifen ...
Löwen in ihrem Gefolge, und Einhorne und buntes Gefieder ... und
tief da drunten stille Wohnungen mit Kuppeldächern, und wo Alles
Glanz, Alles blendende Pracht ist, da winkt hier ein blauer duftiger
Schatten, und lockt die Seele in das ersehnte Ruhethal ... Wir Alle
haben diese Visionen schon gehabt. Aber die Bootsleute von Arran
sagen, das sei Hy Brasail, das große Zaubereiland.

Ein kräftiger Schlag auf meine Schulter erweckte mich. Aufstand
ich vom Ankerstein, darauf ich an der einsamen Küste der Bucht beim
Anschwellen der Meeresfluth gesessen. Ein alter Matrose mit Lederhut
stand hinter mir.

„Wollt Ihr nach Amerika, Herr?" fragte der alte Matrose, und
sein ernsthaftes, vielgefurchtes Gesicht, gleich einem Felsen am Wasser,
sah auf mich. Die Frage traf mich mit erschütternder Wirkung; mir
war, als ob seine harte Hand nicht auf meiner Schulter, sondern auf
meiner Seele liege.

„Wie kommt Ihr zu der Frage?" entgegnete ich zuletzt.

„O," sagte der Alte gelassen, „weil Ihr hier am Strande sitzt.
Und ich glaubte, Ihr wolltet das Schiff aus Amerika erwarten. Es
muß in einer Stunde da sein. Seht Ihr nicht dort in westlicher
Richtung den Dampf? Das ist das Schiff:"

Ich sah den Dampf. Er stand auf der Stelle, wo bis zu diesem
Augenblick für mich nur das verzauberte Eiland gewesen. Da aber
sank es und kam nicht wieder; und aus der verlorenen Tiefe der
Träume und Märchen kehrte meine Seele in langem Fluge zu der

Wirklichkeit des Tages zurück. Ueber die Stelle, wo das Eiland ge=
legen, geht jetzt die Lever=Linie nach Nordamerika; keine Seefahrtskarte
weiß noch von Hy Brasail, aber das Küstenende, auf welchem ich so
lange gesessen, fängt an berühmt zu werden als der nächste Ueber=
fahrtsort zur neuen Welt!

Hier ist der Punkt, an welchem Irland's Zukunft ihren Weg be=
ginnt. Hier wird das Fundament zu Irland's einstiger Größe gelegt.
Die Schwärmerei der Märchen, die Poesie flüchten sich auf das ver=
zauberte Eiland und gehen mit ihnen zusammen unter; aber der Han=
del, die Schifffahrt, die Industrie nehmen zum wahren Wole Irland's
den Platz ein, den Jahrhunderte lang jene allein behauptet. Unser
wehmüthiges Lebewol begleitet die Einen, unser freudiges Willkommen
empfängt die Anderen. —

Es war wie in allen übrigen Beziehungen, so auch in commer=
zieller, lange Zeit die Politik England's in Irland, niederzudrücken, ab=
zuschrecken, auszurotten; ja, es war die allgemein gehegte und allgemein
ausgesprochene Meinung, daß es das Beste für England sei, wenn
Irland überhaupt aufhöre zu existiren. Diese hoffnungslose Politik
ist es, welche das siebenzehnte und achtzehnte Jahrhundert kennzeichnet.
Von Strafford an (1640), welcher, „so viel er konnte, die kleinen
Anfänge der Wollenmanufactur, die er unter den Iren fand, entmu=
thigte, damit sie nicht zu niedrigeren Preisen verkaufen möchten, als
die Engländer," bis auf Pitt, der (1785) erklärte, daß es „englisches
System sei, Irland vom Gebrauch seiner eigenen Hülfsmittel abzu=
schneiden, um es den Interessen und dem Wolstand des englischen
Volkes dienstbar zu machen." Es war das eine offizielle Bestätigung
dessen, was ein englischer Reisender (Arthur Young, 1776) auf seiner
„Reise durch Irland" bemerkte, „daß die britische Gesetzgebung den
irischen Handel bei jeder Gelegenheit sehr von Oben herunter maß=
regle, ... als ob die Armuth Irland's der Reichthum England's wäre."
Und das Alles, obgleich — vielleicht weil! — man von Alters her
einsah, daß die Lage Irlands, um die Worte eines andern englischen
Schriftstellers von 1727 zu gebrauchen, „für einen ausgebreiteten Han=
del vortheilhafter sei, als die irgend eines zweiten Landes in Europa.
Es hat viele und bequeme Häfen, seine Einwohner sind zahlreich und

abgehärtet, an Entbehrung und Thätigkeit gewöhnt und fähig, für ärmlichen Lohn ein groß Theil Arbeit zu verrichten."

In unserem Jahrhundert und unter den letzten Regierungen hat endlich das gute Princip gesiegt, welches sich in diesem, wie in jedem andern, Falle auch als das allein nützliche für beide Betheiligten erweisen wird. Man ist von der Politik der Suppression zurückgekommen; England betrachtet Irland nicht mehr als die rebellische Sclavin, sondern als das unglückliche Schwesterland, das durch Liebe, die seine Leiden heilt, zugleich fester an die gemeinsamen Interessen des Reichs geknüpft werde; und man sieht ein, daß alles Gute, was dem Theil widerfährt, zuletzt doch auch als Segen für das Ganze wirken müsse. Der Aufschwung der Fabrikthätigkeit im Norden, der verbesserte Zustand des Ackerbaues im Osten und Süden sind die nächsten Folgen dieser neuen Politik; ihr glänzendes Resultat im Westen ist die directe Dampfschiffverbindung zwischen Galway und St. John, Neufoundland, und New-York. Schon in den vierziger Jahren beabsichtigte man die Insel Valentia — dieselbe, die heut den Kabel des transatlantischen Telegraphen tragen soll — zum Mittelpunkt des Verkehrs zwischen Europa und Nordamerika durch Begründung einer Station für die nach Amerika bestimmten und von da kommenden Schiffe, sowie einer directen Steamerverbindung mit New-Brunswick zu machen. Auch dachte man damals schon daran, ganz wie es heut geworden ist, diese Station mit Dublin und so weiter mit London durch Eisenbahnen in Verbindung zu setzen. Diesen Plänen trat jedoch damals die Errichtung der Dampfbootslinien von Bristol, London und besonders Liverpool in den Weg, bis denn endlich in unsern Tagen die Ausführung geschah, und zwar über Galway. Indem dieser neue Handelsweg den seit Jahrhunderten verödeten Hafenstädten der irischen Westküste ihren früheren Glanz zurückbringen und vermehren, sowie die ganze Straße von Dublin bis Galway zu einer Straße des Weltverkehrs mit all' seinen näheren und entfernteren Segnungen für das Land machen wird: besteht England's Nutzen darin, daß der neue Weg seiner Handelsverbindung ihm eine Reihe von Gefahren erspart, denen es auf dem alten ausgesetzt war, und die Kosten der Reise verringert, indem er die Entfernungen abkürzt. Der Preis, den England zahlen muß, wäre freilich der Glanz, die Pracht und der Reichthum Liverpool's. Aber in diesem einen Punkte zeigt auch der Handel die bedenkliche Neigung gen Westen, der Alles zu gehorchen scheint, was Freiheit und Ent- wickelung heißt. Diesem westlichen Wandertriebe des Handels allein hat die Mersey-Hauptstadt ihre Größe zu verdanken. Liverpool's Wachsthum hat mit dem der westlichen Continente gleichen Schritt ge- halten. Vor 40 Jahren hatte es kaum 100,000 Einwohner, jetzt hat es deren nahe an 400,000; damals waren King's und Queen's-Dock die einzigen, jetzt hat es mehr als dreißig Docks. Liverpool hat bei Weitem nicht den soliden Reichthum Manchester's, da das Vermögen seiner Reichsten immer auf dem Meere schwimmt und jeden Augenblick Schiffbruch leiden und untergehen kann; aber Schätze von unmeß- barer Größe passiren täglich seine Straßen, da Liverpool der ver- mittelnde Platz zwischen Ost und West und als Durchgangspunkt von Weltbedeutung ist. Von den im ganzen vereinigten Königreich aufge- brachten Steuern zahlt London zwei und Liverpool ein Viertel. Aber derselbe Umstand, der Liverpool erhoben hat, wird es auch wieder stürzen. Vielleicht nicht in unsern Tagen — aber früher oder später wird Irland das Recht beanspruchen, welches ihm seine geographische Lage gegeben, und dann wird Galway der Erbe Liverpool's sein.

Instinctiv schon sprach sich das Gefühl von der Möglichkeit eines Umschwungs in der Anlage des transatlantischen Telegraphen aus; denn man weiß in England nur zu gut und sprach es derzeit auch mehrfach aus, daß die Dampfschifffahrt immer die Neigung hat, der Telegraphenlinie zu folgen. Das erste Signal jenes bereits beginnen- den Umschwungs ist die „Atlantische Dampfschifffahrts-Gesellschaft," deren Gründer Mr. Lever, ein Manchester-Handelsherr, ist. „Der Hafen von Galway," heißt es in dem von diesem Herrn dem Parla- ment und Volk von England (1858) vorgelegten Bericht, „besitzt un- übertreffliche natürliche Vorzüge als westliche Poststation für die rasche Uebermittelung von Gütern und Passagieren von Großbritannien nach den Vereinigten Staaten und Britisch Nordamerika, da es Amerika um 360 Meilen näher ist, als Liverpool. Er ist für Schiffe der größten Classe bei jedem Wasserstand zugänglich . . . Die Regierungen von England und Amerika, sowie die Handels- und Manufacturgemein- schaften beider Länder werden, wenn sie die Galway-Route annehmen, eine Ersparniß von 24—48 Stunden auf jeder Reise erzielen. Die

Gefahren des Canals, in welchem jährlich mehr als 1000 Leben und über 500 Schiffe verloren gehen, werden vermieden werden. Die Ersparniß an Versicherungssummen auf Schiff und Ladung, an Abnutzung der Maschinerie und deren verminderter Kohlen=, Talg= und Provisions= Verbrauch werden diese Gesellschaft in den Stand setzen, eine solche Reduction des Fahr= und Frachttarifs zu machen, daß das Publikum es als eine Segnung empfinden und der Handel selbst an Umfang und Nutzen zunehmen wird." In der Parlamentsverhandlung vom 16. Juni 1859 ward dann bestimmt, daß der regelmäßige Postverkehr zwischen England und Amerika via Galway vom 1. Juni 1860 ab beginnen solle; und mehrfache Anwesenheit des Mr. Lever in Paris, sowie einzelne Berichte über den Gang seiner Verhandlungen mit der französischen Regierung scheinen darauf zu deuten, daß auch Frankreich seinen Weg nach Amerika demnächst durch Irland nehmen werde.

So wird denn, wenn nicht alle Zeichen trügen, Irland, die verstoßene „Hüterin des Weinbergs," nach Jahrhunderten aufrichtiger Reue und tiefer Zerknirschung endlich wieder in seine verlorenen Rechte eingesetzt werden. Richtung und Entwickelung des Weltverkehrs weisen ihm eine hervorragende Stelle unter den Ländern Europa's an, und Irland hat eine lange Zukunft des Glanzes und der in ihrem ganzen Umfange vielleicht kaum noch geahnten Größe vor sich. England hat nur einen Weg, sich der Vortheile derselben zu versichern; und England hat diesen Weg gewählt. —

––––––––––

Zwei Tage waren vergangen und der Tumult in unserm guten Gasthof hatte seine Höhe erreicht. Alle Zimmer waren von irischen Landedelleuten und ihren Damen besetzt; die Treppen wurden nicht leer von kleinen Füßen, die darüber hinhüpften, und im Dunkel der Corridore blitzten schöne Augen. Endlich kam der große Abend und die Fenster des Ballsaales wurden hell. Auch Mr. Morris, mein Freund von jener Mitternacht, erschien, herrlich geputzt mit Frack und Binde, in meinem Zimmer, um mich zum Feste abzuholen. Zuvor hatte er auch mir einen Frack ausgemittelt, denn selbst im Gesichtskreise des verzauberten Eilands ist es nicht gestattet, ohne dies Meister=

stück der Bekleidungskunst zu tanzen. An Tanzen konnte ich freilich
in meinem Frack nicht denken; er mußte wol einem irischen Clan=
häuptling angemessen worden sein, so lang und so breit war er. Die
Zipfel streiften die Erde, majestätisch wie eine Schleppe, und die Aermel
begruben meine Hände in einer tiefen Finsterniß. Nichtsdestoweniger
meinte Mr. Morris, es sei nun „Alles recht," und wir gingen, er
voran, ich hinterbrein mit nachschleppendem Frackzipfel und weit über
die Hände hinausragenden Aermeln. Rauschende Musik füllte das
ganze Haus; schon aus der Ferne gehört, war sie reich an zweifel=
haften Stellen, und ich kann nicht sagen, daß sie an Wolklang gewann,
als wir uns derselben näherten. Namentlich war eine Trompete im
Saal, die betrug sich mit großer Freiheit. Sie machte Musik auf
eigene Rechnung und ging, unbekümmert um die Uebrigen, ihren Weg,
der nicht immer der gerade war. Diese Trompete und mein Frack=
zipfel machten mir an jenem Abend ein großes Vergnügen, und sie
sind mit der Ballnacht von Galway in meiner Erinnerung treulich
verbunden.

Der Saal war hoch und geräumig. Die Wände waren von
Fenster zu Fenster mit grünen und orangegelben Tüchern und Fahnen
drapirt und dazwischen war an Laub und Blumen aufgeboten worden,
was die späte Jahreszeit noch erlaubte. Grün ist die Farbe von Ir=
land, und Orange seit Wilhelm des Oraniers Zeiten die der englischen
Protestanten, des „Feindes von Irland." Grün und Orange sind
die Parole der beiden Lager gewesen und hundert Jahre lang ist Grün
gegen Orange zu Felde gezogen. Vieler Kämpfe und vieler Verluste
auf beiden Seiten bedurfte es, bis Grün und Orange, freundlich ver=
schlungen, als Decoration des Ballsaals von Galway prangen konnten.

Allmälig füllten sich der Saal und die Nischen und auf's Neue
zeigte sich Grün und Orange in den mannigfachsten Anwendungen.
In die schwarzen Locken der Schönheiten aus dem wilden Westen waren
grüne Blätter und gelbe Blumen verflochten; grüne Schärpen mit
gelben Streifen umspannten die zarte Taille manch' lieblichen Kindes,
gelbe Kleider mit grünem Rankenbesatz erschienen dazwischen, und immer
mehr, bis mir in meinem unglückseligen Frack mit dem Zipfel ganz
grün und gelb vor den Augen ward. Aber Mr. Morris überließ
mich dieser patriotischen Vision nicht lange; sein löblicher Zweck war,

mich mit den schönsten Damen dieses Festes und den hervorstechendsten Persönlichkeiten wenigstens im Fluge bekannt zu machen.

„Hier habt Ihr," hörte ich ihn zum Beispiel sagen, „Einen von den O'Kelly's, einer tapferen Soldatenfamilie, früher seßhaft in den Wicklow=Bergen, dann von ihren Besitzungen vertrieben —und durch wen brauch' ich Euch nicht zu sagen — und immer höher hinauf, bis sie hier oben in einem Bergwinkel von Connaught eine Ruhestätte fanden. Kommt, schüttelt dem braven O'Kelly die Hand!" Ich that, wie Mr. Morris geheißen; ich schüttelte dem braven O'Kelly die Hand, und Mr. Morris fuhr fort: „Dieser Mann hier ist mein Nachbar, ein reicher Mann mit schönen Wiesen und trefflichem Rindvieh darauf und ein Mann von Adel und rein milesischem Blut — kommt, und schüttelt dem tapfren O'Connor die Hand!" Ich folgte meinem Führer und schüttelte dem tapfern O'Connor die Hand, die sich in letzter Zeit offenbar mehr mit dem Pflugstecken als dem Degengriff beschäftigt hatte. „Und wen haben wir dort?" rief Mr. Morris dann. „Das ist ja Einer von unsren Alten — unser Hig=Sheriff, unser Lynch ... den müßt Ihr kennen lernen" — und fort zu dem „Alten," welcher beiläufig dreiundzwanzig Jahre haben mochte und ein hübscher liebens= würdiger Herr war — escortirte er mich. Der „Alte" war der zeitige Erbe und Stammhalter der berühmten Lynch=Familie und er spielte seine Rolle in der Stadt wie hier im Saale. Er erwiderte meine Begrüßung auf das Artigste und sagte, ich sei herzlich willkommen, als habe er die Honneurs im Namen seiner sechshundert Jahre langen Ahnenreise zu machen. Neben ihm standen einige von den andern „Alten," ein paar Blake's und Athenry's und Skerret's, und nachdem ich ihnen Allen auf Mr. Morris's Geheiß die Hände geschüttelt hatte, sagte dieser: „nun gehen wir zu den Damen — Ihr liebt doch zu den Damen zu gehn?" Ob ich es liebte ... In diesem Augenblicke jedoch, wo mein Herz und mein Frackzipfel wieder einmal in Conflict gerathen war, half mir zum Glück die Trompete aus der Verlegenheit. Sie lud so energisch zum Tanzen ein, daß eine heilsame Confusion den ganzen Saal sogleich unwegsam machte. „Gut, bleiben wir auf unsern Plätzen, bis der Tanz vorbei ist," sagte Mr. Morris, und wir blieben. Aber viele reizende Erscheinungen hatte ich nun, indem Paar nach Paar an mir vorüberhuschte, und da ich saß und mich der glück=

lichen Vergessenheit ergab, so webelte auf dem Fußboden Nichts hinter mir her, was mich in meinem Glücke gestört hätte. Schöne Mädchen sind diese Irinnen, wenn sie also im stattlichen Gewande bei Licht und Musik durch geschmückte Säle dahin fliegen! Klein, zierlich, elfen= haft und doch so üppig — mit allerliebsten Füßen und charmanten Händchen — und dabei Alle, trotz der modernen Kleidung, von einer prächtigen Naturzuständlichkeit — wildes Feuer in den Blicken und etwas Rebellisches. So sind die Lippen leicht aufgeworfen, so ist das Näschen abgestumpft; so quellen die dunklen, schweren Locken und Flechten aus den Stirnbändern und Guirlanden, und so stampft bei Jig und Riel das Füßchen auf den Boden. So stemmt sich der runde, volle Arm in die schön geformten Hüften ... und so trippeln sie hin und her und neigen den Oberkörper und nicken mit dem Haupt und lächeln dabei so blitzenden Augs, so siegsbewußt, so liebetrunken! Herrliche Mädchen die Irinnen von Galway und der Westküste! Außer den irischen Tänzen tanzten sie auch englische und andere; aber sie tanzten Alles mit einem eigenen Feuer und einer bewegten Leidenschaft. Ich habe nur ungarische Mädchen noch so tanzen sehen. —

Mr. Morris indessen gab sich die erdenklichste Mühe, mir die Namen der Tänzer und Tänzerinnen zu nennen und durch gelegentliche Wiederholung allmälig einzuprägen, indem mir die Paare bunt und reizend vorüberflogen. Und viele stolze Namen waren's, das ist gewiß, und der O's und der Mac's war kein Ende und die Söhne und Töchter aller irischen Fürsten, die zur Zeit des Salomonischen Tempelbaues und später in diesem Lande geherrscht, tanzten vor mir herum. Mittlerweile öffnete sich die Saalpforte noch einmal und ein Herr trat ein, auf den sich augenblicklich alle Augen richteten ... sogar die Trompete machte wieder einen jener Umwege, die sie stets einschlug, wenn es galt, einer Person von Distinction entgegenzukommen. Ein Lächeln begann hier und überall, ein Kichern und Zusammenstecken der Köpfe, indem der Herr mit souveräner Gelassenheit durch den Saal schritt und die blü= hende Reihe der versammelten Schönheiten musterte, und alsbann, un= muthig, als sei er enttäuscht, sich in eine Nische zurückzog. Für einen Augenblick war er der Gegenstand des Interesses für Alle, und ich muß sagen, daß er etwas seltsam aussah. Er war nicht mehr jung, aber er mußte noch sehr jugendliche Gesinnungen haben. Sein Halstuch flatterte mit beiden Enden breit über seine Schultern und berührte zuweilen die Enden seines Schnurrbarts, der ebenfalls sehr breit in die Luft gezogen war. Desgleichen bewegte sich sein Kinnbart in sehr spitzen und phantastischen Dimensionen, und sein Frack stand in umgekehrter Wahlverwandtschaft zu dem, dessen Träger ich an diesem Abend war. Er schwebte, er schien von elastischer Flugkraft beseelt. Dabei knarrten die Stiefeln dieses Mannes und die Zierrathen seines Uhrgehänges klirrten. Kurz, Alles an ihm war Musik, Schwung, Geflatter und sein Ballcostüm war von ganz überirdischen Eigenschaften. Dieses war der Mann, der für eine Weile die Ballgesellschaft des irischen Westens in heitere Laune versetzte, namentlich schien Mr. Morris beim Anblick desselben von einer humoristischen Gabe ergriffen zu werden, die ich bisher gar nicht an ihm bemerkt hatte. Aber Falstaff hatte ja die beneidenswerthe Eigenschaft, nicht nur selber witzig zu sein, sondern auch diejenigen witzig zu machen, mit denen er zu thun hatte. — Und „kommt mit mir!" rief mein Freund, Mr. Morris, und lachte dabei, wie ich ihn nur selten hatte lachen sehn — „kommt mit mir, ich werde Euch von diesem Manne erzählen!" —

Wir standen auf, und mein Frackzipfel folgte melancholisch; wir betraten ein Nebengemach, ließen uns Wein geben, und hier war es, wo auch mein Aermel mir bei jedem Versuche, das Glas an den Mund zu führen, unerhörte Schwierigkeiten bereitete. „Krempelt sie auf!" rief mein witzig gewordener Freund — „macht keine Umstände damit." Und ich that so; und bei einer gediegenen Flasche Rothwein und mit aufgekrempelten Aermeln begann die Historie von Mr. Carden, dem unglücklichen Liebesgott von Galway.

„Denn Mr. Carden heißt er, das müßt Ihr zu Anfang wissen," sagte Mr. Morris, indem er die Gläser auf's Neue füllte, „und Don Quixote und Falstaff sind seine Tugendmuster. Da gibt es nun in unsrer Provinz eine Dame von seltener Schönheit. Ihr habt gewiß im Saale dort drüben manch' ein junges irisches Kind gesehn, das Ihr nicht wieder vergessen werdet. Aber was ist die Schönste von ihnen gegen Miß Eleanor Arbuthnott? Ich behaupte bei diesem Glase: Miß Eleanor ist das schönste Fräulein in Jar Connaught. Schlank, üppig, mit schwarzen Augen, schwarzen Locken, neunzehn Jahre alt und eine Reiterin — Herr! eine Reiterin! — gebt Ihr das wilde

Roß Alexander's und sie reitet es! Dabei ist sie nun auch eine der reichsten Damen im Königreich, und wem sie ihre Hand gibt, der hat ihre schwarzen Augen und ihre schwarzen Locken und eine Jahresrente von 6000 £. obendrein. Unabhängig ist sie auch, ihre Eltern sind todt und sie lebt auf der Besitzung ihres Onkels, des Lord Gough, hier in der Nachbarschaft. In diese Dame verliebte sich der Gentleman, dessen Stiefeln Ihr eben habt knarren hören. Und wie? Ich sage Euch — aber krempelt Eure Aermel auf — ich sage Euch, die Sonne Südafrika's ist eine erbärmliche Pennykerze gegen die Flamme seines Herzens, die Liniengluth des Aequators ist ein ohnmächtiges Torfgeflacker im Vergleich zu ihr. Nun denkt Euch nur, wie hart das Herz Miß Arbuthnott's sein muß, — wahrhaftig, es muß ein schwarzer Diamant sein, daß es in solchem Feuer nicht weich und flüssig wurde. Aber es wurde nicht; es blieb, wie es war. Demungeachtet ließ Mr. Carden, in treuer Erinnerung dessen, was Don Quixote in ähnlichen Fällen gethan, nicht nach, das arme Mädchen auf Schritt und Tritt zu verfolgen — sie anzureden, ohne je eine Erwiderung zu bekommen, an sie zu schreiben, ohne je eine Antwort zu erhalten; er verfolgte sie von ihrem sechszehnten bis zu ihrem siebenzehnten Jahr. Vergebens rief man ihm die Worte William Browne's, des altenglischen Pastoralendichters, zu:

Lieb' da nicht, wo Du magst; lieb' da, wo man Dich liebt:
Und nimm Dir keine Frau, so sich Dir nicht giebt.

Vergebens erinnerte man ihn an das Statut Georg's II. Mr. Carden sagte, englische Pastoralen und englische Statuten gingen ihn Beide Nichts an, er sei ein Irischmann und er werde thun, was ihm für seine Lage das Beste scheine. Da geschah es in der Dämmerung eines schönen Maitages, daß Mr. Carden von seinem Fenster aus Miß Eleanor auf dem Pony als reizendste Amazone in's Halbdunkel des offenen Feldes sprengen sieht. Mit ihr reitet nur ihr jüngerer Bruder, der aber Mühe hat, der kühn galoppirenden Schwester zu folgen ... Zehn Minuten später ritt Mr. Carden mit zwei bewaffneten Hausknechten dieselbe Straße — zwanzig Minuten später hörte man den Schrei einer Mädchenstimme, das Halloh eines hülferufenden Knaben, und nach einer halben Stunde ritt Miß Eleanor Arbuthnott als Kriegsgefangene in das Landhaus des Mr. Carden bei Galway ein.

Die Freude dauerte indeß nicht lange. Miß Arbuthnott wurde noch in selbiger Nacht befreit, Mr. Carden aber wanderte als Gefangener, zu siebenzehn Monaten harter Arbeit verurtheilt, in das Zuchthaus von Dublin. So geht ein Held, wie Mr. Carden ging; doch so auch kommt er wieder. Die siebenzehn Monate waren vorüber; der Märtyrer der Liebe kehrte aus dem Zuchthaus in seine Heimath zurück. Das Erste, was er nach seiner glorreichen Rückkehr that, war, daß er seine Wirthschafterin in's Schloß des Lord Gough sandte, um sich — nach der Gesundheit Miß Eleanor's zu erkundigen Ich sage Euch: Mr. Carden kehrt aus dem Zuchthaus von Dublin zurück und läßt sich nach der Gesundheit Miß Eleonor's erkundigen! Mr. Carden's Wirth= schafterin wird von Lord Gough's Bedienten zum Haus hinausgewor= fen, aber lustig grünt die Liebe ihres Herrn weiter. Wo Miß Arbuth= nott geht, da geht auch Mr. Carden; wo sie reitet, da reitet er neben ihr — wo sie stehen bleibt, da steht auch er; wohin sie sieht, da sieht sie ihn! Miß Arbuthnott weiß sich keinen Rath mehr; verfolgt und gequält flieht sie eines Tages in die Kirche, um der heiligen Jungfrau selber ihr Leid zu klagen, und von ihr die Hülfe und den Schutz zu erbitten, den ihr anscheinend das Statut Georg's II. nicht gewährt. Sie beugt die zarten Kniee auf das sammetne Betschemelchen, sie ringt die Hände, durch die weißen, schlanken Finger rollen die Perlen des Rosenkranzes, sie schlägt die verweinten Augen inbrünstig auf und schaut in das niedergebeugte Gesicht — Mr. Carden's, der, während Miß Arbuthnott im Gebet gelegen, an dem Steinbild der Mutter Gottes emporgeklettert war. Entsetzt flieht die fromme Beterin; aber der Kirchenbüttel arretirt den niedersteigenden Entweiher des Heilig= thums und vierzehn Tage später, am 18. dieses Monats, hat Mr. Carden, wie Ihr ihn da eben gesehn habt, vor dem Kingston Police Court in Dublin gestanden. Ihm gegenüber als Klägerin stand Miß Arbuthnott — Miß Arbuthnott in Schwarz! Der Anblick des geliebten Gegenstandes in Schwarz entflammte den Liebenden auf's Neue — und so versprach er denn auch Alles zu ertragen, Alles, Alles — die äußerste Strenge des Gesetzes, Verlust der Freiheit, seines ganzen Vermögens — nur nicht die Leistung einer Bürgschaft dafür, daß er Miß Arbuthnott nie wieder anreden oder ansehn wolle; der Magistrat jedoch blieb un= erbittlich und sprach sein Erkenntniß folgendermaßen aus: „In Anbe=

tracht der Umstände und in Anbetracht der Thatsache, daß diese Lady schwört, ihm niemals und nirgends eine Veranlassung gegeben zu haben, welche ihn berechtigen könnte, sich gegen sie zu benehmen, wie er ge= than, ihn vielmehr immer und überall mit dem äußersten Abscheu be= handelt zu haben: in Anbetracht dieses kann ich nicht umhin, ihr den Schutz zu gewähren, um den sie bittet. Ich gebe daher dem Mr. Carden auf, eine Realbürgschaft von 5000 £. zu stellen dafür, daß er gegen die Klägerin ein gutes Betragen beobachten, sie weder direct, noch indirect, durch Wort, Brief, That oder Miene belästigen, sich ihr nicht nahen oder mit einem Mitglied ihrer Familie in Einverständniß ihretwegen treten, und den Frieden gegen sie und alle Unterthanen Ihrer Majestät zwölf Monate lang halten wolle . . ." Mr. Carden unterschrieb — Mr. Carden stellte hypothekarische Sicherheit und ist darauf nach Galway und in das bürgerliche Leben und die Prosa der Gegenwart zurückgekehrt. Armer Friedensbrecher mit dem großen Herzen," also schloß Mr. Morris nicht ohne Wehmuth, indem er zuerst mich mit den aufgekrempelten Frackärmeln und dann die leer= gewordene Flasche ansah, „warum lebtest Du nicht in den glorreichen Zeiten des Königs Arthur? Dann vielleicht würde die Nachwelt neben den glänzenden Namen Ywein's mit dem Löwen und Erec's mit dem Rabe auch den Mr. Carden's mit der Bürgschaft in schuldiger Vereh= rung genannt haben!" —

Mr. Morris war zu Ende und unser Wein, wie bereits gemeldet, war es auch. Wir kehrten auf die Schwelle des Gemaches zurück, und sahen mit erhitzten Köpfen und den Aermeln, wie geschildert, in den Saal. Meine Augen suchten den Meister Carden mit der Bürg= schaft; aber sie fanden etwas ganz Anderes. Sie fanden eine schlanke, edle Mädchengestalt mit blassem feinen Gesicht und dunklen Augen, und neben derselben eine andere, die ganz Feuer, ganz Gluth, ganz Schönheit war — dunkler als Alle, blitzender, reizender, in weißem Kleide mit grünen Guirlanden und orangefarbenem Kopfputz. „Die Eine ist Miß Nora O'Keane von Castle Connell," rief ich entzückt über das Wiedersehen — „wer aber ist die Andere, die Glühende, die Blühende, die Schönheitsglanz Aussprühende?" Mr. Morris hatte viel und rasch getrunken, aber meine Dithyrambe mußte ihn dennoch sehr frappiren. Er sah mich groß an, er wollte antworten, er wollte fra=

gen — aber ehe er noch zu dem Einen oder dem Andern kommen
konnte, war ich schon enteilt und wandelte dem unteren Ende des
Saales zu. Hinter mir her wandelte melancholisch mein Frackzipfel,
und meine Aermel hatten noch die Façon der Weinstube. Viele Augen
waren auf mich gerichtet. „Ein Fremder!“ „Ein Ausländer!“ hieß es
von Gruppe zu Gruppe, und sie bildeten sich ein, ein Frack mit nach=
schleifendem Zipfel und aufgekrempelten Aermeln sei das in Germanien
übliche Ballcostüm. Ich aber, unbekümmert um Blicke und Meinungen,
war schon zu meiner Freundin Nora getreten und schüttelte ihr die
Hände, als ob ich das Wiedersehen mit einem Engel feiere, der mit
mir von irgend einem Stern in diese fremdartige Ballgesellschaft ge=
fallen wäre. Auch mischte sich die Trompete zur rechten Zeit in unsre
Erkennungsscene und machte einige nicht ganz gelungene Versuche, uns
den etwaigen Mangel der Sphärenmusik zu ersetzen. Zum Glück war
Nora über das unverhoffte Wiedersehen so erfreut, daß mein Frack
nicht weiter in Frage kam, und auch die andre Dame, deren Blick
soeben eine mir höchst verdächtige Richtung anzunehmen im Begriff
stand, ward durch den Ausruf Nora's; „dies ist der fremde Herr, der
uns Grüße vom Bruder gebracht hat!“ auf andere Gedanken geführt.

„Dieß ist Miß Kathlin O'Flaherty,“ sagte Nora — „das wilde
Käthchen, meine beste Freundin!“

Das wilde Käthchen schlug ihr Auge auf, und wenn es eine
schwarze Sonne gäbe, so würde ich es damit vergleichen. Aber die
giebt es ja nicht; und so ist Nichts auf der Welt, was ich mit dem
Auge Kathlin's O'Flaherty vergleichen könnte.

Das wilde Käthchen aber sagte: „Wenn Ihr höher hinauf in's
Gebirge kommt und Euch vielleicht nach Letterfrack verirrt, so sollt Ihr
uns willkommen sein, Herr!“

„Also Ihr die schöne Maid von Letterfrack, von der ich schon
in Trinity=College zu Dublin habe singen und sagen hören?“

Kathlin sagte Nichts dafür und Nichts dagegen; aber Nora
lächelte und sprach: „O, sie ist ein gefährliches Wesen, meine wilde
Käte! und von einem gefährlichen Geschlecht entsprossen. Kennt Ihr
die O'Flahertys nicht? Wißt Ihr nicht, daß die guten Bürger von
Galway über das Thor, das gen Westen führte, die Inschrift gesetzt hatten:

„Vor den wilden O'Flaherty's Gott beschütze uns!" — und daß sie das Thor zuschlugen, wenn es hieß, die O'Flahertys rücken an?"

„Aber Ihr müßt auch wissen," setzte Kathlin mit einem großen Blick ihres Auges hinzu, „daß wir in neuerer Zeit sehr friedlich und fleißig und gelehrt worden sind, und daß wir keinen Krieg mehr führen, und keine Fehde und Feindschaft mehr haben, sondern den Acker bebauen und die Schaafe hüten, und in den Mußestunden die Ogygia meines grundgelehrten Ururgroßvaters lesen. Kommt nur hinauf nach Letterfrack, so sollt Ihr Alles selber sehen!" —

Ich wollte mich eben für die Einladung bedanken, und mein Letterfrack nahm gleichfalls schon einen steife, ceremoniöse Miene an, da ward unser Käthchen zum Tanze geholt und flog durch den Saal, ehe wir's uns versahen, und die Trompete war wieder lustig bei der Hand und suchte vergeblich im Tacte mitzutanzen. Sie kam immer zu früh oder zu spät und das wilde Käthchen kümmerte sich weder um sie, noch um Jemanden anders. Sie tanzte dahin und jede Regung ihres schönen Körpers war bezaubernde Harmonie. Ich indessen setzte mich neben Nora auf einen Divan in der Ecke des Saales.

„Wie steht's in Castle Connell?" fragte ich.

„Gut," sagte sie, „ich danke Euch."

„Was machen die Rosen?"

„Sie sind bald abgeblüht!"

„Was macht der Wasserfall?"

„Er rauscht bei Tage und bei Nacht."

„Und was macht Bruder Domenicho?"

Nora sah mich groß an. Dann senkte sie den Blick, und indem sich ihre zarten Wangen leise rötheten, sagte sie mit fester Stimme: „Er ist auf der Wanderung nach Italien!"

„Auf der Wanderung?" rief ich erstaunt. „Und wie konnte das geschehen?" —

„Die Geschichte ist einfach und kurz. — An jenem Abend, da wir zusammen am Wasserfall gewesen waren und Ihr mich nun verlassen hattet, saß ich noch lange einsam am Fenster und sah hinaus. Der Himmel ward finster, es begann zu stürmen und stromweise aus finstern Wolkenbergen zu regen. Da auf einmal im heftigsten Wetter stürzte Domenicho den Weg daher, und dort auf dem Steine, unter

dem alten Baume am Hügel, sah ich ihn niedersinken. Mich trieb ein
unwiderstehliches Gefühl, ihm nachzugehen. Ich nahte ihm, von der
Dämmerung verborgen, und blieb wenige Schritte von ihm stehen.
Mein Freund — o, was ich da gehört habe ... ich will es Euch
nicht sagen, ich kann es nicht! Aber klar ward es mir nun in dieser
traurigen Stunde, daß es ein unaussprechliches Unglück sein werde,
wenn Domenicho noch lange in Castle Connell und in Irland bleiben
müsse. Und mein Entschluß war gefaßt. Ich schlief die Nacht nicht;
aber ich betete, und am andern Morgen fuhr ich zum Bischof von —.
Ich kam an; der Bischof war eben über den Lough Derg abgereist.
Das war ein Donnerschlag für mich; aber ich trug es und fuhr am
andern Morgen zum zweiten Mal zu seiner Residenz. Er war spät
heimgekehrt; er wollte mich empfangen. Ich wartete. Der Bischof
kam. Er war in geistlicher Tracht, hatte eine schwarze Reverende mit
rundem Pensée-Kragen an und trug um den Hals eine große, goldene
Kette mit dem Bischofskreuz und am Finger den bischöflichen Ring ..."

Gottlose Phantasie! Wohin trügst Du mich in diesem Augenblick!
Zum Dampfschiff auf Lough Derg, zu Sr. Ehrwürden im gepolsterten
Lehnsessel, — denn kein Anderer war's ja, den Nora schilderte! — zu
dem jungen Admiralitätscandidaten und zu ... doch nein, das wäre
zu viel!

Und Nora fuhr fort: „Kaum war er eingetreten und hatte mich
begrüßt, so fiel ich vor ihm auf die Knie nieder und erzählte ihm, sobald mich meine Thränen sprechen ließen, den Grund meines Besuches.
Er hörte mich gütig an und unterbrach mich nur einmal mit den
Worten: „Es ist wahr — man könnte jetzt ... der Todesfall be-
stätigt sich ..." Dann ließ er mich zu Ende reden, hob mich, nachdem ich mit den Worten: „gewährt ihm die Heimkehr!" geschlossen
hatte, liebreich auf und sagte: „Meine Tochter, Du hast offen mit
mir geredet und ich verstehe Dein Herz. Ich habe nicht die Macht
in diesem Falle zu entscheiden, aber ich kann zur Entscheidung bei-
tragen. Wir haben eine Botschaft nach Rom zu senden; Domenicho
soll ihr Träger sein. Auch will ich ihm Briefe für einflußreiche Personen an Petri Stuhl mitgeben, und wenn es Gottes Wille und Entschluß ist, wird er nicht mehr zu uns zurückkehren." — So entließ

mich der Gütige, und zwei Tage später trat Domenicho seine Fahrt
an nach Rom, nach Italien!"

Nora schwieg; aber mir war, als hörte ich in diesem Augenblick
die Glocken von St. Mary läuten; so harmonisch war ihr Zusammen=
spiel und himmlisch rein und süß, und eine Stimme vernahm ich, welche
rief: „die verlorene Musik seiner Seele — nun hat er sie wieder ge=
funden!"

Es wäre zu grausam, dem Leser zu gestehen, daß der Glockenklang
sich zuletzt doch nur als eine Täuschung erwies, und daß es die un=
selige Trompete war, die mit ihrem kühnsten Memento mich zum Be=
wußtsein des Frackzipfels und der fraglichen Aermel zurückrief. Meinen
ehrbaren Mr. Morris aber fand ich in der auserlesensten Gesellschaft,
rund um den Trinktisch im Nebengemach, der voll Rothweinflaschen
und Champagnerkörben stand und voll halbgefüllter Gläser, die niemals
leer wurden, und ringsher die „Braven" die „Tapfern" und die „Alten,"
die alle dem Tanze abgeschworen und sich dem süßen Genuß des Weines
ergeben hatten. Und die Gläser klirrten zusammen, und die Stirnen
glühten und die Kehlen waren etwas heiser, aber trotzdem sangen sie,
daß selbst die Trompete nicht mehr gehört ward, und ich, nachdem
Frackzipfel und Aermel (die nun frisch aufgekrempelt wurden!) gastliche
Aufnahme gefunden, stimmte fröhlich und munter ein in den irischen
Rundgesang: „Orange and Green will carry the day" —

> Irland, sei stolz! und England sei froh!
> Gebt Euch die Hand nun mit herzlichem Schlag —
> Ueberall klingt es und singt es nun so:
> Orange und Grün gewinnen den Tag!
>
> Orange! Orange!
> Grün und Orange!
> Ewig vereint nun in Ernst und Gelag —
> Ewig vereint —
> Ein Freund und ein Feind —
> Orange und Grün gewinnen den Tag.

Orange! Orange!
Grün und Orange!
Leuchtet, daß Jedermann sehen Euch mag!
Ein Herz und ein Sinn,
Eine Königin —
„Orange und Grün gewinnen den Tag!"

Connamara und der wilde West.

„In die Hölle oder nach Connaught!" hieß es einst in jeder Rebellion, in jedem Aufruhr, in jedem Gemetzel, wenn die Engländer müde wurden, zu morden, oder Erde und Wasser keinen Raum mehr hatten für die Leichen. Cromwell's Soldaten ließen mit diesem Wort den verzweifelnden, von Hab und Gut verjagten Familien die schreckliche Wahl; und in den Kriegen, die Wilhelm III. gegen den vertriebenen Stuart und den Katholizismus führte, war es der Schlachtruf. Hier das Schwert und dort die Wildniß — und mit dem Sterbeschrei „nach Connaught!" flüchtete sich der Rest in die Wildniß. Seit jener Zeit ist der wilde West mit seinen Haiden und seinen Sümpfen das letzte Asyl des irischen Celtenthums geworden; und hier findet man — an den stolzen Namen erkennbar — die Nachkommen der altirischen Königs= und Adelsgeschlechter als Bauern und Bettler wieder. Der wilde West mit seinen endlos weiten Moorflächen, seinen steinigen Hügelketten, seinen bleichen Seen und einsamen, menschenleeren Dörfern ist einer der traurigsten Landstriche auf der Welt; wild und melancholisch rollt das Meer an dieß flache felsige Gestade, eintönig und dunkel wandert der Wind über die Haide, ihr Rauschen vermischt sich und begleitet den Wanderer, so weit er geht. Lehmhöhlen liegen am Wege oder fern im Moraste; elende, halbnackte Menschen kriechen heraus, wenn sie das Rollen eines Wagens vernehmen — kein grünes Feld, kein Baum, so weit das Auge reicht — Nichts als Einöde, Nichts als Steine, Nichts als Elend und unbegrenzte Einsamkeit: das ist der wilde West von Irland, und dorthin wollen wir reisen. —

Die einzige Fahrgelegenheit im wilden Westen sind „Bianconi's königliche Karren." Carlo Bianconi ist Italiäner. Als er vor vierzig, funfzig Jahren nach Irland kam, war er ein armer Junge, der mit Kupferstichen auf dem Lande handelte. Damals gab es im Westen von Irland überhaupt noch keine Möglichkeit fortzukommen und Niemand dachte daran, daß man überhaupt eine Art von Postverbindung in dieser Gegend herstellen könne. Bianconi machte den Versuch, gab seinen Bilderhandel auf und fing mit einer Karre und zwei Pferden an. Das Unternehmen glückte so sehr, daß Bianconi heut' der reichste Mann in Tipperary ist und daß seine Karren den West von Irland im buchstäblichen Sinne des Wortes beleben. Sie sind es oft allein, die von Station zu Station dem Wanderer begegnen; und die Grüße, die sich unter schwerem Wind und Regenwetter die Reisenden hinüber- und herüberrufen, indem sie aneinander vorbeirollen, sind nicht selten die einzigen Lebenszeichen in dieser freudeleeren Region. Aber wenn man daraus nun folgern wollte, daß es eine auch noch so geringe Annehmlichkeit sei, mit Bianconi's Karren zu fahren, so würde man sich sehr irren. Bianconi's Karren spielen eine traurige Rolle in meinen Erinnerungen; das Andenken an Nässe von früh Morgens bis spät Abends, an Frost und Unbehagen, an schlechte Gesellschaft, rothgefrorene Nasen und miserabeln Tabak ist mit ihnen für immer verbunden. Der Sarg von Athlone war ein Staatswagen gegen Bianconi's Karren. Es sind lange, niedrige Fahrzeuge, mit Sitzen auf beiden Seiten, zuweilen mit Trittbrettern für die Füße, zuweilen auch ohne solche, da denn die Füße tagelang auf's Unglückseligste in der Nachbarschaft der Räder und im ununterbrochenen Kothregen herumbaumeln. Kein Dach beschützt die hin- und hergeschüttelten Häupter der Passagiere; der Regen strömt an ihnen hinunter und sammelt sich im Mittelraum, in den Höhlungen ihrer Koffer und Reisesäcke zu kleinen Bergseen. Ein schäbiges Leder, das zu schmal ist, um die Füße zu bedecken, und zu kurz, um für die ganze Länge der Bank auszureichen, bildet für die Passagiere den ganzen Weg einen Gegenstand des Zankens, Zerrens, Hin- und Herreißens und ist in der Regel die einzige Unterhaltung, die zwischen ihnen zu Stande kommt. Gezogen wird die Karre von zwei Pferden, die im Moorboden oft stecken bleiben, und geführt von einem Kutscher, der regungslos in seinem Friesmantel vornauf sitzt und von dem man Nichts hört, als dann und wann ein aufmunterndes Wort für seine Pferde, oder einen Fluch, wenn Bettler heranhinken. Die Wildniß, die er täglich auf's Neue durchwandert, ohne je an's Ende zu kommen, hat ihn hart und menschenfeindlich gemacht. Das sind Bianconi's Karren; kein Fahrzeug der Welt wird mich mehr in Verzweiflung bringen, seitdem ich in jenen gesessen. Selbst der Wagen, in dem wir einst Alle zur Ruhe und zur ewigen Seligkeit, wie wir hoffen, gebracht werden, erscheint mir weniger schrecklich, wenn ich an Bianconi's Karren im fernen Westen von Irland gedenke. —

Es war gegen ein Uhr Mittags, als ich mich zu Galway in einen dieser „königlichen" Wagen setzte. Traurige Ironie des Schicksals, daß — nachdem die Majestät von Irland lange begraben und seine Fürstengeschlechter am Wege betteln, diese elenden Wirthshäuser, diese jämmerlichen Karren, die letzten Dinge mit königlichem Namen sind! — Die Wolken gingen tief und schwer; eine finstere, trostlose Herbstimmung drückte auf Alles nieder. Es war ein Tag, wie man ihn am Liebsten in der Stille des Hauses, am traulichen Kamin zugebracht hätte, in Erwartung des Abends, um nach der gelben Dämmerung sich endlich des Lichts und der Wärme zu erfreuen. Ich aber war dem wilden Hoch= und Haideland zugekehrt. In meinen Plaid gewickelt saß ich, in mich gekehrt, in der Ecke unter dem Wagenlenker, der in weißem Mantel, das Hörnlein an der Seite, hoch oben thronte. In der Mitte, neben und zwischen dem aufgestapelten Gepäck, saß ein Mann, in langem Mantel mit Messingschloß, auf einem umgestürzten Kasten. Ihm gegenüber ein alter Hallunke auf einem Reisesack. Neben mir saßen drei Männer, ein alter und zwei junge, Roßtäuscher ihres Zeichens, die zum Pferdemarkt nach Clifden wollten. Gutmüthige Roßtäuscher waren es, das muß ich ihnen noch heute nachsagen. Sie hatten rechtes Erbarmen mit mir, wie ich so kümmerlich und so traurig dasaß; und sie meinten, ich müßte wol recht dringende Geschäfte haben, daß ich in so schlechter Jahreszeit in die Wildniß des Westens zöge. Der Eine meinte zuerst, ich wollte wol auch in Clifden Pferde kaufen; aber der Andere sagte ihm leise — aber ich hörte es — das könnte er doch wol sehen, daß ich ein Gentleman sei und kein Roßkamm. Auch müsse ich wol ein Fremder sein, denn es scheine mich sehr zu frieren und ich sei gewiß nicht an solches Wetter gewöhnt. So redeten sie und ließen mir den besten Theil des Leders, um mich damit zu bedecken. Auf der andern Bank, uns mit dem Rücken zugekehrt, saßen gleichfalls fünf Menschen, ganz in Wachstuch und Mäntel gewickelt, und auf der ersten Station, wo wir einen Augenblick hielten, kletterte noch ein Mensch in carrirter Mütze zum Kutscher hinauf. Aepfelschaalen und Dinge, die noch viel unangenehmer sind für denjenigen, den sie zufällig treffen, flogen in Wind und Wetter aus der Mitte des Wagens, oder von oben herunter über den Köpfen der Seitenpassagiere dahin. Bei jedem Berg, an den wir kamen — und Berge genug gibt es im Westen von Irland — mußte ein Theil der Gesellschaft aussteigen, um den Wagen zu erleichtern. Die gutmüthigen Roßtäuscher sorgten immer dafür, daß ich sitzen bleiben konnte. Bald war ein Brett verloren, welches wiedergesucht werden mußte, während der Wagen auf öder Höhe unter dem Regen still hielt; bald flog ein Hut mit dem Winde fort und die Passagiere mußten ihm über die Haide nachjagen, bis sie ihn wieder gefangen hatten. Es war in der That eine köstliche Reise und ein Hohn auf Alles, was man europäische Cultur nennt. Auch war mir damals solch' eine Wendung des Reiseschicksals noch zu fremd; sie berührte mich bitterlich, und ich wünschte mich tausend Meilen weit, nach Hause. Aber das Wünschen war hier umsonst; „in die Hölle oder nach Connaught" — ich hatte keine Wahl mehr.

Es regnete schon, als wir das Thor und die Thürme von Galway hinter uns hatten, und es hörte lange nicht mehr auf zu regnen. Eine Weile ging es noch unter triefenden Bäumen dahin, dann hatten wir die Haide vor uns und nackte Steinmauern begrenzten den Weg. Es ist ein höchst eigenthümlicher Trieb des Iren, um Alles in der Welt Mauern zu bauen — Steine, die er ohne Zweck und ohne Mörtel übereinanderthürmt, als habe er einen ungeheuren Drang, zu schaffen und ihm fehle die Gelegenheit zu besseren und nützlicheren Werken; als tobe sich seine angeborene Kraft und Leidenschaft an diesen formlosen, wilden Werken aus. Mauern um Wälder und Wiesen, Mauern um Sümpfe und Ruinen, Mauern um Felsen — wie der Bewohner der schleswig-holstein'schen Marschen um jedes Stück seines blühenden Besitzes lieblich grüne Laubhecken zieht. Der unglückliche Ire baut Mauern um Plätze, die weder ein Mensch noch ein Thier je und jemals zu betreten Neigung oder Nothwendigkeit verspüren kann — er baut Mauern um Wüsteneien, wo Nichts mehr zu finden ist,

als rother Moraſt, in den man knietief einſinken würde, und ſchwarzes,
ſickerndes Pfützenwaſſer, welches giftige Dünſte aushaucht. Das iſt
ſchon eine alte Wahrnehmung, und mancher Reiſende vor mir hat
ſie gemacht. „Ihre Landeinfaſſungen," ſagt z. B. der ſchon früher
genannte Molyneux (1709), „ſind hier wunderlich genug. Es ſind
Mauern aus einzelnen übereinandergeworfenen Steinen, die ſo aufge=
thürmt ſind, ohne Mörtel, daß man, wenn man an ihnen vorbeikommt,
hindurchſehen kann, und ſie ſtehen ſo wackelig, daß das Vieh ihnen
nicht nahe kommt, aus Furcht, ſie um= und auf ſich zu werfen." Dieſe
langen, bleichen Steinwälle, welche ſich, einer an den andern, zu einer
unabſehbaren Kette ſchließen, erhöhen den trübſeligen Anblick der Haide
und geben ihm etwas Geſpenſterhaftes. Sie nehmen zuletzt für die
geängſtete Phantaſie Geſtalt und Form von eingeſunkenen Häuſern,
von zuſammengeſtürzten Feſtungsmauern an, und man glaubt ſtunden=
lang, wenn die Haide mit ihren immenſen Steinhaufen immer auf's
Neue bis an's Ende des Horizonts reicht, man fahre durch die Ruinen
einer zerſtörten Rieſenſtadt. „In meinem Leben," fährt Molyneux,
unſer alter Freund aus dem vorigen Jahrhundert fort, „ſah ich nie=
mals ein ſo unheimlich ſteiniges und wildes Land. Ich ſah auf die=
ſem ganzen Wege nicht drei lebende Weſen, nicht Haus oder Hütten=
graben, nicht einen Fleck Kornfeld, noch einen Fleck Landes, möcht'
ich ſagen, vor Steinen: kurz, Nichts war ſichtbar als Steine und ſpä=
terhin die See, noch konnte ich mir erklären, wie ein bewohntes Land
ſo von allen Zeichen des Lebens und der Cultur verlaſſen ſein möchte.
Und dennoch leben hier, wie ich ſagen hörte, Haufen barbariſcher un=
civiliſirter Iren nach ihren alten Gewohnheiten." — Wie ſehr wir
auch in andern Theilen Connaught's erfreuliche Fortſchritte zum Beſſern
bemerken werden: für dieſe Gegend bleibt die Hauptſache von dem,
was Molyneux vor 150 Jahren über ſie geſagt hat, wahr bis auf
den heutigen Tag. Und zwiſchen den Steinhaufen und dem rothen,
nur mit ſpärlichem Schaaffutter bedeckten Moraſt lagen hier und da
verlaſſene Hütten; mehrere Mal kamen wir an ganzen Dörfern vorbei,
die in Ruinen lagen und von keinem lebenden Weſen mehr bewohnt
waren — o, es war eine traurige Reiſe, bei dem ſchweren Regen auf
offener Karre — der Himmel ſo grau, das Land ſo ſchwarz, ſo todten=
ſtumm, und Nichts um die Stille zu unterbrechen, als der Wind, der

aus den Hügeln stöhnte, als das Aechzen unserer Räder bald unter Steinen, bald in grundlosem Lehm, als das Geschrei einiger Raben, die langsam im wallenden Nebel verschwanden.

Wir hatten zu unserer Rechten den Lough Corrib, einen großen Landsee, der sich fast durch ganz Connaught streckt und mit seinem oberen Ende dicht an den Lough Mask stößt. Bald ward er von vortretendem Hügelboden verdeckt, bald tauchte er wieder auf, ein langer, blasser Streifen, der hinter flachen Ufern in der traurigen Landschaft und dem matten Lichte des Tages traurig schimmerte. Der Himmel heiterte sich ein Weniges auf, als wir unter die hohen, dunklen Bäume der Besitzungen kamen, die einst Martin von Ballynnhinch gehört hatten. Sie dehnten sich 40 Meilen weit an den Ufern des See's hinunter, und sind dann durch eine Londoner Gesellschaft angekauft und parcellirt worden. Jetzt kam ein weiter Blick über den See mit seinen zahlreichen Inselchen, die — von dunkelgrünem Gestrüpp und Unterholz fest überwachsen — sich gleich hexenhaften Bäumen und unheimlichen Lauben von dem fahlen Glanz der Wasserfläche hoben. Der See sah wie ein Zaubergarten aus. Als ich den Kutscher in weißem Mantel fragte, wie viel solcher Inseln man wol im See gezählt habe? antwortete er höchst naiv, gezählt habe man sie noch nicht, aber man glaube, es seien ihrer so viele, als Tage im Jahr! — Gegenüber, eine dunkle Ruine auf dem dunklen Grunde des Wolkenhimmels, stand auf einer Anhöhe, einsam unter Steinen, der Thurm des Aghnanure-Schlosses. Die kurze Helligkeit des Himmels war dahingeschwunden und Regen strömte auf uns nieder, als wir nach dem Dorfe Oughterard kamen. Wir hielten einen Augenblick und in vollem Unwetter versammelte sich eine seltsame Gruppe um unsern Wagen. Da erschienen Weiber, welche uns verkrüppeltes Obst, und Knaben, welche uns Marmorstücke, wie man sie hier in der Gegend findet, verkaufen wollten, und Bettler, und Constabler, welche erst über die Haide gekommen waren und auf eine Weile Schutz gegen das Schlackerwetter hinter unserem Wagen suchten, und ein Mann, der an dem einen Fuß einen Reiterstiefel trug und auf dem andern nackt ging. Dann rollten wir, nach kurzer Rast, durch die Hüttenreihe des Dorfes weiter. Am Ende desselben steht ein kleines, freundliches Haus mit grünen Schaltern und ein sorgsam gepflegtes und umgittertes Gärtchen mit allerlei Herbstblumen

liegt davor. „Der Dachter von Oughterard, und das sind seine Töch=
ter!" sagte Weißmantel. Zwei Mädchen, das eine von etwa 18 Jah=
ren, das andere noch ein Kind, standen mit Tüchern über dem Kopf
im Regen, unter den Blumen. Diese Karre täglich vorbeifahren zu
sehen war die einzige Zerstreuung ihres Lebens. Sie sahen mich traurig
in meiner Ecke sitzen, indem der Wagen am Gitter ihres Gartens da=
hinging. Sie mochten wol ahnen, wie dieser letzte Blick auf das stille,
glückliche Behagen mitten in einer unwirthlichen Herbst= und Haide=
Landschaft meiner Seele wol thun müsse, wie viel sehnsüchtige Heimaths=
Gedanken es erwecke, wie viel vergebliche Wünsche, wie viel Träume,
denen man nachhängt, bis man sie glaubt und an der Wirklichkeit
zweifelt . . . Darum winkten sie mir mit ihren weißen Taschentüchern. Aber
ich konnte nicht kommen. Mir war, als winke mir ein schönes Leben
seinen Abschied zu; mir war, als hört' ich ein Lebewol im Winde.
Lange konnt' ich diesen Gruß nicht vergessen; und als ich von der Höhe
noch einmal in's Thal hinuntersah, da standen die beiden Mädchen
noch mit Tüchern über dem Kopf, im Regen, unter den Blumen.

Die Gegend wird immer wilder, der Himmel immer dunkler.
Vom anhaltenden Regen genährt, stürzten die Wasserfälle. Dann
wieder unbegrenzte Einsamkeit — die Haide so unabsehbar, der Regen
so grau, so trostlos, als wolle er nun nie mehr aufhören, der Sturm
so finster, so klagend. Nur selten zogen rothröckige Frauen auf Eseln
vorbei, oder lagen, wie Traumgestalten, welche kein Gefühl für die
Härte des Wetters haben, auf niedrigen Karren. Die Monotonie
wurde zuletzt grauenhaft. Seltener wurden die Hütten, und wo sie —
einsam im Morast, umgeben von der niederhängenden Dunkelheit des
Himmels und der breiten, schrägen Regenschicht — erschienen, da waren
es Löcher ohne Fenster, ja ohne Rauchfang. Licht, Luft, Menschen
und Schweine hatten ihren Eingang durch die Thür und der Rauch,
welcher bei den Spalten derselben herauswirbeln wollte, ward durch
den Wind und Regen zurückgejagt. Niemals in meinem Leben habe
ich Menschen in solchen Verließen wohnen sehen. Ich glaube, die
Rothhäute im Urwald wohnen besser. Gesünder jedenfalls; denn welch'
eine Moderluft muß in diesen von Feuchtigkeit durchfressenen Lehm=
wänden herrschen, unter diesem ewig tropfenden Strohdach, in dieser
Atmosphäre ohne Licht und Wärme, aber voll Rauch und schädlicher

Ausdünstungen der darin versammelten Menschen und Thiere! Es ist unmöglich, dem Leser nur einen annähernden Begriff von der Mannigfaltigkeit des Elends zu geben, das sich in diesen Hütten dem Blicke des Vorübergehenden darstellte. Die besten derselben bestanden aus nachlässig zusammengefügten und mit Lehm ausgefüllten Steinmauern, einem niedrigen Loch als Fenster, einer vom Regen zerfressenen, von Ruß bedeckten Holzthüre, und einem Dach von Stroh oder Rasen mit Steinen darauf, um es gegen die Zerstörung des Windes zu sichern. Bei der schlechteren Sorte war statt des Fensters ein Loch im Dach. Die Steine waren lose übereinander geworfen, wie bei uns die Steinhaufen an der Chaussee; sie lagen, als habe der Zufall, und nicht die ordnende Hand des Menschen sie gehäuft, kein Lehm verstopfte die für Wind und Wetter offenen Lücken; und die schlechtesten sahen gar nicht mehr wie Hütten, ja nicht einmal wie Hürden für zahmes Vieh, sondern wie Höhlen aus, die sich wilde Thiere im Boden gewühlt haben. So erinnere ich mich einer solchen ganz unnatürlichen Behausung, aus einem Loch bestehend, welches in einen Erdhügel gegraben und am Eingange hinter Buschwerk mit einem angelehnten Brett bedeckt war. Ein anderer Schlupfwinkel war zwischen mächtigen Felsklötzen, die von Natur höhlenartig zusammengefügt waren, eingerichtet; so daß man buchstäblich behaupten kann, ein Theil des irischen Volkes im Westen lebe in und unter der Erde! Und das — ich habe es schon früher einmal gesagt und wiederhole es hier — ist der Ausgangspunkt des irischen Elends. Die Wohnungen des Volks in ganz Irland sind unglaublich miserabel, schmutzig, ungesund; hier aber erreichen sie die Höhe des Möglichen — ja, sie streifen schon an das für gesittete Völker Unmögliche; und hier sehen wir, was sie erzeugen. Die Bewohner dieser Hütten waren erbärmlich in Fetzen und Lappen gekleidet, die Kinder, die uns bettelnd verfolgten, so gut wie nackt. Ich habe nie so viele Blatternarbige, so viele Blinde, so viele Lahme gesehen, als in dieser Gegend. Die englische Regierung hat längst eingesehen, daß der Krebsschaden ihrer ganzen irischen Politik diese elenden Hütten sind mit allen Uebeln, die sie nähren und hervorbringen. Aber trotz aller Mühe, die sie sich bereits gegeben, trotz aller Berichte, die sie gelegentlich eingefordert, und aller Edicte, die sie darauf erlassen, ist der Zustand wesentlich geblieben, wie er war. Traurig liegen die Erd-

und Lehmhütten in den Wildnissen des Westens, und traurig, wie Gespenster, die an dieses Leben kein Recht mehr, keinen Anspruch haben, kriechen die Bewohner derselben über den Moorgrund, der sie weithin umgibt.

Ganz einsam stand nur noch hier und da ein etwas besseres Haus am Wege — „Entertainment for Man and Horse" — Unterhaltung für Mann und Pferd; und ich fürchte, eine schlechte Unterhaltung wäre es für Beide gewesen, wenn sie je etwas Anderes gesehen, als die irische Haide. Am Ende verschwanden auch diese letzten „Unterhaltungen," seltener sogar wurden die Ruinen; nur Seen erglänzten zu beiden Seiten des Weges, ach! ein trüber Glanz durch diesen Nebel und dichten Regen, wie der Glanz einer Thräne. Lough Bofin lag zur Rechten und Arberry Lough zur Linken und dazwischen zog sich den Hügel hinan der enge, feuchte Weg, und vor uns, weit vor uns im Nebel des Gebirges schimmerte, wie der Faden eines niederschleichenden Gewässers, seine Fortsetzung und verlor sich in's Unbestimmte. Alles ward unsicher, Alles schien zu schwanken; die Welt schien an diesem Tage ein ödes Haideland und das Leben ein unsicherer Pfad, der hindurchzieht und dessen Ende kein Auge finden kann. Hoch und gewaltig, ihre Spitzen in Wolken und um ihre Zacken und Firnen düster phantastisches Nebelgebräu, stiegen die Maamturk= und die Benabeola= Gebirge mit ihren zwölf Häuptern auf und hatten uns bald in ihre geheimnißvollen Schatten eingeschlossen. Wie die Nebel dahinflatterten, breit und rollend, geisterhaft, so war mir, als sei es der Riese Beola, dessen Region hier einst gewesen und der aus jenem nebelrauchenden Zwölfzack, unter dem er, wie das Volk erzählt, begraben liegt, in dieser schauerlichen Dämmerstunde aufgestanden sei, um den geängsteten Reisenden noch mehr zu quälen. Diese zwölf Spitzen sind es auch, die der Seemann zuerst am fernen Horizont entdeckt, wenn er nach langer Fahrt auf der breiten atlantischen Woge sich dem Lande nähert. Unser Weg ging hart an der See hin; wir sahen sie nicht vor Nebel, aber wir hörten ihr Brüllen gegen die felsige Küste. Müd' hing mein Auge an jenen Spitzen und sehnte sich nach Landung. Aber nur ein neuer See dämmerte trübe mit flachen Ufern herauf, der Lough Shindilla; und bei Lynn's sg. Halb=Weg=Hause machten wir Halt. Wir hatten eine Strecke vor uns, noch eben so lang, als die von Galway hierher, aber um wie viel düstrer! Denn nun begann es auch Nacht zu werden.

Die Uebrigen hatten sich in die „Unterhaltung für Mann und Roß" begeben, eine niedere Hütte, die elendiglich auf einem Hügel zur Seite des Weges lag; und sie dampften von schlechtem Grog, als sie zu ihren Plätzen zurückkamen. Eine Weile blieb ich allein. Eine schlanke, jugendliche, bildschöne Mädchengestalt erschien am Wagen. Sie hatte braune Augen und das schwarze Haar hing ihr nach der Sitte des Landes lose über die nackten Schultern. O, wie schön, wie elend war dieses Mädchen! Ich muß sagen, sie ging beinahe nackt. Sie hatte ein zerrissenes Hemd an, das bis an die Kniee reichte, und darüber einige rothe Lappen, die Nichts von den Körperreizen dieses prächtigen Geschöpfs verbargen, sondern sie noch erhöhten, indem sie dastand — auf einem Felsstück, in der Abenddämmerung — die rothen Fetzen flatternd über den nackten Waden, das schwarze Haar flatternd um das Oval des schönen, mattbraunen Gesichts, und den vollen, jungfräulichen Busen enthüllt, je nachdem der Haidewind das Hemd hob oder senkte. Da kam mir die alte irische Ballade in den Sinn, die ich früher hatte singen hören:

> Wär' ein König ich und säh' ich betteln Dich
> Einsam im Menschenschwarme —
> Höb' ich Dich auf's Roß, trüg' ich Dich in's Schloß
> Und nähme Dich in meine Arme.

Sie kam herunter zu mir. Sie hatte wollene Socken zu verkaufen und bot mir mehrere zur Auswahl an. Ich kaufte alle, und treffliche Socken waren es, fest und gut gearbeitet, weiße mit schwarzen Streifen, mit rothen Punkten, rothbraune; und ich trage sie noch heute und denke dabei an Chilly, das wilde, schöne Mädchen aus der irischen Haide, das sie mir verkaufte und das mir die Hände küßte vor Freude, daß ich ihr einen so guten Tag gemacht habe, und dabei ausrief, wie sich die Eltern freuen würden, wenn sie zurückkäme und eine ganze Hand voll Geld mitbrächte. Dann stieg Weißmantel mit seinen Genossen den Hügel herab und die gutmüthigen Roßtäuscher nahmen ihre Sitze ein und der Wagen rollte weiter und sie stand auf ihrem Felsstück, so oft ich zurücksah, mit flatterndem Hemd und flat-

terndem Haar im Wind und der feuchten Dämmerung des Abends,
bis Nebel und neue Hügel sie verdeckten.

Hier nun hatten wir das Gebiet von Connamara betreten, den
gebirgigsten und zerrissensten Theil der irischen Westküste zwischen der
Galway= und der Clew=Bay. Ein See mit Waldinseln, Lough Ourid,
unterbrach noch einmal die Monotonie des Haidelands. Dann, sobald
wir den See verlassen, war Alles wieder nackt und blieb es fortan.
Immer dichter traten die Berge heran — ungeheuerliche Massen mit
verschwimmenden Formen, mit Wolkenbergen darüber bis zum Himmel,
als sei der Ossa auf den Olymp gethürmt. Auf der Höhe der Haide,
im Zwielicht, kam eine Hütte, die einem dampfenden Misthaufen gleich
sah. Alles war eine feuchte, zusammengeworfene Lehm= und Stroh=
masse, aus deren oberem Theil Rauch und Funken stiegen. Ich würde
nicht geglaubt haben, daß Menschen darin leben können, wären nicht
beim Rollen unseres Wagens neugierige Wesen herausgetreten und
hätten sich auf die Höhe der einsamen Haide neben dem qualmenden
Haufen gestellt. Inzwischen sank die Nacht, und immer düstrer, immer
kälter, immer unheimlicher ward es. Zusammengebundene Ziegen mit
langen Bärten richteten sich auf, wenn unser Wagen herankam. Ochsen
mit breiten Stirnen und seltsam gewundenen Hörnern irrten über die
Haide. Schwarz vor uns lag der Moorgrund, und die Phantasie
machte lange Wanderungen durch seine Torfpaläste. Wasserfälle stürzten
vom Gebirge; mächtige Katarakte, steil aus der Höhe herunterpolternd,
ergossen sich über Steingeröll … hier war Alles durcheinandergewür=
felt, nackte Felsklötze, die morastige Haide, die Steinblöcke darauf, die
Seen, die Inseln, die Wasserfälle — Alles lag unter= und überein=
ander, die Welt schien sich hier in's Chaotische zu verlieren, in jenes
vorweltliche Grau, wo die Zeit ihren Anfang noch nicht genommen
und die Scheidung noch nicht vollbracht war; und um die trägen Ele=
mente brütete der große, traurige, breite Nebel.

Nach sechs Meilen solcher Fahrt — sechs Meilen voll schauerlicher
ununterbrochener Einsamkeit mit dem schweren, feuchten Abend — hatten
wir einen kurzen Licht= und Feuerblick und ein dürftiges Mahl im Receß=
Hôtel, etwas seitab vom Wege unter dem Gebirge, und dann ging's auf's
Neue sechs Meilen weiter in die regenbedeckte Einöde unter den sich
auf Nebeln niedersenkenden Himmel und durch die Engpässe, die zwei

Mal jach anstiegen und zwei Mal ebenso jach in die Tiefe führten, so
daß die Reisenden den Wagen verlassen und hinterher klettern mußten.
Wir bekamen Meilen lang keinen Menschen und keine Hütte zu sehn.
Nur ein einzelner Wagen mit Gütern, dem es bangte, allein durch
diese Gegend zu fahren, hatte sich uns angeschlossen, und das eintönige
Rasseln seiner Räder folgte uns. Als die ersten Lichter wieder leuchteten —
und obwol sie aus den elenden Hütten kamen, die mir eben noch Furcht
gemacht hatten, — da grüßte sie mein Herz wie Hoffnungssterne, und
wie der Hafen selbst erschien es ihm, als wir endlich, nicht weit mehr
von Mitternacht, Clifden, das Ziel unserer Reise erreicht hatten.
Auch hier rief, trotz der vorgerückten Stunde und des unaufhörlich strömenden Regens, das Rollen unseres Wagens noch einige neugierige
Köpfe an Fenster und Thüren, und in Carr's Hôtel empfing uns ein
großes Feuer in der freundlich erhellten Stube auf's Gastlichste. Weißmantel und seine Gefährten, die gutmüthigen Roßtäuscher suchten sich
ein anderes Unterkommen und ich blieb allein vor dem großen Feuer.
Wie mir an jenem Abend der Thee mundete, das kann ich nicht beschreiben, und wie höflich, ja wie zärtlich ich gegen den schlaftrunkenen
Hausknecht war, auch nicht. Man muß — und wär's auch nur so kurze
Zeit — entbehrt haben, um die Nähe der Menschen zu schätzen und heiß
zu begehren, sie auf's Neue um so tiefer zu lieben und selbst einen
schlaftrunkenen Hausknecht als eine Erscheinung zu begrüßen, die uns
die Rückkehr zu einer neuen und glücklicheren Ordnung verkündet. —

Das Städtchen Clifden ist eine neue Schöpfung mitten im unwegsamen Gebirge, dicht an der See. Im Jahre 1809 stand hier ein
einzelnes Haus, von einem gewissen Walter Coneys erbaut. Dann
kam ein benachbarter Grundherr, John D'Arcy, auf den Gedanken zu
einer ausgedehnteren Anlage. Er erwog die von der Natur gewährten
Vortheile des nahen Meeres und überlegte die Thunlichkeit von Straßen-
Verbindungen zwischen dem neuen Hafenort und den entfernteren Städten,
entweder im Innern oder längs der Küste. Er hatte eine Ahnung von
der Zukunft und erweckte Vertrauen zu ihr in Anderen. Der Grund umher

war sein Eigenthum; er eröffnete Bauluftigen von Nah und Fern gute Aussichten und gab die Plätze unter billigen Bedingungen fort. Er selbst wohnte in einem Schlößchen, das er in geringer Entfernung von der Stadt in schöner Naturumgebung errichtet hatte. So ward John D'Arcy der Gründer von Clifden. Im Jahre 1841 hatte das Städtchen schon 182 Häuser mit 1509 Einwohnern, und gegenwärtig hat es 400 Häuser mit fast 4000 Einwohnern. Die Schöpfung wuchs, aber der Schöpfer ging zu Grunde. D'Arcy ist todt und sein Schloß ist in fremden Händen. Seine Besitzungen sind zersplittert und verkauft und sein Sohn Hyacinth ist Pfarrer in Clifden und wohnt in einem kleinen Hause, welchem die Bewohner der Stadt nicht ohne Wehmuth ehrfürchtig vorbeigehn. Das große Vermögen der D'Arcy's erschöpfte sich in dem Werke, das sie für das Heil und die Zukunft Irlands gegründet. Wie ein hohes Denkmal für so viel Edelsinn und so viel Unglück steht am Strande des Meeres die Stadt; und in unauslöschlichen Lettern schimmert der Name der D'Arcy's an ihren Grundmauern. —

Trotzdem aber nun, daß die Stadt noch so neu ist, ist sie doch dem allgemeinen Schicksal, welches über Irland regiert, nicht entgangen. Kein freudiger Aufblick, kein jugendfrisches Drängen und Treiben, dem es bei solch' raschem Wachsthum zu eng wird. Keine Koketterie — Nichts von jenem Uebermuth, welcher der eigenen Reize bewußt ist und sie herauskehrt — Nichts von jenem schmucken, adretten Aeußern, wie man es bei jungen Dirnen und jungen Städtern so gern sieht. Alles schlotterig am Leibe herunterhängend; Alles so nachläßig, in Haltung und Toilette, so hoffnungslos, so niedergeschlagen. Sie sieht so abgenutzt, so verwohnt aus, diese Stadt! und sie hat auch schon ihre Ruinen, so gut wie alle andern irischen Städte, die hunderte von Jahren alt sind. Dabei ist ihre Lage von einer unaussprechlichen Schönheit. Gegen Morgen stehn die Berge mit ihren zahlreichen, malerisch gestuften Kuppen und Gipfeln im Blau. Auf der andern Seite geht der Blick in die Bucht, deren tiefes, stilles Blau nur von einigen Schaumstreifen unterbrochen wird, welche die Felsen darunter andeuten, und von einigen Schaluppen, welche an die gemauerten Quais gekettet liegen. Aus der Bucht ist es kaum eine Meile bis in das Meer, dessen ganze, goldene Herrlichkeit den Horizont gegen Westen schließt. Und hier, zwischen Berg und Bucht, zwischen dem Blau der Gebirge und dem

Blau des Gewässers, mit dem Ausblick auf das schillernde Gold des
Weltmeers, liegt die Stadt, und ein grüner, voller Wiesenkranz umgibt
sie wie ein Gürtel der Jugend. O, daß das Gefühl dieser Jugend
einst doch auch die Stadt selber und das Herz derer, die sie bewohnen,
ergreifen möchte!

In zwei Parallelstraßen zieht sich die Stadt auf dem schmalen
Strich dahin; die eine Straße ist am Berge, die andere ist am Wasser.
In vielen der Häuser wird Handel getrieben, hauptsächlich mit Wollen-
Waaren, dann natürlich auch mit allerlei Lebensmitteln, womit diese
Stadt die dürftige Umgegend und die Hüttenbewohner der Haide und
des Gebirges zu versorgen scheint. Auf den Schildern der Kaufhäuser
las ich meist Namen von unvermischt irischem Ursprung; am Häufigsten
wiederholten sich die Namen Joyce und O'Flaherty. — Hoch über der
Stadt, auf Bergzinnen, stehen mehrere ansehnliche Gebäude. Das
eine davon ist die „Church," die protestantische Kirche. Das ganze
Land ist katholisch, und nur wenige — ich habe gehört fünf — protestantische Familien bewohnen die Stadt; diese aber sind die reichsten
und mächtigsten und haben ihr Gotteshaus auf den höchsten Gipfel
des Berges gebaut, so daß es die Stadt und das Meer beherrscht.
Wenige Jahre später erschien auf dem Berg gegenüber ein anderes
einsames Bauwerk mit vielen kleinen Fenstern, die sich der Connamara-
Wildniß und den Gebirgen zukehrten, die sich schützend aus ihr erheben.
Diese Wildniß mit ihren Gebirgen ist der Sitz des fanatischen Katholizismus — die Gegend, von welcher Cardinal Wiseman gesagt, daß
man ihre Bewohner oft verspottet habe, weil sie in Lehmhütten in
dem Sumpfe lebten; daß aber oft, wenn der letzte Funke im Torfe
auf der Hüttenflur verglimmt sei, wenn der Sturm rund um sie wü-
thete und der Regen durch Riß und Spalte drang: daß dann oft ein
helleres Licht in jenen elenden Hütten gewesen sei, um die verlassenen
Insassen zu trösten, als der blendende Schimmer eines Palastes gewähren könne ... Dieß ist die Gegend; und das Gebäude in Clifden,
das dorthin sich kehrt, ist ein Nonnenkloster, welches, zur Zeit meines
Aufenthalts in jener Stadt, achtzehn Schwestern beherbergte. — Es
ist das schreiende Mißverhältniß in diesem Lande, daß die eingeborene
Masse des Volkes sich zum katholischen Glauben bekennt, während als
Staats= und Landeskirche der anglikanische Protestantismus etablirt

worden ist. Der Druck dieses Widerspruchs lastet auf der größeren
Masse des Volkes, und die Wohnsitze des Katholizismus sind die Wohnsitze des Elends in Irland. —

Ich sah Clifden im reinsten Sonnenlicht, denn es hatte sich Tags
zuvor über der Haide ausgeregnet. Obendrein sah ich es in nicht
geringer Bewegung. Denn wie gesagt, es war Pferdemarkt; und die
Pferdemärkte von Clifden sind berühmt im Westen und Festtage für
die Stadt. Schon in früher Morgenstunde begannen sich die Straßen
und freien Plätze zu füllen. Von den Fahrwegen, die Berge herunter,
leuchteten die rothen Röcke der Connamara=Bäuerinnen, und Ochsen,
Schweine und Esel zogen in vertraulichen Heerden vor ihnen her.
An der Bucht hatte der Fischmarkt schon begonnen. Schwere Körbe,
mit Seezungen hoch gefüllt, hingen auf den Rücken in geduldiger Selbst-
beschauung versunkener Esel, oder waren auf kleinen Karren ausgepackt.
Andere Tragkörbe voll Hummern standen am Boden, dazwischen die
Frauen mit den rothen Röcken und grellbunten Kopftüchern. Die
Fischweiber sehen sich in der ganzen Welt wenigstens d a r i n ähnlich,
daß sie n i c h t sehr schön zu sein pflegen; auch habe ich selten ein junges
darunter gesehen. Die Männer hatten natürlich ihren Sonntagsstaat
an; am Bemerkenswerthesten war mir dabei, daß fast Alle runde Filz-
mützen mit Knöpfen darauf und nach schottischer Art buntcarrirten
Rändern trugen. Mehr jedoch als die Menschen interessirte mich dieß
Mal das liebe Vieh, welches in ihrer Begleitung erschienen war. Da
waren wieder die Schweine, meine guten Bekannten aus der Clabbagh.
Sie spazierten auf und nieder, an mir vorbei, unter meinen Beinen
hin und her, als kennten sie mich jahrelang und hätten das Recht,
mich zu tyrannisiren. Sie hatten alle denselben altklugen spitzen Kopf
und waren auch unverschämt zutraulich, ein's wie das andere. Man
merkt es ihnen an, daß sie hier mit den Menschen in einer Hütte leben
und, so zu sagen, auf Du und Du stehen. Mensch und Vieh sind sich
in Connaught sehr nahe gekommen. Die Menschen, in ihren Lappen
und Fetzen und düngerartigen Wohnplätzen haben etwas thierisch Ver-
kommenes angenommen; und die Thiere ihrerseits sind durch die fortwährend Nähe und den steten vertraulichen Umgang mit den Menschen
ein wenig über die natürlichen Grenzen hinausgeschritten. Namentlich
gilt dieß von den Schweinen, die bekanntlich den Hauptbestandtheil des

Connaught-Haushaltes bilden. Man merkt ihnen die schlechte Erziehung an und sie haben alle Laster, die eine solche zu hinterlassen
pflegt. Sie sind zudringlich, sie sind neugierig und sie schnüffelten
mir, während ich auf einem Steine vor dem Wirthshause saß, auf
den Knieen herum. Eines steckte gar seine Schnauze in mein Notiz-
buch, als ob es neugierig sei zu lesen, was ich über es schreibe, und
es machte Miene mich zu beißen, als ich es fortjagen wollte. O, die
Schweine von Irland sind kunstsinnige Geschöpfe von Alters her!
Schon in einem irischen Manuscript „Dinn-Seanchas" vom Jahre 1300,
welches eine Sammlung von irischer Geschichte und Topographie enthält, befindet sich, wie Clement (Reisen in Irland, 161) erzählt, in
dem Anfangsbuchstaben eines Capitels ein Schwein abgebildet, welches — auf dem Dudelsacke spielt! Auch die Esel fesselten meine
Aufmerksamkeit. Sie waren viel schlauer, als man denen nachrühmen
kann, die sich im übrigen Theile des civilisirten Europa's aufhalten.
Sie waren viel munterer in ihren Neigungen, sowol zueinander, als
zu verschiedenen Dingen, um die sie sich anderswo nicht viel kümmern.
Es sprach eine Art Ehrgeiz und Feuer aus ihren Augen, deren sich
die unseren niemals gerühmt haben. Da standen zwei vor mir, ihrer
Fischkörbe entladen und dem Genuß der milden Morgensonne frei hin-
gegeben. Zuerst begrüßten sie das goldene Himmelslicht mit jenen
Naturlauten, die man überall nicht zu den schönsten rechnen kann, was
das Reich der Töne bietet. Hier aber war es gar schrecklich; selbst
die Fischweiber wurden dadurch in ihrem rohen Geplauder gestört und
schlugen die beiden Musikanten mit einem Stecken. Diese jedoch mußten
es für eine Beifallsbezeugung halten, denn sie setzten ihr Duo mit er-
höhter Intensität fort, bis das letzte Echo mißtönig im Gebirge verklungen war. Darauf sah sich das edle Paar an und sie begannen
sich mit den Mäulern auf's Zärtlichste zu beschnüffeln. Ich war längere
Zeit in dem Irrthum befangen, es sei hier auf den Ausdruck und
Austausch von Gefühlen abgesehen; allein die Esel von Connamara
sind genußsüchtige Creaturen, und es währte nicht lange, so erhob
der eine seinen Kopf und wandte ihn gegen den zerrissenen Sattel
des andern und fing an, das alte Stroh, mit dem derselbe gefüt-
tert war, zu fressen. Dieß Mal jedoch machte das Fischweib von
seinem Stecken einen Gebrauch, über dessen Sinn sich der Esel nicht

länger täuschen konnte. Er mußte ihm wol anfühlen, daß es bei
Weitem nicht auf eine ermunternde Beifallsbezeugung abgesehen sei;
und er resignirte mit einer Miene, deren Ausbruck über alle Beschrei=
bung weltverächtlich war. In der Mitte dieser Esel, Schweine, Karren
und Fischweiber stand ein Wagen, der bis um die Mittagszeit mysteriös
verhängt blieb. Aber aus den seltsamen Gestalten, die zuweilen hinter
dem Leinen hervorhuschten, sowie aus dem ahnungsvollen Respect,
welchen die vorüberziehenden Söhne und Töchter der Haide dem ge=
heimnißvollen Vehikel zollten, schloß ich auf nichts Geringeres, als auf
ein Panorama oder ein Puppenspiel.

Der eigentliche Pferdemarkt, um den sich die ganze Herrlichkeit
des Tages drehte, fand jedoch am entgegengesetzten Ende des Ortes,
auf einer offenen Wiese Statt. Die Straßen, bis dort hinunter, waren
nun gänzlich belebt und menschenerfüllt. Frauen mit rothen langen
Decken, unten gelb — und dieses Gelb kehren sie bei Regenwetter
heraus — kamen schaarenweise aus dem Gebirge an. Eine lange
Reihe von Weibern, die harte grüne Aepfel und sehr uncomfortable
Mehlfladen verkauften, bildete auf beiden Seiten Spalier; und unter
den Häusern saßen andere, welche Schaafwolle auf dem Schooße feil
hielten, und Käufer standen um sie herum, welche in diesem eigen=
thümlichen Geschäftslocal lustig herumwühlten. Der Hauptartikel des
Pferdemarktes auf der Clifden=Wiese sind Ponies. Diese Ponies sind
die Nachkommen der einst so hochberühmten irischen Rosse, von denen
die Barden singen, daß man oft 500 Kühe für ein einziges derselben
gegeben habe. Noch bis in's 17. Jahrhundert war Irland dieser
großen, stolzen Pferde halber durch ganz Europa berühmt. Seit jener
Zeit aber haben sie an Größe verloren, und aus Rossen für die
Männer sind sie nun Pferdchen für die Frauen und Kinder geworden
und in dieser Eigenschaft von den Engländern immer noch sehr ge=
schätzt und begehrt. Und in der That sind es ganz allerliebste, kräftige
und flinke Thierchen, kosten an Ort und Stelle zwischen 7—9 £
und werden hauptsächlich an die Gentry von England verkauft, welche
das Stück mit 14—20 £ bezahlt. Dieses sind die Ponies, auf welchen
wir die Amazonen von England über die nußbaumbeschatteten Gefilde
von Rotten=Row in den glänzenden Freitagnachmittagsstunden der
Londoner Season sprengen sehen; und zu den ehrenwerthen Männern,

die diesen internationalen Austausch mit rühriger Hand vermitteln, ge=
hörten auch die drei gutmüthigen Roßtäuscher, welche ich in der besten
Laune und vollem Geschäft auf der Wiese von Clifden wiederfand.
Hier geschah es auch, in der sonnigen Frühe des Herbstmorgens, und
auf dem grünen, von Pferden, Ochsen, Roßhändlern und Bauerweibern
bevölkerten Plan, daß meine Reisebeschreibung in die Gefahr gerieth,
von einem Schweine aufgefressen zu werden; und ich habe es dem
kräftigen Arm des Roßkamms Nr. 1 zu verdanken, daß dieß uner=
hörte Attentat ohne Folgen blieb und die ganze Auflage mit Stumpf
und Stiel nicht schon auf den Viehmarkte von Clifden vergriffen ward. —

Ich wartete nicht, bis jener verhängte Wagen sich entschleiert haben
würde; ich hatte mir ein Wägelchen auf eigne Hand genommen und
ein Pony dazu und Gilligan, den Kutscher, der es regieren sollte.
Das westliche Hochland lag vor mir und mich verlangte, die letzten
sonnigen Tage des Herbstes zu einem Ausflug in dasselbe zu verwen=
den. Zwar meinte Gilligan, der Bedächtige, im westlichen Hochland
regne es an jedem Tage mindestens einmal, und leider sollte er Recht
behalten, wie sich später noch zeigen wird; aber mein Herz protestirte
und mein Auge schwelgte in den süßen, sanften Farben, die mich in
weiter Schau umgaben, und deren Schmelz durch die Feuchtigkeit, die
noch an ihnen glänzte, nur um so viel weicher erschien. Solche Wärme
und erquickende Pracht des Colorits in einer Scenerie, die dem Auge
Nichts bot als das nackte Gebirge hier und das nackte Meer dort —
solch' bezauberndes Spiel von Licht und Schatten, die auf den weiten
Flächen und den grotesken Felsformen in jedem Augenblick neue Töne
hinterließen, und während die Alles beherrschenden Farben das tiefste
Blau, das reinste Gold blieben, die Zwischenräume mit einer ununter=
brochenen Folge farbigen Helldunkels, das zwischen Beiden schwankte,
erfüllte, so daß die Luftwellen im wechselnden Lichte zu onduliren be=
gannen, wie die Wasserwellen im wogenden Meere — solch' einen An=
blick, wie ich ihn um die späte, feuchte Herbstzeit zuweilen im westlichen
Hochland von Connaught hatte, habe ich später nie wieder gehabt.

Sogleich hinter Clifden wird die Landschaft sehr schön. Der Weg
steigt und die Gebirge öffnen sich. Unter uns zur Linken blieben die
Buchten, die das Meer hier zahlreich in's Bergland gerissen; das
Wasser schimmerte zu dieser Zeit in einem wunderbaren Blaudunkel und

kleine weiße Wellen schlugen gelassen gegen die Küste und rollten also
zurück. Zur Rechten und vor uns stiegen in breiten Kuppen und Ver=
bindungszügen die zwölf Spitzen des Bena Beola=Gebirges auf — aus
welchem die Engländer mit ihrer charakteristischen Nachlässigkeit gegen
alles Irische die „twelve pins" („pin" verdorben aus „Ben") die
„zwölf Nadeln" gemacht haben — und ihr Purpurblau zeichnete schöne
und grandiose Linien in das Hellblau des Himmels. Durch die offnen
Schluchten fiel das breite Gold des Sonnenscheins, und wie hier die
ganze Südseite davon strahlte, so lief dort über's Meer der Abglanz
in einem langen Streifen bis an das Ende des Horizontes.

An diesem Tage war die Landschaft belebter als je. Schaar um
Schaar des Landvolkes, welches zum Markte nach Clifden zog, kam
aus dem Gebirge herunter. Aus allen Schluchten leuchteten die rothen
Röcke und die bunten Kopftücher flatterten. Ich sah in der Kürze
dieses einen Tages mehr schöne Mädchengesichter, mehr kräftige Formen
und mehr malerische Gruppen, als ich während all' meiner übrigen
Reisen in Irland gesehn zu haben glaube. So groß ist die Kraft und
Schönheit der Bauern von Connamara, daß selbst das unerhörte Elend,
das sie seit undenklicher Zeit gelitten und in ihren jämmerlichen Cabi=
nen noch immer leiden, den Reichthum derselben nicht gänzlich hat zer=
stören können. Im Regen und Nachtsturm der Haide freilich kehrt nur die
dunkle Seite erschreckend sich heraus, und man sieht dann nur ihre Blöße
und Nothdurft. Aber laßt die Morgensonne über sie scheinen und um=
gebt sie mit dem heimathlichen Blau ihrer Berge: dann dehnen sich
diese schlanken, üppigen Glieder, dann löst sich das schwarze Haar und
die braunen Augen reden die Sprache, die das Herz unter allen Him=
melsstrichen versteht und selbst im höchsten Jammer und der gänzlichen
Ungunst des Lebens nicht verlernt. Dann schürzt sich das rothe Ge=
wand über wolgeformten Waden, die das Bergsteigen gekräftigt hat,
und das blaue Tuch schmiegt sich an die schöne Fülle des Gesichtes
und schließt es — ein lächelndes Bild oft — in seinen Faltenrahmen.
Wie viel reizende Bilder der Landschaft sowol, als der Bevölkerung
wandelten an diesem Morgen mir vorüber! Ein Panorama, in welchem
man von Glas zu Glas, zu immer Neuem, immer Schönerem fort=
schreitet. Truppweise kletterten die dunklen Mädchen, eins hinter dem
andern, den zackigen Bergpfad herunter. Sie trugen Schuh und

Strümpfe in den Händen. Nun setzten sie sich an den Wasserfall in
die Einbucht des Weges. Sie stellten ihre zierlichen Füße in's ziehende
Gewässer und wuschen sie bis an die Knie. Dann gaben sie den lieb=
lichen Anblick der Sonne Preis, welche mit ihren Strahlenfingern nicht
verschmähte, das lässig Dargebotene zu trocknen und zu wärmen.
Hierauf zogen die schuldlosen Kinder des Hochlands die Strümpfe und
dann die Schuhe an — denn Schuhe und Strümpfe sind hier, wie fast
überall in Irland, ein Sonn- und Festtagsartikel! — strählten das
schwarze Haar, bespiegelten sich in einer ruhigeren Stelle des Wassers
und wanderten, nachdem sie ihre Toilette vollendet, wolgemuth weiter,
den Freuden des Marktes entgegen. Und lange noch auf unserm Wege,
wo immer ein Wässerchen mit sonnigem Rasen daneben sich fand, da
sahen wir auch dergleichen Gruppen — bildhübsche Mädchen zuweilen,
die, bis über's Knie nackt, auf einem Steine im sonnedurchsprühten
Wasserstaub saßen, niedergebeugt, oder mit dem Ordnen des Haares
beschäftigt und in ihrer bunten Tracht den feenhaften Wesen nicht un=
gleich, mit welchen die Phantasie jeden Bergquell bevölkert. Der
Bergpaß selber war von Reitern voll, die neben sich im Sattel den
ganzen Haushalt hängen hatten und Heerden stattlichen Viehes vor sich
hertrieben, oder niedliche, falbhaarige Ponies, welche Zaum und Gebiß
in der glücklichen Freiheit der Hochlandswiesen bisher nicht empfunden
hatten. Und über diesem bunten Wechsel mannigfaltiger Scenen tauchte
nun die ruhende Fläche der Ballynakill=Bai herauf — einer Einbucht
des Meeres, die dunkelblau in dem grünsten Thalgrund gefaßt ist.
Rings stiegen lilaschimmernde, nackte Gebirge auf, über deren sonnige
Wände eine Wolke vom Himmel dann und wann ihren wandernden
Schatten warf. Die Sichel des Monds stand — um Mittagszeit —
wie ein goldener Bogen im Blau des Gebirgshimmels, durchsichtig,
daß man hätte die Engel sehn können, wenn es wirklich solch' holde
Wesen über uns gäbe. Hier ist ungestörter Friede. Hier wandelt
der Mensch im reinen Aether; das Meer liegt offen, das Gebirge liegt
offen und über ihm der Himmel selber. Und der Abschiedsduft des
Herbstes umgibt ihn mit dem ganzen Zauber der Wildniß — die
Fuchsia blüht hoch über zerfallenem Mauerwerk am Wege, ihre schim=
mernden Glocken schwingen im Winde und streuen große Regentropfen
umher, die klingend auf's Gestein fallen, und die Menziesia polifolia

blüht, das wunderbare Haidekraut, und berauscht durch ihren Duft hin=
wandert der Einsame. Gilligan mit der Karre war weit voraus, ich
folgte, oft rückwärts schauend, oft verweilend. Schon am gestrigen
Tage auf weiten Flächen hatte ich die rothe Staude wahrgenommen,
aber doch noch nicht in solch' dichter Fülle und reicher Herrlichkeit, als
heute im Sonnenschein. Hier blühte sie vom matten Lila der gewöhnlichen
Haide durch die ganze Farbenscala bis zum Blauroth und allerschönsten
Purpur hinauf, und ein süßer Duft, wie aus Kindermährchen, wehte
über die lautlos stille Haidegegend.

Nun war die Wolke gewachsen, bis sie den Himmel in ihren
blaudurchschimmerten Schatten gehüllt hatte, und es begann zu regnen.
Ich badete meine Seele in diesem duftigen Regen; sie trank ihn und
die ganze Schöpfung schien mit ihr zu trinken. Und nun war der
kurze Schauer vorüber; der Nebelschleier zog fort und die lichte Sonne
füllte den Raum wieder, wo er gewesen. Und so in der lieblichsten
Beleuchtung hatte ich auf Einmal einen Anblick, der wie ein Traumbild
kam, aber nicht also ging. Ich war um den letzten Vorsprung des
Berges gebogen, und erwartete neue Berge, neue Haideflächen, neue
Einsamkeiten. Statt dessen, inmitten der Wildniß, stand ich plötzlich,
wie durch Zaubermacht, in dem freundlichsten Garten, in dem glück=
seligsten Idyll, wie Dichter es träumen und Märchen nur schildern.
Fast tausend Fuß über der See, zwischen hohen Gebirgen, und nach
einer Wanderung durch's braune feuchte Nebelland, voll dumpfer Lehm=
hütten, in denen das Elend und der Hunger wohnen, umgeben den
Wanderer, welcher Nichts ahnend diese Stelle betreten hat, reizende
kleine Häuser, gleich englischen Cottages, in blühenden Gärten mit
zierlichen Blumenbeeten. Altane von grünem Connamara=Marmor
überdachen die Thüren, und Alles duftet nach Reseda. Sanfte grüne
Hügel beschränken den Anblick nach der Landseite; und nach der andern
dehnt sich der Ozean in grenzenloser Weite. Und zwischen Beiden in
glücklicher Mitte liegen die Häuser dieses zierlichen Dorfes und Alles
macht den tiefsten Eindruck des Ansprechenden, Frommen und Gesitte=
ten. Kein Bettler verfolgt den Ankommenden; alle Menschen, die sich
etwa sehn lassen, scheinen gut, rein und wolhabend, und hübsch ge=
kleidete Kinder spielen in der Sonne der breiten Straße.

Noch stand ich verwundert da und glaubte meinen Augen nicht

trauen zu dürfen; da trat vom Hügelpfad, der hier niederführt, ein bildhübscher, zart geformter Knabe herzu, mit dunklen Locken, welche ein breiter, das blühende Gesicht überschattender Filzhut zum Theil zurückdrängte.

„Kannst Du mir nicht sagen, mein Junge," redete ich den anscheinend Sechzehnjährigen an, „wo ich hier sein mag?"

„O, mein Herr," erwiderte mir sein melodisches Stimmchen, „Ihr seid hier in Letterfrack!"

„In Letterfrack!" rief ich entzückt. „Halloh, da kann auch das wilde Käthchen nicht weit sein! Wo ist das wilde Käthchen, mein Junge?"

„Nicht weit, Herr! Ihr habt's gesagt, gar nicht weit!"

„Kennst Du das wilde Käthchen, mein Junge?" fragte ich, indem ich den Arm ausstreckte, um das zierliche Bürschchen darin zu fangen.

„O ja, wie mich selber!" sagte der Schelm, sich mir lustig entwindend. „Wie mich selber, Herr! Ja besser, als sonst ein Mensch auf der ganzen weiten Welt!"

„So bist Du am Ende . . .?" fragte ich . . .

„Nun was zum Beispiel?" fiel der Knabe ein und sah mich mit seinen großen schwarzen Augen an.

„Doch nicht gar sein Schatz?" fragte ich lächelnd.

„Oho! nein, das nicht! Das wilde Käthchen hat keinen Schatz, wird keinen Schatz haben, will keinen Schatz — nein Herr, nicht das wilde Käthchen!" —

„Aber das weiß ich besser, Du kleines Männchen!" rief ich. „Du scheinst eifersüchtig zu sein, ich weiß das besser! Das wilde Käthchen hat doch einen Schatz. Ich hab' ihn selber gesehn!"

„Wie?" fragte der Kleine, und ward dunkelroth im ganzen Gesicht, und die dunklen Augen sprühten Feuer und das niedliche Füßchen stampfte trotzig auf den Boden — „wer hat denjenigen gesehn, der sich den Schatz des wilden Käthchens nennt? Wer?"

„Ich sage Dir, ich habe ihn gesehn — Du eifersüchtiges Männchen — und es ist der Bruder Nora's von Castle Connell, und er ist Student von Trinity-College in Dublin, und ein so herziger, treuer, guter Bursch, als Einer in Irland — und viel hübscher als Du, und viel älter . . .

Da jubelte mein Knabe hell auf und „viel hübscher, viel älter,"

rief er und „ha, ha, ha!" lachte er wieder, und warf den Filzhut vom
Kopf, daß die dunkelbraunen Locken um das süße Gesicht zusammen=
wallten, und stellte sich dicht vor mir dahin und lachte mich aus, und
rief noch einmal „viel hübscher und viel älter" — und ich erkannte
die beiden Augen wieder und die rosigen Lippen, und die Locken er=
kannte ich wieder und die reizenden Füße, und es war das wilde
Käthchen selber, es war Kathlin O'Flaherty in Knabentracht, die mir
die Hand reichte und die meinige herzhaft schüttelte und „Willkommen
in Letterfrack!" sagte, „willkommen, willkommen!" — Und an ihrer
Hand trat ich nun in eins der niedlichen Häuser am Wege, und
Kathlin's Vater und Kathlin's Mutter kamen mir entgegen und sagten
gleichfalls, ich sei herzlich willkommen, und lachten mit ihrem ganzen
gutmüthigen Gesicht, als Kathlin ihnen erzählte, daß ich sie nicht er=
kannt und sie mich wol eine ganze Viertelstunde lang geneckt habe.

„Ja," sagte Mr. O'Flaherty, ein würdiger Herr von ungefähr
vierzig Jahren, „das thut mein Käthchen nun einmal nicht anders.
Wenn sie in's Gebirge streift, muß sie in Knabentracht gehn, und ich
habe ihr dieß Zeug machen lassen müssen, ob ich nun wollte, oder nicht."

„Ungezogener Wildfang!" sagte die Mutter, indem sie das blü=
hende Haupt der Tochter an ihre Brust drückte und die reine Stirn
derselben sanft küßte.

Darauf erfuhr mein erstaunter Fuhrmann, der noch draußen auf
der Straße hielt, daß er nach Clifden zurückfahren könne, und mir
ward ein sonniges Frontzimmer mit der vollen Aussicht auf das blaue,
blaue Meer zur Wohnung angewiesen. Stundenlang hätte ich da
sitzen und horchen können, was die Wogen, die von der andern Seite
der Welt herüberkommen, hier der friedvollen Küste in ewiger Musik
erzählen. Aber das wilde Käthchen ließ mir zum Träumen nicht Zeit,
nicht Ruhe; sie hatte mir tausend neue Dinge zu zeigen, und mit ihr
mußte ich das Gebirge ihrer Heimath durchstreifen. Sie kannte jede
schöne Stelle im Hochland umher und ward nicht müde, mich von
einer zur andern zu führen. Sie besuchte mit mir die Hütten der
Bauern, und welch' einen lieben Engel ich hier zum Führer hatte,
das sah ich nun wol an den Liebe und Dankbarkeit strahlenden Ge=
sichtern, mit denen die armen Leute im Gebirge sie begrüßten und an
der Schwelle bewillkommneten. Und wenn ich daran dachte, wie ich

vorhin, in der Stille und dem Sonnenschein der Haide vergeblich nach den Engeln im Himmel gesucht hatte, so mußte ich jetzt mit Thackeray rufen — aber leise, daß sie's nicht hörte: „Ich glaube die Engel sind nicht alle im Himmel!"

Aber auch die Stunden, die ich im Gespräche mit dem würdigen Vater meiner Freundin verbrachte, erwiesen sich mir in jeder Weise angenehm und belehrend.

Es mußte mir natürlich räthselhaft erscheinen, wie Rücken an Rücken mit dem wildesten und kläglichsten Morast, den ich in meinem Leben gesehn, und mitten unter baumlosen Gebirgswänden, auf einem Boden, der an einigen Stellen mit unbewegbaren Steinklötzen und an anderen mit Haidekraut bedeckt war, sich solch' eine reizende Anlage habe erheben können, die das Auge des Vorüberreisenden selbst in einer lachenden Gegend gefesselt haben würde, hier aber, im verrufenen West von Irland, sein äußerstes Staunen erregen mußte.

Mein würdiger Freund erwiderte, es sei hier auf ein Beispiel angekommen, welches den Bewohnern Irlands zeigen solle, was man aus dem Boden desselben und zwar unter den ungünstigsten äußeren Verhältnissen machen könne. Hier komme der Wind vom Ozean herüber, und keine letzte Hügelkette beschütze sie mehr vor demselben; um die Gipfel der benachbarten Gebirge sammle sich der Regen und schlage sich regelmäßig auf diese Thäler und Flächen nieder, da kein Wald vorhanden sei, der ihn zurückhalte oder zu sich herabziehe. Kurz, hier sei Alles vereint, was den Anbau und die Colonisation habe erschweren können; und doch sei das Werk mit göttlicher Hülfe, wie ich sehe, vortrefflich gelungen. „Wir haben hier nun eine Schule, ein Wirthshaus, einen Laden, welcher uns und die Umgegend mit dem Nothwendigsten versorgt; unsere Ansiedler zeichnen sich durch Fleiß, Frömmigkeit, gutes Aussehn und Wolhabenheit aus, und hoch über dem Elend, das dort unten die versumpften Thäler regiert, blüht die kleine Colonie von Letterfrack gleich einer Bergrose, und Gott gebe, daß sie ein Zeugniß werde für den Segen, welcher der Arbeit und Mühewaltung innewohnt, die Anderen anfeuernd und das Vertrauen zum eignen Boden nährend, damit ganz Irland bald wieder sei, was es sein kann: „der Rosengarten der westlichen Welt!"

Der eigentliche Gründer der Colonie ist Mr. Ellis; von ihm

rührt Plan und Anfang her. „Letterfrack war vor wenigen Jahren,"
sagt der Rever. J. D. Smith (Connamara past and present) „ein nackter
Felsen; es ist nun eine Krone der Schönheit. Es war eine Region
hagerer Gesichter und wandelnder Skelette; es ist nun belebt von gut
aussehenden, gut gekleideten und gut bezahlten Bauern ... Früher
verweigerte der Boden dem trägen Spaten die Reichthümer, welche er
besaß; nun aber, wie wir dessen selbst Zeuge gewesen, liefert das Land
einen freigebigen Ertrag ... In der That, Letterfrack ist ein Edelstein,
welcher — in der Mitte umgebenden Felsgebirgs — mit genügender
Bescheidenheit spricht; eine Oase, welche das kühne, prächtige Hochland
mit seinen wilden Scenen voll Contrast und Mannigfaltigkeit krönt,
und Alles zusammen doch nur der ungebrochenen Wüste der Natur
durch Geld und Arbeit abgerungen ist ..."

Viel und groß waren die Hoffnungen, welche Mr. O'Flaherty
auf die Zukunft seines Landes setzte; und aus seinen Gesprächen gewann
auch ich die Zuversicht, daß durch die vereinten Einflüsse und durch die
gegenseitige Ermunterung des wachsenden Handels und Verkehrs und
der steigenden Bedeutung des Ackerbaus dieses schöne, herrliche Land
dereinst auch wieder ein glückliches werden möge. Der größte Theil
der Leiden Irlands ist ein selbstverschuldeter — heißt es ja doch sogar
schon in einem sehr populären irischen Gedicht aus dem Jahre 1650
(„die römische Vision"):

> ... sagt nicht Gottes Hand
> Hat Preis dem Feind gegeben Volk und Land;
> Ihr waret es, nicht Er! Nun duldet
> Und löscht mit Thränen, was Ihr selbst verschuldet!

Auch der Ackerbau ist ein Opfer dieser Selbstverschuldung geworden.
Einst war Irland fruchtbar genug; ja, es ist eine alte Sage, zu König
Cormac's Zeiten sei das Land so gesegnet gewesen, daß das Gras,
wenn die Kühe sich niederlegten, ihnen über die Spitzen ihrer Hörner
zusammengerauscht sei; und daß die Kühe heutzutage, wenn sie sich
niederlassen, dreimal seufzerartig brüllen über die guten Zeiten, die
gewesen, und die schlechten, die ihnen gefolgt sind.

Vieles hat sich seit jenen Zeiten unheilbar verschlechtert. Der
Wald ist verschwunden, große Landstrecken haben sich in Sümpfe verwandelt. Andere Theile des Landes sind so mit dicken Steinen und

Felsstücken übersät, daß an einen Anbau schwerlich zu denken ist. Aber jedes Land, auch das beste, pflegt undankbare Partieen zu haben; und so bleibt selbst in Connamara, diesem verwahrlosesten Strich in dem verwahrlosesten Lande Europa's, noch Acker- und Baugrund genug für eine segensvolle Zukunft, während sich in den meisten Fällen sogar die steinigen Gegenden als Weideland nutzbar machen ließen, besonders wenn man sie, wie das an der Küste von Galway geschieht, mit Seetang düngt. Denn Connamara und Connaught überhaupt ist reich an natürlichen Hülfsmitteln, die bisher nur von dem jahrhundertelang gehäuften Schutt erdrückt wurden; nun aber, da man anfängt, sie von diesem Druck zu befreien, wieder in Thätigkeit treten und das Werk der Menschen freigebig unterstützen. Der Mangel des Waldes ist allerdings so bald nicht zu ersetzen; und Connaught ist ärmer an eigentlichem Wald, als irgend ein anderer Theil Irlands, da nur einige wenige Unterholzflecke, hier und dort dünn genug verstreut, Alles sind, was von ihnen übrig geblieben. Aber wie productiv der Boden auch in dieser Beziehung ist, geht daraus hervor, daß — wie Nimmo bemerkt — auf fast jedem trocknen Hügel oder erdbedeckten Klippenstück die Eiche, die Birke und das Haselholz in Fülle aufschießt und nur etwas Sorgfalt bedürfte, um sich in werthvolle Forste zu erweitern. Denn das Clima ist hier von einer wunderbaren Milde und Nährkraft. Schnee während des Winters ist fast unbekannt. Die Berge gegen Norden und die allgemeine Ungleichheit der Oberfläche gewähren beträchtlichen Schutz. Die Sommer sind freilich feucht und das Land ist schweren Westwinden ausgesetzt. Aber selbst diese Feuchtigkeit könnte unschädlich gemacht werden; und es ist unzweifelhaft, daß vermittelst des allgemeinen und gewöhnlichen Processes der Urbarmachung, Anpflanzung und Ausbreitung des Ackerbaues durch diesen großen District, derselbe in nicht sehr ferner Zeit, um Boate's Wort zu gebrauchen, „eines der süßesten und anmuthigsten Länder in der ganzen Welt werden würde."

Einen Beweis, wie die nicht felsigen Bergwände paradiesisch anzubauen sind, liefert ja gleich unser kleines Letterfrack! — Doch auch in weiteren Kreisen und größeren Maßstäben hat sich die Agricultur in Connaught gehoben. Der Bericht z. B., den Nimmo im Jahre 1814 über Jar Connaught, d. h. den westlichen Theil der Provinz, der zunächst Galway, zwischen dem Lough Corrib, Connamara und der See liegt, dem Gou= vernement abstattet, gibt folgende Zahlenverhältnisse: von den 350,000 Acres, die dieser Landstrich enthält, waren urbar nur 25,000 Acres, während Morast 120,000 Acr. und Berg= und Hochlandshaide gar 200,000 Acr. einnahmen, und doch als uncultivirbar nicht mehr als 5000 Acr. erschienen, welche aus Kalksteinfelsen bestanden. Sieben Jahre später hatte sich denn auch das urbare Land schon um mehr als die Hälfte vermehrt, und 1841 waren 76,189 Acr. angebaut. Nach der offiziellen statistischen Angabe vom Jahre 1856 waren von den 4,392,043 Acr., welche die ganze Provinz Connaught enthält und von denen 265,081 Acr. auf Städte, Dörfer und Wasser kommen, bereits 2,220,960 Acr. urbar gemacht worden, so daß für unbe= bautes und zum größten Theil freilich wol bebaubares Land allerdings noch 1,906,002 Acr. übrig bleiben. Damit ist gegen früher ein be= deutender Fortschritt gemacht worden, und rechnet man dazu, daß die Ströme sehr fischreich sind, von Salmen, Aalen, Häringen und Forellen wimmeln, während die See Hummern, Seekrebse und Austernbänke gewährt; daß endlich auch das Innere der Gebirge von Eisenerzen durchzogen ist, die bisher aus Mangel an Capital nicht ausgebeutet wurden, und daß ein Gleiches von den Marmorbrüchen gesagt werden muß, welche sich, ihrer Qualität nach höchst werthvoll, hier finden: so wird man nur noch wünschen können, daß der Mensch komme, um mit nicht allzu schwerer Arbeit solche Schätze zu heben.

Und wie sich das Ansehn des wilden Westens nach diesen weni= gen Jahren ernster Arbeit und gutgemeinter Fürsorge geändert hat, das möge uns zum Schluß der Verfasser von „Ireland, her wit, pecu= litarities etc." (Irish Tracts, Dublin, M'Glashan) sagen, von dem man wahrlich nicht behaupten kann, daß er ein großer Anglomane sei. — „Wir machten zuerst eine Fahrt durch den Westen," heißt es da= selbst (p. 73) „nach einer Abwesenheit von zwölf Jahren. Was haben wir gesehn, — welchen Eindruck übten Districte auf uns, mit denen wir lange vertraut gewesen? Der Eindruck war, daß seit der letzten Kartoffel-Mißernte und der ihr folgenden Hungersnoth*) eine ungeheure

---

*) Cardinal Wiseman bezeichnet also nicht mit Unrecht diese beiden Er= eignisse als eine Art von Gottesgericht und den großen Wendepunkt der neueren

Verbesserung der Agricultur-Zustände selbst in Connaught vor sich gegangen sein müsse. Denn wenn wir auch immer noch über viele
Meilen wanderten, auf welchen uns kein menschliches Wesen und
selten ein vierfüßiges Thier begegnete; wenn wir auch noch an manch'
einen Platz kamen, der heiß war von den rauchenden Ruinen eines
eben verlassenen Dorfes, und noch weite Landstriche vor unseren Augen
auftauchten, über welche nie der Pflug gegangen: dennoch waren Spuren
der Cultur da, welche Alles übertrafen, dessen wir uns aus früherer Zeit er-
innerten. Es waren Drainage-Anstalten vorhanden, welche den früheren Morast an manchen Stellen in eine blühende Wiese verwandelt
hatten. Es waren lange grüne Saatstreifen vorhanden, welche an der
Seite des Thales emporklommen. Rübenfelder, Kohl- und Pastinaken-
beete umgaben die Hütte, wo ehedem nur die Kartoffel kümmerlich Fuß
gefaßt hatte; und weite Haideflächen waren reclamirt worden, wo immer
ein wolwollender und vernünftiger Grundherr regierte. Und Alles in
Allem hatten wir das beseligende Gefühl, daß das Aussehn des Landes
sich gebessert habe." —

So verlebte ich bei den guten Leuten von Letterfrack mehrere
glückliche und zufriedene Tage. Da kam nun eines Morgens ein
Bauer aus dem Gebirge herunter, mit einer tiefgefurchten Stirn und zerstreuten Haaren umher; mit braunen Augen, die trotz des Alters noch
Glanz und Freundlichkeit hatten, mit einem bedeutend markirten Unter-
gesicht. Dieser Mann trug einen gewaltigen Schillelah in der Hand;
sein Zeug sah anständig und reinlich aus, und bescheiden war das
Klopfen, mit dem er sich an der Hausthüre anmeldete.

„O," rief das wilde Käthchen, „das ist ja mein alter Peter
O'Connellan, mein alter Peter ist es ..." und hinaus sprang sie und
öffnete, und führte den alten Mann herein, welcher seine Mütze in die
Hosentasche gesteckt hatte und hinter seinem großen Stock verschiedene
linkische Verbeugungen ausführte. Vater und Mutter schienen wol
mit ihm bekannt, und er mußte sich setzen und ein Gläschen Whiskey
annehmen und das wilde Käthchen entwandte ihm seinen Stock und
brachte ihn mir und sagte: „Seht, mit diesem Schillelah hat der

---

irischen Geschichte. Von da ab scheint sich in der That Alles zum Besseren ge-
wendet zu haben.

alte Peter manch' einen Kopf blutig geschlagen, als er noch der junge Peter war, und stattlich muß er damals gewesen sein, wie ein Junge in Irland!"

Der alte Peter nickte mit dem Kopfe und Freudenthränen füllten sein Auge, und er wischte sie mit dem Arme ab, da nun auch die linke Hand mit einem großen Stück Kuchen bewaffnet war, welches ihm die gute Frau O'Flaherty gegeben.

„Und wie geht's bei Euch im Gebirge?" fragte Mr. O'Flaherty über ein Weilchen.

„Gut, Herr!" erwiderte der Alte. „Dank der heiligen Jungfrau! Der alte Peter bringt heut fröhliche Nachrichten!"

„Dann doppelt willkommen," rief mein würdiger Gastfreund, „und was gibt's bei Euch?"

„Eine Hochzeit!" versetzte Peter, indem er das Whiskeyglas auf den Tisch setzte und sich erhob.

„Eine Hochzeit!" schrie das wilde Käthchen — „halloh, das lieb' ich zu hören! Ich bin die allergrößte Freundin von Hochzeiten.... bin ich. — Und wer macht Hochzeit, alter Peter?"

„Meine Tochter Judy — wenn Ihr's erlaubt. Und da Ihr mich so oft besucht habt, mein theures Fräulein, wenn's Krankheit und Elend und Noth in Peter's Hütte gab, so möcht' ich Euch bitten, mein theures Fräulein, mich auch dieß Mal zu besuchen, wo's lustig hergehn soll auf dem Rasenfleck rund um meine Hütte ... und Eure beiden guten Eltern auch ..."

„Und diesen Mann da auch?" fragte Käthchen, indem sie mit ihrem Zeigefinger gerade auf mich wies, als ob wir in einer Menagerie wären, und ich einer von den ungezähmten Bewohnern fabelhaft ferner Gegenden wäre.

„Auch," sagte der alte Peter und sah mich dabei an, als ob er wirklich mich für ein wildes Thier oder dergleichen halte — „auch!" ... überwand sich dann aber, und reichte mir die Hand und schien nicht wenig erstaunt, daß ich sie im Allgemeinen gerade so schüttelte, wie dieß bisher alle anderen Menschen gethan.

Kurz, die Einladung ward angenommen, und zwei Tage darnach brachen wir auf, in's Gebirge. Das wilde Käthchen hatte wieder ihr Knabenzeug angelegt, wie am ersten Tage; „es klettert und tanzt sich leichter" sagte sie; die beiden Eltern blieben daheim, da ihnen der Weg zu mühsam sei, und so traten wir am frühen Morgen, im Sonnenschein, auf zwei allerliebsten Ponies unsere Hochzeitsreise an. Der Weg führte zuerst durch einen einsamen Paß, in welchem uns kein Mensch begegnete; nur an einzelnen Stellen, wo die Sonne durchfiel, trabten unsere Schatten großmächtig vor uns her oder hüpften phantastisch an der zerrissenen Felswand dahin.

„Dieß ist der Diamantenhügel," sagte mein wildes Käthchen — „aber das ist blos ein hübscher Name, Diamanten gibt es hier herum nicht!"

Wie das wilde Käthchen sich irrte! Ihre Augen funkelten in diesem Augenblick heller als die kostbarsten Steine — bei Gott, es waren zwei Diamanten vom reinsten Feuer, und glücklich mein Freund O'Keane dachte ich — aber ich kam bald wieder zur Besinnung, denn mein Pony schien es jedes Mal zu bemerken, wenn ich „dachte," und überließ sich dann auch seinen eigenen Neigungen, die z. B. darin bestanden, über die Felsklötze zu steigen, anstatt daran vorbei zu gehn, oder jede Pfütze zu suchen, anstatt sie zu vermeiden, und mit allen vier Füßen hineinzupatschen, und so tief als möglich, wenn er sie glücklich gefunden hatte. So zwang mich denn die eigenthümliche Geistesrichtung meines vierfüßigen Phantasten, so wie das Gelächter Kathlin's, wenn er irgend eine Böswilligkeit oder Thorheit ausgeführt hatte, zur Vermeidung aller Haupt= und Nebengedanken; obendrein ward der Paß immer romantischer. Auf der einen Seite stiegen die Gebirge steil und nackt empor; auf der andern, zwischen Niederholz, das den Fuß bedeckte, stürzten silberne Wasserfälle über schwarze Steine nieder, und lieblich auf weiten Strecken blühte die Haide dazwischen, und ihre schimmernden Farben, ihr lieblicher Duft allein hätten genügt, Roß und Reiter zu berauschen. Zum Glück stellte sich in diesem Augenblick wieder einmal eines jener abkühlenden Regenschauer ein, von denen der bedächtige Gilligan gesagt hatte, daß sie im Hochland an keinem noch so heiteren Tage ganz fehlten; und Kathlin sagte, sie wisse ein Wirthshaus in der Nähe, dahin wollten wir eilen. Sie enteilte; sie flog dahin wie der Genius dieser Hügelschlucht selbst, und zuweilen nur warf sie den Kopf herum und ließ ihre beiden Diamanten rückwärts funkeln und lachte, wenn das andere Ponychen wieder einmal bis an den Bauch im Binsenkraut irgend eines verborgenen Sumpfes stand, — der liebe Gott weiß, wie dieß Geschöpf alle Stellen ausfindig machte, wohin es nicht hätte gehen sollen! — Endlich leuchtete der große See herauf, Lough Kylemore genannt, und an seinem Rande lag das Wirthshaus, das uns vor dem Regen beschützen sollte. Nun war freilich der Regen längst verzogen, und die Sonne leuchtete wieder über den glänzenden Bergkuppen und kleidete die aufdampfenden Nebel, die aus der Schlucht herauftanzten, in die allerbuntesten Brautgewänder — und der See rollte und schäumte bis an den Rasen heran, und an der anderen Seite über die nackte, grünlich schimmernde Felswand hüpften, mit goldenen Füßchen, die Strahlen der wiederkehrenden Sonne und rings um uns, am Gemäuer hinauf, rauschten Gebüsche und im funkelnden Roth die Blüthen und Glocken der Fuchsiastaude. Die ganze Natur, im letzten Feuer des Herbsttages, war hochzeitlich gestimmt; und wir sammt unseren Ponies waren es nicht minder. Zudem empfing uns Musik, da wir dem Hause nahten. Darby, der Pfeifer, mit dem Beinamen: der lederne Onkel, saß vor der Thüre, und arbeitete mit beiden Armen an den Balgstöcken und blies in das Mundstück, daß es eine Lust war und für jegliches junge Herz eine unwiderstehliche Lockung zum Tanzen. Ach, diese guten alten irischen Melodien, von einem solchen Pfeifer unter dem Gebirge geblasen, und dabei ein irisch Kind, wie das wilde Käthchen, — das werd' ich mein Lebtag nicht vergessen!

„Guten Morgen, Darby!" rief Kathlin O'Flaherty. „Alter lederner Onkel, sag' ich, warum sitzest Du hier draußen und machst dem See Deine Musik? der kann schon ohne Dich tanzen!"

„Ach", sagte der lederne Onkel. „Ihr wißt ja, Fräulein, die Wirthsleute drin sind zu fromm..." und dabei zuckte er mit den Achseln, als ob er, der lederne Onkel, das allergrößte Mitleid mit Jedermann hätte, der „zu fromm" sei.

„Ihr geht wol auch zur Hochzeit?" fragte Kathlin.

„Nun ja wohin denn anders?" entgegnete der Pfeifer. „Wovon sollt' ich denn leben, wenn's keine Hochzeiten im Lande gäbe? So lang's noch Hochzeitskuchen in Irland gibt, so lange will ich leben; und wenn alle Leute so fromm werden, wie hier dies puritanische Gesindel am See, dann will ich sterben. Ja, das will ich —" und das sagte der lederne Onkel mit einer Stimme, als ob sein Leben und der

Hochzeitskuchen niemals zu Ende gehen würden auf der grünen Insel.
Ach, lederner Onkel — wir Alle werden alt, wie Du's bist, das
wilde Käthchen, und ich und Alle zusammen — und man wird unseren
Hochzeichtskuchen backen, und man wird ihn uns verzehren helfen und
zuletzt hat es doch ein Ende, ob wir wollen oder nicht.

Wir banden unsre Ponies an die Fuchsiahecke und begaben uns
in das Wirthshaus. Ein paar lange englische Altjungferngesichter
kamen uns entgegen und brummten Einiges über die Sünde, Gottes
Werke durch falsche Kleidungen zu entstellen — und Kathlin, dieß lieb=
liche Gotteswerk verlangte drei Gläser Whiskeypunsch, zwei für uns
und eines für den ledernen Onkel, und die langen englischen Altjungfern=
gesichter fragten, ob sie schon wieder einmal vergessen haben, daß sie
gute ehrbare Christen und Töchter eines „established church-clergy-
man" seien, welcher dieß ehrbare und gute Wirthshaus halte und nicht
dulde, daß Whiskey darin getrunken werde. „Schon gut", rief das
wilde Käthchen, „so bringt uns drei Gläser mit warmem Wasser —
warmes Wasser ist doch in Eurer Religion nicht verboten?".... Die
liebenswürdigen Wirthinnen gingen mit einem Gemurmel über die Ver=
derbtheit und gottlose Trunksucht der Katholiken im Allgemeinen und
der Iren in's Besondere ab, und das wilde Käthchen rief: „jetzt will
ich diese alten Spinnen ärgern, wie sie lange Keiner geärgert hat!
Gebt mir doch Euer Whiskeyfläschchen . . ."

„Ich geb' es Euch gern", sagte ich, „aber bedenkt doch, daß Ihr
sie dadurch auf unnöthige Weise kränken würdet. . ."

„Ach", sprach Kathlin, „gebt mir nur. Sie haben uns und unser
Volk auch schon gekränkt, und tiefer und grausamer. Wir trinken
unsern Whiskey, und der gehört uns, Herr; was sie aber essen und
trinken, das haben sie uns genommen und geraubt. Das ist der Unter=
schied, Herr!"

Dabei begann sie den Tisch abzuräumen, um Platz für die er=
warteten Gläser zu machen. Es lagen einige Bücher auf demselben;
eins davon war eine jener irischen Bibelübersetzungen, die zum Zwecke
der Bekehrung des irischen Volkes gedruckt worden sind.

„Nehmt mir das Buch da fort —" rief Kathlin, die das schon
erhobene rasch wieder fallen ließ — „die O'Flaherty's fassen keine
Protestanten=Bibel an!" —

Die Scene ward von Minute zu Minute peinlicher für mich; und ich suchte dem drohenden Ausbruch dadurch vorzubeugen, daß ich ihr begreiflich machte, wir Beide würden Punch an so frühem Morgen doch nur ungern trinken und was den ledernen Onkel anbetreffe, so wolle ich darauf wetten, daß er „Whiskey without —" vorzöge. Es gelang mir zuletzt das leidenschaftliche und auf seine Religion und sein Volk eifersüchtige Mädchen zu beruhigen und der lederne Onkel für seinen Theil bestätigte die Wahrheit der von mir angeführten That=sache. Er setzte mein Fläschchen an den Mund und sprach dem „Whiskey ohne —" so tapfer zu, daß es zuletzt ein „Fläschchen ohne —" war. Darauf bestiegen wir unsre Ponies, Darby nahm seinen Dudelsack auf die Schulter und vorwärts wanderten wir ins Gebirge. Eine Meile wüsten Haid= und Felslandes lag hinter uns; da tauchte aus einem Bergkessel, in weitem Umkreis von steilen Wänden umschlossen, ein grüner Flecken herauf, und wir entdeckten mehrere Hütten, hier und dort in den Schluchten, als wir uns näherten. Auch fröhliches Ge=schrei vernahmen wir, und vor einer der Hütten, die uns zunächst war, stand ein ganzer Haufe irischen Landvolkes, Männer und Frauen, Mädchen und Burschen bunt durcheinander.

„Das ist Peter O'Connellan's Hütte!" sagte der lederne Onkel — „und das sind die Brautgäste!"

„Das sind noch nicht alle Gäste?" fragte ich meinen ledernen Freund, den Pfeifer, der sich mir vertrauensvoll angeschlossen hatte, während das wilde Käthchen voransprengte.

„Ei, ei — nicht die Hälfte!" erwiederte er; die andern sind die Bräutigamsgäste und die versammeln sich vor der Hütte Rory O'Gaff's, des Bräutigams, etwas weiter in jener Schlucht, die Ihr dort wol seht."

Kaum hatten die Brautgäste den Hufschlag der beiden Ponies vernommen, als sich ein Freudengeschrei erhob. „Die O'Flaherty's kommen und bringen den ledernen Onkel mit! Heil, Heil den edlen O'Flaher=ty's!" Kaum waren wir den Pfad bei der Hütte niedergekommen, so trat uns schon der alte Peter mit einem gewaltigen Hochzeitsgesicht und einem nicht minder gewaltigen Stück Hochzeitskuchen entgegen — und „Heil, Heil den edlen O'Flaherty's!" schrien die versammelten Brautgäste aufs Neue. „Whiskey ist noch nicht da — aber er wird gleich kommen, mit den Bräutigamsgästen... Ihr wißt ja!" wandte sich der Hochzeitsvater an mich. Ich — obgleich ich an diesem Tage zu den edlen O'Flaherty's gerechnet wurde — wußte nun freilich nicht; aber Darby, mein Freund, raunte mir zu: „der Bräutigam stellt den Whiskey und die Braut stellt das Essen, — so ist es bei uns im Gebirge." Ich bezeigte nun große Lust in die Schlucht hinüber zu des Bräutigams Hütte zu reiten; aber Darby machte ungewöhnlich viel Schwierigkeiten. „Mir wär's ja einerlei — aber für den alten Peter wär's eine Kränkung."

„Ei," sagte ich, „kommt nur mit; es wird so schlimm nicht sein. Ich will's auf mich nehmen."

Und der leichtsinnige Pfeifer machte Anstalt mir zu folgen, während ich mein Pony nach der angedeuteten Richtung in Tritt setzte. Da aber erhob sich ein großes Geschrei von allen Seiten. „Nein, das geht nicht!" riefen sie, und der alte Peter voran, „das geht nimmermehr!"

„Seht," sagte Darby, „das ist nun einmal im Gebirge so. Die Braut macht ihre Einladungen und der Bräutigam macht seine Einladungen und wer dann mit den meisten Gästen angeritten und angegangen kommt, der hat die Ehre davon. — Aber wartet einen Augenblick, ich will einmal mit dem alten Peter reden —" und er sagte ihm, ich wolle blos sehen, wie's beim Bräutigam bestellt sei, und außerdem wär's ja auch gar keine Frage, daß wir doch die meisten Gäste hätten. Der alte Peter gab demnach seine Erlaubniß und wir begaben uns nach der Hütte des Bräutigams, die ungefähr zehn Minuten oder so von der der Braut entfernt lag. Unterwegs erzählte mir Darby auch, wie sie's hier im Gebirge machen, wenn sie auf die Brautwerbung gehn. „Dann geht der Bursche" sagte er, „in das Haus des Mädchens, welches er gern heirathen möchte und setzt sich zu ihr und versucht ihr die Strickstöcke aus dem Strickzeug zu ziehen. Wenn sie sichs nun gefallen läßt, so ist das ein Zeichen, daß das Mädchen will. Wenn sie sichs aber verbittet und der Bursche hört doch nicht auf, so kann er sich auf etwas Anderes gefaßt machen, und manche Brautwerbung hat schon mit dicken Nasen und geschwollenen Lippen geendigt. So z. B. bei Loughy Fabaghan, der gar keine Frau kriegen kann, und der immer eine dicke Nase hat, und darum auch Loughy Dicknase heißt!"

„Aber warum heißt denn Ihr selber," fragte ich, da sich die Ge=
legenheit bot, „der lederne Onkel?"

„Lederne Onkel?" wiederholte er, als ob er diese beiden Worte in
seinem ganzen Leben noch nicht zusammen gehört hätte; dann aber, als
besinne er sich plötzlich auf eine alte Geschichte, setzte er hinzu: „je nun,
Onkel werden sie mich nennen, weil sie mir doch einen Namen geben
müssen — und ledern . . . hm, hm . . . seht, Leder ist braun, und so ist
auch der alte Darby, von aller Sonne, die ihn sein Lebtag schon beschienen
hat; Leder ist zäh, und so ist auch der alte Darby, und wenn er das
nicht wäre — Gott weiß! wie er's dann oftmals ausgehalten hätte,
wenn die Sonne nicht schien — braun und zäh ist der lederne Onkel,
Herr — braun und zäh!"

So waren wie bei Rory O'Gaff's Hütte angelangt. Hier nun
sollte ich Zeuge einer sehr rührenden Scene werden. Die Hochzeits=
gäste hatten sich auf dem Flur oder dicht an der Thür zusammenge=
drängt; die Männer hielten Hut oder Mütze in der Hand. Den Frauen
standen die Thränen in den Augen. Mit Mühe arbeitete ich mich bis
an das einzige Fenster — ein viereckiges Loch mit einer Holzklappe
zum Oeffnen und Schließen — vor, und konnte nun sehn, was im
Innern vorging. Da kniete ein junger Bursche und sah zu einem
alten Mann und einer alten Frau empor, die weinend vor ihm stan=
den. „Vater und Mutter," sagte er, „ich verlasse nun Eure Hütte,
um mit meinem Weibe, das ich mit Eurer Zustimmung gewählt, meine
eigene zu beziehen. Vater und Mutter, o verzeiht mir, was ich Euch
gethan habe und gebt mir Euren Segen!"

„Du bist ein guter Sohn gewesen," sagte hierauf der Vater,
„Du hast uns Nichts gethan, was Du zu bereuen brauchtest, und unser
Segen begleitet Dich!"

Die Mutter sprach Nichts. Sie hatte ihr Gesicht mit dem
Zipfel ihres Mantels bedeckt und schluchzte laut. Nichts steckt in einer
Versammlung mehr an, als Thränen. Bald schluchzten alle Frauen
und Mädchen in und vor der Hütte mit ihr.

Alsdann wandte sich der Knieende zu einer andern Gruppe, die
seitwärts von den Eltern stand. „Geliebte Brüder und Schwestern,"
sprach er, „auch Euch will ich, bevor ich gehe, um Vergebung für
Alles, was ich Euch gethan, und um Euren Segen bitten!"

Die Schwestern hatten schon lange laut geweint; die Brüder versuchten die herkömmliche Antwort hervorzubringen, aber die Sätze blieben ihnen in der Kehle stecken. Der Eine hielt die Mütze vor's Gesicht, der Andre wandte sich ab, und zuletzt schluchzten sie Alle, wie ihre Schwestern. Das aber war das Signal zu einem großen und allgemeinen Weinen. Niemand wußte eigentlich recht, warum der Andre, und noch weniger warum er selber weine — und es war aller Wahrscheinlichkeit nach wol nur ein Herkommen, Thränen bei diesem Act zu vergießen. Aber so ergreifend ward der Moment durch die allgemeine Theilnahme, daß kein Auge — selbst das meine nicht — trocken blieb; vom ledernen Onkel gar Nichts zu sagen. Dieser Mann schwamm in Thränen; und „o!" rief er dabei — „o — habt Ihr gehört? O — ein braver Junge, — ein braver Junge, wie kein zweiter im Gebirge — kriegt aber auch ein schmuckes Weib — und eine kleine, kleine, kleine Cabine . . . o, und . . ." hier hatte sich mein wackrer Dudelsackpfeifer auf die Zehen gestellt, um dem Bräutigam ein Zeichen zu geben, daß er da sei, und „wolgethan," rief er, „sehr wolgethan, Rory!" . . . Aber diese Worte des Beifalls und der Ermunterung schienen leider im Trubel verloren zu gehen; denn Rory hatte sich erhoben, und inmitten des allgemeinen Schreiens und Weinens, begannen nun Vater, Mutter, Schwestern, Brüder und alle Gäste erst den Bräutigam und dann sich untereinander zu umarmen und zu küssen. Für eine Zeit lang übertönte der Schall, der diese letztgenannte Gefühlsäußerung meistens bei feierlichen Gelegenheiten zu begleiten pflegt, jeden andern Ausdruck; nur ich konnte nicht umhin, ganz in der Stille darüber nachzudenken, wie es sich wol jetzt gefügt haben könnte, wenn das wilde Käthchen da wäre . . . war aber noch nicht mit dem Bilde fertig, als der lederne Onkel plötzlich beide Arme erhob und mich zum Gegenstand seiner Zärtlichkeit machte. „O, ein braver Junge," rief er dabei, „ein braver Junge! Glück und Segen dem braven Rory O'Gaff!" „Glück und Segen!" wiederholte ich, indem ich seine Umarmung so gut als möglich erwiderte. Denn wie vorhin die Thränen, so gehörte an dieser Stelle der gegenseitige Austausch liebreicher Empfindungen zum Hochzeitsceremoniel. Es dauerte lang genug, bis derselbe beendet; manch' junger Bursche, manch' dunkeläugig Kind im rothen Rock verweilte länger dabei, als im äußersten Falle nothwendig

gewesen wäre. Besonders machte sich ein Bursch bemerkbar, der an=
scheinend seiner Gefühle durchaus nicht Meister werden konnte. Er
zeichnete sich durch eine Nase aus, die röther und dicker war, als ich
je eine in Irland gesehn hatte, und durch ein paar Lippen, die zu Allem
eher einluden, als zum Küssen. Nichts destoweniger machte er von der
Gelegenheit einen erschöpfenden Gebrauch, und küßte so lang' ohne
Unterschied der Jahre und der Reize, wenngleich nicht ohne gelegent=
liche Gegenwehr von der andern Seite, bis zuletzt die Mutter der
Braut mit einem Kesselchen geweihten Wassers erschien, aus welchem
sie die ganze Schaar besprengte. Alsdann holte sie aus einem Wand=
schrank eine geweihte Kerze, schnitt sie in Stücke und gab zuerst dem
Bräutigam, dann ihren andern Kindern je eines davon, „um sie vor
Tod und andern Zufällen zu bewahren," wie der lederne Onkel be=
hauptete. „Wer ist denn aber dort der Bursche," fragte ich, „der das
Mädchen so geküßt hat?"

„Ei, das ist ja Loughy Fadaghan, Loughy Dicknase, unser Lieb=
ling, dem die Mädchen seine Nase so dick und so roth geschlagen haben,
und der jede Gelegenheit benutzt, wo man küssen kann, ohne geschlagen
zu werden!"

Inzwischen hatte sich die ganze Gesellschaft beritten gemacht. Vater
und Mutter bestiegen ein Pony, auf andern saßen Mann, Frau und
Kinder zusammen und jeder Bursch setzte sein hübsches Mädchen vor
sich auf den Strohsattel. Darby mit dem Dudelsack stieg zu Rory
O'Gaff auf's Pferdchen. Nur Loughy Dicknase irrte noch umher und
betelte vergeblich um einen Platz. „Soll ich denn nun gar hinterher=
laufen?" rief er in kläglichem Tone. Ich war der Einzige, der witt=
wenhaft allein zu Pferde saß; ich mußte mich sein erbarmen, und ihn
hinter mir aufsitzen lassen. O welch' unerhörte Rollen fielen mir an
jenem denkwürdigen Tage zu! Dabei war der Schuft von einer Dick=
nase noch gar nicht einmal dankbar; sondern sah sich immer nach den
hübschen Mädchen um, bei denen er nicht saß. Der lederne Onkel
aber fing an auf dem Dudelsack zu spielen, während der Bräutigam
ihn mit beiden Armen festhielt, damit er in Ausübung seiner hochzeit=
lichen Kunst nicht vom Pferde falle; und lustig trappelten die kleinen
Thiere, und lustig hallte das Echo aus allen Schluchten und lustig war
das Geschrei, mit welchem die Bräutigams=Caravane begrüßt wurde,

als sie über dem Hügel erschien, und den Pfad zur Brauthütte ein=
schlug. „Hussah!" und „Halloh!" schrieen die dort versammelten Gäste,
und der alte Peter führte ein bräutlich geschmücktes Haidekind dem
Bräutigam entgegen, und dieser küßte es, und Loughy Fadaghan sprang
hinterlistig vom Sattel und in dem bunten Durcheinander des Küssens,
das nun zwischen Männern, Frauen, Mädchen und Burschen auf's
Neue begann, ging seine rothe Nase wieder mit leuchtendem Beispiel
voran. Auch das wilde Kätchen that sein Bestes, obwol es dem Loughy
Dicknase die Faust zeigte, als dieser sich nahte; mir aber spielte mein
erfindungsreiches Ponychen einen neuen Possen. Denn ein Distelstrauch,
der auf einer benachbarten Anhöhe sein röthliches Haupt in der Sonne
wiegte, hatte auf einmal seine Einbildungskraft entflammt und fort zur
Anhöhe ging's, wie stark ich mit Händen und Füßen auch nach der
entgegengesetzten Richtung hinarbeitete, wo das wilde Käthchen so hold=
selige Schätze verschwendete. Aber das Schicksal war gegen mich;
und während ich mich nach der letzten Gunst der süßen Verschwenderin
vergeblich sehnte, mußte ich's mit ansehn, wie mein schnödes Thier
dem Genusse des groben Krautes fröhnte.

Nach einem herzhaften Frühstück, zu welchem der Bräutigam altem
Herkommen gemäß den Whiskey geliefert hatte, setzte sich der Zug auf's
Neue in Bewegung. Dießmal ging es zum Hause des guten Vater's
Mac Nessy, der eine Meile weiter, auf der andern Seite des Gebir=
ges, in der Nähe der Capelle wohnt. Er ist der Seelsorger für
die in dieser Gegend verstreuten Hüttenbewohner. Dießmal war auch
die Ordnung etwas verändert. Voran zog Darby mit dem Dudelsack,
und die Beschaffenheit seiner Lunge machte seinem Beinamen alle Ehre;
keine noch so steile Hebung des Weges brachte ihn außer Athem und
das Schnarren seines Instrumentes erfüllte die Berge. Dann kam der
Bräutigam und hinter ihm kamen die Brautmägde; dann kamen die
Bräutigamsknechte und hinter diesen ritt die Braut. Die übrigen
Gäste gruppirten sich in bunter Reihe, wie's ihnen die Neigung eingab,
bei welcher Gelegenheit mein Pony sich treulich zu dem gesellte, auf
welchem der alte Peter und seine alte Frau saßen, während es unter
keiner Bedingung dazu zu bewegen war, mit dem des wilden Käthchens
Schritt zu halten. Eben hatte sich die berittene Schaar in Bewegung
gesetzt, als der Ruf: „die graue Polly!" Alles wieder zum Stillstand

brachte. Aus der Brauthütte trat ein altes, hageres, bettelhaft gekleidetes Weib mit gelbem Hexengesicht und langen, grauen Haaren, die es wild umflatterten. Langsam hinkte sie zum Bräutigam heran, knöpfte ihm mit ihren skelettartigen Fingern die Knöpfe an der rechten Kniehose auf und lockerte ihm das Strumpfband ein wenig. Dann sagte sie mit heiserer Stimme: „Rory, hast Du Geld?"

„Ja, Polly, ich habe Geld," erwiderte Rory.

„So gib es mir."

Rory gab ihr eine Handvoll Kupfermünze, die er aus der Hosentasche nahm. Polly steckte das Geld ein und gab ihm ihrerseits ein paar andere Stücke dagegen. „Bewahre das Geld, Rory," sagte sie in prophetischem Tone, „und trenne Dich neun Tage lang, weder beim Wachen noch beim Schlafen, nicht von ihm, so lieb Dir Dein, Deines Weibes und der Kinder, die sie Dir mit Gottes Hülfe bringen wird, Leib, Leben und Glück ist. Denn Du weißt, daß böse Geister in der Hochzeitsnacht geschäftig sind!" Rory dankte ihr und sagte, er wolle thun, was sie befohlen habe. Polly trat hierauf wieder zurück, zog den zerrissenen, vom Alter braunroth gewordenen Stiefel vom rechten Fuß und warf ihn weit weg. „So werf' ich das Unglück weit weg von dem jungen Paare, und nun zieht in Gottes Namen!" — Darby begann seine lustige Weise, die kleinen Pferde wieherten und schnaubten vor Lust und ihr Hufschlag verlor sich im Gebirge. —

Vater Mac Nessy stand schon in schwarzem Talar und Bändern und Hut vor der Thür, als wir ankamen. Ein irisches Pastorenhaus im Gebirge sieht seltsam genug aus. Es ist nicht viel besser, als die Bauernhütten; aber viel umfangreicher. Vater Mac Nessy's Haus bestand aus mehreren Räumen mit kleinen viereckigen Fenstern und einem großen Flur, welcher das Wohnzimmer zu sein schien, und außer dem Heerde die kleine Bibliothek des geistlichen Herrn, einen Theil seiner Garderobe, den Hühnerstall und das Heu- und Strohmagazin umschloß. Außer dem ehrwürdigen Vater lebte noch seine alte unverheirathete Schwester, die ihm die Wirthschaft führte, in diesem Gebäude, dessen Strohdach von Wind, Wetter und Ruß schwarz genug aussah. Das Haus lag einsam an einem Hügelabhang; ziemlich weit davon sah man ein paar andere Hütten und auf einer fernen Hügelspitze glänzte das Holzkreuz der Capelle in der Sonne.

„Ich denke, meine lieben Kinder," sagte Vater Mac Neſſy in iriſcher Sprache — und das war die einzige, die ich dieſen ganzen Tag lang hörte, denn die Bewohner dieſes Gebirges wiſſen kaum ein engliſch Wort und ich würde, troß meines guten Willens und meiner ganzen iriſchen Gelehrſamkeit nicht viel davon verſtanden haben, wenn nicht das wilde Käthchen und der leberne Onkel mir als Dollmetſcher abwechſelnd zur Seite geweſen wären, — „ich denke, wir nehmen die Trauung hier vor, denn es iſt ſonnig Wetter und der Raſen iſt grün und breit genug." Niemand hatte Etwas dagegen einzuwenden; und unter dem melodiſchen Zuſammenſpiel der ſilbernen Quellen, die am Rande des Gebirges hinunterrieſelten, und beim feierlichen Rauſchen des Bergwindes, der oft das ſegnende Wort des Prieſters übertönte, wurden Rory und Judy Mann und Frau. Ju dem Augenblicke nun, wo er ſich — auf das Geheiß des Prieſters — zu ihr beugte, um ihr den erſten Kuß zu geben: ſtürzten von allen Seiten die Burſchen heran, um dieß zu verhindern und dieſen erſten, ſüßeſten Kuß ſelber zu erhaſchen. Voran glühte natürlich wieder die rothe Naſe. Aber während der junge Ehemann mit den andern Bewerbern rang, bekam Loughy Dicknaſe von der jungen Ehefrau einen ſolchen Schlag auf das hervorragende Organ ſeiner Geſichtsbildung, daß es ihn wol ein wenig hätte außer Faſſung bringen können, wäre er nicht ſchon längſt an dieſe eigenthümliche Art weiblicher Gunſtbezeugung gewöhnt geweſen. Indeſſen aber hatten zwei andere Burſchen mehr Glück; während Rory mit einer überlegenen Angreiferſchaar kämpfte und Judy noch von dem an Loughy ertheilten Liebesbeweis erſchöpft ſchien, wußten ſie von der Gelegenheit Nutzen zu ziehen, und ein Kuß folgte raſch und hörbar dem andern. Stolz, wie Sieger, kehrten die beiden Beglückten in den Vordergrund zurück; und in der That war der Lohn auch kein geringer. Dieſe Beiden mußten noch an ſelbigem Tage das Brautgemach zum Empfange der Neuvermählten zurichten. Sie mußten die Leinen auf's Ehebett ſpreiten, und mußten vor demſelben einen Tiſch aufſtellen, zwei Bücher darauf legen, zwei Lichter darauf ſetzen, zwei Gläſer, einen Krug Waſſer und eine Flaſche Whiskey. Solches ſind die Myſterien der Hochzeitsnacht im iriſchen Hochland! — Auch der gute Vater Mac Neſſy nebſt ſeiner Schweſter beſtieg nunmehr ein Roß, und zurück zur Hütte Peter O'Connellan's ging es. Aber nicht im gemeſſenen Trab,

wie vorhin; vielmehr setzten sich die kleinen Pferde mit ihren großen
Lasten so rasch in Bewegung, daß mir bange ward, wenn ich die
Schluchten sah, an denen sie dicht vorüberjagten. Dieses ist das „Rennen
um die Flasche.“ Wer zuerst das Haus der Braut erreicht, bekommt
eine Flasche mit Whiskey. Um solch einen Preis riskirt der irische
Junge schon Etwas! Die Frauen erhuben zwar ein großes Geschrei,
und Eine nach der Andern fiel wirklich vom Pferde und riß in den
meisten Fällen ihren Reiter mit sich, so daß zuletzt der ganze Weg
mit kreischenden Frauen, jammernden Kindern, fluchenden Männern und
Ponies bedeckt war, die mit verschobenem Sattel herrenlos herumjagten.
Hier aber sollte sich alles Leid belohnen, welches Loughy's Nase so
lange schon unverdient erfahren. Man hatte ihm ein Pferd gegeben;
aber es war nicht möglich, ihm auch ein Mädchen zu verschaffen, das
die Freuden des Sattels mit ihm theilte. Das aber war sein Glück;
er fiel nicht vom Pferde, er kam am Ersten bei der Hütte an, er er=
hielt die Flasche und selig in ihrem Besitz durfte er, ohne Gefahr für
seine Nase, schwelgen. Denn wenn auch vorauszusehen war, daß
sie ihre rothen Eigenschaften möglicherweise noch erhöhen könnte, so
waren doch von dieser Flasche wenigstens keine Handgreiflichkeiten zu be=
sorgen. Doch wunderbar! als ob das Schicksal ihm diese letzteren
nun einmal unter allen Umständen nicht ersparen könne: kurz, in dem
Moment, wo er den Wettpreis auf die Seite bringen wollte, kam ein
frecher Bursch heran, und behauptete, er sei eben so früh, wenn nicht
früher am Platze gewesen, als Loughy; er wolle die Flasche haben,
sagte er. Loughy wollte sie nicht geben, und dem Wortwechsel folgte
ein Faustkampf, und dem einen Reclamanten gesellten sich noch drei
und vier hinzu, die gleichfalls früher angekommen sein wollten, als
Loughy, und mit vereinten Kräften den armen Jungen droschen, daß
es ein Jammer war. Du lieber Gott! es muß nun einmal in der
Gesellschaft wie in der Politik Prügeljungen geben; und zum Prügel=
jungen des irischen Hochlandes hatte Gottes Zorn den armen Loughy
gemacht. Zwar behielt er nach dem Ausspruch weiser Männer zuletzt
die Flasche; aber das Schicksal hatte doch dafür gesorgt, daß dem einen
Schaden seiner Nase nun auch der andere nicht fehle. — Der kleinen
Schlacht folgte das Mittagessen, theils in der Hütte, theils auf dem
Rasen, und diesem der Tanz, bei welchem das wilde Käthen bald als

Herr und bald als Dame — was man im Hochland etwa so nennen
kann — fungirte. Wenn sie Herr war, hatte sie den Filzhut auf;
wenn sie Dame war, nahm sie ihn ab. Der gute Vater Mac Neffu
tanzte lustig mit, zuerst mit der Braut, dann mit vielen Andern; und
seiner Schwester half keine Ausrede. Sie mußte sich gleichfalls drehn
und der alte Peter war ihr eifriger Galan. Bei dieser Gelegenheit
war es auch, wo ich meinen ersten Versuch im irischen Jig machte.
Der Leser wird es meiner Bescheidenheit zu Gute halten, wenn ich es
unterlasse, eine Beschreibung davon zu geben. Nur soviel: zu den
Tänzen, deren Uebung ich mir ein für allemal verschworen habe, gehört seit jenem Tage der Jig. Kein menschliches Auge wird mich
jemals wieder „jiggen" sehn, und wären auch zehn wilde Käthchens
für eins da, um mich aufzufordern! — Dem Jig folgte der Rinca-
Fada, ein eigenthümlicher, sehr schöner Tanz, der zu den graziösesten
Wendungen Anlaß gab. Er ist sehr alt und im übrigen Irland schon
längst außer Gebrauch gekommen. Ich habe ihn auch sonst nirgends
tanzen sehn. Zwei Burschen, das wilde Käthchen als „Dame" dazwischen, führten den Reigen. Sie hatten sich nicht die Hände gegeben,
sondern waren durch weiße Schnupftücher verbunden, deren Ende sie
zierlich mit den Fingern gefaßt hatten. Die Uebrigen folgten paar-
weise, jedes derselben auf ähnliche Weise durch ein Schnupftuch verbunden. Hier zeigte sich der lederne Onkel in seiner Glorie. Sein
Dudelsack schnarrte heftig und trieb die Tänzer gleichsam in's Feuer.
Sie rauschten unter den Schnupftuchthoren der drei Vortänzer hindurch, während diese durch allerlei amüsante Attitüden die Zuschauer
unterhielten. Auch die Andern ließen es an grotesken Scherzen nicht
fehlen, schlossen sich dann — die Hände mit den Schnupftüchern immer
erhoben — ringweis an einander und umtanzten die Dreie, welche sich nun
ihrerseits — gleichsam wie lebendige Fäden — durch die Tanzguirlande
der aufgestellten Paare hindurchzogen. Es war ein äußerst figuren-
reicher Tanz, der durch alle Stadien bachantischer Heftigkeit zuletzt zu
der Einfachheit und Ruhe der ursprünglichen Stellung zurückkehrte.
Nach Beendigung dieses Tanzes wurden die Kienholzspäne — und das
sind die Festtagskerzen im irischen Hochland! — angezündet, und kaum
hatten sie mit ihrer grellen Flackergluth alle Gesichter überströmt und
den Hüttenraum in ein wunderliches Spiel von Hell und Dunkel ver-

wandelt, als die Thüre sich aufthat und der Brautkuchen hereingebracht und über dem Kopf der Braut gebrochen ward; jede junge Person, Loughy Dicknase eingeschlossen, erhielt ein Stück davon. Darauf wurde die Kienholzflamme wieder ausgeblasen, und ein rechter Jammer war's, daß man Nichts mehr sehen konnte. Denn nun streifte Judy den rothen Rock in die Höhe und zog den langen Strumpf vom Beine und — doch still! ich habe Nichts gesehen und konnte auch Nichts sehen, denn jetzt flog der Strumpf in die Luft und alles junge Volk stürzte nieder und wühlte durcheinander und krabbelte am Boden herum, und benutzte beim Suchen des Strumpfes die Dunkelheit und die Situation, um an mancherlei Strümpfe zu rühren, welche durchaus nicht der Strumpf waren, und die Besitzerinnen derselben schrieen, und die Burschen jubelten, und es war ein Angreifen und Abwehren, und ein Tumult und eine solche Confusion von Armen und Beinen und Händen und Füßen, daß Niemand recht mehr zwischen eigenen und fremden unterscheiden konnte, bis zuletzt der Ruf: „Ich hab' ihn!" und das gleich darauf erfolgende Licht den seltsamen Knäuel entwirrte und mit erhitzten Gesichtern und zerzausten Haaren die Hochlandsjugend sich erhob.

Wer aber hatte den Strumpf? — Loughy Fadaghan, der Vielgeprüfte hatte ihn. Hoch schwenkte er ihn und unverdrossen über seinem Haupte, und höhnisch riefen die Mädchen: „Viel Glück Loughy, du also wirst der Erste sein, der sich von uns Allen verheirathet? Viel Glück deinem jungen Weibe, viel Glück, viel Glück!" — Man merkte es dem Ausruf wol an, daß sich keiner von ihnen nach diesem „Glücke" sehne. „Ha!" sagte er, dessen Nase um diese Zeit das Höchste von dem erreicht hatte, was sie an Farbe und Umfang leisten konnte, „ha, jetzt will ich schon eine Frau bekommen! Jetzt ist mir nicht bange!" — Dann zog sich Judy in den dunkeln Theil der Hütte zurück, um den Schicksalsstrumpf wieder anzuziehen; die beiden Burschen, welche nach der Trauung den ersten Kuß von ihr erhascht hatten, verschwanden aus der Hütte, und unter den Sternenhimmel traten das wilde Käthchen und ich unsern Rückzug nach Letterfrack an. —

Am zweiten Morgen darnach sah ich das Käthchen zum letzten
Male. Sie gab mir bis zum Muttergottesbilde, das auf der Fels-
platte gen Kylemore zu steht, das Geleite. Dort sah ich sie lange
noch, als meine Karre schon tief in die Schluchten getaucht war. Die
Frühsonne funkelte um das vorspringende Felsstück; ein Vogelbeerbaum
hielt sein letztes lichtdurchströmtes Grün über die Mutter und das
Himmelskind, während das Weltkind bis an den äußersten Klippenrand
vorgetreten, seine holden Umrisse in das duftige Licht des Himmels
zeichnete. Fest, in der Nähe der Ueberirdischen stand sie da; der
schattenreichen Gebirgstiefe zugekehrt, noch sichtbar, als die Hügelkette
vor den Felsen getreten war und ihr das Piedestal genommen schien
— im sonnigen Aether, wie ein Luftgeist, welcher heimkehrt. —

Mein Weg lief wieder durch den Diamantenhügel — und heut
waren keine Diamanten mehr da! — zum Kylemore=See und dem
Wirthshaus wo Darby den Dudelsack gespielt hatte. Die spinnigen
Frauenzimmer waren da, aber Darby fehlte; und der See rollte traurig an und der Wind stöhnte aus allen Gebirgslöchern. Mit der
Glorie von Letterfrack war es vorüber; und an wildere Scenen
mußten sich Auge und Herz wiederum gewöhnen. Der Himmel ver-
finsterte sich, und meine einsame Karre rollte weiter. Letterfrack ist
ein reiner Bergkrystall in dunkler Fassung. Das Dunkel begann auf's
Neue. Dumpfes Brausen von Unten herauf übertönte den Hufschlag,
das Rollen der Räder. Dann erschien ein Wasserreif, falb glänzend
auf dem stahlgrauen Hintergrunde des Himmels. Das Brausen ward
stärker, der Wasserstreif ward voller und wir nahten ihm. Zuletzt engte
er den Weg ein und drängte ihn hart an das Gestein des jenseitigen Gebirges, und unter dem Donner der Killery=Wogen erreichten wir die einsame
Fels= und Küstengegend von Lenane. Hier auf einmal ist Alles wieder
massenhaft, roh, ungeheuer. Nackte Gebirge schließen den Umkreis und don-
nernd poltern die Gewässer des Atlantischen Oceans einen mehr als
zehn Meilen langen und kaum eine halbe Meile breiten Meeresarm
hinunter bis Lenane. Welch ein ununterbrochenes Getöse in diesem
finsteren Steinkessel! Welch ein Ueberschwillen, welch ein Springen gegen
Bergwände, deren Häupter in Wolken begraben sind, welch ein Wüthen
gegen Felsmauern, die in Ewigkeit nicht nachgeben! Alles in dieser
Gegend ist ins Riesige gewachsen; auch die Menschen, vornähmlich die

Männer sind es. Sie sind arm, wie alle andern, und ihre Hütten sind nicht besser; aber die Nachbarschaft des wilden Küstenmeeres macht sie kühn und ihr Aussehn frei und der Fischfang schützt sie vor dem äußersten Mangel. An Ackerbau wird hier nicht gedacht; sie befahren das Meer und segeln in den Sturm hinaus. Der öftere Anblick der grenzenlosen See scheint den Gedankenkreis zu erweitern, und die Gefahren, denen der Schiffer trotzen muß, kräftigen das Bewußtsein, wie sie den Stolz nähren. Dazu ist die Abgeschiedenheit der Seeküste ganz gemacht, alte Erinnerungen vor Vergessenheit zu bewahren; und die Bewohner derselben werden überall in der angedeuteten Weise zu Aristokraten. Auch die Bewohner dieses Striches, Joyce's Land mit Namen, sind es. Sie behaupten eine walisische Abstammung; ja man soll Spuren und Verwandtschaftsbeziehungen über Wales hinaus nach der Bretagne verfolgen können, wo es heutigen Tages noch Ortsnamen wie „Villers Saint Josse" und „Josse sur Mer" giebt. Die Ueberlieferung sagt nun weiter, daß während der erste Einwandrer, des Namens Joyce, zur See hierher gefahren sei, sein Weib ihm unterwegs einen Sohn geboren habe, den er Mac Mara, Sohn des Meeres genannt habe. Dieser habe die Besitzungen seines Vaters erweitert und von ihm stamme das Geschlecht der Joyce's ab, ein Stamm von Männern, welche — bemerkenswerth wegen ihrer ungewöhnlichen Größe — seit Jahrhunderten den gebirgigen District in Jar-Connaught bewohnten, der nach ihnen „Duthaidh Sheodh-oigh" oder Joyce's Land heiße, nach der neuen englischen Eintheilung und Benennung die Baronie Roß in der Grafschaft Galway. —

In einem kleinen einstöckigen Hause dicht an der Bai bezog ich Quartier. Es gehört einem Doctor Foreman, einem Arzt, der auch in Westport — sechs Stunden weiter — eine Wirthschaft hält. Die Killery's gingen so hoch, daß an eine Excursion nicht zu denken war. Auch regnete es heftig. Der Platz war einsam und traurig. Stundenlang waren Meikel, der grauköpfige Wärter und Wycome, ein großer Hund von der Neufundländischen Race, meine einzige Gesellschaft, während draußen dann und wann ein ärmlich verhülltes Wesen unter dem finstern Regen vorbeihuschte. Mein Blick ging auf das wilde Gewässer und die hohen und steilen Bergwände dahinter, um welche ein dicker Nebel aufstieg, immer aufstieg, als wolle er nie mehr enden.

Gegen Abend ward es für eine Weile ruhiger und ich trat hinaus. Jener kalte, grelle Glanz, wie ihn die Sonne oft unheimlich ausstrahlt, wenn sie — bluthrothes Gewölk um sich versammelnd — in eine schwere Nacht hinabsinkt, beleuchtete die Wildnis von Wasser und Bergen; und die feuchte Regenluft roch scharf nach Meeressalz. An dem Inlandsbogen der Killery's, in einer Einbucht des Hügels, dicht unter demselben und von ihm geschützt, lagen zehn bis zwölf Hütten der elendesten Art. Der Rauch, der unter dem Strohdache hervorquoll, verlor sich langsam in der schwarzen, schweren Luft. Sie selber sahen so verregnet, so dumpf und so feucht aus und die kalte Gluth der Abendsonne machte ihre Erscheinung noch unheimlicher. Auf der andern Seite der Bucht wohnte ein „Gentlemann," von welchem der grauköpfige Wärter stets in Ausdrücken der größten Bewundrung sprach, obwol das Haus desselben ebenso trübselig aussah, als die andern, wenn es auch von Steinen gebaut war. Weiter hinaus, auf dem Hügelkamm, stand die Capelle; und dann einzeln am Felsufer, und längs des Gebirges noch ein einsames Hüttlein, hie und dort. Dann kam die Polizeibaracke, in deren Thür dann und wann ein alter Mann mit einem Säbel erschien; und zuletzt kam das einstöckige Haus des Doctors Foreman. Das war Alles. Einige Weiber traten indem, ich vorüber ging, aus den Hütten um mir Strümpfe zum Kauf anzubieten; und sie blieben, den Mantel über den Kopf gezogen und mit nackten Füßen, noch lange auf dem nassen Pfade stehen und sahen mir nach und strickten. Die Hütten waren von trauriger Beschaffenheit. Aus einer derselben, der ich mich näherte, schlug mir betäubender Torfqualm aus der Thür ins Gesicht und soviel ich darin erkennen konnte, hockte die alte Großmutter, ein Tuch quer um den Kopf gebunden, nebst der ganzen Familie, Mann, Frau und Kinder, auf dem rohen Lehmboden um den rohen Steinheerd, auf welchem das rauchige Torffeuer brannte. Sie schienen das Abendbrod zu essen. In der Dunkelheit des Abends und des Rauches sah ich im Hintergrund des Raumes Etwas, wie ein Werkzeug zum Spinnen und etwas Schaafwolle darum, aber Stühle und ein Bett sah ich nicht. In einer andern Hütte, in welcher ein Schmidt wohnte in das einzige Gemach derselben zog ein Mann sein Pferd, um es beschlagen zu lassen. Nachdem das Pferd mit unbeschreiblicher Ruhe sein Geschäft verrichtet hatte und der Schmidt ebenso das feine, zog der Mann das Pferd wieder hinaus und ritt weiter. Auch bei der Rückkehr, sobald sie mich sahen, stürzten wieder aus allen Hütten halbnackte Frauenzimmer, häßlich, elend, verfroren, mit ganzen Strumpfladungen, und vereint mit den noch am Wege stehenden verfolgten sie mich bis zum Wirthshause. Inzwischen hatte auch der Regenguß wieder begonnen und die Killery's tobten. Unter der Wirthshausthür saßen zwei Schiffer, ein alter und ein junger.

„Ist der Herr schon über die Killery's gefahren?" fragte Pat, der alte Schiffer.

„Nein," sagte ich.

„Morgen wollen wir eine Fahrt über die Killery's machen," sagte Mick, der junge.

„Morgen!" wiberholte ich, indem ich schaudernd auf das tosende Gewässer sah, das seinen Schaum häuserhoch bis an die Schwelle spritzte.

Im Kamin des Gastzimmers brannte ein großes Feuer, und doch blieb es empfindlich kalt im Raume. Weder Fenster noch Wand schlossen und der Wind bewegte die Lichtflamme auf dem Tisch. Von Unterhaltung keine Spur. Wie auf dem Tische des geistlichen Wirthes von Kylemore und seiner spinnigen Töchter nur Bibeln, so lagen hier neben einer uralten Zeitungsnummer aus den Zeiten des Krimkrieges nur Kane's Chemie und Liston's Elemente der Heilarzneikunde zur Lectüre für die Reisenden. Das Essen war schlecht und Wycome der große Hund machte obendrein, bei jedem Bissen, den man zu sich zu nehmen wagte, lebensgefährliche Angriffe. Meikel sagte zwar, es habe Nichts zu bedeuten; aber Wycome gab sich nicht zufrieden, bis ich ihm mit einer ganzen Hammelscotelette abfand, und hierauf kam er um sich zu bedanken und wischte seine fettige Schnauze an meinem Rocke ab. Zuletzt kam Doctor Foreman von der Praxis zurück. Er brachte den Geruch der Regennacht und von nassen dunklen Bergwegen mit sich. Aber er hatte ein urgesundes, männliches Wesen und war eine angenehme Erscheinung in dieser verregneten, sturmdurchsausten Meer- und Haidewildniß. Ich begab mich früh zur Ruhe. Mein Kämmerlein ging gegen das Wasser. Kein Schutz, kein Zwischenraum mehr zwischen diesem und mir. Zehn Fuß von der Grundmauer brandeten die Wellen. Das war eine Musik in jener Nacht! Es klang immer wie Donner. Ich glaubte zuerst wirklich, wir hätten ein Gewitter. Die

Fenster klapperten und zitterten. Trüb kam der Tag, wie er gegangen war. Die Wolken zogen tief, der Wind fegte gewaltig aus dem Meere herein und fing sich in den dunklen Felslöchern. Der Doctor war wieder auf die Praxis gegangen. Der grauköpfige Wärter war wieder da und der große Hund und die zerlumpten Weiber vor der Thür mit den Strümpfen. Dann machte ich meinen Gang und sah die Hütten und die Baracken und den alten Mann mit dem Säbel, und das steinerne Haus und die Kapelle. Und dann kehrte ich wieder nach Haus und setzte mich an's Fenster und der Tag drohte niemals zu enden. Mir ward es unerträglich eng in dem kleinen Hause und ich fürchtete mich vor dem grauköpfigen Wärter und dem großen Hunde. Mittlerweile ließ der Regen ein wenig nach; und die beiden Schiffer, der alte und der junge waren wieder da.

„Wollt Ihr's wagen?" fragte ich, vor die Thüre tretend. Die Killery's gingen hoch, wie gestern, und große Wellen stürzten, eine hinter der anderen, gegen das Ufer.

„Warum wollten wir's nicht wagen?" erwiederten sie. „Unser Boot geht sicher."

„Nun denn, so laßt uns gehen!" —

Aus der unerträglich gewordenen Einöde des kleinen Hauses sehnte ich mich fort; einerlei wohin. Wir gingen an's Gestade nieder, wo ihr Kahn angebunden lag. Er stand knienhoch voll Wasser, welches erst ausgeschöpft werden mußte. Aber das Boot wurde nie ganz leer. Es war offenbar leck; zuletzt als wir schon fuhren, entdeckte ich ein Loch, das sie mit Seetang ausgestopft hatten. Aber ich sah es nicht beim Einsteigen; und kaum war es losgebunden, so schleuderte eine große Welle das gebrechliche Fahrzeug mitten in das brüllende Gewässer hinein. Wie unser Schiff gegen die Wogen, so kämpfte die Sonne gegen die Wolken. Bald schwamm sie eine Weile ruhig durchs Blau des Firmaments, dann kam ein hohes dickes Gewölk, in das sie unterging, um nur mit aller Kraft der Strahlenarme sich endlich wieder emporzuarbeiten. Es war eine seltsame Bewegung in der Natur. Die wilden Killery's ihr Pulsschlag, die ziehenden Sturmwolken, die fliehende Sonne ihre Fieberträume. Die hohen vielzackigen Felsen zu beiden Seiten in phantastischen Nebelgewändern. Rechts in dunkler Tarnkappe, die ihn ganz verhüllte und unsichtbar machte,

der Muilrea. Vor uns die schwarze Bergkette des Benabeola — mit
der traumhaft schönen Erinnerung an das wilde Käthchen hinter sich.
Steile, nackte, nur mit dünnem, grüngrauem Moose bewachsene Stein-
hügel umgaben den auf= und niederwogenden Meeresarm. An beiden
Küsten hinunter liegen riesige Felsblöcke, von faulendem, gelbem Seetang
ganz umschlungen. Unser Schifflein hatte einen seltsamen, gefährlichen
Tanz. Jetzt saß es oben auf dem Kamm der Welle, jetzt schoß es in
die Tiefe und der Gischt spritzte über unseren Köpfe zusammen.
Minutenlang sahen wir nichts als Wasser über uns und es stand wie
eine Wand zu beiden Seiten. Immer höher ging die Brandung; und
wie es nun zugleich von Oben hereinschlug und von Unten durch das
Leck lief, so daß wir bald im Wasser bis über die Enkel saßen, da
sagte ich ängstlich: wenn wir so fortgingen, so würde bald das Wasser
über uns so fortgehen — aber Mick, der junge Hallunke, rief ganz
vergnügt: „O nein, Eure Gnaden, diesem Boot kann kein Unglück
geschehen! Es heißt Mac Dara, wie unser Schutzpatron, und der
Heilige hat noch nie gelitten und wird nie leiden, daß Etwas verun=
glückt, was nach seinem Namen genannt ist!"

Dennoch, trotz dieser geistlichen Assecuranz, lief unser Boot immer
voller, und Pat und Mick schienen einzusehen, daß die Nachhülfe einer
Schaufel nicht zu verachten sei. Wir fuhren demgemäß an ein vor-
springendes Stück des Landes, und während der Alte sich mit beiden
Fäusten im Seetang festhielt, damit das Boot nicht fortschwimme und
am Ende mit uns sinke, schöpfte der Junge das Wasser aus dem Kiel
und sang dabei. Furcht kennen diese Leute nicht, die Gefahr ist ihr
täglicher Umgang. Aus den Felslöchern im Seetang tauchten, gleich
Meeresgeistern, drei bleiche Kinder auf, in weiße Laken gehüllt, und
blieben frostzitternd da sitzen und sahen auf das stürmende Wasser.
Unser Boot war wieder flott und hinaus schwankte es. Die Ruder
lagen müßig; beide Schiffer stemmten sich mit aller Kraft gegen das
Steuer. Denn es hatte die Wucht des ganzen Ansturzes zu tragen.
Dabei drang das Wasser auf's Neue ein und der Wind jagte Wolken
und Regen. Mick sang noch immer; aber jetzt lauter als vorher, da
der Sturm seine Stimme gleichsam herauszufordern schien, und der
alte Pat stimmte zuweilen mit ein, und die Begleitung des rauschenden
Sturmes, des immer auf's Neue heraufbrausenden Wassers schwellte

den Gesang zuweilen zu einem wunderbaren Chore. Denn jetzt war
auch die Bewegung der Killery's noch mächtiger geworden; die Fluth
im Meere hatte begonnen und die landwärts gebundenen Wellen stürzten
uns mit großen Sprüngen entgegen. Aber dorthin ging unser Weg,
an ihnen hinauf, an ihnen hinunter; gegen Wind und Welle ging
Boot und Gesang. Alte, halb unverständliche Lieder waren es, die
sie sangen, gegen das Steuer gestemmt, naß bis unter den Lederhut —
das Haar, das graue und das braune, voll flatternder Schaumflocken;
traurige Strophen von fremden Ländern und großen Schätzen, von
einem Manne, welcher segeln mußte „weit von dem Land Mayo,"
von einem anderen, welcher als guter Katholik in Frankreich starb;
von einem Räuber, Namens Larry, welcher gehängt ward u. s. w.
Am Oeftersten aber sangen sie ein gewisses Lied, das hier an der
ganzen Seeküste unter dem Namen „Duan an Bhadora," das irische
Matrosenlied, sehr bekannt ist; wenn sie damit zu Ende waren,
pausirten sie kurze Zeit oder sangen ein ander Lied, dann aber wider=
holten sie es, bis es sich mit seiner Melodie, welche stark und ein=
förmig ist, wie der Sturm selber, und mit seinen Worten meinem
Gedächtnisse fest einprägte, so daß es mir jedes Mal wieder einfällt,
wenn ich an die Killery's und jene abenteuerliche Fahrt gedenke.

Mick.

Barke, Du bietest den Wogen mir Trutz,
Bist bei dem Donner des Sturmes mein Schutz.
Wenn röthlich die Welle aus tiefem Grund bricht,
Dann zittert der Mast, doch das Schiff zittert nicht!

Mick und Pat.

Ob die Tiefe auch droht — ohne Rast, ohne Ruh'!
Werry arrún — mein Schatz bist Du!
Ohne Rast, ohne Ruh' — ob die Tiefe auch droht —
Schwimme nur, schwimme nur, schwimme mein Boot!

Mick.

Flattert die Leinwand so schneeweiß und leicht —
Ist an den indischen Küsten gebleicht.
Sieh' den Patron, der am Bugspriet sitzt, —
Ist aus der Eiche des Urwalds geschnitzt!

Mick und Pat.

Ob die Tiefe auch droht — ohne Rast, ohne Ruh'!
Werry arrün — mein Schatz bist Du!
Ohne Rast, ohne Ruh' — ob die Tiefe auch droht —
Schwimme nur, schwimme nur, schwimme mein Boot!

Mick.

O Dielion, vom Sturm Du zerwettertes Riff,
Blick' nieder und sieh' auf mein tanzendes Schiff,
Und sag', ob ein Boot Du wol jemals geschaut,
Das niemals, wie meins, vor dem Sturm sich gegraut?

Mick und Pat.

Ob die Tiefe auch droht — ohne Rast, ohne Ruh'!
Werry arrün — mein Schatz bist Du!
Ohne Rast, ohne Ruh' ob die Tiefe auch droht —
Schwimme nur, schwimme nur, schwimme mein Boot!

Mick.

Da sagte alt' Dielion: Jahrhunderte lang
Steh' ich und seh' ich die Meerbucht entlang;
Doch niemals noch sah' ich ein Schifflein wie Deins,
Und besseres Schiffsvolk auch sah' ich noch keins.

Hier brach der Gesang für ein Kurzes ab. Denn gewaltiger als vorhin rauschte die See herein und ihre Nähe ward bemerkbar. Fluth und Wind waren gegen uns und die Männer mußten arbeiten. Salzige Luft strich scharf herein und wir stiegen Wog' hinauf und Wog' herab. Zwei Möven schwebten über uns, nicht weit von uns ritt eine dritte auf dem Wasser, das sie auf= und niedertrug, wie eine Schaumflocke — und der Meerschaum spritzte uns gegen Gesicht und Haare und die Sonne kam und flog über die grüngrauen Uferhügel, daß bald dieser leuchtete, und bald jener und bald Alle zusammen, und vor uns in Farbendunst stand die Saalturk=Kette und der Nebel schlug aus den Spitzen des Muilrea, als wär' es ein Vulkan, welcher rauchte — und o, so mitten in Todesgefahr, zwischen Sonne und Nebel, zwischen Felsen und Möven, wie selig schwamm sich's doch auf den atlantischen Wogen, die eingefangen sind in diesen kerkerartigen Gebirgsschluchten!

Mächtig und freiheitverlangend, sehnsuchtgewaltig streben sie hinaus in die offene Heimath des grenzenlosen Westens, wenn das magische Gesetz des Mondes den gefesselten Kindern der Tiefe auf kurze Stunden die Freiheit wiedergiebt. Wie sie dann in den Schooß der geliebten Atlantis, der Mutter, springen mögen! Jetzt aber kehrten sie grollend in ihren finstern Kerker zurück; sie wütheten und knirschten gegen den Nachen, der mich trug, und warfen ihren Salzschaum mir verächtlich in's Gesicht und auf die Hand. Die Strömung indessen ging auf eine Strecke ruhiger und der Gesang der Schiffer begann auf's Neue.

Mick und Pat.

Ob die Tiefe auch droht — ohne Rast, ohne Ruh'!
Werry arrún — mein Schatz bist Du!
Ohne Rast, ohne Ruh' — ob die Tiefe auch droht —
Schwimme nur, schwimme nur, schwimme mein Boot!

Mick.

Himmlischer Vater! — ein Boot schießt heran —
Und wir sind im Gischt, wo Niemand helfen kann.
Nun führ' uns in Gnaden — nun sei unser Hort!
Sonst mit Mann und mit Maus geht es über uns fort!

Und Mick brach ab — kein Zwiegesang weiter; denn was der Junge von Gischt und Untergang gesungen, schien wahr werden zu sollen. Zwar kein Boot — aber eine Vollwelle schlug so furchtbar über uns fort, daß mit einem Mal das ganze Schiff bis an die Bänke voll Wasser saß. Zum Glück hatte dieselbe Welle uns gegen das Land geworfen — Mick konnte es mit einem Satz erreichen, und vermittelst einer Stange, die Pat festhielt, zog er das schwere Fahrzeug auf dem Seetang, der am steinigen Ufer aufgehäuft lag. Die beiden Männer hatten nun genug mit dem Ausschöpfen zu thun, und ich wollte indessen über dem Berg das offene Meeresufer suchen und mein ganz durchnäßtes Gewand im Freien trocknen. Ich sagte den Männern, sie sollten mich hier erwarten und ging. Es war vier Uhr Nachmittags. Die Luft am Lande wehte nicht so heftig und dann und wann kam die Sonne. Sonst hatte ich keinen Begleiter und einsam, einsam war mein Weg. Eine lange feuchte Haidestrecke; eine steinerne

Brücke, unter deren Bogen ein Wildbach des Gebirges hinschoß; auf
einer mäßigen Anhöhe zur Linken ein leeres Schulhaus. Ueber die
dunklen Felsenreihen des Ben Gorm dann und wann ein grüner Licht=
blick, der zu steigen schien, steigend, steigend, bis er sich in den Wolken
verloren hatte. Eine Lehmhütte, der Erde fast gleich; aus der feuchten
Masse stieg Dampf auf. Einen Menschen sah ich nicht. Nun stieg
ich am strömenden Wasser, welches um Steine rauscht, empor in das
Dunkel der Berge. Ueberall stürzt Gewässer in den langen Furchen
der Berge nieder und befeuchtet den sumpfigen Boden der Hochebene,
überall rauscht es. Dort, recht aus dem Busen des breiten, oben
umwölkten Mulrea, ergießt sich ein Wasserfall und schillert in der
Sonne. Dort im Schatten geht ein anderer, zickzack, die Berge hin=
unter. Ungeheuerlich geformte Steine sind über die Haide verstreut;
Torfhausen — ein einsamer Arbeiter daneben. Der erste Mensch, den
ich sah, seit ich die Schiffer verlassen. Die Zeit in der Einsamkeit
vergeht ganz anders, als unter Menschen. Sie tritt aus ihren Grenzen
und scheint zu wachsen. Sie wird eine dumpfe, formlose Masse, deren
Ende man nimmer zu erreichen meint. Alles still, bis auf das Rauschen
der von den Bergen in die Killery's strömenden Gewässer. Endlich
führte die Einsamkeit in eine geweihtere Dämmerung, in einen Berg=
kessel voll phantastischer Schatten, zu einem träumenden See, zu leise
wallenden Bäumen, zu dem Wohnsitz verborgener Menschen. Delphi
hieß dies Thal der Abgeschiedenheit; das Schweigen des Heiligthums
herrschte, man vernahm die Orakelsprüche der Natur. Der Rauch aus
dem brauenden Geschlüft umher stieg auf und sonderbare Gebilde
zogen längs den spitzen Bergpyramiden. In dem weißen, stillen,
steinernen Hause wohnt ein Geistlicher. Breit über mir wölbten sich
Nußgesträuche. Geheimnißvoll regten sich die Tannen im Abendwinde;
die rothen Früchte des Vogelbeerbaumes nickten wie Märchensterne im
gelblich welkenden Laube. Ueber die Mauer glänzten der Lorbeer= und
der Rhododendronbaum und blühende bunte Farrenkräuter. Der Wald
verdeckte mir die finsteren Felsen. O, wie hat ihn, nach dem langen
Tage im felsigen Gebirge, auf stürmischem Wasser und nackter Haide,
die aufathmende Seele begrüßt, den schönen, Abschiedsworte flüsternden
Herbstwald! Und unter diesem Walde der See, vom Abendhimmel be=
leuchtet, daß er aus Indigoblau in das zarteste Rosa hinüberspielte.

Von Delphi weiter in's Gebirge. Wer hat die Sehnsucht nicht
gefühlt, die uns oft gegen Abend ergreift? Ich ging, und wußte nicht
wohin. Mir war, wie in fernen Knabenjahren, wo ich an solchen
schweren Herbstabenden auf den Bergen stand und mir wünschte, fortgehen zu dürfen, bis ich einen Ort gefunden hätte, dessen Namen ich
nicht kannte, dessen Bild ich nie gesehn... Diese Sehnsucht führt
uns von einer Station des Lebens zur andern; und wenn wir sein
Ende erreicht, so haben wir den Ort noch immer nicht gefunden, „dessen
Namen wir nicht kennen, dessen Bild wir nicht gesehn"... Laßt uns
hoffen, o laßt uns hoffen, daß wir diesen Ort auf der anderen Seite
des Stromes finden, dessen Rauschen wir zuweilen in der tiefen Stille
der Nacht vernehmen, dessen Dunkel unser Auge aber diesseits niemals
durchdringen wird...

Ein enger Bergpfad, längs niederstürzendem Gewässer, führte zum
Lough Dhu, dem schwarzen See. In schauriger Einsamkeit liegt er
da, von hohem Felsgebirge umgeben, schäumend, rollend, kleine Wellen
schlagend, die — mit weißen Flocken gekrönt — sich am flachen Ufer
brechen. Düstre Dämmerstimmung. Auf Einmal glüht der Himmel
auf. Die Gebirge im Hintergrunde leuchten golden. Der lieblichste
Blick der scheidenden Sonne trifft sie. Die Kuppen der südlichen
Felsreihe schimmern im tiefsten Purpur und plötzlich trifft auch ein
Reflex der heimwärts wandernden Sonne in das Dunkel des Hintergrundes, strahlt eine Weile und verglimmt dann wie ein Funken. Es
ist ruhig und lautlos. Nur die Wellen des See's plätschern. Fern
über dem See, unter den Bergen, stehen zwei Häuser mit blauen
Schiefern an Dach und Wand, mit Fenstern, aus denen Niemand her-
untersieht. Düster stehn sie da, mit ihren dunklen Farben, auf dem verdäm-
mernden, grünen Schein der Felsgebirge. Es sind Häuser, in welchen zur
Sommerzeit einige vornehme, englische Familien mit ihren Freunden
und Gästen wohnen, um an diesem See zu angeln. Jetzt aber standen die Häuser leer, und keine Seele außer mir war rings zu entdecken. Aus dem schwarzen See fließt das Wasser in den Delphi=See,
und aus diesem nähren sich die Wasserfälle, die es rauschend in die
Killery's zurückführen. Es ist ein wunderbares Wasserspiel — ein
Kreislauf, dessen Rauschen und Brausen und fernhin sich verlierendes

Flüstern der einsamen Seele wie „Gesang der Geister über dem Wasser" lautet.

Mit dem Sonnenuntergang kehrte ich um. Regenschauer kamen, der Weg ward so finster. Ich irrte über die feuchten Moorgründe. Zuweilen versank ich bis über das Knie, zuweilen blieb ich in einem Loche stecken; über Steinwälle mußte ich klettern, über breite Gräben springen. Nur ein Mal entdeckte ich eine Menschenwohnung. Aber sie war weit weg, auf dem Hügel über den Killery's in einem Kartoffelfeld. Das Strohdach dieser Hütte reichte auf beiden Seiten bis an die Erde. Die Thür war so niedrig, daß man hineinkriechen mußte. Sie war bewohnt, denn aus einem Loch in der Erdwand wehte Rauch. Ich rief die Namen meiner Gefährten. Lange umsonst; denn mein Ausbleiben hatte sie ängstlich gemacht und sie waren gegangen, um mich zu suchen. Endlich fanden wir uns und stiegen zu dem Boote nieder. Es schwankte in dem immer noch unruhigen Wasser heftig auf und nieder. Eine dichte Finsterniß lag meilenweit über den gegeneinanderstürzenden Wogen und das Getöse vermehrte die Schrecknisse der Nacht. Der Wind fegte breit heran und in den Felskesseln stöhnte sein Nachhall.

„Sollen wir fahren?" fragte Pat. Mick sagte, er wolle es wagen, wenn ich es erlaube. Ich war so müde, ich brach fast zusammen. Ich sagte, ja, ich hätte Nichts dagegen, und wollte in's Boot steigen. Aber es war so dunkel und meine Augen betrogen mich; ich trat fehl, stürzte, sank, tauchte wieder auf und die brüllende Woge des Atlantischen Ozeans brach sich über mir. Ich verlor für einen Augenblick mein Bewußtsein; und als ich erwachte, lag ich auf dem Seetang am Ufer, und die beiden Schiffer knieeten zu meiner Seite und rieben mir das Wasser ab.

Sie sprachen nicht viel. Sie sagten nur, dieß sei kein guter Willkomm gewesen, und das Wasser habe uns eine Warnung geben wollen. Es sei deshalb Nichts übrig, als auf dieser Seite zu bleiben, und eine Hütte für die Nacht zu suchen. Ich war an allen Gliedern erstarrt und ich sagte, sie sollten thun, was sie für das Beste hielten, ich wolle in Alles willigen. Sie zogen darauf ihren Kahn an das Land und schoben ihn so hoch als möglich, damit die Ebbe ihn nicht mitnehme, und dann brachen wir auf. Wir irrten an den Felskanten über den Killery's dahin; ihr Tosen war unter uns und zu sehen war lange Nichts. Die Dunkelheit und das Wetter, bald Regen, bald Sturm, bald Beides zusammen, verwirrte die Führer, und ich glaube, wir liefen zwei Stunden, ohne ein Obdach zu finden. Ich will von mir nicht sprechen; die beiden Bootsleute geriethen in Verzweiflung. Sie hatten zuerst mich zu trösten gesucht; dann fluchten sie und dann waren sie still und sprachen gar Nichts mehr. Auf Einmal, fern genug noch auf der Ebene vor uns, ein Lichtschimmer. „Halloh!" riefen die beiden Schiffer und abwärts eilten wir rascher. Da wir uns näherten, unterschieden wir die Umrisse des Daches und etwas Schwankendes darüber, wie eine dünne Stange. „Halloh," wiederholten die Schiffer, und der alte Pat sagte: „nun sind wir geborgen. Eine Weidenruthe mit einem Stück Torf daran im Strohdach einer irischen Hütte ist das Zeichen von gutem Whiskey da drinnen — o, nun sind wir geborgen!" — Wir pochten an die Thür, ein alter Mann öffnete uns. Er hieß uns willkommen, ohne zu fragen, woher wir kämen, und wir erzählten ihm unser Abenteuer erst, als wir lange in der Hütte gesessen. Auf einem dreibeinigen Schemel am Feuer saß eine alte Frau, und ein Mann von dreißig Jahren lag auf einer Streu und schlief. „Unser Junge," sagte der Alte, „hat den ganzen Tag im Wasser und Morast gestanden, er ist müde und früh schlafen gegangen." Es war halbdunkel in der Hütte; das Feuer lag halb in Asche, und als Licht brannte ein Stück geölten Torfes, „fassog" genannt, in einer eisernen Gabel. Die Frau schürte das Feuer und blies es an, machte uns heißes Wasser zu Punch, kochte Kartoffeln und trocknete meine Kleider. Die dunstige Lehmcabine kam mir weniger entsetzlich vor nach der trostlosen Einsamkeit der Nacht, des Ozeans und der Haide. Zu den Kartoffeln gab man uns noch gedörrten Fisch. Alsdann breitete man Stroh in der Nähe des Heerdes für die drei Fremden aus, und ich legte mich nebst den beiden Schiffern hier in der Haideschenke an der wüsten irischen Meeresküste mit einer Sicherheit schlafen, als wär' es zu Haus in meiner eigenen Heimath. Die alten Leute hatten ein Lager in einem Seitenverschlage. Doch wir schliefen noch nicht, da pochte es wiederum an der Thüre. Der Alte öffnete auf's Neue und herein trat ein Mann mit einem Dudelsack, schüttelte den Regen ab, räusperte sich sehr und sagte, es sei ihm lange nicht begegnet, in so menschenfeindlicher Witte-

rung und so spät noch auf der Haide umherzuirren. Sobald ein
neues Fassog aufgesteckt war, erkannte ich Darby, den ledernen Onkel.
Groß war die Freude des Wiedersehens. Er sagte, er komme von
einer Kindtaufe und habe sich verspätet und könne sein eigenes Dach
nimmermehr noch in dieser Nacht erreichen. Nachdem er gegessen und
getrunken, fing er an auf dem Dudelsack zu spielen. Alles wurde
wieder munter, auch der Junge, der den ganzen Tag im Wasser und
Morast gestanden hatte, und der alte Pat sagte, ob die Wirthin mit
ihm tanzen wollte? Nein, erwiderte die Alte lachend, es sei heut Nacht
zu eng vor allen Gästen, die der liebe Gott ihr bescheert habe. Hierauf
begaben wir uns zur Ruhe, und nicht weiter gestört schliefen wir unter
dem Sturm, dem Regen und dem fernen Wiederhall der tobenden Killery's.

Am andern Morgen, beim Abschied, weigerte sich der alte Wirth,
das Geringste von mir anzunehmen. „Wäret Ihr am Tage und bei
Sonnenschein zu uns gekommen, so würde ich das Geld nicht ausge=
schlagen haben." So aber seid Ihr in der Nacht und als hülflose
Leute gekommen und ich gedachte Gastfreundschaft an Euch zu üben.
Gastfreundschaft aber soll man sich nicht bezahlen lassen, wißt Ihr."
Das Einzige, was er von mir annahm, war mein Tabak. Den Ta=
baksbeutel gab er mir auch zurück. „Für mich ist er ohne Werth,"
sagte er, „und Ihr könnt ihn nicht missen. Behaltet ihn und Gott
segne Euch!" —

Als wir zum Wasser kamen, da war dieses wol noch eben so be=
wegt, als Tages zuvor, aber von der hereinkommenden Fluth günstig
getragen und vom Wind unterstützt, flogen wir rasch in die Bai und
erreichten ungefährdet das andere Ufer.

Hier sah Alles noch aus, wie gestern; ja wo möglich noch ärger.
Meikel, der Wärter, stand vor der Thüre, und Wycome, der Hund,
stand neben ihm; und Beide gingen mit mir in die Stube und setzten
sich zu mir und leisteten mir Gesellschaft. Ich saß mehrere Stunden
lang am Feuer; denn draußen lag Alles in Nässe, Nebel und Kälte
begraben: die Killery's, die Felsen, der Muilrea und der hohe Berg=
kegel in der Ferne, „des Teufels Großmutter" genannt. Dorthin lag
mein Weg. Ich konnte mich noch immer nicht entschließen, ihn anzu=
treten. Und doch sehnte ich mich so sehr nach menschlicher Umgebung
und einem menschlichen — Mittagessen! Seit drei Tagen waren

trockene Fische und Hammelfett meine einzige Nahrung gewesen. Mehr und mehr erschien ich mir in dem kleinen, weder wind= noch wetterfesten Häuschen am Klippenrand der stürmenden Killery's wie ein Gefangener, und das dunkle Sturm= und Regengewölk war mein Kerkermeister. O, wie erwachte nun auf Einmal wieder der Drang nach bewegteren Gegenden, nach Städten, nach Menschen! Einen wahren Durst nach Menschen empfand ich zuletzt unter diesen nackten Halbwilden. Aber noch immer keine Erlösung. Der Meeresarm schlug hohe Wellen; an der Mauer im vollsten Regen standen zwei Mädchen, den Mantel über dem Kopf, die Füße nackt im grundlosen Morast, und strickten und warteten auf den „Fremden" um ihm von ihren Strümpfen zu ver= kaufen. Ich trat zu ihnen hinaus und unterhielt mich mit ihnen; aber ihre Antworten waren kurz. So elend und zerlumpt diese Weiber auch aussehn, so schwer, ja so unmöglich fast ist es, ihnen die Gunst abzugewinnen, welche von schöneren und höher stehenden Wesen so leicht und so gern gewährt wird. Es ist das Letzte, was sie haben — welcher Thrann möchte sie um das betrügen? Sie sind auch gar nicht einladend. Ich fand hier die Frauen eher häßlich und reizlos. — Spät am Nachmittag erst kam die lang erwartete „königliche Postkarre Bianconis" — aber sie war besetzt, vorn mit einigen alten, verdrieß= lichen Damen, hinten von ihren reizenden, jungen Kammermädchen. Meine Hoffnung auf ein ehrliches Fortkommen war wieder vereitelt. Aber die Hülfe war näher, als ich dachte. Nicht lange war die Post= karre in der Nebelregion von „des Teufels Großmutter" verschwunden, als sich Hufschlag auf's Neue vernehmen ließ und ein allerliebstes Weibchen, vermummt und zugewickelt bis an die Augenbrauen, in's Zimmer sprang, dem ein Mann, ebenfalls jung und freundlich, rasch folgte.

„Nous v' là! Nous v' là!" rief das junge Weibchen. „Ah, comme j'ai froid, mon ami! Donnez-moi quelque chose de chaud!"

Mir war, wie dem Wieland'schen Oberon. Heimathsklänge „vom Ufer der Garonne!" Eine Französin, nach dem Accent zu urtheilen sogar eine Pariserin, hier in der irischen Haidewildniß! Kleine Füße vom Boulevard hier in dem unergründlichen Morast! Kleine Hände in „gants de Piver" hier an den Killery's! Dunkle Augen mit langen Wimpern, und jener schwarzen, reizenden Linie über den Lippen, sogar jenes „accroche-quoi" an der feinen, bläulich=geäberten Schläfe, das ich nicht mehr gesehn, seit ich der bleichen Blanche Lebewol gesagt .... Alles das hier, in der Gesellschaft von Meikel, dem grauköpfigen Wär= ter, und Wycome, dem großen Hund! . . .

Wer uns zehn Minuten später um ein frugales Mahl und beim Whiskey mit warmem Wasser hätte zusammen sitzen sehn, würde ge= glaubt haben, wir hätten uns im Café de Paris Scherzes halber ein Rendez=vous verabredet — Ort: Doctor Foreman's Haus an den Kille= ry's; Zeit: Abenddämmerung eines stürmischen Octobertages. Meikel, der Wärter, schien es denn auch wirklich zu glauben; er trug meine Sachen herunter, als ob es eine abgemachte Sache sei, daß ich mit den beiden Franzosen weiterreise, und Wycome, der Hund, machte seine Abschiedssprünge gegen meine Hammelscotelette. Es war eine abge= machte Sache, daß ich mit den beiden Fremden weiter fahre; wir sprachen nicht darüber, aber Keiner zweifelte daran, am Wenigsten ich, dem Madame Hortense — so hieß die kleine Französin — wie eine Erlöserin gekommen war, wie eine Abgesandte, um ihn aus dem trüben Kerker von Lenane zu befreien und mit ihren Scherzen und hüb= schen Augen munter durch das finstere Regenwetter und die Nebelschicht von „des Teufels Großmutter" zu führen. Madame Hortense war „marchande de modes" in Dublin. Sie wohnte Sackvillestreet, und behauptete nicht blos, daß ich ihrem Laden mindestens hundertmal vor= beigegangen sei, sondern auch, daß sie mich halb so viele Mal gesehn und dann jedes Mal gesagt habe: „certainement — j'ai vu ce monsieur là — il a l'air connu pour moi —" Sie reiste jetzt in Geschäften durch Irland, und Monsieur Charles, ihr „bon ami," war ihr Reise= marschall. Sie versorgte den ganzen Westen mit Pariser Blumen; sie kannte jede „Dame" aller vier Provinzen, und als ich sie nach Kathlin O'Flaherty fragte, rief sie: „oh, c'est une demoiselle gentille, mais, mais . . ." Kurz, Madame Hortense wollte nicht recht heraus damit. Zuletzt hörte ich, daß sie wenig Blumen gebrauche; sie zöge das „wilde Unkraut," welches an den Bergen wachse, den zartesten Blumen aus Paris vor. Sie hätte etwas von der „Barbarin" an sich! — Liebe, holde, unvergeßliche Barbarin!

Jetzt ward aufgebrochen. Monsieur Charles wickelte seine „bonne amie" in Kautschuk, und trug sie so, wie eine Wickelpuppe, auf ihren

Sitz im Wagen zurück, setzte sich neben sie, und wies mir — mit aller Grazie — die andere Seitenbank zum alleinigen Gebrauch an. Fort rollten wir, und immer noch goß der Regen. Aber sie, unsere Hortense, eine wahre Sonne von Heiterkeit, erleuchtete und erwärmte uns, und mit Lachen und Gesang ging's durch die Nebel und Wasserstürze der Gebirge. Mein Hut glich einem Reservoir; man hätte Springbrunnen damit nähren können. Ueber beide Ränder plätscherte es fortwährend nieder, wie über die Ränder der großen Fontaine auf dem Place de la Concorde...

> A jeune femme il faut un jeune mari,
> A jeune femme il faut un jeune mari....

sang Hortense. Und wenn ich die Augen schloß, glaubte ich wieder in Asnières zu sitzen, am blühenden Bord der Seine, unter den „Lilas"; und unter der Veranda stand der Spielmann und fiedelte das Lied vom „Sire de Framboisie" und Blanche saß neben mir und wiederholte: „à jeune femme il faut un jeune mari...." Dann aber schlug ich die Augen auf und die ganze grandiose Herrlichkeit der irischen Nebelwelt umtanzte mich geisterhaft; und das Lied, das ich sang, hatte andere Worte und ich sang sie zur Melodie des Sturmes, wie er auf seinem Wege zum Ozean an mir vorüberstreifte, und ich gab sie ihm und er nahm sie mit sich....

> Und immer weiter den Berg hinan,
> Wo der Gießbach stürzt und das Wasser schäumt —
> Zur Klippenwand, wo der letzte Tann
> Die düster beschatteten Schluchten säumt....
>
> Wo die Wolke zieht und der Sturmwind braust
> Und den Nebel jagt und den Regen braut,
> Und die Wipfel mit beiden Fäusten zerzaust
> Und mit Füßen zertritt das Farrenkraut....
>
> Hinan, hinan! — Zu Füßen das Moor
> Mit den grauen Felsen, Block an Block —
> Und der Nebel darüber ein Geisterchor
> Mit flatternden Kleidern und wildem Gelock —

Und das Moor ist ein Grab und die Felsen sind
Des Riesen gewaltiger Leichenstein —
Und die Nebel wallen dahin und der Wind
Singt seine klagenden Melodein.

Und von Ferne das Meer... anstürmend grollt
Seine schwere Fluth, daß der Felsen träuft;
Und die letzte Welle knirschend verrollt
Im Seetang, der sich am Ufer gehäuft.

Und die Welle kommt und die Welle geht
Und über dem Meere dämmert es fahl...
Und über die Haide der Nebel weht,
Und ach! — die Welt ist so einsam, so kahl...

Hortense aber, unaufmerksam auf den Gesang des Sturmes, wirbelte in ihrer Weise fort...

Ah qu'il fait donc bon, qu'il fait donc bon
De cueillir la fraise...

Erdbeeren und Bois de Boulogne.... und dabei unser Weg! Kein noch so feiner Kopf kann sich eine solche Ironie ausdenken. —

Zwischen Seen und gewaltig ansteigenden, kühn gruppirten Felsgebirgen fuhren wir durch das Thal des Erive dahin. Wir sahen den Nebel in breiten Schichten an den Bergwänden dahinziehen — wir sahen die Genesis und Geschichte des Regens vor uns. Wie feinen Staub streuten ihn die Wolken aus — über die Haide, über die Abgründe, über uns. Wir waren in der ersten Viertelstunde bis auf die Haut naß — naß die Röcke, die Rugs, die Tücher — und mein Hut! Seit jenem Tage ist er nicht wieder froh geworden. Traurig und schlaff, verwaschen und mit niederhängenden Krämpen treibt er sich in meiner Nachbarschaft umher. Wie einem Invaliden friste ich sein Leben; und ich kann mich von ihm nicht trennen, dem Zeugen meines Schiffbruchs in den Killery's und dem Märtyrer aus dem Erive-Thal, — aber traurig macht mich seine Erscheinung und Mitleid ergreift mich, wenn ich ihn ansehe! Seit jenem Tage ist seine Blüthe dahin; es hilft Nichts, ihn aufzumuntern. Vergebens ist die Erinnerung an Hortense und ihre Lieder; vergebens an den lustigen John, unsern Kutscher. Wenn ich ihn betrachte, so schwinden die Häupter der Felsen, wie damals, in dichtes Gewölk. Der Croagh Patrick, der heilige Berg des Westens, dämmert uns zur Seite, in verschwimmender Abendferne auf, und geht bald wieder im Gewölk unter.....

Wasserfälle stürzten in gerader Linie von den Felsen nieder und rollten uns so über den Weg, in den Strom. Sie schienen aus den Wolken geboren. Nur selten stand eine Hütte an der Straße oder im Gebirge. Erst in der Nähe des Städtchens Westport, unserem Reiseziel, änderte sich die Scene ein wenig. Es kam ein Wald — zwar triefend, aber doch ein Wald, ein Zeichen der wieder liebevoller gepflegten Natur. Und reist in einem kahlen Lande, wie Irland es ist, und laßt den Wald Euch tagelang fehlen, und dann seht, wie Ihr seine verstreuten Reste mit einer Art von heimathlicher Inbrunst begrüßt! Dann kamen auch wieder Menschen — Bauern und Bäuerinnen aus der Stadt in ihre Hütten heimkehrend — Ponies, und Mädchen darauf, mit Körben zu beiden Seiten niederhängend; oder Väter mit Kindern und Frauen. — Mir kam es so vor, als seien diese Menschen schöner und freundlicher und wolhabender. Mit der späten Dämmerung fuhren wir in die Stadt ein, und wie schlug uns das Herz, als wir wieder Häuser und Menschen und Straßen sahen! Schon in diesem grauen Zwielicht und im Regen machte die Stadt den woligsten Eindruck. Von sanften Hügeln umschlossen, von grünlichem Walde bekränzt — wie wohnlich lockte sie hinunter! — Doctor Foreman unterhält in dieser Stadt eine wirthschaftliches Filiale seines Killery-Etablissements. Er hatte Nachricht von unserm Kommen voraufgesandt und über die Maßen herrlich war unser Empfang: mehrere erleuchtete Zimmer, mehrere helle Torffeuer und Theemaschinen, in denen schon das Wasser brodelte... Alles wage ich zu beschreiben, nur die ersten Augenblicke am Kamin nicht! Ich thaute zu neuem Leben, zu neuen Freuden auf, und selbst Hortense's „A jeune femme" aus dem Nebenzimmer lockte mich aus meinem Lehnstuhl nicht fort. Erst der lustige John erinnerte mich durch sein Eintreten wieder an das Gegenwärtige. Er bat um ein Trinkgeld, und nachdem ich ihm dieses, in der überströmenden Fülle meines Herzens in reichlichem Maße gegeben, bat er mich noch um — meinen Filzhut! Ich kann mir noch heute nicht erklären, wie er auf diesen Wunsch kam. Aber Menschen wie

Thiere fassen oft unerklärliche Neigungen; und traurig war sein Ab=
schiedsblick auf diese Ruine von einem Filzhut, als ich ihm diese
Bitte abschlug. — Dann guckte Hortense im Negligé durch die Thür=
spalte und behauptete, es sei in meinem Zimmer viel angenehmer, als
in dem ihrigen, und kam herein und blieb und nicht lange, so folgte
ihr Mr. Charles, und wir drei tranken zusammen Thee und sangen
und plauderten bis gen Mitternacht.

Spät genug am andern Morgen erwachte ich. Eine liebe Stimme,
ein bekanntes Lied hatte mich geweckt. „A jeune femme ....“ aber
mir war, als wandre es fort, immer mehr klang es in der Ferne, wie
ein Abschiedsgruß, bis es ganz verklungen war. Ich sprang an's
Fenster und schlug die Gardinen zurück; da sah ich weit unter den
Bäumen, die Hügelstraße hinan, eine Karre, und erkannte Hortensens
Gestalt, bis auch dieser Anblick hinter einer vortretenden Mauer ver=
schwand ... Aber welch' ein lieblicher, herrlicher und frischer Herbst=
morgen das war! Das Wetter hatte sich im Hochlande ausgetobt,
und wie der Gruß eines neuen Lebens blitzte mir der helle Sonnen=
schein entgegen, da ich mich mehr und mehr der Grenze näherte und
schon Scheideblicke auf die verlassene Wildniß zurückwerfen durfte. Der
goldige Sonnenschein lockte hinaus und in dieser angenehmen Beleuch=
tung fand ich die Stadt ganz so hübsch und freundlich, als ich schon
gestern im Regen von ihr erwartet hatte. Ein kleines Wässerchen, der
Mal River, belebt die Tiefe derselben; parallel auf beiden Seiten ziehn
die beiden Straßen sich den Hügel hinan und von Oben genießt man
einer wunderherrlichen Rundschau bis an's blaue Meer. Das Städt=
chen machte von allen im Westen von Irland bisher besuchten den er=
freulichsten Eindruck auf mich; doch bin ich nicht sicher, ob nicht die
liebe, goldne Morgenfrische nach so viel düsteren Regentagen und mit
diesem Wechsel auch der Uebergang von Haidewildniß zu sanfteren,
gesitteteren Anblicken das Ihre dazu beitrugen. Die nächste Umgegend
und Nachbarschaft Westports ist von unerreichter Schönheit. Wie ein
funkelnder Gürtel umschließt der Park des Marquis von Sligo die
Landseite der Stadt. Und o, wer beschreibt diesen frischgrünen Rasen
mit den blitzenden Regentropfen, die Waldpartieen in der bunten, aus
Gold und Purpur gemischten Herbsttracht, die Capelle hinter den
dunklen Bäumen, das Turteltäubchen aus der Ferne, die singenden

Vögel in den Lüften, und darüber die milde, klare Sonne und den blauen Himmel rundum, so weit die Augen reichten! —

Aus dem Park führt ein Pfad an den Hafen. Einer der schönsten, der großartigsten Häfen, so, wie ihn nur die mächtige Hand der Natur selbst erbauen kann. Die halbe Flotte Großbritanniens hätte hier Platz; aber Alles, was ich darin fand, waren drei Briggs und einige Böte. Dagegen standen mächtige Lagerhäuser den ganzen Strand hinunter und die nächste Straße hinauf — Lagerhäuser für Kaffee, für Zucker, für Tabake, „in bond" (Transitgüter) — ganz wie in den Docks von London und Liverpool. Aber die meisten dieser kolossalen Gebäude waren verschlossen. Andre fingen an, sich in Ruinen zu verwandeln. Nur zwei standen offen. In dem einen lagen zwei Fässer; in dem andern war gar Nichts. Ich habe nur fünf Menschen am Hafen von Westport gesehn: zwei davon lagen in einem an Land gezogenen Boote und schliefen, einer saß im Takelwerk der Brigg, der Rest war in den Lagerhäusern beschäftigt. Das Herz thut Einem weh, wenn man diese prächtigen, an der für den Welthandel günstigsten Stelle so leer und verlassen sieht. Ueberall kommt hier, die ganze Westküste von Irland entlang, das Meer in tiefen, schönen Buchten bis in's Land und dicht zu den Städten heran, und die blauen Gebirge, die sich malerisch auf beiden Seiten anschließen, setzen die Sicherheit des Landes weit hinaus in's Meer fort. Auch haben die Alten die Vortrefflichkeit dieser Häfen entschieden genug gewürdigt. Tacitus, wo er im Leben Agricola's England und Irland miteinander vergleicht, sagt, daß die Häfen und Einfahrten des letztern besser seien, als die des andern (melius aditus portusque per commercia et negotiatores cogniti); und von Nimmo erfahren wir, daß sich solcher Häfen, „ausreichend für Schiffe von jeder Last," in Connaught allein — zwanzig finden! Hoffen wir, daß durch den wachsenden Verkehr mit Amerika auch für diese Häfen noch einmal die Zeit komme, oder wiederkomme, könnte man beinahe sagen. Jetzt aber sieht es sehr traurig in ihnen aus; und doch so schön! Rings um das kräftig strömende Wasser der Meeresbucht — der berühmten Clew=Bai — schließen sich Waldhügel, und hoch darüber thront in stolzer Höhe der Berg der irischen Legende, der Purpurgipfel des Croagh Patrick — der Sinai von Irland. Am Strand hinauf stehn die dunklen Lagerhäuser und den Hintergrund schließen, malerisch gruppirt, die üppigen Hügelwälder des Parkes. —

Es war neun Uhr Morgens. Doch sah es hier und in der Stadt, in die ich nun zurückkehrte, so schläfrig aus. Die meisten Läden waren noch geschlossen. Die Menschen standen an den Ecken der Straße in der Sonne und schliefen oder träumten. Und doch so schön! Den Hügel hinunter dehnt sich die Stadt und über allen Dächern nickt das grünende Laub ihrer Hügel. Auch die Frauen sind wieder schön und freundlich. Der Charakter ist ein ganz andrer. Die rothen Röcke leuchten nicht mehr. Die nackten Beine, die nackten Felsen sind für eine Weile verschwunden. Wir sind der Cultur und unsrem Jahrhundert wieder näher; wir glauben, uns selbst wieder näher zu sein! Wir sehnen uns oft nach Natur, und können es doch nicht ertragen, wenn sie uns in unverhüllter Majestät entgegentritt. Wir können nicht in die Sonne sehn. Wir können die Stimme des Herrn im Sturme nicht verstehn. Das Licht muß getrübt, der Ton muß gedämpft, Alles muß verkleidet sein.

Ein wunderschöner Blick ist die Partie der Stadt, am Fuße des Hügels, das Wasser entlang, das hier unter dunkel überhängenden Zweigen über goldig schimmernde Kiesel langsam dahinzieht zur See. Auf beiden Seiten Bäume und schattige Wege, auf denen hübsche Menschen gehn, nicht mehr nackt und ärmlich, wie die des Hochlandes; wo freundliche Gebäude und ehrwürdige Kirchen stehn — dort eine alte, schön geformte Bogenbrücke und darunter, im flachen Strome, auf großen Steinen, um die das ziehende Wasser, sanft schäumend, Silberperlen streut, Mädchen mit dunklen Augen, die sich das Gesicht und den Nacken waschen und an Luft und Sonne trocknen lassen. Da ich nun in's Hôtel zu einem guten Frühstück zurückkehrte, da brannte kein Feuer mehr, sondern die Sonne hatte Alles mit Glanz und Wärme erfüllt. Wir schienen plötzlich in ein südliches Clima versetzt; und wo gestern der häßliche Torf gequalmt und geraucht hatte, da glänzten jetzt die kräftigen, vollbelaubten Zweige des Lorbeers, mit denen eine freundliche Hand das Gitter des Kamins vor meiner Heimkehr geschmückt hatte. —

Nach dem Frühstück kam Denis, der Kutscher — ein junger, muntrer Bursch — und mit ihm machte ich meine Fahrt, unter dem blausten Himmel in die offne Landschaft hinaus. Ihr hervorstechender Zug ist der Croagh Patrick, welcher die See weit hinaus beherrscht und durch ganz Mayo — den Landestheil, in welchem ich mich jetzt befand — gesehn wird. Breit hebt er sich aus dem Hügelland, und Alles überragend, taucht seine Spitze sich in den reinsten Aether, während seine Basis sich mächtig gegen das Küstenmeer stemmt. Er steht wie eine Pyramide da, eben so räthselhaft, eben so einsam; wenige Hütten liegen an seinem Fuße, und sein Gipfel ist das Ziel und die letzte Station der Wallfahrer von weit her. Mit Verehrung spricht man den Namen dieses Berges, welcher nach dem großen Apostel von Irland genannt ist; und dieß ist der Ort, wo er einige seiner glorreichsten Wunder vollbrachte. —

Während jede Grafschaft in Irland, jeder Küstenstrich, jede Insel, ja jedes Dorf seine Specialheiligen hat: so ist St. Patrick der allverehrte Nationalheilige; und in solchem Grade ist er ihnen familiär und vertraut geworden, daß sie ihn fast nie „Saint Patrick“, sondern einfach nur „Patrick“ nennen. Sein Fest wird vom ganzen irischen Volke, ja von jedem Iren, ob er sich nun in der Heimath oder in der Fremde befindet, am 17. März treulich gefeiert. Der 17. März ist der Sterbetag des Heiligen; aber in der Sprache der Martyrologie ist der Sterbetag eines Heiligen sein Geburtstag, weil er an ihm die Erde verläßt und in ein höheres Leben eingeht. Darum ist Patrick's Sterbetag das große Freudenfest von Irland. Die Mädchen tragen sogenannte „Kreuze“ auf den Schultern, d. h. ein rundes Stück weißen Papieres von drei oder vier Zoll Durchmesser, mit schmalen Streifen bunten Bandes, gleich den Speichen eines Rades, beklebt; und die Männer und Knaben stecken das berühmte Abzeichen Erin's, das Kleeblatt — „Schamrock“ heißt es in der irischen Sprache — an den Hut oder die Mütze. Nicht darum ist diese Pflanze zum Symbol von Irland geworden, weil sie dort etwa reichlicher wüchse, als anderswo — ich muß im Gegentheil bekennen, daß ich nur sehr wenige davon gesehn; der Grund ist vielmehr ein religiös=traditioneller. Bei seiner Landung soll der Heilige in Gefahr gewesen sein, vom heidnischen Volke gesteinigt zu werden. Sie wollten seine Lehre von der Dreieinigkeit nicht hören. Da brach der Heilige ein Kleeblatt und sagte: „Sollte es für Vater, Sohn und heiligen Geist nicht ebenso gut

möglich sein als für diese drei Blätter, auf einem Stengel zu wach=
sen?" Da bekehrten sich die Iren und wurden von St. Patrick feierlich
getauft. — An dem Tage dieses Heiligen habe ich selbst in London, durch die
schmutzigen Gassen in der Nähe von Pettycoat Lane Haufen irischen
Gesindels betrunken und Arm in Arm dahinziehn sehn, Kleeblätter im
Knopfloch und ein Lied singend, welches mit dem Refrain „Auf Sanct
Patrick's Tag an dem Morgen" („on Saint Patrick's day in the morning") endete und durch ganz Irland ungemein populär ist, ob es
gleich mit dem Heiligen und seiner Feier nicht in der mindesten Ver=
bindung steht. Das Lied — zu charakteristisch, um übergangen werden
zu dürfen — paßt doch mit seiner derben Komik wenig in diesen Zu=
sammenhang, und soll deswegen unter den Anmerkungen am Ende des
Buches eine Stelle finden. —

Es ist nicht gewiß, ob der heilige Patrick den Glauben Rom's
und im Namen Rom's gepredigt habe; denn erst seit dem heiligen
Columbkill, welcher 597 starb, machte sich — und zwar zumeist in
der Feier des Osterfestes, die sich der Weise der asiatischen Kirche
anschloß — eine Abweichung und Spaltung der irischen Kirche von
der römischen geltend, welche den Erfolg hatte, daß sich die erstere
unabhängig von Rom erhielt bis in's 11. Jahrhundert und im Gegen=
satz zu diesem eine Succession von Johannes und nicht von Petrus
behauptete. (Vgl. Collier, Staats= und Kirchengeschichte, S. 6 ff.)
Ebenso ungewiß sind die Umstände von St. Patrick's Leben; ja, die
Angaben über das Jahrhundert, in welchem er wirkte, weichen in be=
deutender Weise voneinander ab. Die Einen lassen ihn in Britan=
nien, die Andern in Wales geboren sein; nach Usher wäre er 372
geboren, und die Annales Cambriae setzte sein Todesjahr erst in 457,
während die Bollandisten (Acta Sanctorum, sub 17. März) es sogar
bis in 459 verschieben (s. Walter, das alte Wales, 219). Als gewiß
ist anzunehmen, daß der heilige Patrik es ist, welcher, vom Geist und
Drang der Wahrheit getrieben, Irland in seinem ganzen Umfange der
Lehre des Christenthums zuführte. Dieß ist unumstößlich; das Uebrige
ist ein Gewebe von schönen Legenden, die das Volk glaubt. Sage
reiht sich an Sage, und die Poesie hat ihr glänzendes Gewand um sie
geworfen. Da hören wir zuerst von Patrick's Zug nach Tara. Tara
ist die heilige Stätte des heidnischen Irlands. Noch heut' im nörd=

lichen Irland und in der Nähe des Ortes, der diesen alten Namen bewahrt hat, zeigt man das „Rath", auf welchem die Königsburg gestanden. Hier versammelten sich alljährlich zu einer großen National-Feier in der ersten Maiennacht — Bealtaine — die Würdenträger des Reichs, die Unterkönige, die Clanhäuptlinge, die Druiden, die Barden. Alles Feuer, jedes Licht ward an diesem Abend in ganz Irland ausgelöscht. Nur die heilige Flamme in Tara brannte weiter; und nachdem der Dienst der Gottheit verrichtet, wurden von diesem Feuer alle anderen in Irland wieder entzündet. Ein schöner, reiner Gedanke, mitgebracht aus der östlichen Heimath aller Indo-Europäer, ist in diesem Symbole ausgedrückt: die Heiligkeit des Feuers, die Weihe des Herdes, die alle Jahre erneuert wurde. Aber Patrick's Sendung war es dies Volk von der Wirkung zur Ursache fortzuführen. Der Herd sollte nicht mehr das Ende des religiösen Lebens, sondern sein Anfang sein. Das Feuer sollte nicht mehr heilig sein; aber es sollte geheiligt werden. In der Nacht, wo Alles dunkel war in Irland und nur die eine Flamme noch zu Tara brannte, da begab sich Patrick in die Königsburg unter die versammelten Großen des Volkes und löschte die Flamme aus. Nun war kein Licht mehr in Irland. Aber Gottes Wort fing an zu leuchten, ein neuer Tag ging auf über Irland und es wurde „die Insel der Heiligen".

„Der heilige Patrick" (heißt es in Nennius, Historia Britonum § 54 — aus dem 10 Jahrhundert), „lehrte das Evangelium vierzig Jahre lang. Begabt mit apostolischen Kräften, machte er sehend die Blinden, hörend die Tauben, reinigte die Aussätzigen, trieb Teufel aus, erweckte neune vom Tode, erlöste viele Gefangene beiderlei Geschlechts und gab ihnen die Freiheit im Namen der heiligen Dreieinigkeit. Er lehrte die Diener Gottes und schrieb dreihundert und fünfundsechszig kanonische und andere Bücher, die sich auf den katholischen Glauben beziehen. Er gründete ebensoviele Kirchen und weihte die gleiche Anzahl von Bischöfen, die er stärkte mit dem heiligen Geiste. Er ordinirte dreitausend Presbyter und bekehrte und taufte zwölftausend Personen in der Provinz Connaught. Und in einem Tage taufte er sieben Könige, welche waren die sieben Söhne Amalgaid's . . . Sanct Patrick glich Moses in vier Einzelheiten: Der Engel sprach zu ihm aus dem brennenden Busche; er fastete vierzig Tage und vierzig

Nächte auf dem Berge; er erreichte das Alter von einhundert und zwanzig Jahren; Niemand weiß sein Grab, noch wo er bestattet ist." Abweichend davon glaubte man in späterer Zeit, er sei in Down bestattet worden, welches darum Down = Patrick heiße, und mit ihm zusammen ruhten daselbst die beiden andern großen Heiligen von Irland, die heil. Brighit und der heil. Columbkill. Noch heute zeigt man in der Cathedrale vom Down = Patrick die Stätte in welcher die Dreie schlummern sollen, und der alte Reim lautet:

> In Down umschließt ein Grabmal, still,
> Patrick, Brighit und Columbkill.

In jedem Theile Irland:s giebt es Sagen, die Patrick's Leben betreffen, und Orte, an denen er Wunder gethan; nirgends aber mehr als in der Grafschaft Mayo und an den Abhängen des nach ihm genannten Berges. Das Land umher ist reich an zerfallenen Abteien, an heiligen Quellen, an Plätzen, die von Wallfahrern besucht werden; und endlos ist die Reihe der Geschichten, die man vom Croagh Patrick erzählt. Alle stimmen darin überein, daß der Heilige vierzig Tage und vierzig Nächte auf diesem Berge mit Fasten und Gebet zugebracht habe. Einige sagen, daß der Berg damals von bösen Geistern bewohnt gewesen sei, welche ihn hätten verhindern wollen, seine Fahrt und Predigt des Evangeliums in dieser traurigen Gegend fortzusetzen, und daß er sie darauf kopfüber in den Abgrund getrieben habe. Nach andern Versionen aber waren es Schlangen, von denen die Insel damals wimmelte, und die auf sein Gebot sich in das Wasser stürzten, so daß hinfort nicht eine mehr zurückblieb, wie es im Volksliede heißt:

> Mit Schuh und Strumpf wol in den Sumpf
> Ging hüben es und drüben;
> Der Schlangen Schaar mußt' aber gar
> Selbstmord an sich verüben.

Als das Wasser, in welches sich die dämonischen Feinde des Christenthums und seines Sendboten gestürzt haben, wird der Lough na n- Deamhan, der Geistersee, am Abhange des Croagh Patrick gezeigt. Es ist ein tiefer, breiter Sumpf, von welchem zahllose Geschichten erzählt werden. Um denselben huschen die Dämonen als böse Luftgeister, als die von den Iren so sehr gefürchteten „Deamhain aedhair".

Auch Patrick's berühmte Glocke ruht in diesem Sumpfe. Die Sage
berichtet, daß diese Glocke dem Heiligen von Engeln herniedergebracht
worden sei. Der Glaube der Bauern von Mayo und aus der Nach=
barschaft des Croagh Patrick aber ist, daß die Glocke — während der
Heilige auf der Spitze des Berges im Gebet versunken gelegen habe,
auf den Boden zu seinen Füßen niedergefallen sei, worauf sogleich
eine Quelle crystallischen Wassers aus dem Felsen gesprungen. Diese
Quelle ward Tobar Phadruig genannt und höchlich verehrt. Die
Glocke — aber, nachdem sie durch die überirdische Reinheit ihres Tones
und zwar mit ihrem dritten Klang die Dämonen aus ihren Festun=
gen vertrieben hatte, ward in jenen Geistersee versenkt, an welchen
sie die bösen Gespenster nun für Ewig bindet. Der Klang von Sanct
Patrick's Glocke war dem Volke in Irland ein Vorbote vom Nahen
des evangelischen Lichtes (vgl. Battle of Gabhra, edit. by Nich. Kearney);
und Colgan erzählt, daß — wenn der Heilige seine tragbare Glocke
als ein Schutzmittel gegen böse Geister und Zauberer gerührt habe, —
ihr Schall gehört ward vom Riesendamme bis nach Cap Clear, vom
Hügel von Howth bis zu den westlichen Gestaden von Connamara,
„per totam Hiberniam." --

Unter solchen Betrachtungen — während mir der Croagh Patrick,
im Purpurschimmer des Herbstmorgens, immer zur Linken blieb, bis
ich dicht unter seine Wurzeln gekommen war — hatte ich zur Linken
nun das Ende des Landes erreicht und die Trümmer von Murrisk=
Abtei, die es malerisch bis ins Meer bedecken. Hier befand ich mich
am breit und flach gestreckten Fuße des Berges und hatte den offnen
Ausblick über die ganze Weite des blauen Clew=Busens und die
zahllosen Eilande, die sich aus der sonnbestrahlten Fläche erhoben.
Diese Bai mit ihren Inseln, und vor Allem das Clare=Eiland, das
an ihrer Mündung liegt, ist die Heimath einer eigenthümlichen Heroine,
der Königin Grana Uile, vom mächtigen Stamme der O'Malley's, „die
Heldengrazie" genannt. Sie war die Tochter eines mächtigen Häupt=
lings, nach dessen Tod sie die Führerin des Clans zu Wasser und zu
Lande ward. Sie ist die Kleopatra von Irland; ihr englischer An=
tonius (denn vorher war sie schon mit einem eingebornen Fürsten vom
Stamme unsrer Freunde der O'Flaherty's vermählt gewesen) hieß Sir
Richard Bourke, Lord von Mayo. Die Liebenden heiratheten sich;

doch machte Grana die Bedingung, daß die Ehe u n l ö s b a r nur ein Jahr sein solle, und daß sie für gelöst zu erachten sei, wenn nach Verlauf dieser Zeit Einer von Beiden sagte: „Ich entlasse Dich!" — Die Sage berichtet, daß nach einem Jahre schon die wilde Tochter des Westens dieses Wort gesprochen, und frei wieder flog sie, mit dem Winde, über die heimathlichen Meere. Auch von einer Einladung, welche Königin Elisabeth — ihre jungfräuliche Zeitgenossin — an sie habe ergehn lassen, und von Grana's Besuch in London, von den großen Ehren, die ihr die Gebieterin Englands erwiesen, und dem großen Aufsehen, welches die irische Heldin in ihrer bunten Tracht von Roth und Gelb mit der Goldnadel im Haar, gemacht, wird Vieles erzählt. — Nun liegt Grana in Murrisk-Abtei begraben, und ich habe ihren Grabstein gesehn. Er ist in die Mauer eines engen Seitenhöfchens gefaßt. Ein Eichhorn, eine Krone, ein Eber, vor Allem ein Schiff mit der Inschrift: „O'Malley, terra marique potens" ist erkennbar; alles Andere ist mit gelbem Moos so stark verwachsen, daß man die Striche nicht mehr verfolgen kann. Rings in den Mauern finden sich nun auch die Grabsteine der jüngeren Glieder der Familie, fast bis auf unsere Tage. Einige derselben haben bei Waterloo commandirt, Andere sind in Neuschottland gestorben.

In den Trümmern der Cathedrale sollte ich noch ein Mal jenen gräßlichen Anblick haben, desgleichen ich auf meinen Reisen in Irland mehrfach mit Schauder begegnet. Die grausame Behandlung des Todtengebeins scheint alt und herkömmlich zu sein. Schon im Anfange des vorigen Jahrhunderts sagt Molineux bei Beschreibung des Franziskanerklosters zu Killconnell: „der Kirchhof ist von einem Wall aus Menschenschädeln und Todtenknochen umgeben, sehr ordentlich aufgehäuft, die Stirnen alle nach vorn gekehrt, 88 Fuß lang, ungefähr 4' hoch und über 5' breit, so daß hier, nach meiner Schätzung, etwa 50,000 Schädel liegen." —

Die Architektur der Murrisk-Abtei hat sich nur noch in ihren großen Umrissen erhalten. Das gothische Fenster im Chore ist sogar noch in all' seinen feinsten Einzelheiten als ein Meisterwerk zu erkennen. Alles Uebrige ist mit Epheu und Birkenzweigen durchwachsen; die Fenster sind nach Außen mit Steinen zugeworfen und nach Innen mit Menschenknochen, Schulterblättern und Schienbeinen nie bestatteter

Leichen ausgefüllt. Diese für gesittete Begriffe kaum erträgliche Mischung von animalischem und architektonischem Verfall ist nicht zu schildern. Da sind gothische Bögen voll bleichender Menschenschädel, und darüber ist der blaue Himmel und die Sonne. Da ist ein zerbrochenes Weih= wasserbecken, und zwischen den ringsum zerstreuten Stücken desselben liegt eine halbverfaulte Eule. Von einem uralten Steincrucifix ist der rechte Balken herabgesunken, und der Arm des Gekreuzigten liegt unter vermorschendem Menschengebein. Und starr, unabläßig und geheim= nißvoll schaut durch die Fenster das einsame Haupt des Croagh Patrick.

Durch dunkle Crypten voll angehäufter Knochenreste stieg ich über eine fast gänzlich zusammengesunkene Wendeltreppe zu dem oberen Stock des Klosters auf. Aus dem Lehm wuchert ellenhohes Gras, und der üppige Pflanzenwuchs verwandelt das Gemäuer in einen Hügel. Von dieser Höhe herab schimmerte die Clew=Bai auf's Prächtigste, und ihr Ende war nicht abzusehn. Smaragdne Wiesen dehnten sich von hier bis an den bläulichen Anfang des Wassers; und blau=sonnige duftreiche Zackenhöhen schlossen es im weiten Umkreis ein. Weit nun in der Ferne, hinter den Smaragdwiesen, hinter den letzten Hügelwellen und Wellenhügeln erschienen auf dem verschwimmenden Hintergrunde des Wassers und des Himmels die mattblauen, sargförmigen Umrisse der Berge von Clare=Island. So stand ich lange. Hinter mir das leise Rauschen des Verwesungswindes, vor mir das leise Flüstern der See. Vor mir ihr Schimmer, hier unten am Lande dunkelblau und sacht hinüber= spielend in das lichteste Grün; und fern, gegenüber am sonnigen Strande das tiefste Dunkelgrün. Ungestörter Friede; wunderbare Stille!

Von dem grasbewachsenen Gemäuer der anderen Seite hat man einen Blick in das Refectorium hinunter. Noch steht der Bogen des Kamines, und durch das Spitzbogenfenster hoch darüber sieht man, gleichwie in einem Panorama, auf grüne Wiesen, auf Heuhaufen, auf das blaue Wasser und die blauen Berge. Den Grund bedeckt ein hoher, wildverwachsener Brennnesselwald.

Ein alter Bauer hatte mich hierhergeführt, und er begleitete mich, als ich zur Landstraße zurückkehrte. Er war mehrere Jahre in Amerika gewesen, sagte er, und habe zwei Söhne dort, denen es sehr gut gehe, der heiligen Jungfrau sei Dank! ihn aber habe es doch wieder in die alte Heimath und zum Croagh Patrick gezogen, und in der Hütte, in welcher er geboren, wolle er mit Gottes Hülfe auch sterben. Er hätte in Amerika auch einige Deutsche kennen gelernt, sagte er ferner, und er habe die Deutschen sehr gern, weil sie „gute Katholiken" seien. — Hierauf sprachen wir in seiner Hütte vor, die nebst einigen andern unter dunklen Bäumen dicht an der Straße liegt. Da saß Denis, mein muntrer Kutscher, und machte zwei hübschen jungen Mädchen den Hof, die mir der Alte demnächst als seine Enkelinnen präsentirte. Hinter den Bäumen sieht man an der nackten Seitenwand des Croagh Patrick hinauf bis zu seiner Spitze. Hier auf der ersten mäßigen Hebung des Bodens liegen auch noch einige Hütten zerstreut, welche ich in der Begleitung des Alten besuchte. In der vordersten, zu der man über einen breiten Bach und große hinangewälzte Steine gelangt, fanden wir ein greifes, sehr häßliches Weib in bettelhafter Kleidung. Sie hatte einen großen Schreck, da sie mich sah. Sie hielt mich nämlich, wie der Alte mir sagte, für einen „Gauger," d. h. einen königlichen Inspector, der sich in den Berggegenden zuweilen zeigt, um nach dem „Pothin" oder „Schibbin," dem Whiskey, zu sehn, welcher von den Bauern heimlich, um den darauf ruhenden Abgaben zu entgehn, und gegen das Gesetz, in den Berglöchern und Düngerhaufen verfertigt und dann in der Hütte versteckt wird. Die Regierung soll durch diese Contravention in ihren Zolleinnahmen einen jährlichen Ausfall von mehr als einer Million Pfund Sterling erleiden. Diese vom Gesetz streng verbotene Destillation, welche das Dunkel der Mitternacht und die Abgeschiedenheit der einsamen Haide zu ihren Gehülfen nimmt, verbindet für den armen irischen Bauer mit dem Vortheil zugleich den Reiz des Geheimnißvollen und Abenteuerlichen. Er nimmt sie wie ein grausam versagtes Recht in Anspruch und vergleicht ihre Ausübung mit dem geheimen Gottesdienste früherer Jahrhunderte. Der Haß gegen den Gauger und die Furcht vor ihm ist daher sehr groß; und der Willkomm der alten Hüttenbewohnerin war nicht freundlich. Sie fluchte in ihrer Sprache vor sich hin und sagte, ich sollte nur jeden Winkel durchsuchen und in die Kammer sehn, ich werde doch Nichts finden. Aber ich merkte dennoch ihr Widerstreben bei jedem Schritte, den ich vorwärts that, und sah, daß ihre Angst wuchs. Sie mußte kein gutes Gewissen haben! Einen Herd hatte die Hütte nicht. Das Feuer lag in einer Ecke platt auf dem Lehmboden und einige glimmende Torfstücke verbreiteten vielen Qualm. Ein halbzerbrochener Stuhl, ein Schrank voll erbärmlichen Geschirres, das Spinnrad für Wolle, welches in keiner Hütte des Westens fehlt, das breite Strohbett in der Kammer und ein paar schmutzige, zerlumpte Kissen darauf bildeten den ganzen Hausrath. Sie war offenbar sehr froh, als wir gingen, und ihre Verwünschungen begleiteten uns. Dann besuchten wir einen altersschwachen Greis, der wol bald hundert Jahre alt sein mochte und in der ganzen Gegend sehr verehrt zu werden schien. Die Wallfahrer, wenn sie auf den Croagh Patrick ziehn, oder von dort herab kommen, pflegen bei ihm Rast zu machen. Er wohnt mit seinen zwei Söhnen allein, die — beide schon in hohen Jahren — sich nicht verheirathet haben, noch fernerhin verheirathen wollen, um den alten Vater desto besser pflegen zu können. Der fast Hundertjährige, körperlich noch einigermaßen rüstig, aber geistig schon recht abgestumpft, war damit beschäftigt, einem Esel Torf aufzuladen. Er ging mit uns in die Hütte, setzte sich und bot uns einen Stuhl an. Kein Fenster war in der Hütte, und der Rauch des Heerdes füllte den ganzen Raum. Ich konnte nicht das Auge aufschlagen, so biß er mich. In der Kammer befand sich nur ein Strohbett für den Vater und die beiden Söhne. Auch der Esel schien Hüttenbewohner zu sein; denn er kam, beladen wie er war, herein und stellte sich zu uns. In der Ecke stand das Spinnrad, welches nicht mehr gebraucht worden, seit die Mutter todt und die einzige Tochter verheirathet war. Dann kamen einige Frauen den Pfad von Croagh Patrick, wo sie Station gegangen waren, herabgeschritten. Dennis sagte, er glaube fest an die wunderthätige Kraft der heiligen Quellen, sowol der Quelle Tobar Phadruig oben am Croagh Patrick, als der andern mit den beiden Forellen, welche er mir später noch zeigen werde. Diese letztere habe besonders die Kraft, Blinde und Lahme zu heilen, und jedes Mal, wenn sie das Wunder thun wolle, koche sie auf. Er selber habe Fälle genug gesehn, wo sich diese Quelle heilkräftig erwiesen und Blinde sehend und Lahme gehend gemacht habe.

Ich nahm Abschied von den Bauern des Croagh Patrick, und trieb mit Dennis dem heiligen Brunnen zu. Auf dem Weg dahin liegen die Trümmer der Augh=Abtei, zu beiden Seiten der Fahrstraße verstreut. Diese ist über den alten Abteigrund geführt worden. Wir

kletterten über eine Mauer zur Linken und gelangten zu einem uralten
Stein, der in der Erde fest lag, und zwei Löcher zeigte, in welchen der
Regen stand. Es sind die beiden Eindrücke davon, daß Patrick hier
gekniet hat, als er diesen Grund zuerst betrat, um ihn zu segnen,
sagte Dennis. Hier auf dem Begräbnißort stehn die Ruinen der Ca=
pelle; die letzten Trümmer der Abtei stehn gegenüber, rechts vom Wege,
auf einem Hügel, der noch einmal eine weite, überaus herrliche Aussicht
auf die Bai und die Berge eröffnet. Epheustämme, die sich oben zu
Bäumen ausbreiten, decken und bekleiden mit ihren Wipfeln die Giebel=
reste. Der Gottesacker auf der anderen Seite des Weges mit dem
Patricksstein liegt seit Jahrhunderten vereinsamt und kein neuer An=
kömmling stört den Frieden der hier Versammelten. Dagegen wird
der Hügelgrund unter den Ruinen der Abtei von den umwohnenden
Gemeinden noch als Beerdigungsplatz benutzt. Alt=Irland begräbt
seine Todten unter Ruinen.

Aus den verstreuten Bauresten der ehemaligen Abtei hat man
eigenthümliche Wohnungen für die Todten gebaut. Man hat alte
Giebelspitzen über ihre Gräber gesetzt, alte Nischenreste darauf gewälzt,
sogar mit eisernen Gitterthüren, an denen der Rost schon lange genagt,
die Pforten zur Ewigkeit noch einmal verschlossen. Einige Leichensteine
liegen platt auf den Gräbern. Auf einem las ich: „Dem Herrn sei
Ehre, Ehre, Ehre, für Immer, für Immer, für Immer…" Andere
lagen auf vier rohen Steinen, oder Steinpilastern, oder Steinsäulen=
resten, die vom Abteibau stammen. Dann kamen wir selband an
zwei Leichensteine, verwitterte Platten ohne jede Inschrift. „Hier ruht
meine Schwester und meine Mutter," sagte Dennis, auf den einen
Stein weisend; „hier mein Vater und mein Bruder, und darin, mit
Beiden zusammen werd' auch ich einst meine Ruhe finden" fügte er,
auf den andern weisend, hinzu. Dann sprang er mit beiden Füßen
auf die Platte, als wolle er schon jetzt sein Eigenthumsrecht daran
zeigen. „Und da werft Ihr Eure Todten alle so zusammen?" „Alle
so zusammen," erwiderte Dennis; „was im Leben gut genug für ein=
ander gewesen, wird es auch wol im Tode sein!"… Er hatte Recht;
ihre Gräber sind für die Todten, was ihre Hütten für die Lebenden
sind. Beide sind sich in ihrem elenden, kummervollen Zustande und
ihrem engen, gedrückten Raume für so Viele einander wirklich gleich.

„Und warum hat der Stein keine Inschrift?" — „Zu arm dafür!"
sagte Dennis. — Diese wunderlichen Giebelgräber geben dem ganzen
Grund das Ansehen einer traurigen, zerstörten Stadt, die von den
Abteitrümmern auf der Höhe des Hügels beherrscht wird. —

Dicht unter den Trümmern der Augh=Abtei rieselt die heilige
Quelle. Ein altes Gemäuer umgibt sie. Die Krüppel, die Heilung
an der Quelle suchen, werden hinübergetragen. Beim Heimweg konn=
ten schon Mehrere zurück springen. Dann geht es einen schmalen
Pfad das Kartoffelfeld entlang, welcher in ein Baumdunkel führt. Hier
ist der heilige Brunnen: ein Wasser, etwa vierzehn Zoll tief, und so
klar, daß man die bunten Steine auf dem Grund erkennt. Im Viereck
ringsum sind moosige Steine zur Mauer aufgehäuft, und der Epheu
hängt aus den Fugen in dichtbewachsenen Stämmen nieder. An die
kleinen Zweige sind rothe, blaue, grüne Wollfädchen und Läppchen von
Kattun und Leinen geheftet; ein Andenken, von denen zurückgelassen,
die diesen Ort besucht haben. Auf einem Steinvorsprung der Mauer
steht ein altes, rostiges Blechbecherchen zum Trinken für die Pilger.
Ringsum im Kreise stehn hohe, dunkele Eschen, die ihre Zweige über
das Gemäuer und das Wasser decken und durch ihren tiefen Schatten
die ganze Stätte in einen Ort der Dämmerung und des Geheimnisses
verwandeln. Auch sollen zwei heilige Forellen in dem Wasser wohnen.
Ein ketzerischer Soldat soll sie einst gefangen und mit sich nach Haus
genommen haben; doch kaum hatte er sie auf den Rost gelegt, um
sie zu braten, als sie auf wunderbare Weise verschwanden. Sie waren
in ihr geheiligtes Wasser zurückgekehrt, trugen aber fortan die Spuren
des heißen Eisens. Es sind beständig zwei Forellen in dem Brunnen.
Dennis gab sich Mühe, sie heranzulocken. Er sagte, sie säßen unter
den Steinen; aber sie kamen nicht und ich habe sie nicht gesehn.

Nirgends ist der Quellencultus so verbreitet, als in Irland. Fast
jedes Kirchspiel im Königreich hat seine heiligen Quellen oder doch
wenigstens Quellen, die heilig gewesen, bis irgend eine alte Hexe ihre
Kleider in derselben gewaschen. Der schöne Gedanke von der Reinheit
und reinigenden Kraft des Wassers liegt diesem Cult zu Grunde; nir=
gend daher bestraft sich Entweihung unmittelbarer. Wer eine solche
Quelle verunreinigt, wird unvermeidlich von irgend einem schweren
Unheil betroffen, und nicht selten begibt sich die Quelle selbst — welche

Fruchtbarkeit und Wohlergehn verbreitete — ganz aus dem Feld hinweg, in welcher die Verletzung geschehen. Die alten Sitten und Gebräuche des irischen Volkes, welche sich auf die Verehrung des Feuers und des Wassers beziehn und deren ein guter Theil sich noch in der Mai= feier erhalten, sind Reste des celtischen Elementardienstes. Wir finden seine Spuren gleichmäßig im Volksaberglauben von Wales und Hoch= schottland. In beiden Wohnsitzen celtischer Stammesfeste gibt es noch einen Ueberfluß von heiligen Quellen. Was Wales anbetrifft, so spreche ich aus eigener Erfahrung. Hier besuchte ich St. Winifred's= Brunnen in der Nähe von Flint, Nordwales. Der Ruf seiner Heilig= keit stammt schon aus fernen Jahrhunderten und hat sich erhalten. In einem der ältesten Interlude Heywood's, aus dem 16. Jahrhun= dert, zählt der Pilger unter den heiligen Orten, die er besucht, auch St. Winifred's=Brunnen auf (The Playe, called the Foure PP. I., 1.); und wie, wenn ich nicht irre Macaulay berichtet, führte Jakob II. seine zweite Gemahlin an diesen Brunnen, dessen wunderbare Kraft sich denn auch bald in der Geburt des später noch so unglücklichen Prä= tendenten bewies. Von einem andern heiligen Brunnen in Südwales, nämlich dem Brunnen der heiligen Thekla, bei Llandegla, Denbighshire habe ich gleichfalls viel Bemerkenswerthes sagen hören. Der heute freilich abgekommene Cultus des Thekla=Brunnens war früher folgen= dermaßen beschaffen: Der oder die Kranke ging dreimal um die Quelle, und opferte dann unter Gebeten einen Hahn oder eine Henne, je nach dem Geschlecht. Dieß Opfer fiel der Kirche zu; man glaubte, die Krankheit des Opfernden sei auf das Thier übergegangen. Etwas frappant Aehnliches, um es beiläufig zu erwähnen, findet sich im Ceremoniel der jüdischen Religion, in der sogenannten „Ka= porah." In den zehn Tagen vom jüdischen Neujahr bis zum Ver= söhnungstag nehmen die Juden einen Hahn oder eine Henne, je nach dem Geschlecht des Darbringenden, schwingen ihn unter Gebeten um den Kopf und sagen, die Sünde sei von dem Haupte des Opfernden auf das Opfer übergegangen. Alsdann begeben sie sich an einen Fluß und werfen noch einmal, mit einer vorgeschriebenen Gebetsformel, ihre Sünden in das fortziehende Gewässer. — Außerdem hörte ich in Wales mehrfach sagen, daß diejenigen Quellen, welche nach Osten flössen, das beste und reinste Wasser hätten. —

Die Verfolgung dieses Gegenstandes gehört nicht hierher. Gewiß ist, daß die Brunnenverehrung sich im Celtenlande bis auf diesen Tag erhalten hat, und daß es nirgends mehr heilige Quellen gibt, als in Irland. In einem Briefe des um irische Culturforschung hochverdienten Rev. Charles O'Connor an seinen Bruder Owen O'Connor Don (mitgetheilt von Betham, Gael and Cymbri, Dublin, 1834) heißt es: Ich habe Deine Bauern oft gefragt, was sie sich bei ihren Pilgerfahrten zu den heiligen Quellen dächten, woselbst sie sich alljährlich haufenweise versammeln, um das zu feiern, was sie in ihrem gebrochenen Englisch „Pattern" (Patron's Tag) nennen: und als ich einen sehr alten Mann, Namens Owen Hester drängte, mir mitzutheilen, welchen möglichen Vortheil er von dem eigenthümlichen Gebrauch erwarte, Quellen zu besuchen, die sich in der Nähe einer alten zerschmetterten Eiche oder eines aufrecht stehenden unbehauenen Steines befänden, oder was die Bedeutung des noch eigenthümlicheren Gebrauches sei, Lumpen an die Zweige solcher Bäume zu stecken und darauf zu spucken: da war seine Antwort und die Antwort der ältesten Leute, daß ihre Vorfahren es immer gethan hätten; daß es ein Mittel gegen „Geasa-Draoidecht," d. h. Hexerei der Druiden, sei; daß ihr Vieh dadurch vor ansteckenden Krankheiten bewahrt werde, und daß die „Daoi ni maithe," d. h. die Feen, dadurch in guter Laune erhalten würden. — Und so kommen diese Leute zehn und zwanzig Meilen weit, baarhäuptig und barfüßig, und kriechen auf ihren Knieen rund um diese Brunnen und aufrecht stehenden Steine und Eichbäume, westwärts wie die Sonne geht, einige drei, andre sechs, andre neun Mal, und so fort immer in Fortschreitungen der heiligen Dreizahl." —

Ich hatte den westlichsten Punkt meiner Reise erreicht. Von hier kehrte mein Weg gen Osten zurück, und es drängte mich, ihn zu beenden. So sagte ich denn noch am nämlichen Nachmittage, unter der heitersten Herbstsonne, dem lieben Städtchen Lebewol, und rollte auf

Dennis' leichter Karre in's offne Gefilde hinaus. Schon von Westport ab beginnt das Land und seine Bewohner ein anderes Aussehn zu gewinnen. Nachdem man in den öden Gebirgen von Connamara den verkommensten Zustand des Hauswesens und das höchste Elend der Menschen kennen gelernt, hat man eine glückliche Empfindung für jeden Fortschritt zum Besseren. Ich weiß nicht, wie man urtheilen würde, wenn man aus den blühenden Ackerbaudistricten Englands käme; mein Vergleich geht von den Morästen aus, die ich bei Sturm und Regen durchwandert. Zwar kommen auch noch weit hinter Westport genug Haidestrecken vor, die mit Steinen besäet sind; oft sieht man ein Stück des besten Landes und einen Felsklotz mitten darin, der jedem Bemühen der Menschenhand trotzt, jeden Culturversuch abschneidet. Doch hat das Auge auch bessere Anblicke, als Granitblöcke über ödes Land verstreut. Zwischen den Haiden kommt ab und an ein Haferfeld vor, und die Leute betteln nicht mehr am Wege. Arbeiter, Bauern zu Pferde und Eseljungen ziehen in Zwischenräumen vorüber. Das Gebirgspanorama bleibt ein freundliches, wenn nicht ein großartiges; bis nach Castlebar hinunter schaut der zuletzt im Blau des Horizontes verdämmernde Croagh-Patrickgipfel. Castlebar ist ein freundlicher und ziemlich belebter Ort, hübsch unter Bäumen im Thal gelegen. Gleich hinter demselben steigt der Weg wieder an und auch das Gebirge entfaltet neue Reize. Es ging auf den Abend und der reinste Glanz des Himmels, starr von Golde, lag über dem Gesichtskreis. Erst in der Ferne, tief unten im Gebirgsthal, dann näher und näher trat Lough Cullin, ein breiter, stiller, durch seine Buchteinfassungen reizend gezeichneter See, nach drei Seiten offen und nach der vierten von einer hohen Felspartie mit Tannenwald kräftig geschlossen. Unter diesem Walde liegen mit köstlicher Fernsicht einige Wohnungen. In der einen lebt ein Schmied, der sein Handwerk an dieser Straße mit Nutzen betreibt; die andere, ein breites, massives Steinhaus mit dem Schild: „Pontoon Hôtel" ist verödet. Im Lande der Ruinen, neben zerfallenen Abteien, Kirchen und Thürmen auch eine Hôtel-Ruine! die Thür verriegelt, die Fenster verschlossen, die Kamine kalt — so steht es schon mehrere Jahre, und kein Mensch hat Lust, dieses schöne Haus auf einem der reizendsten Punkte, den man sich denken kann, zu bewohnen. Lord Lucan, dem der Grund um diesen See gehört, beabsichtigte eine Stadt darauf zu erbauen, allein es mißlang ihm, wie diese Ruine zeigt. Durch einen schmalen Ausläufer, der sich um den Felsen biegt, steht dieser See mit einem zweiten, benachbarten, dem Lough Conn in Verbindung, und die Brücke, die über diesen Arm führt, heißt Pontoon = Bridge. Wie in einem Felsendome steht man hier; die Musik des rollenden Wassers unterbricht die feierliche Abend= stille und die glänzenden Bilder des Sonnenuntergangs wandeln vor= über. Lough Conn lag, eine dunkle von Licht durchschillerte Spiegel= fläche, mit grotesken Felsgruppen und Steinhäuptern umher. Hier um die dunkle Bucht ein Wäldchen von Niederholz; dort in weiter Ferne, in das matter werdende Gold des Westhimmels gezogen das sanfte Violett einer Berglinie. Hoch darüber, das Haupt vom letzten Licht= gewölk glühend gekrönt, der Nephinberg. Auf der andern Seite der Brücke der Cullinsee, schilfbewachsen, hinter dem Felsen sich ver= lierend. Die Wolken des östlichen Himmels bespiegelten sich röthlich golden in seiner klarblauen Fluth; und jäh abgestürzte Felsblöcke, wild übereinander gepoltert, mit blühenden Haidebüscheln bekränzt, schlossen hier und weiterhin den Aspect. Ein Bild des Friedens und der An= muth, aber in wilde Felsklammern gefaßt, und darüber ein Himmel so lau verdämmernd, so rosig abblühend, so lieblich bewölkt, als schwämme er voll schöner Gedanken der Heimkehr und voll seliger Träume des Wiedersehens!

Der Abend brach nun rasch herein und es begann zu dunkeln. Unheimlicher ward es im Gebirge. Zwei Männer mit Aexten traten aus einer Schlucht. Sie sahen wie Räuber aus. Sie kreuzten den Weg, faßten mich scharf in's Auge, sagten sich leise einige Worte und stiegen einen Bergpfad hinan, in dessen Senkung sie bald verschwanden. Mir ward ängstlich zu Muth; ich dachte, sie wollten mir einen Vor= sprung abgewinnen, um mich an einem sicheren Orte ungestört zu be= rauben; aber sie kamen nicht wieder. Nur der englische Grundbesitzer, der seine Hintersassen quält und bedrückt, braucht sich in diesem Lande vor Aexten und heimlich aus dem Gebüsch fliegende Kugeln zu fürchten; der Reisende, und wäre seine Karre auch mit Gold beladen, ist sicher. Die Leidenschaft, der Haß, die Rache sind die Quellen des Verbrechens in diesem Lande; die niedere Habgier nie. Beruhigt kehrte das Auge zu der wilden Scenerie des Hintergrundes zurück. Die nackten Fels=

koloffe traten in das befänftigende Blau der Nacht zurück und ihr weiches Gewand schloß sich um die trotzigen. Hüttenrauch wirbelte aus den Schluchten und ein Athem des Friedens trug die zerrinnenden Säulen gen Himmel. Wie manches Herz klopft in diesen Tiefen, an jenen Abhängen, von welchem Du Nichts weißt! Wie viel unbekanntes Glück wohnt dorten, wie viel schweigend erduldeter Schmerz! Wie wird doch der Kampf des Lebens an den entlegensten Punkten geführt; und wie senkt sein schönster Preis, der Friede sich an Orten hernieder, von deren Dasein wir keine Ahnung haben! O warum schweift das Auge in die entlegenen Himmelsräume und zu den Sternen, die sich daselbst bewegen? Um unsren eignen Weg huscht Geheimniß, und der nächste Berg ist die Grenze unserer Erkenntniß.

Je höher wir kamen, desto märchenhafter unter uns in der Ferne dämmerte der See und um ihn die Berge rückten dunkel und fest zusammen. Dem jenseitigen Ufer nahe streckte sich eine Insel, und vor der üppigen Waldung derselben erschien in der Dämmerung ein Dörflein mit Lichtern hier und da, mit aufsteigendem Hüttenrauch — von Fischern bewohnt. Ein Nachen bewegte sich langsam über das ruhende Wasser; man sah, wie die Ruder sich in's Wasser tauchten sich wieder hoben, aber man hörte Nichts davon. — Die Fruchtbarkeit der Gegend schien zu wachsen, je mehr unser Weg aus dem Gebirge sich thalwärts senkte. Unter den Eseln, die, mit Torf beladen, uns heerdenweise begegneten, kam auch ab und an einer vor, der Getreide oder grünes Futter und Heu in den Tragkörben schleppte. Fette Lämmer und feiste Kühe weideten auf den nachtbeschatteten Triften oder liefen, von unserer Karre aufgeschreckt, über den Weg.

Es war später Abend, als wir nach Ballina gelangten. Hier verabschiedete ich mich von meinem treuen Dennis und bezog im „Königlichen Post-Hôtel" mein Nachtquartier. Das Haus sah groß aus, aber im Innern war es so schlecht als möglich bestellt. Hammelfleisch, Eier, Speck und halbrohe Kartoffeln blieben nebst Wiskey und warmem Wasser mein Frühstück, Mittag- und Abendessen. Die Stadt ist gut gebaut, wolbevölkert und geschäftsreich; namentlich scheint der Wollhandel zu floriren. Ich sah über vielen Thüren das goldene Lämmchen hängen, welches dieser Zweig der Industrie sich zum Symbol erkoren. Die Stadt hatte seit einigen Tagen Gasbeleuchtung. Die Laternen

brannten ausnehmend hell und um jede einzelne waren Gruppen von
Menschen versammelt, welche — wie ich es früher in der Umgegend von
Limerick mit der Eisenbahn gesehn hatte — die neue Erscheinung des Gases
bewunderten. So machen Licht und Bewegung ihre Fortschritte in Irland,
diese beiden Boten eines besseren Zustandes hier und überall. Das
innere Leben der Stadt fand ich freilich noch sehr auf altfränkischem
Fuße. Ich hatte noch eine Station zurückzulegen, um die Eisenbahn
zu erreichen. Ich kann nicht sagen, wie ich mich nun endlich doch von
den felsigen Wegen und den elenden Fahrzeugen, die langsam und
schwerfällig darüber hinrumpeln, nach dem Rollen der Locomotive und
all' den lang entbehrten Bequemlichkeiten sehnte, die das Hin= und
Widergehn der Maschine an seinen Wegen hervorgerufen hat. Ich
wünschte Näheres über Abgang der Züge, über den Anschluß von
Bianconi's Karren zu erfahren, aber Niemand wollte Etwas davon
wissen. Von einem Dinge, wie ein Fahrplan, hatte man im Hôtel
nie gehört. Der Wärter sagte, er wolle ausgehn und sich erkundigen.
Er ging aus, aber seine Erkundigungen blieben erfolglos. Zuletzt be=
gab ich mich selber in das „Königliche Postbüreau." Karren von der
bekannten Verfassung standen vor der Thüre. Mir bangte vor dem
Augenblicke, wo ich das Trittbrett derselben wieder besteigen mußte, und
meine Seele maß die Entfernungen nicht ohne Beklommenheit. Im
Hause war Alles dunkel. Nach vielem Rufen erschien mit einem spär=
lichen Lichte ein Mann auf der Treppe, der in der Bekleidung
eines Strumpfes und eines Stiefels sich mir als Postmeister von
Ballina vorstellte. Von der Eisenbahn wußte er aber Nichts. Er sagte, er
bekümmere sich nur um die Karren; das Andere ginge ihn nichts an.

Am andern Morgen früh fuhr ich dann noch einmal in's Unge=
wisse hinaus. Das nächste Ziel war Sligo. Die Luft war kalt und
n belig, und ich vertrieb mir die Zeit damit, die Meilensteine zu zählen.
Aber die irischen Meilen sind lang, und der Weg war uninteressant. In
der Ferne verschwand der Nephin=Berg, und das Land blieb eine
Meile flach. Aber das Wachsthum, die Fruchtbarkeit der Erde und
der Wohlstand ihrer Bebauer wuchsen zusehends. Dabei erschien auf
Einmal, zuerst blitzend aus weiter Ferne, dann immer näher die See;
und jede Brise trug durch's Baumgrün mir den lebenweckenden Hauch
und Geruch der bewegten See herüber. Sie brach sich laut an der

Felsküste und auf dem blauen Grunde schimmerte weithin der Silber=
kranz des Wellenschaums. Unser Weg hielt sich dicht an dem Meeres=
Ufer und die zahlreichen Einschnitte und malerischen Buchten desselben
folgten sich in reichem Wechsel. Auf dem Lande ward von Dro=
more ab, auch die Gebirgsgruppirung immer großartiger. Zur einen
Seite traten die Vorberge des Slievhe Guff heran und von der
andern der charakteristisch geformte Bergkopf des sagenberühmten
Ben Bulbin, welcher noch lange der hervorstechende Zug der Land=
schaft bleiben sollte; und zwischen diesen Gebirgen, die sie blauduftig
umschließen, und dem flachen Strande mit Weiden, Dörfern und Wald=
strecken öffnete sich nun allmälig das weite, schimmernde Wasserpano=
rama, welches die Bai von Sligo bildet. Die Anzahl der Passa=
giere vermehrte sich von Dorf zu Dorf. In Screen hatte eine Frau
neben mir Platz genommen, deren Gesicht vom raschen Gehen ganz
erhitzt war, auch war sie so sehr außer Athem, daß sie lange nicht
sprechen konnte. Sie trug ein carrirtes Wollenkleid, eine seidene Mantille,
einen Hut mit grünseidenen Bändern, Blumen und Schleier. Sie schien
wolhabend zu sein. Trotz des kurzen Athems gab sie mir doch sogleich
allerlei Nachrichten von sich: Sie sei aus einem Dorfe am Ufer, zehn
Meilen von hier; und ihr Geschäft sei Eier= und Butterhandel „im
Großen.“ Sie war überaus gesprächig und hatte offenbar noch eine
Geschichte zu erzählen; aber sie war mit ihrem Athem noch nicht
recht am Platze und schien mich um einige Minuten Geduld zu bitten.
Obgleich ich ihr diese stillschweigend gewährte, so machte sie doch eine
Höflichkeitsfache daraus, sie nicht anzunehmen; woraus sich denn eine
Folge von unartikulirten Sätzen und stoßweisen Athemzügen, sowie ein
unerklärlicher Wechsel von Lachen und Weinen ergab. Ich bildete mir
ein, meine Nachbarin sei berauscht — ich sage nicht wovon! ... Es
gibt ja so viele Dinge auf der Welt, von denen man berauscht sein
kann, und besonders in Irland. Aber sie war nicht berauscht; sie war
nicht mehr und nicht weniger als das treue Bild eines irischen
Weibes, welches sich in Schmerz befindet — einer irischen Mutter,
deren einziges Kind auf dem Sterbelager liegt — das treue Bild der
heftigen Raserei, des unvermittelten Ueberganges von einem äußersten Ge=
fühle zum andern, der überraschenden Elasticität, des unerhörten
Leichtsinnes — all' jener Eigenschaften, die das irische Volk zu der

„feurigen und ungestümen Race" machen, „leicht zum Weinen und zum Lachen, zur Wuth und zur Liebe bewegt." (Macaulay.) Ich verstand aus ihrer Erzählung Folgendes: Am letzten Sonntag, morgen acht Tage, war ihr Kind krank geworden, am Montag wurde ein Dorfchirurg zu Rathe gezogen, welcher Blutegeln verordnete, und am Dienstag ein Bote in die Stadt geschickt, um sie zu holen; der Bote jedoch vertrank das Geld unterweges, kam des Abend im Zustande unzurechnungsfähiger Betrunkenheit zurück und sagte: er habe keine Blutegeln bekommen können. So lag das arme Kind in seinen Schmerzen hülflos da und seine Krankheit ward schlimmer. Am Donnerstag machte sich nun endlich die Mutter selber auf; unterwegs aber gerieth sie in einen Schwarm von Eseljungen, wie sie um diese Zeit in allen Theilen von Mayo bei der Torfeinfuhr beschäftigt sind, und die Eseljungen hatten Mädchen bei sich und einen blinden Fiedler, und da ward auf offenem Felde Halt gemacht und bei einem Feuer getanzt, und sie mußte mittanzen und „konnte nicht fort"... und am andern Morgen versäumte sie die Karre und habe bis heute warten müssen. Ob sie denn inzwischen. ihr Kind wiedergesehen habe? fragte ich sie. Nein, jammerte sie, und es könne vielleicht schon todt sein. Ob ihr Herz denn sie nicht zurückgetrieben habe zu ihrem Kinde? Sie hätte ja einen zuverläßigen Boten senden können. — Ja; aber heute sei Markt in Sligo, und den hätte sie zugleich auch mitnehmen wollen. — Ein heftiger Thränenstrom folgte ihrer Mittheilung. Bald darauf aber hörrte ich sie schon wieder über einen Witz, der auf der anderen Seite der Karre gemacht wurde, lachen und fortan blieb sie, nachdem sie ihr Herz also erleichtert, in guter Laune, die nur zuweilen durch den Ausruf: „Ach, ach mein Kind! Lebt es noch oder ist es todt?" unterbrochen ward. —

In Ballisadare, einem Dorfe dicht am Meere, ward zum letzten Male Halt gemacht. Brausende Cascaden stürzen hier über die Steinterrassen eines Hügels, auf dessen Höhe die epheuumwundenen Trümmer einer Abtei stehen. Von hier ab ward der Weg äußerst belebt. Zu Wagen und zu Pferde zogen die Landleute der Stadt entgegen, und bei guter Zeit, gegen Mittag, kamen wir selber in der Straße von Sligo an. Die Stadt ist nicht groß, aber sie scheint wolhabend, und das Leben des Markttages trug dazu bei, diesen Ein-

druck auf's Angenehmste zu erhöhen. Die Krambuben und Kaufläden
waren gedrängt voll ländlicher Besucher. Auf dem Markte und der
Hauptstraße, die sich einen Hügel hinanzieht, waren Leinenzelte aufge=
schlagen, und ein buntes, lustiges und anregendes Volksleben herrschte
überall. Was mich sogleich in Erstaunen setzte und mir den Ort von
Anfang an lieb machte, war die auffallende Menge hübscher, frischer
Frauengesichter, die aus allen Fenstern und Thüren, jeden Gruß artig
erwidernd, schauten, und die entsprechende Menge allerliebster Füße,
die, mäßig enthüllt, über die vom Morgennebel noch angefeuchtete Straße
hüpften. Dieses sind ja doch die höchsten Reize, die uns daheim und
in der Fremde fesseln; die uns die Fremde sogleich zur Heimath machen,
indem sie die Thätigkeit des Herzens auf gleiche Weise anregen und
die Phantasie mit verwandten Bildern erfüllen. Die landschaftliche
Formation entlegener Gegenden, die besondere Physiognomie unbekann=
ter Städte würde uns ewig fremd bleiben, fände die Seele nicht Mit=
tel, sie durch jene leichten, flüchtigen Bande festzuhalten, wie sie das
Blitzen eines schönen Auges, das Lächeln eines holdseligen Mundes
zurückläßt. So ist mir auch Sligo lieb und vertraut geworden, und
ich beklage es nicht, daß die folgende Karre nach Enniskillen erst an=
deren Nachmittags gehen sollte. Auch in die kümmerliche Verpflegung
von Davis's „Hibernischem" fand ich mich mit der nothwendigen Er=
gebung; und Hunger und Durst — denn an Beides hatte ich mich
nach und nach gewöhnt — ertrug ich mit wahrhaft romantischer
Laune. —

Sligo macht nicht den Eindruck einer Seestadt, obgleich sie dicht
an der Bai liegt und zwar da, wo der Garrogue aus dem Lough
Gill sich in dieselbe ergießt; also recht eigentlich im und am Wasser.
Sie sieht vielmehr wie eine gute, behäbige Landstadt aus, die sich leid=
lich wol fühlt. Die Gentry aus der Nachbarschaft kommt häufig herein
und führt ihr Verdienst und einigen Aufwand an verdeckten Kutschen
und besser gesattelten Pferden zu. Die Wirthshäuser sehen wenigstens
so aus, als ob sie sich wieder mehr dem Muster näherten, welches man
in den angebauten Theilen der Erde für derartige Institute anzuneh=
men pflegt. Ein Zeitungscabinet war da — ein kleines Gebäude am
Flusse — und das bekannte Gesicht von „Punch", dem gottlosen Re=
bellen, und die Uhr der „Times", die unveränderlich auf halb sechs

zeigt, waren dem Eintretenden erwünschte und lang entbehrte Anblicke. Sogar gelbe, lange Theaterzettel, in welchen Meister Cooke um die Erlaubniß bat, „höchst dankbar anzuerkennen die Patronage, welche seinen kurzen Aufenthalt in Sligo beehrt habe," klebten an allen Straßenecken, und machten nach einigen weiteren Excursionen der Höflich= keit und Dankbarkeit bekannt, daß er, Meister Cooke, noch etliche Abende spielen und seine „Unterhaltungen" beginnen werde „mit dem mächtiglich rührenden Stücke, genannt: die Mordthat in der Höhle des heil. Robert"... u. f. w. Daß man sich wieder auf gewisse Distanz den Grenzen der Cultur genähert habe, war das schöne Gefühl, dessen man in Sligo genoß; und Alles, was noch fehlte, ertrug man mit größerer Standhaftigkeit. Das bejahrte Aussehen der Häuser und die altersschweren Giebel hie und dort gaben der Stadt etwas Wohnliches; und selbst die Abtei=Ruinen, deren heilige Stille sich mitten aus dem Straßengewühl und Marktlärm erhoben, verstärkten diesen Eindruck, indem sie ihm einen ehrwürdigen Hintergrund gaben. Lord Palmer= ston, der in der Nähe von Sligo reich begütert ist, hat diese Ruinen kürzlich wieder neu umgittern lassen. Das Bemerkenswertheste in ihnen ist der Klostergarten mit den prächtigen Kreuzgängen ringsum. Sie ruhen auf Spitzbögen und Säulchen, deren jede mit verschiedenem Schmuckwerk in phantastischem Geschmack geziert ist. Wo einst die Mönche wandelten, liegen jetzt Schädel und Menschenknochen in großen Haufen; und auf den grasbewachsenen Hof — gleichfalls ein Begräb= nißgrund, halb über, halb unter der Erde! — schauen die leeren, in ihren reinen Formen noch erhaltenen, sonst aber von Wind und Wet= ter schon hart mitgenommenen Fenster der Cathedrale. Von dem In= nern derselben stehen noch drei gewaltige, prachtvolle Bögen vom Längenschiff und ein Bogen vom Kreuzschiff. Vom Chor sind noch die beiden Mauern und Bögen, die den Glockenthurm trugen, übrig; und ein Stumpf dieses letzteren mit einfachen, aber gut und künstlerisch durchgeführten Verzierungen. So stehen diese Ruinen der Straße zu= gekehrt; und in der Nachbarschaft umhergestreuter Todtenschädel klingt der Dudelsack des Pfeifers, der die Märkte und Hochzeiten von Mayo besucht. —

Obwol der Blick von der Höhe der Straße hinab auf die Stadt, welche ganz noch im späten Grün zu liegen schien, schon recht hübsch

ist: so sieht man doch die wahrhaft bezaubernde Schönheit ihrer Lage
erst, wenn man den Quai hinab zum Hafen und weiter hinaus wan=
delt. Der Hafen ist an sich sehr ärmlich, leer und still, wie alle Hä=
fen der irischen Westküste. Die Lagerhäuser standen verschlossen in
langer, düsterer Reihe, als sei ihre Zeit vorbei, oder als warteten sie
auf die Zukunft; und auf der Rhede lag ein lecker Dampfer und ein
Dreimaster aus Liverpool. Aber von unaussprechlicher Pracht ist die
Bai, längs der man unter einer breiten, dunklen Allee aufwärts wan=
delt, und besonders wenn man sie — gleich mir — in der ganzen
Herrlichkeit eines Herbstsonnenuntergangs sieht. Vor mir lag die
schillernde, goldbestrahlte Fläche so weit, so selig weit ausgedehnt, daß
man das Ende nicht finden konnte und keine Grenze sah für die schö=
nen Träume der Seele. Sanft ward sie vom Abendwind gekräuselt
und der wunderbare Seegeruch strömte stärkend und belebend herein.
Seetang lag am sanften Abhang verstreut. Das steinerne Haupt des
Ben Bulbin streckt sich in die offene See hinein und hält sie wie ein
Damm zurück. Wenn Alles still ist, so hört man sie, hinter demsel=
ben, wie in weiter Ferne, rauschen und rollen. Welche Musik für das
lauschende Herz! Welcher Gesang aus der unergründlichen Tiefe der
Jahrhunderte — unergründlich und tief wie das Meer selber. Denn
Ihr müßt wissen, daß Ben Bulbin ein Lieblingsort des irischen
Nationalgesanges ist, einer von jenen Berghöhen, auf welchen die Fi=
nians sich versammelten, auf welchen sie Schach spielten, auf welchen
sie sich zu plötzlichen Kämpfen mit Riesen rüsteten und zu Abenteuern,
gewagt, um eine holde Prinzessin zu befreien. Die Erinnerung an
Ossian und Fingal — um die bekanntteren Namen für die eigentlich
irischen: Oisin und Fin Mac Cul zu setzen — ist mit diesem trotzigen
Steinkoloß verbunden, und von einem alten Schäfer hörte Hardiman,
der Percy von Irland, das „Lied von Ben Bulbin," welches in sei=
nen heimathlichen Hügeln vom Vater auf den Sohn durch zahllose
Geschlechter gegangen war.

> Ben Bulbin, traurig bist du heut,
> Du, dessen Anblick einst erfreut
> So manche Heldenbrust.
> O Patrick, einst im blühend' Kraut,
> Zu sitzen hier, wenn sanft geblaut

Das Meer, war eine Luft.
Der Jäger stieg den Pfad entlang,
Die Meute bellt', das Echo klang.

O Schlachtenhügel, Wolkenthron,
Du Platz voll Liebe, Haß und Zorn!
Hier jauchzte manch' ein Heldensohn
Bei der Musik von Hund und Horn.
Hier flog der braune Reiher rund,
Die Wildgans wohnt' im Haidegrund;
Und jeder Wipfel, dort und hie,
War voll von süßer Melodie. *)

So beginnt das Lied aus alter Zeit, und wenn Alles still war, so glaubte man es im Rollen und Rauschen des Meeres zu erkennen.

Dann kam grünes Feld und gelbes Feld, mit Garbenbündeln, mit röthlich belaubten Bäumen, und Wiesen mit gelben Blumen und freundliche Landhäuser auf Hügeln, mit weißen Wänden aus dem Baumdickicht herablugend, und dahinter, den ganzen Aspect schließend, die scharf gezeichneten Berge, grünlich schimmernd und vom Violett des Abends sanft überhaucht. Und über Allem — der Landschaft, den Bergen, dem Wasser — aus Gold in Rosa hinüberdämmernd, die untergehende Sonne, die ihr strahlendes Bild im spiegelnden Wasser lächelnd begrüßte — Frieden überall — sanfter, kühler, erfrischender Wind vom Westen her und — nicht gesehen, nur gehört — das rauschende Meer hinter dem Sagenberge. Auf dem weißen, breiten Fahrwege zwischen dem Meerbusen und den Wiesen rollten, einem friedlichen Dörfchen vorbei, unter den Bäumen, leichte, elegante Cars und schöne Mädchen saßen auf den rothgepolsterten Bänken und andere wandelten dahin, welche seidene Mantillen und Hüte und Schleier trugen und Schuhe anhatten — und o, wie jauchzte mein Herz diesen Schleiern, diesen Schuhen entgegen, als wären es Signale der Heimkehr, hier am Rande der goldigen Bai von Sligo! —

Auf den Straßen blieb es noch lange, bis zu einer späten Stunde, lebendig. Es schien, als habe Niemand Lust, zu Bett zu gehen, als

---

*) Vgl. Hardiman, Irish Minstrelsy, II., 385, und Drummond, Ancient Irish Minstrelsy: the lay of Beann Gulban, p. 153.

sei Niemand müde. Die Milde der Herbstnacht war entzückend und Jeder genoß sie auf seine Weise. Zwei Fiedler zogen von Haus zu Haus und mit ihnen zog ein müßiger Haufe, aus welchem Einige, so wie sie die Lust dazu anwandelte, auf offener Straße und aus dem Stegreif anfingen, den Jig zu tanzen. Auf dem Flur des Hôtels, zwischen den Reisekoffern der Gäste, machte der Hausknecht seine grotesken Sprünge, und das Hausmädchen, welches auf einem Wollballen saß, sagte, es sei doch schade, daß ihn eine Gewisse, welche in einem gewissen Hause, schräg gegenüber, den Laden fegen müßte, nicht sehen könne, er tanze gar zu schön! Worauf der Hausknecht, immer weiter tanzend und Hände und Beine auf die wunderbarste Weise hin- und herwerfend, erwiderte: Tanzen sei immer noch besser, als Sitzenbleiben, und was das „Gewisse" anbelange, so ziehe er es dem Ungewissen vor. — Dann entfernte sich die Fiedel und der Straßentanz folgte ihm; die schönen Mädchen, die ich am Tage oben, hinter den Fenstern gesehn hatte, standen vor der Thüre und lächelten schelmisch und machten, Arm in Arm, kleine Promenaden bis an die Grenze des Nachbarhauses und zurück. Auch an Straßengesang fehlte es nicht, der sich zuweilen über den dunklen Brücken, zuweilen den Hügel hinauf, dem Marktplatz zu, verlor; und Mitternacht kam, eh' Alles so still geworden, daß man von der Bai herüber das Rauschen des Meeres wieder vernehmen konnte.

Es sang mich in Schlummer; und als ich im heitersten Morgensonnenglanze erwachte, war es der erste Ton, den ich vernahm; denn die Straße, die Stadt war still geblieben, wie sie es um Mitternacht geworden. Es war der Tag des Herrn, und Alles feierte ihn mit dem lieben Sonnenschein und der sanften Morgenluft im Bunde. Ich begab mich früh an das Ufer des Stromes, welcher den Lough Gill mit der Bai verbindet. Kleine Schifferhäuser glänzten hier auf der Sonnenseite; Männer in Hemdärmeln standen vor den Thüren und sahen dem Wasser zu. Kinder spielten im Sande. Feiner, blauer Rauch kräuselte aus den Schornsteinen. Es war solch' eine Ruhe, solch' ein Frieden an dieser Stätte, — selbst die Wellen im Strom flüsterten gedämpft! Meine Ankunft unterbrach ihn für einen Augenblick. Mehrere Bootsleute drängten sich heran und trugen sich zur Fahrt in den See an. Eins von den Böten wurde losgebunden, ich stieg hinein, der Mann folgte mir. Ruhe, wie vorhin, kehrte zu dem Ufer zurück, und wir schwammen fort. Das Wasser war so klar, daß man auf dem Grunde die bunten Steine schillern sah; Moos und Schlingpflanzen wuchsen aus ihren Zwischenräumen, und ihre feinen Fäden, ihre gefiederten Zweiglein waren in Bewegung. Leise glitt Sonnenstrahl nach Sonnenstrahl über diese kleine, schöne Welt unter dem Wasser — spurlos, wie über dem Wasser der Klang der Sonntagsglocken vom Ufer her wandelte. Schilf und dichtes Gehölz flüsterte; kleine Inseln mit hohen Bäumen, die sich rauschend an's Wasser neigten, standen wie Blumentöpfe in der Breite des leuchtenden Stromes und durch die Baumlichtung am Ufer sah man auf smaragdne Wiesen und über dem Waldgestade, das uns einschloß, schauten im Halbkreis die Gebirge nieder, die den blauen, sonnigen, wolkendurchflatterten Sonntagshimmel trugen. — Tiefer hinein gingen wir jetzt in das Dunkel des bebenden Schilfes, der schauernden Bäume; und hier und da auf dem Wasserspiegel um uns schwammen breite, grüne Blätter, deren Stämme im bunten Gestein der Tiefe wurzelten. Aus dem Hintergrunde traten dunkel, aber mit der ganzen Schärfe ihrer Umrisse, die Gebirge hervor, denen wir entgegenschwammen. Schöner und üppiger wuchsen die Bäume auf beiden Seiten und ein süßer Abschiedsduft entwehte dem in der ganzen Pracht des Herbstes lodernden Walde. Hier das helle Gelb des ersten Welkwerdens, dort der röthliche Schimmer, das gesättigte Braun, dazwischen noch frischgrüne Stämme, deren Blätter von Thau und Sonne funkelten — das zitternde Silber der Birken, und ernst, in dem ewigen Dunkel ihres Grüns, die Edeltanne und die breite Fichte und die märchenhafte, träumerische Eibe, und das Alles von der Sonne so wunderbar mit Licht durchrieselt — hier zart beleuchtet, dort, wie von einem schwebenden Dufte, beschattet.

Jetzt hatten wir das Ende des Stromes erreicht, und Lough Gill begann. Die Waldufer zu beiden Seiten blieben uns, ja die Waldflecken im See traten so dicht zusammen, daß die Fahrstraße enge und durch vieles Schilf, welches hier in weiten Feldern hoch wuchs, auf eigenthümliche Weise verwandelt ward. Wir schoben uns durch, und über unsern Häuptern schlugen die Spitzen zusammen und die schwarzen Kronen schwankten her und hin. Aber weit und prächtig,

als wir diesem Zauberwalde entronnen waren, öffnete sich die Wasser=
fläche mit Wald= und Wieseninseln darauf, gleich schwimmenden Gärten.
Sie schwammen auf dem See, wie die grünen, breiten Blätter vorhin
auf dem Flusse. Nacktes Felsgebirg, unten am Fuße mit Tannen=
wald, aber von der Mitte an nach Oben nur mit Sonne bekleidet,
stand vor uns. Jetzt veränderte der Bootsmann den Schlag seiner
Ruder, jetzt drehte sich der Nachen und neue Welten schienen sich auf=
zuthun. Ueber die ganze Weite des See's und all' seiner Inseln —
grüne Sonntagssträuße an der Brust des dunklen Gewässers — schweifte
der entzückte Blick nun in die sonnige Ferne der Leitrimberge und
nahm seinen Abschied, sein letztes Fahrwol vom Westen und irischen
Hochland. —

Endlich, gegen Mittag war Bianconi's Karre reisefertig zur Fahrt
nach Enniskillen. Es regnete ein wenig und sah aus, als ob es noch
mehr regnen würde. Aber die Karre stand offen und ehrlich da; auch
die Bequemlichkeit des Leders, zum Schutz für Kniee und Füße, war
verschwunden. Dagegen war der ganze Wagen, oben und unten, mit
Original=Iren bepackt, um so schwerer, weil die Meisten von ihnen
zu viel getrunken hatten. Namentlich saß Einer auf dem Hinterbrette,
welcher behauptete, es ginge Alles rund mit ihm; er habe so Etwas
sein Lebtag nicht gesehn, auch wäre sein Platz nicht fest, sondern bewege
sich. Zur Bekräftigung dieser wunderbaren Ansicht fiel er alsdann
vom Wagen, und seine Landsleute mußten ihn suchen und wieder auf=
setzen. Dabei hatte der Bursch es hauptsächlich auf mich abgesehn.
„Mein Vater," rief er, „war Irisch und meine Mutter war Irisch
und ich bin auch Irisch." Nach dieser schätzenswerthen Mittheilung fiel
er wieder vom Wagen und schrie, ich hätte ihn, aus Haß gegen die
Iren, hinuntergestoßen. Die betrunkene Gesellschaft machte Miene, mich
zu attaquiren, weil ich ein Feind ihres Volkes sei. Jetzt glaubte ich
den großen Augenblick gekommen, wo es in Irland gerathen ist, den
Stock in die Hand zu nehmen. Ich that es, und indem ich ihn hoch
und drohend erhob, sagte ich: daß es mir sehr leid thue, einen so

schlechten Eindruck aus einem Lande mitzunehmen, in welches ich als
Gast gekommen sei, und daß ich einem Jeden den Schädel einschlagen
werde, der es noch wagen würde, mich zu belästigen. Diese Rede that
eine große Wirkung. Der betrunkene Theil der Gesellschaft ging in
sich, schwieg, drückte und duckte sich; und die Nüchternen fingen an,
allerlei Anspielungen auf Polen zu machen, die ich zuerst nicht begriff.
Hernach stellte sich heraus, daß sie nach meinem „tapferen Benehmen"
mich für einen Polen hielten, und ihre Erörterungen zum Lobe des
Polenlandes hatten kein Ende. Sie stellten Vergleiche zwischen dem
Schicksal dieses Volkes und dem eigenen an, und zuletzt glaubten sie
mir eine hohe Ehre zu erweisen, indem Einer von ihnen eine Whiskeyflasche hervorzog und sie mir mit den Worten: „ein Hurrah für die
tapferen Polen!" hinreichte. Der Regen — welcher inzwischen aber
nachgelassen hatte, sowie mein drohend erhobener Stock — hatten den
Hintersassen, dessen Vater und Mutter Irisch waren, überzeugt, daß
er sich in Bezug auf den allgemeinen Rundgang der Dinge getäuscht
habe, und nachdem er sich durch mehrfache eigenhändige Untersuchungen
seines Schädels belehrt hatte, daß derselbe noch nicht eingeschlagen,
kam er in Manor Hamilton — einem Dorfe mit prächtigen Schloßruinen — wo wir Halt machten, zu mir und bat mich um Verzeihung.
Er sei ein Mann aus den Donnegal-Bergen, sagte er; „und wenn
Euer Gnaden je in die Gegend kommen will, so werde ich Euch die
besten Stellen zum Schießen zeigen. Und wenn Ihr dann müde und
durstig seid, so soll es für meine Hütte eine Ehre sein, Euch zu be-
wirthen, wenn ich und sie überhaupt der Ehre werth sind!" Ein Anderer von der Gesellschaft drang darauf, mich in dem kleinen Wirthshaus, vor dem wir hielten, mit Whiskey und Kuchen zu tractiren.
Die irische Liebenswürdigkeit und Gastfreundschaft brachen — wie die
Sonne jetzt durch's Regengewölk — durch die Nebel der Trunkenheit
und des Hasses. Wie schade, daß ein solches Volk so verkommen
mußte, und daß die Rettung des Einzelnen jetzt nur noch möglich ist
durch den Untergang des Ganzen. Mehr und mehr, je näher ich der
Grenze des anglisirten Irlands, des protestantischen Nordens kam,
überzeugte ich mich davon, daß das irische Celtenthum einzig noch durch
Infusion von Sachsenblut zu beleben sei. —

Das Land wird zusehends besser, die Ruinen nehmen mehr und

mehr ab. Die Ursache derselben ist in den Gegenden, wo die Engländer mit ihrer Cultur wirklich durchgedrungen sind, verschwunden.
In den übrigen Theilen Irlands ist das Land fast niemals Eigenthum
derjenigen, die es bebauen. So und so viele Aecker werden vom Landlord (Grundherrn) dem Tenant (Pächter) für so und so vielen Pachtzins überlassen und zwar meist von Jahr zu Jahr. Hat nun der
Tenant Capital, Zeit und Arbeit hineingesteckt und es auf diese Weise
verbessert, so ist er immer der Gefahr ausgesetzt, daß der Pachtzins
gesteigert wird, und kann oder will er diesen erhöhten Zins nicht zahlen, so wird das Eigenthum vom Landlord „reclamirt" und der Tenant mit Weib und Kind muß seine Hütte verlassen und ist verstoßen
und obdachlos, und die Hütte, von denen die bessern in etwa 8 Tagen
von 20 Maurern gebaut werden und an 15 £ kosten, fällt in Trümmer, und der neue Tenant baut sich in der Regel eine neue Hütte,
und läßt die alte — inzwischen vom Regen und Sturm genugsam
zerstört — liegen, wie sie liegt. Dieß Agrarsystem ist das eigentliche
Uebel Irlands, die chronische Krankheit, an der es seit Cromwell, ja
seit der Normannenzeit schon hoffnungslos leidet. Dieß Volk kennt
den Begriff des Eigenthums nicht! Die Hütte, die es bewohnt; der Grund, den es bebaut, gehört dem Fremden; ja nicht einmal die Kuh und das letzte Schwein sind ihm gesichert, da der Pacht-
herr es wegtreiben kann, wenn der Pachtzins ausbleibt. Fabriken gibt
es im Süden und Westen nicht; der Handel beginnt erst jetzt sich langsam vorzubereiten; daher sich die ganze Masse der Bevölkerung heiß-
hungrig auf den Boden wirft, der — trotz seiner ursprünglichen
Güte — doch zu bald ausgemergelt ist, um sie genügend zu ernähren, und
— besonders da noch zu viel Land brach liegt — auch in seiner Aus-
dehnung zu beschränkt ist, um sie genügend zu beschäftigen; und während auf diese Weise mehrere Millionen Menschen ihr Leben in Mü-
ßiggang und Hunger, unter Lumpen und Ruinen verbringen, gehen
über 30 Millionen Thaler Pachtgeld jährlich durch die Hände der mit
den Landparzellen unmenschlich wuchernden Zwischenpächter in die der
Grundherren, welche sie obendrein noch meistens im Auslande verzehren.
Das ist anders im protestantischen Irland. Die englischen Colonisten
sind zum kleineren Theil Eigenthümer der von ihnen bebauten Scholle;
und der andre, größere Theil, schon an sich von den protestantischen

Grundherren menschlicher behandelt, als dieser leider! immer noch seine katholischen Tenants zu behandeln pflegt, hat in der blühenden Fabrikthätigkeit und dem ausgebreiteten Handel Ulsters neue Hülfsquellen, welche ihn in den Stand setzen, der Willkür des Landlords schlimmsten Falles zu begegnen. Das Wol des Landes bedingt zuerst und vor Allem die Stetigkeit derjenigen, die es bebauen. Daher der elende Zustand dieses von der Natur reich gesegneten Landes in seinen irisch gebliebenen Theilen, und daher sein fortschreitend blühendes Aussehn, je mehr man sich dem anglisirten nähert. —

Gleich hinter Manor Hamilton nimmt die Gegend an landschaftlichem Reize zu. Die Sligo-Berge stehn verdämmernd im Hintergrund, die breite Wasserfläche des Lough Maceane belebt das Thal und die Hügel an seinen Gestaden sind an verschiedenen Stellen mit freundlichen Cottages bebaut, die anmuthig in's Thal schauen. Immer reicher und fruchtbarer wird das Feld und der Wald; reinlicher und geräumiger werden die Hütten, frischer und besser gekleidet die Leute, die darin wohnen. Das unbeschreiblich wolthuende Gefühl, wieder in einem Lande zu sein, wo reinliche Menschen und Häuser sind, wo die Eisenbahn geht, die uns in kurzer Frist in die bewohnte Welt zurückführt, wächst mit jedem Schritte, bis endlich — als ersehntes Reiseziel — an mäßige Hügel gelehnt und von dem klaren Gewässer des prächtigen Lough Erne zurückgespiegelt, mit seinen Giebelreihen, seinem spitzen Kirchthurm und der Gedenksäule an die Siege des englischen Protestantismus auf der letzten Höhe über ihnen, Enniskillen erscheint. Noch stehn, dem Wasser entgegen, Reste der Mauern, welche einst der irisch-französischen Rebellenarmee getrotzt; und von dem Thurme, stolz in der Abendluft, flattert das Banner des heiligen Georg's von England. Fröhliche Sonntagsgesichter erfüllten die Allee vor der Stadt; die bekannten Gruppen des feiernden Volkes begegneten uns. Und unter dem Geläut der Nachmittagsglocken und den Strahlen der Abendröthe fuhr ich — mit einer Freude, die man nur kennt und begreifen kann, wenn man, wie ich, wochenlang in der Wildniß geweilt — durch breite, reinliche Straßen in Enniskillen ein, der ersten Stadt des protestantischen Nordens von Irland.

Der protestantische Norden, Belfast

und

Heimkehr.

„Wer in Deutschland sich aus einem katholischen in ein protestan-
tisches Fürstenthum, in der Schweiz aus einem katholischen in einen
protestantischen Canton, in Irland aus einer katholischen in eine protestantische Grafschaft begiebt findet, daß er aus einer niederigeren zu
einer höheren Stufe der Cultur vorgeschritten ist." (Macaulay). Mit
Enniskillen öffnet sich der protestantische Norden von Irland und man
ist auf Einmal in einer Welt ganz verschieden von der des Ostens,
in welchem Dublin und die Wicklowberge; des Südens, in welchem
Kork und die Killarney-Seen; des Westens, in welchem Galway, der
Croagh-Patrick und die wilden Sümpfe liegen. Das Märchen, bunt-
farbig wie die Kirchenfenster katholischer Dome; die Sage, ehrwürdig
wie der epheuumsponnene Thurm hundertjähriger Klöster; der ganze
berauschende Duft des poetischen Aberglaubens — aber auch das Elend,
die Noth, die Unwissenheit, die leider heutzutage ihre Gefährten geworden sind! — verschwinden, und der behagliche Pachthof, das massive
Regierungsgebäude, und der Duft des Kornfeldes und der Heuernte
treten an ihre Stelle.

Dies protestantische Wesen und Aussehn Ulsters datirt aus der
Zeit des 17. Jahrhunderts und der Regierung Jakob's I. Vor dieser
Zeit war der Norden unter allen Districten Irland's der wildeste; in
seinen Wäldern hauste der große Rebell O'Neill und aus seinen Morästen wuchsen die trotzigsten Kernen (Aextkämpfer), die furchtbarsten
Galloglassen (Bogenschützen). Lange war hier der Sitz der blutigen
Empörung, des fanatischen Katholizismus. Als aber mit dem Fehl-
schlagen der spanischen Invasion auch die letzte Hoffnung des nationalen Irland's erlosch: da wanderte, gebrochenen Herzens, auch O'Neill,

der große Ulsterrebell aus und starb im freiwilligen Exil, ein blinder Bettler zu den Füßen des heiligen Vaters in Rom; da kam die ent= setzenerregende Hungersnoth von 1602, welche die grauenhaften „pa= triotischen" Phantasieen Spenser's noch zu überbieten schien, und da kamen zuletzt die guten Bürger der City von London, die Fischhändler und die Eisenhändler und die Gewürzkrämer und die Tuchwirker, denen Jakob I. die ganze Provinz, so zu sagen, verkauft hatte. Sie hieben die Wälder nieder und trockneten die Moräste aus und bauten Häuser im englischen Stil „zwei Stockwerke hoch, mit Steintreppen davor," und machten aus dem barbarischen Derry ein ehrenfestes, loyales London=Derry. Sie verpflichteten sich und sie verpflichteten ihre Käufer, Pächter und Administratoren, kein Stück Landes an „reine" Iren zu veräußern oder solchen Personen zu lassen, welche sich ge= weigert hatten, den Regierungseid zu leisten. Den wenigen Eingebore= nen, welchen man ihr Land nicht nahm, übertrug man es in einer dem deutschen Lehne ähnliche Gestalt; aber sie mußten sich ausdrücklich verpflichten, es zu demselben fixirten Zins zu verpachten, wie die eng= lischen Ansiedler es thaten, keine von jenen specifisch irischen Leistungen von ihren Pächtern zu verlangen und die altirische Sitte des „creaght," d. h. des nomadenhaften Viehtreibens von Weideplatz zu Weideplatz, abzuschaffen. Es war auf die gänzliche Ausrottung der irischen Nationalität als solcher und des katholischen Glaubens in Ulster abgesehn, und sie gelang um so vollständiger, als hier das Anglo=Sachsenthum und der Protestantismus in einer Form auftraten, welche kein Compromiß kennt. Denn die englischen Ansiedler, welche als Pächter der Zünfte von London hierher gingen, bestanden zum größten Theil aus Puritanern, welche auswanderten, um den Reli= gionsverfolgungen daheim zu entgehn, und die zusammen mit den Jüngern aus der Schule von John Knox dem Protestantismus von Irland ein streng calvinistisches und ganz besonders anti=römisches Aussehen gaben. So wurde denn, im orthodox=katholischen Irland, Ulster die Festung des Protestantismus; und nicht hundert Jahre später sollte es der protestantische Pfarrer von Londonderry, der unerschrockene Walker, sein, an dessen unbeugsamem Glaubensheroismus der Andrang der französischen Invasion unter Ludwig XIV. sich brach und die letzte Hoffnung des sogenannten Märtyrers Jakob's II. scheiterte; er

sollte es sein, der dem Protestanten = König Wilhelm III. die Thore des
wiedereroberten Irlands triumphirend eröffnete! —

Seit jener Zeit hat Ulster seinen Entwickelungsproceß fortgesetzt
und — wenn auch nicht ohne viele innere Kämpfe — der Vollendung
nahe gebracht. Von den 1,496,993 Einwohnern, welche es bei dem
Census von 1851 zählte, konnten nur noch 99,361 Irisch reden, und
von diesen lebte fast die Hälfte in den unwegsamen, finstern Donegal=
Bergen, bis wohin die neue Cultur noch nicht vorzudringen vermochte.
Im übrigen Theile wechseln freundliche Dörfer mit blühenden Städten,
in welchen englische Sitten und englische Sprache herrschen; und das
Land ist „wie Macaulay" sagt, „bereichert durch Industrie, verschönert
durch Geschmack und angenehm selbst für Augen, welche an die wol=
bestellten Felder und stattlichen Pachthöfe von England gewöhnt sind."
Und dies ist das Land, welches die zwölf Corporationen von London
im Jahre 1613 zum Zwecke der Colonisation erwarben, bis auf den
heutigen Tag besitzen und durch einen mit dem Rechte der Autonomie
begabten Ausschuß, die sg. „Irische Gesellschaft," die ihren eigenen
Palast, das Government = House in Londonderry hat, regieren und
verwalten lassen. Sie aber haben von ihren ausgedehnten Privilegien
einen so guten und weisen Gebrauch gemacht, daß man — wenn man
nach den besten irischen Grundherren fragt — ganz gewiß zur Antwort
erhält daß dies die Zünfte der City von London seien!

Nun ist dieses günstige Resultat freilich nicht — wie schon an=
gedeutet — ohne langwierige und oft wiederholte Rückfälle erreicht
worden. Das Feuer war nur obenhin gedämpft, im Innern aber
brannte es weiter und zahlreiche Ausbrüche ereigneten sich, bald hier,
bald da. Dem Vertrag von Limerick folgte ein Guerillakrieg, und
statt der feindlichen Heere im offenen Felde standen sich die Mitglie=
der der geheimen Gesellschaften entgegen, oft in das doppelte Geheim=
niß des Schweigens und der Nacht gehüllt. Wer hat nicht von den
geheimen Gesellschaften Irland's gehört und wer verbindet nicht die
Erinnerung an schauerliche Versammlungen, an fürchterliche Eide und
grauenhafte Ermordungen mit dieser Vorstellung? Ich glaube, daß mit
dem Besserwerden aller Zustände in Irland auch diese geheimen Ge=
sellschaften die schreckliche Macht von Ehedem verloren haben. Aber
die Ribbonmen, so genannt nach den Bändern, welche ihre geheimen

Abzeichen waren, und die Phönixclubmen, deren Processe uns bis in
die allerneueste Zeit hinein beschäftigt haben, zeigen, daß doch ein Zu=
sammenhang besteht zwischen dem Schuß, der hier einen englischen
Grundherrn, und dem Schuß, der dort einen protestantischen Geist=
lichen getödtet hat. Denn der Kampf ist noch immer nicht zu Ende
und er wird nicht zu Ende sein, bis Irland so englisch geworden ist,
wie England selber. Der Sachse hat immer gesiegt, wenn er mit dem
Celten um Leben, Eigenthum und Cultur rang; aber bis jetzt hat
der Sachse in Irland noch nicht gesiegt, obgleich der Kampf schon
sechs hundert Jahre währt und darüber!

Die erste der geheimen Gesellschaften, von der wir Kunde haben, ist
die der White-boys, oder Weißburschen, so genannt nach einem
weißen Kittel, welchen sie als Abzeichen über ihrer Kleidung trugen.
Sie bildeten sich zur Zeit der Thronbesteigung Georg's III, wo die
Hartherzigkeit der Grundbesitzer und der hohe Preis der Nahrungs=
mittel nach einer Mißernte zusammenwirkten, das Volk von Irland
in das größte Elend zu stürzen. Eine gewaltige Gährung ergriff die
Bauern, und ihre Rache nahm die abscheulichsten Formen an. Um
Mitternacht überfielen sie die schutzlosen Häuser ihrer wirklichen und
oft genug auch ihrer vermeintlichen Feinde, setzten ihre Opfer nackt
auf Pferde, welche mit Igelfellen bedeckt waren anstatt mit Sätteln,
und trieben sie jauchzend vor sich her oder gruben sie, mit Dornen=
sträuchern umwickelt, bis zum Kinn in die Erde und ließen sie so stehen,
bis sie starben oder von mitleidigen Händen befreit wurden. Dem
Aufstande der Weißburschen folgte zwei Jahre später in Ulster der der
„Hearts of Oak," der Eichenherzen, und diesem der der „Hearts of
Steel," der Stahlherzen, welche zum größten Theil aus verjagten Päch=
tern bestanden, die aus Rache das Vieh ihrer englischen Nachfolger
verstümmelten. Diesen folgten im Jahre 1786 die „Right-boys" oder
Rechtburschen, und die „Defenders," die Vertheidiger, welche den Aus=
bruch der irischen Revolution beschleunigten. Es sind dieß bei Weitem
noch nicht alle geheimen Gesellschaften von anti=englischer Tendenz,
welche das vorige Jahrhundert bis in das unsere hinein unruhig und
unsicher machten; es sind nur die bekanntesten, welchen die zahlreichen
andern keineswegs an Grausamkeiten nachstehn. Jeder Unzufriedene,
welcher unter dem Druck eines wirklichen oder eingebildeten Leidens

seufzte; jeder Bierhaus=Demagoge, jeder Ausreißer, der wegen eines begangenen Verbrechens geflüchtet war und Schutz in der Haide suchte, wo des Königs Befehl „the King's writ," keinen Kurs mehr hatte, bildete solch' eine Gesellschaft, regte eine bisher friedliche Bevölkerung auf, sich in Banden zusammenzurottiren und an entlegenen Orten in's Geheim zu versammeln. Das Geheimnißvolle, das Schauerliche hat für jeden Menschen seinen Reiz; ganz besonders aber für Menschen von so lebendiger Einbildungskraft und solch' poetischer Schwärmerei, wie die Iren. Man legte sich gewisse Beinamen zu, organisirte und bewaffnete sich, wählte geheime Zeichen und Paßworte, an welchen die Eingeweihten sich auf Märkten und „Pattern" erkannten, und ein Griff der Hand, ein Anstoßen mit dem Ellbogen, und die Art, wie Jemand seine Rockschöße trug, seine Kniebänder faltete, sein Glas erhob oder auf den Tisch stieß, wenn er mehr zu trinken haben wollte; die Weise, in welcher er seinen Hut abnahm oder einem Andern seinen Schilelah überreichte, oder irgend ein anscheinend zufälliges und unbedeutendes Wort, welches er seinem Gruße einfügte: dieß waren die an sich harm=losen, aber durch ihre Symbolik, welche um eine große Anzahl leicht erregter und phantastischer Gemüther ihre geheimnißvolle Kette schlang, gefährlich wirkenden Abzeichen der revolutionären Gesellschaften von Irland.

Das vorige Jahrhundert ist ja nun einmal die Zeit der Ge=heimbünde gewesen; und wie in Deutschland und Frankreich die Ge=sellschaften der Rosenkreuzer und der Cagliostrogläubigen ihre betrüge=rischen Zwecke: so kleideten sich hier in der Haide von Irland der Stammeshaß und die Rache und Gegenrache in die reinen Formen der Freimaurerei. Denn seit 1795 organisirten auch die Protestanten des irischen Nordens ihre geheimen Bündnisse, veranlaßt hauptsächlich da=durch, daß der im Jahre 1791 zu reformatorischen Zwecken gebildete und aus Protestanten und Katholiken bestehende Verein der sg. „United Irishmen" revolutionäre Tendenzen annahm und vollständig in den Dienst der französischen Revolution trat. Als Gegenwehr stellten dem Briti=schen Gouvernement sich nun die Oranienmänner zur Verfügung. Ihr Held war Wilhelm III., Prinz von Oranien, nach welchem sie sich Oranienmänner, Orangemen, nannten — und der Tag ihrer Feier der erste Juli, der Jahrestag der Schlacht am Boynefluß, in welcher

das Schicksal des protestantischen Irlands 1690 glorreich entschieden
wurde. Das Geheimniß dieses Bundes war nur relativ. Sie organisirten
sich unter dem Schutze des englischen Gesetzes, dessen rücksichtslose Bundesgenossen sie wurden; und unter der Protection der protestantischen
Geistlichkeit vermehrten sich ihre Mitglieder zu Hunderttausenden.
Herzöge standen an ihrer Spitze, und der Geringste von den englischen
Landpächtern schwor ihre Eide. Ihre Macht wuchs und mit unerbitt-
licher Härte verfolgten sie ihr Ziel; und noch heute gibt es kein Wort,
dessen bloße Erwähnung bei dem Manne von irischer Geburt und ka-
tholischem Glauben solche Gefühle des Hasses und der Bitterkeit her-
vorriefe, als das Wort: Oranienmann; und zahllos ist die Menge der
in den katholisch gebliebenen Theilen Irland's populären Lieder, welche
diesen Namen zum Gegenstand des Spottes, des Hohnes, der Verach-
tung machen.

Es wird nicht uninteressant sein, Etwas über Organisation und
Ceremoniel dieser politisch-religiösen Gesellschaft zu hören, deren Thätigkeit ein so wichtiges und einflußreiches Moment in der Culturgeschichte
Irland's bildet. Sie hat ihre Großmeister und Meister vom Stuhle
und hält ihre Logen mit Zeichen, Griff und Paßwort, ganz wie der
Freimaurerorden. Die oberste Leitung hat die Großloge in Dublin,
welche aus den einflußreichsten Mitgliedern der Körperschaft, sowie aus
den deputirten Meistern der Provinziallogen besteht. Nur Protestanten können aufgenommen werden, einerlei, ob sie sich zur etablirten
Kirche von England bekennen, oder Dissenters sind. Das Ceremoniel
der Aufnahme ist folgendermaßen beschaffen: Zwei Bürgen führen den
Candidaten in die versammelte Loge, wobei er in der einen Hand die
Bibel und in der andern das Gesetzbuch des Ordens trägt. Er wird
an das Ende des Zimmers gestellt, während die Mitglieder auf ihren
regelmäßigen Plätzen stehen. Der Caplan der Loge liest einige bezüg-
liche Bibelstellen, worauf der Meister beginnt:

Meister. Freund, was wünschest Du in dieser Versammlung
treuer Oranienmänner?

Candidat. Aus meinem eigenen freien Willen und Antrieb
wünsche ich Aufnahme in Eure loyale Gesellschaft.

Meister. Wer will bürgen für diesen Freund, daß er ein treuer
Christ und loyaler Unterthan ist?

Hier geben die Bürgen ihren Namen an.

Meister. Was trägst Du in Deiner Hand?

Candidat. Das Wort Gottes.

Meister. Nach der Versicherung dieser ehrwürdigen Brüder haben wir das Vertrauen, daß Du es auch in Deinem Herzen tragest. Was ist das andre Buch?

Candidat. Das Buch Eurer Gesetze und Regeln.

Meister. Nach der gleichen Versicherung haben wir das Vertrauen, daß Du sie wol studiren und ihnen in allen gerechten Angelegenheiten Gehorsam leisten wirst. Deshalb nehmen wir Dich mit Freuden in unsren Orden auf. Oranienmänner, bringt mir Euren Freund!

Alsdann wird der Candidat mit der Ordensdecoration, einer Orangeschärpe, bekleidet; der Caplan liest wieder einige Schriftstellen, dem neuen Mitgliede wird der Eid der Treue gegen König, Protestantismus und diese Gesellschaft abgenommen, Zeichen, Griff und Paßwort des Ordens gelehrt, worauf die Handlung mit einem Gebete des Caplans schließt.

Obgleich im Jahre 1836 nominell aufgelöst, besteht der Bund der Oranienmänner in der That doch fort; so erließ z. B. im vorigen Jahre (1859) die große Loge von Dublin einen Aufruf, in welchem sie ihre Freunde zur Ruhe und Ordnung für den 1. Juli ermahnte, welcher Tag von den Protestanten Irlands noch immer als Erinnerungstag der Schlacht an der Boyne (1. Juli 1690) gefeiert wird. Aber das eigentliche Werk des Bundes ist gethan und längst schon hat er seine animose Bedeutung verloren; denn was die Zünfte der City von London im 17. Jahrhundert begonnen, das haben die Oranienmänner in dem unsren vollendet: der Norden von Irland ist protestantisch und englisch geworden. Sie haben uns gezeigt, daß die Zukunft dieses Landes mit den Siegen des Sachsenthums Hand in Hand geht.

———

Die Sonntags-Abendglocken von Enniskillen klangen und in den Frieden, den ihr Geläut verbreitete, nahmen sie auch den Wanderer auf. Das Abendroth, welches aus dem See widerglänzte und die Gie-

bel der altmodischen Häuser scheidend färbte, ward schwächer, immer
schwächer, bis es dem klaren Blau der Nacht gewichen war, welchem
oben die Sterne und unten die vielen, freundlichen Lichter in Haus
und Straßen folgten. Ihr kleinen, hüpfenden Abendlichter, die Ihr
den Einsamen oft, wenn er Euch nach langer Wanderschaft am Rande
der Haide schimmern saht, aus dem unabsehbaren Dunkel an den Frie=
den des Herdes zurückgeführt habt! Welch' eine Sprache voll Hoff=
nung und Seligkeit redet Ihr im Schweigen der Nacht! Wie viele
holde Heimatherinnerungen tanzen auf Euren langen goldnen Strahlen!

Der Gottesdienst war zu Ende und die Kirchenthüren thaten sich
auf. Die Beterinnen, in stillen Gruppen, zogen über die Straßen;
manch' ein Laden öffnete sich noch einmal, ein Wagen und der andre
rollte dahin und unter den Häusern wandelten noch viele Spazier=
gänger; denn eine köstliche Luft wehte vom Gebirge über dem See
herein. Alles sah munter aus. Die Häuser sind gut und behäbig,
und Lachen und Gesang ward vielfach vernommen. Die Mädchen
von Enniskillen sind als die schönsten und lieblichsten in ganz Irland
bekannt und berühmt, und so viel ich an jenem Abend und unter
denen, die aus der Kirche kamen, erkennen konnte, verdienen sie diesen
Ruhm. Leider aber sollte ich hier auch die Bemerkung machen, daß
der höhern Cultur, dem behaglichern Comfort und dem bessern Aus=
sehn des englischen Lebens auch Etwas gefolgt sei, was man in den
Torfhütten der katholischen Wildnisse und in den irisch gebliebenen
Städten vergeblich sucht — jenes traurige Etwas, welches sich zum
Begleiter unserer Civilisation gemacht hat und ihr auf allen Ent=
deckungszügen getreulich folgt. Es ist das, was die Engländer in rich=
tiger Erkenntniß seines Verhältnisses zur gebildeten Gesellschaft „das
sociale Uebel" nennen. Es hilft Nichts, dagegen zu protestiren; wir
können die Wurzeln nicht ausreißen. Sie liegen zu tief in der Sitte
der gesellschaftlichen Ordnung, welche zuweilen das Wesen opfern muß,
um den Schein zu retten. Je weiter wir im protestantischen Norden
vordringen, je mehr wächst mit den socialen Gütern auch das sociale
Uebel; und in Belfast, dem glänzenden Sitze der Industrie, des Han=
dels, des Reichthums, der stolzen Metropole des protestantischen Nor=
dens, findet sich neben viel andern stattlichen Bauten und Localinsti=
tutionen, wie man sie in keiner zweiten Stadt Irland's findet, auch

ein „Magdalenen=Asyl mit dazu gehöriger Kirche," welches bestimmt
ist, „reuigen Frauenzimmern Schutz, Arbeit und religiöse Belehrung
unter Aufsicht eines Geistlichen zu gewähren." Wer mit den Verhält=
nissen einigermaßen vertraut ist, weiß, daß er das Vorbild dieser phi=
lantropischen Anstalt von zweifelhaftem Werthe an derselben Stelle zu
suchen hat, woher das Uebel selber gekommen — in England, in Lon=
don, wo das Asyl von St. James' sogar denselben Namen trägt,
wie das in Ulster. Nein! in dieser Beziehung sind die schmutzigsten
Städte des Südens und Westens rein geblieben, und von der Mehr=
zahl der Frauen von Irland gilt noch immer, was Thomas Moore
einst in seiner sinnigen Weise von ihnen gesungen:

> Den Garten der Schönheit in England bewacht
> Der Sprödigkeit Drache, so scharf er nur kann;
> Doch oft, wenn der Drache einschläft über Nacht —
> Ach, Du armes Gärtlein — wie geht es Dir dann!
> O, sie haben den Zaun nicht, süß dornig und wild,
> Der rund um die Schönheit von Erin sich schlingt;
> Der die Sinne gewinnt, weil der Wunsch nicht gestillt,
> Und am Meisten dann reizt, wenn vergeblich man ringt.

— Als ich in das Wirthshaus und zu der versammelten Runde
um den Trinktisch zurückkehrte, die sich mir vorhin schon gastlich ge=
öffnet hatte, fand ich in meinem Glase eine Menge kleiner Papier=
schnitzeln liegen. Ich wollte sie entfernen, um meinen Pokal mit besse=
rem Inhalt zu füllen; da aber erhoben meine Herren Zechbrüder ihre
Stimme und sagten, nein! so gehe das nicht. So viel Zettel in mei=
nem Glase lägen, so viel Mal sei die Flasche während meiner Ab=
wesenheit rund= und an meinem leeren Platze vorübergegangen; und so
viel Gläser müßte ich nun nachtrinken, wenn ich nicht etwa eine gleiche
Anzahl Gläser voll Wasser mit — Salz vorzöge. Das sei hier Sitte
in Enniskillen und ich müßte mich darein finden. Eine höchst sonder=
bare Sitte! dachte ich. Aber ich sagte, ich wolle es lieber mit dem
Wein versuchen, wobei ich die schwache Hoffnung hegte, entweder sie
oder ich würden, in Anbetracht des großen Zettelhaufens, das Zählen
vergessen. Allein am andern Morgen, als mich der Wärter aus einem
Traume voll rundtanzender Zettel und unerschöpflicher Weinflaschen
weckte, hatte ich ein dumpfes Gefühl davon, daß ich der vergessende

Theil gewesen sei, und erst die herbe Frühluft mußte ihr Bestes thun, ehe ich ganz von diesen absonderlichen Visionen befreit war. Ich ließ sie in Enniskillen und leicht, wie nie, flog ich mit dem Dampfwagen durch die selber noch dampfenden Gefilde dahin. Fliegen! welch' ein Wort nach den bittern Erfahrungen der Bianconi'schen Transport= mittel. Fliegen! welch' ein Gedanke nach den trostlosen Ausblicken über Moräste mit Lehmhütten und den nackten Bergen im Hinter= grunde! Wir, die Freunde des Idyllischen, welches die Schienenstraße zerstört; wir, die Anhänger des Märchens, welches die schnaubende Maschine verscheucht — wir beklagen es, daß das Posthorn und sein langsames Echo in der Mondnacht verstummt ist; aber wir können sie doch nicht mehr entbehren, diese neue Erfindung, welche die Gren= zen der Erde zusammenrückt und die Begriffe von Weit und Nah auf= hebt, und wir finden zuletzt, daß eine neue Poesie sich an den raschern Gang ihrer Räder heftet und eine neue Romantik sich in die schweben= den Wolken ihres Dampfes einhüllt.

So ging's nach Londonderry, der Stadt, hochberühmt wegen ihrer Vertheidigung gegen die Jakobiten; wegen des hoffnungslosen Zustandes, in welchem sie dieselbe begannen, und des glorreichen Ent= satzes durch eine englische Flotille, welche die bis an den äußersten Rand der Verzweiflung und des Hungers getriebenen Bewohner be= freite und die Belagerungsarmee zum Rückzug zwang. Amphitheatralisch aufgegipfelt am Ufer des zum Meerbusen erweiterten Lough Foyle liegt die Stadt und das Denkmal Walker's, des geistlichen Helden, der einst ihr Schicksal und das des englisch=protestantischen Krieges in Ir= land entschied, überragt die Schieferdächer, welche um den Hügel lie= gen. Auf dem Wasser lagen mehrere Dampfer, andere traten ihre Fahrt nach Liverpool an oder kamen von der benachbarten Küste Schottland's herüber. Ein schönes Bild; die malerische Stadt, das breite Wasser und Beides von fleißigen Menschen belebt. Noch eine Weile lief der Schienenweg an hohen Gestaden des Lough Foyle hin= auf, dann bog er landein zu den Gebirgen, deren Fuß fruchtbare Fel= der, Wald, Wiese, freundliche Landhäuser und hübsche Dörfer schmück= ten. Zuweilen kamen dunkle, steile Klippen, an deren senkrechten Wän= den rauchende Wasserfälle herniederstürzten, und nun auf Einmal die offene See, so dicht, daß sie uns ihre Wellen schäumend bis unter die

Räder warf. Aber selbst in den wildesten Küstenpartieen, oft genug voll jäher Abgründe und steiler, sturmzerrissener Steinzacken, verließ den Reisenden das Gefühl der Sicherheit und der Alles besiegenden Cultur nicht. „No popery!" war hier mit festen Zügen in das Fenster des Wagens gegraben und dort las man ein in allerlei Verzierungen gefaßtes: „God save our gracious Queen!" Einen Fels nach dem andern durchschnitt die Maschine, und wenn es nach längerer Tunnelfahrt wieder tagte, so that sich zur einen Seite der Berg auf und grüne Thalgründe erschienen, auf welche das Auge mit Lust verweilte; und zur andren war die See, mit Möven am Strande, mit Schiffen in der Ferne und großen Wolken, die in der Sonne schwebten.

Mein letzter Ausflug galt der stürmischen Nordküste bei Portrush und dem majestätischen Riesendamm, dem gewaltigen Felsende von Irland, an welchem das wildeste Meer Europa's sich bricht. Hier, in der Einsamkeit der Herbstdämmerung unter der rauschenden Symphonie der Wasser, die daselbst sich treffen, gedachte ich Abschied zu nehmen von Irland. — Eine Hornistenbande war in Coleraine in einen der vordern Wagen des Zuges gestiegen; ihre Weisen schallten mächtig zu mir herein und, als wir dem Meere wieder so nahe gekommen, vereinten sie sich mit dem Brausen desselben, wie wenn man Rosen auf die Wogen streut. In dem Momente, wo das Meer sichtbar ward — weiter und bewegter als ich es seit langer Zeit gesehn — da erschien auch am Himmel, an welchem bis dahin Nebeldunst und Nachmittagssonne gekämpft hatten, ein Regenbogen, breit, prächtig, und wunderschön, wie ich ihn selbst in diesem Lande der Regenbögen außerdem nur noch einmal gesehn hatte. Mit dem einen Ende setzte er scharf und kräftig auf das grüne Wiesenland zur Linken, und zur Rechten ließ er sein Ende, wie ein farbig' Band über den Wellen flattern; und wie ich ihn noch bewunderte, da spannte sich neben ihm, etwas matter, aber immer noch glänzend genug, ein zweiter Bogen aus, und durch diesen Doppelbogen, vor mir das offene, unbegrenzte Meer, hielt ich meinen Einzug in Portrush, das an seinem letzten Außenfelsen hängt. Und so, wenn ich an den Abend von Howth und die magische Pracht seines Himmels gedachte, konnte ich wol sagen, daß ich unter einem Regenbogen nach Irland eingezogen, unter einem Regenbogen von Irland ausgezogen sei, und daß die Hoffnung und

frohe Zuversicht mir gleichsam am Anfang meiner Pilgerfahrt als
liebliche Begleiterinnen beigegeben wurden, um mir am Ende derselben
über jenem Bogen wieder zu entschweben, der nach alter Sage das
Zeichen des Bundes zwischen Gott und Menschen ist.

Portrush ist ein beliebter kleiner Badeort, wegen der Stärke und
Kraft seines Wellenschlages mit Recht berühmt. Jetzt aber, um diese
späte Jahreszeit, war der Strand verödet, die hübschen Villas alle
geschlossen, und nur noch ein großes, ödes Hôtel dicht über dem Wasser,
stand zu meinem Empfang offen. Die Wogen schlugen fast an die
Grundmauern; vom Speisezimmer hatte man einen Blick auf das
Meer mit der zum Untergang neigenden Sonne und der düsteren Fel=
senmasse im Hintergrund — und der Widerhall der von der schottischen
Küste zurückgeschleuderten Wogen und ihr dumpfes Branden durch die
Uferhöhlen, wie Seemuscheln, die man an's Ohr hält, waren
meine Tafelmusik. Der Abend war nicht mehr fern, als ich meine
letzte Küstenfahrt antrat. Ich sehnte mich nach dem vollen Gebrüll
der Wogen, nach den zerrissenen Felshäuptern, nach Spukgestalten im
Dämmern der Nacht — nach einer Einsamkeit von ungeheurer Weite,
voll phantastischer Schrecken, wie sie die finnianischen Gesänge schildern.

Mein Weg lief eine Weile durch grünes Feld, welches vom
Schimmer der noch einmal mächtig auftauchenden Sonne funkelte und
blitzte. So weit der Blick landeinwärts reichte — Alles Frieden
Alles Wolbehagen. Fruchtbare Wellen Ackerlandes, — hier ein be=
waldeter Hügel, dort ein sanftes Thal. Unter einem der Hügel lag ein
reizendes Dörfchen, von andern schaute frisch nnd freundlich manch' ein
Edelsitz herunter; und trotz der Nähe des wildesten Meeres, das ich
je gesehen, und der ungeheuersten Klippengürtel, Abgründe und Fels=
höhlen ist dieses Land doch so bebaut, daß es von Oben wie ein
blühender Garten erscheint. Nun aber wandte sich der Weg plötzlich,
und von der Höhe herab sah man auf das blutrothe Meer, auf dessen
zitternder Fläche die Sonnenkugel lag, wie das Haupt des Johannes'
auf Herodias' Schaale. Wild um die Felsinseln tobte die Brandung
und um die schon dunkeln Klippen sprang die See zischend empor; die
ganze Küstenstrecke war mit Schaum, den das wüthende Element von
sich warf, weithin bedeckt, und mitten im Wassergetöse, an viel tausend
Steinecken und Felskanten flog die Brandung, wie eine weiße Staub=

wolke, häuserhoch, und das untergehende Haupt des Johannes' färbte
die rollende Masse der Wogen, die aufsteigende Brandung, den umher-
stäubenden Gischt und die lange, dunkle Felskette mit seinem Blut und
seiner schmerzlichen Schönheit. Und das Meer rollte und rollte und
rollte, bis die Seele meinte, alles Andere hienieden sei stumm geworden und nur die große Todtenklage allein noch brause rings um den
Gürtel der Erde.

Die Küste ist hier von einer wunderbaren Vielgestaltigkeit, welche
der Phantasie düstere Anregungen giebt und von dem poetischen Volk,
das sie bewohnt und in scheuer Ferne umschifft, zu Sagen und Erfin-
dungen benutzt worden ist. Die See hat sich an unzähligen Stellen
tief in das Urgestein der Küste eingewühlt, und es ist ein dumpfer
Lärm, wenn die See mit steigender Flut brüllend hineinstürzt. Ich
habe sie nie in ihrer ganzen unheimlichen Stärke, in ihrer ganzen an-
gebornen Wildheit so empfunden, als an diesem Tage, in der furchtbar schönen Stunde des Sonnenuntergangs. Wie das Bollwerk Irland's gegen die Zerstörung schäumende See, steht diese Küste, und der
Gedanke an einen Riesen, der sie erbaut, muß dem naiven Sinne
eines poetisch gesinnten Volkes ganz von selbst gekommen sein. Alles
bezieht sich hier auf die Riesensage, und Fin Mac Cul führt hier unter den Fischern sein tausendjähriges Leben. Ueberall starren unheimliche Gestalten aus dem blutig schimmernden Schaume heraus. Hier
sieht man in die Tiefe des Wassers, welches sich zwischen zwei kolossalen
Felsblöcken eingebettet hat und darin ewig brandet, ewig schäumt.
Dort hat man einer eigenthümlich großartigen Formation, die wie ein
Riesenhaupt in die finstre Brandung schaut, den Namen „Fin Mac
Cul's Kopf" gegeben. Dort liegt der „Löwe" — viel ernster, viel
gewaltiger und viel räthselhafter als die Bullen von Ninive oder die
ägyptische Sphynx. Weiter hinauf „die graue Abtei," weiße, fluth-
gewaschene Felssäulen mit grünem Rasendach ... und welch' ein Gottesdienst, der in ihr alltäglich um die Zeit der Abenddämmerung, wenn
die Flut hereinkommt, gehalten wird! Dann finster, in den blauen,
schon dunkelnden Osthimmel ragend, die schwarzen Ruinen von Dun-
luce-Schloß — ein Fels von Menschenhand auf einen Fels von Got-
teshand gesetzt. Aber der eine ist längst zerbrochen, und der andere
steht noch und wird stehen bis an's Ende der Tage. — Und nun noch

Einmal den Blick auf die weite, weite, ganz in das Gold der unter=
gehenden Sonne getauchte See — welch' eine unaussprechliche Mischung
von blendendem Licht und unterweltlicher Finsterniß, welch ein Zusam=
menspiel aller Farben, welch ein Zusammenklang aller Töne — hinten
Alles Frieden und Nacht, vorn Alles Sturm und Glut, und mitten
darin die schwarzen Inseln. Das Haupt gekränzt vom Silber der
Brandung — mitten darin die aufspringenden Schaumwirbel, die lan=
gen, weißen Streifen die Küste hinunter und die düsteren Felsreihen,
die den Riesendamm umschließen, und die großen, schweren Wolken,
welche die Sonne verschlingen, — schwarze, traurige Wolken, mit brei=
ten Goldrändern über der murrenden See.

Es dämmerte schon tief, als ich mit meinem Kutscher — der ein=
zigen Seele außer mir in dieser geisterhaften Felsennacht am Meere —
über schaumgetränktes Gestein niederstieg, bis wir in der Schlucht des
Riesendammes angekommen. Kalt und scharf wehte es vom Meere
über uns her. Hohe Basaltgebäude, welche in der Dämmerung die
wunderlichsten Formen annahmen, stiegen zur Rechten auf, und zur
Linken donnerte das Meer — nun eine graue Fläche, so weit wie die
Ewigkeit, und so tief und so voll Zwielicht — und ach! ihr dumpfer
Gesang eine Lockung für die heimwärts jammernde Seele. Große
Haufen tropfenden Seegewächses — ganze Bäume und Wälder aus
der Tiefe, die der Flutstrom ausgerissen und hierher geschleudert hat
— lagen verdunstend, hoch wie Hügel, auf unsrem Wege über Stein=
geröll, und der Fuß verwirrte sich in den zähen, schlangenartigen Fä=
den. Die stets geschäftige Phantasie des gaelischen Küstenvolkes hat
all' diesen Felsen und ihren eigenthümlichen Gestaltungen Namen und
Bedeutung gegeben; zum Theil haben sich tausendjährige Erinnerungen
erhalten, und der Schauplatz manch' einer finnischen Heldenthat befin=
det sich an diesem zerrissenen Nordgestade. Aber mein Kutscher sprach
ungern davon; es war schauerlich, so einsam zu gehen, wie wir gin=
gen, und es grauete ihm vor Geistern. Jetzt stiegen wir über Basalt=
säulchen, die sich vom Ufer aus erheben, regelmäßig und schön gestaltet,
als habe sie des Steinmetzen Hand behauen und des Baumeisters Plan
geordnet, bis auf einer Treppe empor und so auf der andern Seite
wieder hinab, bis wir die eigenthümlichsten und gewaltigsten dieser
in's Meer vorgestreckten und gegen den Anprall des Hochwassers mit

hundert trotzigen und unzerstörbaren Felsblöcken gerichtete Basaltbastionen erreicht hatten und nun auf dem äußersten Ende des Riesendammes mitten im Meere standen, das zu beiden Seiten, ja scheinbar auch von Unten, zwischen den Steinlücken, zischend emporsprang. Die Naturforscher sagen, an dieser Stelle habe einst Irland, „das wahre Land der Schotten," wie es Richard von Cirencester nennt, mit dem heutigen Schottland zusammengehängt; die Verbindung sei eine große Basaltkette gewesen, die von hier nach Staffa an der schottischen Küste gereicht habe und deren Rest die Insel Rathlin sei, ungefähr halbwegs zwischen beiden. Das Uebrige habe nachgegeben und sei unter Wasser gegangen. Aber ein langer, für die Schiffahrt höchst gefährlicher Strich von hier nach Schottland bezeichne noch Umfang und Richtung des einstigen Zusammenhangs. Die Fischer am Riesendamm sagen, daß Fin Mac Cul ihn gebaut habe. Ein anderer Riese von Schottland habe ihn durch seinen Hohn zum Zweikampfe herausgefordert; aber es sei lange keine Möglichkeit gewesen, ihm beizukommen, bis der Beleidigte diesen Felsen baute und den prahlerischen Caledonier besiegte. Kein Wunder, daß die Gesänge des irischen Volkes so voll abenteuerlicher Gefechte, deren Gleichnisse der heimathlichen Natur entnommen sind und in denen die feindlichen Schlachtreihen daher miteinander kämpfen, „wie wenn Stürme mit dem Ozean Streit wagen und gegen die dumpf widerhallende Küste die donnernden Wogen schnauben und brüllen;" daß ihre Helden von übermenschlicher Größe und einem Leben sind, welches Jahrhunderte währt. Angesichts solcher Naturschauspiele, wie sie die Meeresküste von Irland nicht blos an diesem Punkte bietet, und beim Anhören solcher Vernichtungsmusik konnte das Volk nicht anders dichten. Zahlreiche kleine Züge — abgesehen von den großen Zügen, welche sich in der Sprache, der Dichtung und Musik erhalten haben — erinnern noch an den einstigen Zusammenhang mit Schottland. Dem Küstenstrich Dalraida in Ulster (von den Engländern „the Route" genannt), entspricht ein Theil der schottischen Westküste, der den gleichen Namen führt. Die Kinder, wenn sie die Hennen zur Abendzeit gackern hören, sagen, sie besprächen sich über die Rückkehr nach Schottland, woher sie gekommen; und wenn es schneit, so sagen sie: „die Schotten rupfen ihre Gänse."

Lange bei Sturm und Dämmerung, von donnernder Meerflut umbrüllt, stand ich auf einer dieser Säulen, wie auf einem Altan und sah auf das Wasser, das dumpf und unabänderlich heranrollte und sich an den Füßen der Basalte brach und mit seinem Schaume wüthend ihre Häupter umzischte. Fern, in dem matten Glanze des Abends ein Schiff. Es ging nach Schottland. Kein menschliches Wesen, keine Erinnerung an das Leben störte die erhabene Eintönigkeit des Wassers und des Himmels, das feierliche Schweigen der schwarzen Klippen, von denen das Silber des rückkehrenden Wassers ungehört abträufte. Hoch, bis in die Abendwolken, erhoben sich zur Linken diese Klippen und ihre Zacken glichen einem Gespensterschloß. Weiterhin erhoben sich terrassenförmig Felsen mit Kanten, wie Schornsteine — die berühmten „chimney tops," nach denen in der doppelten Verwirrung der Flucht und des unheimlichen Abends die an diese Küste verschleuderten Schiffe der spanischen Armanda Schuß auf Schuß versendeten. . . . Vergebens, sie stehn noch — eine ganze Stadt voll Nachtgespenster, welche wimmern und jauchzen und heulen und lachen. . . Hinter mir, dicht im Felsen, eine hohe wunderliche Felsbildung, mit Basalt= stäben wie Pfeifen geordnet — des Riesen Orgel genannt. Welch' eine Riesenmusik machte sie an diesem Abend, und wie hallte sie aus den finstren Felsen, die mich im Halbkreis umschlossen, zurück! Und vor mir die Felsblöcke in zahlloser Menge — alle aufrecht stehend, die einen hoch, die andern niedrig — mit schön geschliffenen Ecken, einige oben rund, andere gehöhlt wie Opferbecken, in denen der ab= fließende Rest der Fluth stehen blieb. Und in Hunderten dieser Fels= schalen glänzte es wie Weihwasser, und die Riesenorgel dröhnte und dabei das Schäumen und Tosen und Springen und gewaltige An= strömen und wüthende Abprallen der Wogen, und weit, weit die graue See, Well' auf Well' ab, und die Leuchtthürme zu allen Seiten der gefährlichen Küsten. . . Welch' ein Gottesdienst! Welch' ein Dom! Welche Lichter, — welche Gemeinde, — welcher Gesang! Welch' ein hohes Lied. . . und immer wieder der eine Vers, immer der eine; wenn er jetzt auch verloren ging, so kam er doch wieder, und Alles schien ihn zuletzt zu singen — das Wasser und der Sturm, und wie ein Echo schöner, weinender Seele verlor er sich in den Felskrypten und unter den Basaltsäulen. . . „Man hat mich zur Hüterin der Weinberge gesetzt; aber meinen Weinberg den ich hatte, habe ich nicht behütet."

Ja, Irland — schwarze, liebliche Königsbraut, Du hattest einen Weinberg! . . . Du warest die Leuchte der dunklen Welt, Du hast den Funken geistiger Erkenntniß und fröhlichen Gottesglaubens lange ge-hütet in entlegenen Klöstern und einsamen Zellen, Du warest die Schule des Westens. . . und mehr noch, Du warest als Mauer und Bollwerk gegen die zerstörende Woge des Weltmeeres vor die andern Länder Europa's gesetzt, und Du hast es wol behütet gegen den An-sturz der wilden Atlantis. . . „aber meinen Weinberg, den ich hatte" — Deinen eignen Bestand, Deine eigene Größe, Deine eigene Frei-heit, . . . „habe ich nicht behütet". . . . Nun aber höre das Ende des Hohen Liedes — höre wie es die Wellen rauschen und die Riesen-Orgel dröhnend begleitet. . . „Wer ist die, die herauffährt von der Wüste und lehnet sich auf ihren Freund?". . . Lehne Dich auf Deinen Freund, auf England's kräftigen, Dir dargebotenen Arm . . . „setze mich wie ein Siegel auf Dein Herz". . . . Es ist umsonst zu eifern und zu zürnen. Das Schicksal hat gesprochen und die Stunde ist längst vorüber. Und wo Nichts mehr erlöst, da erlöst die Liebe — „denn Liebe ist stark, wie der Tod, und ihre Glut ist feurig und eine Flamme des Herrn". . . Und Deine Zukunft, sei eine Zukunft der Liebe und der Versöhnung — Herz schließe sich an Herz und Hand lege sich in Hand. . . und England's Macht sei die Sonne, in welcher Irland's schöne Natur zu neuer Blüthe komme, und Irland sei Eng-land's Schwester, wie es im Hohen Liede heißt, . . . „da bin ich ge-worden vor seinen Augen als Eine, die Frieden findet."

Solches sang das irische Meer in der Stunde des Abschieds. Wir aber, in der Dunkelheit der Nacht, begaben uns auf den Heim-weg. Finster zu unsrer Rechten, auf dem äußersten Klippenrande starrten die Ruinen des Dunluce-Schlosses. Der Kutscher, welcher am ganzen Leibe wie Espenlaub zitterte, bat mich flehentlich, sie um diese Stunde nicht zu besuchen; aber mich lockte ihr Geheimniß und ihre Gefahr. Ein Bauer, der am Wege wohnte, kam aus der Hütte und ging mit zwei Windlichtern voran. Wir drangen vorwärts, der Bauer sagte, ein Fehltritt werde uns das Leben kosten, ich solle mich eng an ihn und jeden seiner Schritte halten. Die Ochsen, die auf dem Rasen in der Nähe der Ruine weideten, schreckten aus ihrem Schlafe auf und fuhren, vom Lichte geblendet, wild herum wie Phuken. Jetzt standen wir vor den Ruinen — schauerliche Ruinen, Ruinen ohne Versöhnung, schwarz und finster, ohne Epheu, ohne Grün, auf steilen, hundert Fuß hohen Felsen und unten rollt in ihren Höhlen das Meer aus und ein; und sein dumpfes Stöhnen erfüllte die schreckliche Nacht. Sich hier anzubauen, grade hier auf den Felszacken über dem stürmischsten Wasser, über den Meereshöhlen und den Klippen — das thut nur ein Adler und ein Held! Die Mauern waren zerbrochen, eine Lücke gähnte hier und dort, der Boden senkte sich abschüssig und ... Todtenblässe färbte die von der Flackergluth beschienenen Züge meines Führers. Zuletzt sprach er. Ich hatte dicht über dem Abgrunde geschwebt. Er hatte gefühlt, daß ein Schritt weiter mich auf Ewig begraben müßte. Er hatte nicht rufen mögen, aus Furcht meinen Fall zu beschleunigen. Er hatte im Entsetzen geschwiegen und mich der Gnade des Herrn befohlen. Und ich war gerettet. Aber auch mein Herz klopfte nun gewaltig und ein Todesschauer rieselte durch mein Gebein, während in der undurchbringlichen Dunkelheit unter mir das Meer brüllte und stöhnte. Nun fiel auch bei einer Wendung des Führers ein Lichtstreifen auf das Loch, dicht neben mir, und hinunter in die Felsen, die Höhle und das wüthend schnaubende Chaos, und wanderte dann weiter über das dunkle modrige Gemäuer. Der Leuchtthurm von der wilden Donegalküste erschien. Was mögen die Schiffer da unten gedacht haben, wenn sie auf Einmal in dem verrufenen Neste Licht gesehn haben? Licht im Thurme Mayfrow's, der gespenstischen Schönheit, die noch immer dort umgeht?

Der Kutscher hatte für uns gebetet, bis wir wieder zurück waren. Die Lichter löschten aus. Wir waren wieder in tiefer Dunkelheit und fuhren weiter. Irwische stiegen an dem Moorfelsen empor — das Pferd dampfte, der Kutscher schrie ... wir fuhren, wie von Geistern gehetzt, und kamen in verstörtem Zustande in Portrush gegen zehn Uhr Abends wieder an. Lange noch im Halbschlafe, hörte ich das Toben und Branden der See unter meinen Fenstern. —

Am andern Mittage fuhr ich in Belfast ein. Im hellen Son=
nenglanze schimmerte die breite, von grünen Hügeln mit Wald und
Villen eingefaßte Bai, — in hellem Sonnenglanze schimmerten die
prächtigen Straßen der Stadt mit ihren stattlichen Kaufhäusern und ben
gut gekleideten Menschen, die hin= und herdrängten. Man ist wieder
in die Fülle des Lebens zurückversetzt. Man kann es sich kaum vor=
stellen, daß man sich noch in Irland befinde. Alles macht den vollsten
und gediegensten englischen Eindruck. Wolhabenheit, ja Reichthum um=
geben den Ankommenden sogleich; Gesundheit, Kraft und Behagen sind
um ihn verbreitet. Wenn man über die Steinplatten von Highstreet
dahinschreitet, zur Linken das palastähnliche Postgebäude, und vor sich
den Donegal=Quai mit den zahllosen Masten, den halbheruntergelasse=
nen Segeln und den buntjackigen Matrosen, so könnte man sich ein=
bilden, man stände am Ende von Lordstreet in Liverpool und sähe
gegen den Mersey. Und wenn man an der Seite von Donegal=Place
geht, so fühlt man keinen großen Abstand von den belebtesten Straßen
Manchesters. Belfast ist nicht die größte, wol aber die reichste und
durch ihre commerzielle Bedeutung einflußreichste Stadt von Irland.*)
Ihr Wachsthum hat mit der rapiden Entwickelung des protestantischen
Nordens gleichen Schritt gehalten, und die Geschichte desselben ist fabel=
haft. Am Anfange des achtzehnten Jahrhunderts lag ein armes
Fischerdorf, wo jetzt Belfast liegt; und um die Mitte desselben hatte es
sich zu einem Städtchen mit 8000 Einwohnern erweitert. Im Jahre
1821 hatte Belfast etwa 37,000 Einwohner; 1841 war die Bevölkerung
auf 75,308 Einwohner gestiegen, 1851 zählte sie bereits 100,300 Einwoh=
ner, und ihre heutige Anzahl mag 130,000 Einwohner betragen. Der pro=
testantische Theil der Bevölkerung ist so entschieden im Uebergewicht gegen
den katholischen, daß von 52 Kirchen und Bethäusern nur 4 dem rö=
misch=katholischen Gottesdienste gewidmet sind. Daher denn auch die
Intelligenz und Durchschnittsbildung dieser Stadt auf gleicher Höhe
mit derjenigen der englischen Fabrik= und Hafenstädte steht. Für die
Volkserziehung ist gesorgt, und zehn große Zeitungen (von denen eine,
„News Letter" seit 1737 erscheint) verbreiten die Kenntniß der Tages=

---

*) The first town in Ireland in entreprise and commercial pro-
sperity. — (Tidal Harbour Commissioners. 1846.)

Geschichte in einem liberalen Sinne. — Man staunt, indem man die lachenden Ufer des Belfast Lough überschaut, oder den stolzen Drei- mastern folgt, welche schwer beladen in den Hafen hinausschwanken, oder in den Straßen vor hohen Spiegelfenstern stehn bleibt, die mit den feinsten Gespinnsten oder kostbarsten Geweben bedeckt sind. Der irische Car ist gänzlich verschwunden, oder er hat sich auf so elegante Weise mit Teppichen und Sprungfedern und lackirten Wänden ver- wandelt, daß man ihn nicht mehr erkennt. Prachtvolle Carossen mit blank geschirrten Rossen nehmen die Breite der Straße ein, und an die Wildnisse denken, die sich keine Tagereise von hier gen Westen öffnen, heißt so viel, als an Träume denken, die man in dem Schlafe einer schweren Nacht gehabt. So sehr und so rasch hat die englische Cultur gezeigt, was sie aus Irland zu machen versteht, wenn man ihr carte blanche gibt. Ja, man würde es gänzlich vergessen, daß man auf dem Boden steht, der sich einst auszeichnete durch die tiefsten Moräste und unzugänglichsten Schlupfwinkel in ganz Irland — daß man sich mitten im Territorium des rebellischen O'Neill befindet, vor zwei Jahrhun- derten von den Engländern nicht minder gescheut, als die Küste der Menschenfresser von Patagonien — man würde an dieß und Alles, was damit zusammenhängt, nicht im Entferntesten mehr denken, wenn nicht „die rothe Hand von Ulster," das Wappen dieser Provinz, wel- ches die Communalgebäude schmückt, uns zuweilen daran erinnerte. Es ist, wie der Name sagt, eine rothe, mit ihren fünf Fingern nach Oben gerichtete Hand; und man findet in den alten Gesängen der Iren, daß sie ein Lieblingsattribut ihrer Helden gewesen. So hat auch der letzte der irischen Monarchen, der sagenberühmte Cathal, den Beinamen „Crovederg," die Rothhand. Vorzüglich aber war die rothe oder blutige Hand das Zeichen der alten Ulsterfürsten O'Neill, und die damit verknüpfte Wappensage erzählt, daß — als die ersten Ero- berer sich in zahllosen Schiffen dieser Küste genähert hätten — ihr Führer den Besitz derselben demjenigen verheißen habe, dessen Hand sie zuerst berühren würde. O'Neill's Boot eilte allen Andern voraus, aber sein Ruder zerbrach und das ihm zunächst fahrende Boot über- holte ihn. Da zog der Stammvater der Ulsterfürsten sein Schwert, hieb sich die linke Hand ab und warf sie über dem Haupte des Neben- buhlers fort an das hiermit gewonnene Ufer.

Die rothe Hand und ihre kurze Geschichte ist Alles, was sich von irischem Wesen in Belfast erhalten hat; die Physiognomie der Stadt verleugnet ihren Ursprung durchaus, und die Hauptzüge derselben sind von entschieden englischem Charakter. Diese Hauptzüge sind die Fabrikthätigkeit und das Hafenleben.

Die Leinenmanufactur von Belfast ist weltberühmt. Belfast und Irland insgemein verdankt diesen Industriezweig, durch welchen es sich nach und nach, und je mehr er sich ausbreiten und neue Zweige des Gewerbfleißes ansetzen wird, eine Stellung in der Handelswelt erobern kann, zum Theil schon erobert hat, einem seiner bittersten und grausamsten Uebelthäter, dem Earl von Strafford, dem „großen, tapferen, schlechten Manne" (Macaulay, John Hampden. Ess. II., 42.), dessen unmenschliche Behandlung Irlands, welchem er als Lord=Deputirter vorgesetzt war, den fürchterlichen Aufstand von 1641 hervorrief, und der seine traurige Laufbahn auf dem Schaffote von Tower=Hill beschloß, sieben Jahre vor dem Tage, wo sein Herr und Freund Karl I. unter den Fenstern von Whitehall starb. Strafford unterdrückte den einzigen Erwerbszweig der Iren, der zu seiner Zeit kümmerlich blühte, die irische Wollenmanufactur, um diejenige der Engländer desto mehr zu heben und um die Iren zu zwingen, ihre Kleidung von den Engländern zu beziehen, „und dadurch abhängig zu werden von unserer Krone, insofern, als sie sich dann von uns nicht losreißen können, ohne für sich und ihre Kinder Nacktheit befürchten zu müssen." Aber da „die Weiber ein Mal natürlich dazu bestimmt scheinen, zu spinnen, und der Boden sich zur Flachsernte wol eignet," was mit demjenigen England's keineswegs der Fall war, so ließ Strafford Flachssaat und Arbeitsleute aus den Niederlanden kommen und begründete, um die damals blühende Wollenmanufactur zu vernichten, die Leinenmanufactur von Irland. Was er zum Bösen gemeint, schlug in der Folge zum Guten aus, obwol die Entwickelung — von den Kriegen und blutigen Aufständen der Zwischenzeit gehemmt — nur langsam von Statten ging und erst in unseren Tagen ihre Früchte zu tragen beginnt. Im Jahre 1815 waren in Ulster (nach einem Berichte der „Times," 1852) fünf Garn= Fabriken (denn das Leinen wird hernach auf Handwebestühlen verfertigt), von denen die größte 1204 und die kleinste 300 Spindeln hatte; 1841 gab es schon 41 Fabriken mit 280,000 Spindeln, 1850 hatte sich die

Zahl auf 73 mit 339,000 Spindeln, und 1852 auf 81 Fabriken mit 500,000 Spindeln erhöht. Soweit die „Times." Nach dem offiziellen Ausweis, welcher dem Adreßbuch von Belfast vorangeht, waren im folgenden Jahre, 1853, aber bereits 88 Fabriken mit 580,684 Spindeln in Thätigkeit, welche etwa einer halben Million Menschen in und um Belfast Verdienst und Lebensunterhalt zuführten.

In gleichem Verhältniß, wie diese gesteigerte Fabrikthätigkeit die Einwohnerzahl, das Leben und materielle Wolergehen der Stadt vermehrt hat, mußte ihre Wirkung sich auf der andern Seite auch über den Hafen und das Ulster Lough erstrecken. Belfast verbindet in wie bescheidenem Grad auch immer, die Hülfsquellen von Liverpool und Manchester; es ist eine Fabrikstadt und eine Hafenstadt, und wenn es in ersterer Beziehung, durch die Nähe des Meeres, sich einer reineren und gesunderen Atmosphäre, als Manchester erfreut, durch dessen Rauchschicht — eine Art von chinesischer Mauer, die in der Luft schwebt — die Sonne nur selten hindurchdringt, so ist es auch in letzterer Beziehung fast noch günstiger gelegen, als Liverpool. Belfast Lough ist ein breites, prächtiges und wolgeschütztes Wasser, ohne die Launen des Mersey, welcher in stürmischen Herbst= und Frühlings= Nächten die großen Schiffe, die ankerfest auf ihm liegen, bedroht, und die kleinen Ferryböte oft genug schon verschlungen hat. Der Hafen von Belfast ist noch bei Weitem kein Welthafen — die meisten Schiffe darin gehn von Küste zu Küste; aber er kann es werden. Schon laufen Schiffe von den Vereinigten Staaten und Canada, von West= Indien, dem Mittelländischen und Baltischen Meer, von Archangel, in neuester Zeit sogar von Ostindien und China ein und aus. Im Jahre 1785 besuchten 772 Schiffe den Hafen; inzwischen aber erblühten die Fabriken, wuchs die Ausfuhr von Leinen im Jahre 1854 zu 60,000 Kisten und die von Garn zu mehr als 7 Millionen Pfund an, und aus den 772 Schiffen des Jahres 1785 waren 1855 bereits 5,711 geworden.

Das glänzende Bild hat aber auch seine Schattenseiten. Von dem Magdalenen=Asyl für gefallene und reumüthige Frauenzimmer habe ich schon andeutend gesprochen; aber es gibt in Belfast auch schmutzige Stätten der Verworfenheit, dunkle Höhlen der Bestialität, die Alles hinter sich lassen, was die verrufenen Orte der Weltstädte aufzubieten

haben. Die große Metropole im Norden von Irland hat noch lange
zu arbeiten, ehe sie den soliden Reichthum, das felsenfeste und seit
Jahrhunderten begründete Patrizierthum ihrer englischen Vorbilder er=
reicht haben wird; in den Gräueln ihrer schadhaften Stellen aber hat
sie bereits alle überflügelt. Denn die Armuth und das Verbrechen,
die überall Hand in Hand mit dem Reichthum und dem Luxus auf=
treten, haben sich hier mit dem hängen gebliebenen Bodensatz des ein=
geborenen irischen Elends und Schmutzes auf eine so schaubererregende
Weise amalgamirt, daß die Feder sich lange sträubt, die scheußliche
Farbe und den infernalischen Geruch dieser Mischung zu schildern und
sie — die doch schon die Beschreibung der moderfeuchten Themsebögen
und ewig finsteren Diebsspelunken von St. Giles unternommen —, an
ihrer Aufgabe verzweifelt, indem sie die Leser zu einem Gange nach
Hudson's Entry und Walker's Lane auffordert. Doch sogar hier noch
ist eine Steigerung möglich, und das Aeußerste, was man in dieser
Beziehung sehen kann, ist die sg. „Menagerie" und Anderson=Row,
wohin ich mich in Begleitung eines Police=Constablers an einem der
letzten Nachmittage meines Aufenthaltes in Belfast begab. —

Anderson=Row ist eine enge, kurze Sackgasse, die dem Eintreten=
den das Miasma von faulendem Stroh, stockigen Lumpen und Aus=
wurf aller Art, womit der Boden statt eines Pflasters bedeckt ist, ent=
gegensendet. Es mögen ungefähr zwölf bis vierzehn Häuser — wenn
man diese Höhlen so nennen kann — in Anderson=Row sein, in denen
etwa zweihundert Bettler, Diebe und Prostituirte hausen. Oft sind
diese Höhlen mit Bewohnern ganz gefüllt, zum Ersticken; oft stehn ein=
zelne leer, weil ihre bisherigen Inhaber in's Gefängniß gewandert sind.
Namentlich ist Anderson=Row eine Pflanzstätte für jugendliche Ver=
brecher; zum Contingent der Strafhäuser und Besserungsanstalten in
Belfast liefert dieß Dutzend Häuser durchschnittlich drei Viertel auf
eigene Rechnung. — Vor Frost und Hunger zitternde Weibsbilder,
schmutzig und halb nackt, standen vor den Thüren oder sie lagen auf
den Steinen unter den Häusern. Was Irland an Noth und Jammer
zu bieten hat, das habe ich in den Lehmlöchern der irischen Haide ge=
sehn, wo Menschen und Thiere unter einem Strohdach, zuweilen auf
einem Strohlager übernachten; in den Höhlen von Anderson=Row
aber, unter dem Pesthauch, den das Verbrechen und die unnatürliche

Sünde ein- und ausathmet, würde kein Thier mehr fortkommen. Hier
kann nur der Mensch in seiner äußersten Verkommenheit leben, bis
seine Seele trüber wird und immer trüber, gleich dem Lichte, das in
einer Luft voll Stickstoff brennt, qualmend, unruhig, ängstlich und
niedergedrückt, ohne Helligkeit, ohne Wärme, aber brennend, brennend,
bis der Docht zu Ende. Die Wände dieser Verbrecherhöhlen sind
schwarz und tropfen von Feuchtigkeit. Die Fenster sind mit Lumpen
zugestopft, und nur hier und da ist ein Loch gelassen, durch welches
Wind und Regen ihren Einzug halten. Wir blieben nacheinander
vor mehreren dieser Fenster stehn und sahn in das Innere der Vor-
derstuben. Da war eine Handvoll Stroh zu erkennen, auf welchem
elende Geschöpfe lagen in einem unbeschreiblichen Zustande der Scham-
losigkeit — betrunkene Frauenzimmer, mit blutrünstig unterlaufenen
Augen, die sie träge aufschlugen, als sie uns kommen hörten; Knaben
und Mädchen, in Schmutz begraben und in sittenloser Gemeinschaft
zusammengeworfen. Von jedem dieser Weiber und dieser Kinder hatte
der Polizeimann eine Geschichte, werth niedergeschrieben und als ein
Denkmal der Menschennatur aufbewahrt zu werden. Denn man weiß
es nicht, und die Phantasie reicht nicht aus, sich's vorzustellen, wie
diese Natur, an der wir Alle unsern Theil haben, sich untreu werden
und in ihr Gegenbild verwandeln kann. Diese Geschichten beginnen
zuweilen in einem ganz respectablen Hause der Nebengassen von Belfast.
Der Constabler zeigte mir ein Frauenzimmer, welches — von den
Spuren früher Verbrechen und ununterbrochener Leiden älter aus-
sehend, als sie in der That war, — zusammengekauert in einer Ecke
des Raumes saß, dessen übriger Theil voll schmutziger, aufgedunsener
Gestalten war, von denen die einen lagen, die andern saßen. Dieses
Weib war — wie ich aus der Mittheilung meines Führers entnahm
— aus einer Handwerkerfamilie; ihre Brüder und Schwestern sind
als anständige Leute bekannt. Ihre Eltern starben. In ihrem fünf-
zehnten Jahre ward dieses Weib Mutter. Dann trieb sie sich mehrere
Jahre lang auf den Straßen umher und kam zuletzt nach Anderson-
Row. Hier endet die Laufbahn der Prostituirten. Wenn die kargen
Reize, welche die mitleidige Natur einem Jeden auf seinen Weg durch's
Leben mitgibt, verbraucht sind, dann wandern die Abgelebten hierher,
und ihre Beute wird der Bettler, der ihnen den Rest der Brodkruste

aus seiner Tasche hervorlangt, und der Dieb, welcher den Ertrag sei=
nes Einbruchs mit ihnen theilt. Dieses Weib hatte zwei Selbstmord=
versuche gemacht. Mit ihren geisterhaften Augen, ihrem eingefallenen
Gesichte und ihren unlösbar ineinander gewirrten schwarzen Haaren
sitzt sie da, bis eines Tages eine von den giftigen Krankheiten, die in
diesen Quartieren der Eine dem Andern mitbringt, oder der Galgen
ihrem Dasein ein Ende macht. Die junge Brut, die ich hier sah, ist
nur zum Theil auf den Strohhaufen von Anderson=Row gewachsen.
Ein andrer, und nicht kleiner Theil ist — gestohlen! Der Polizeimann
zeigte mir ein altes, fettes Weib mit einem unerträglichen Gauner=
gesicht, welche sich in diesem Zweige der Industrie einen Namen ge=
macht hat. Ihre Höhle ist für die Polizei der Gegenstand ewiger
Untersuchungen und ununterbrochener Wachsamkeit, und doch war es
noch nicht gelungen, diese Verbrecherin auf der That zu ertappen, ob=
gleich man weiß, daß die Mehrzahl der bei ihr einquartierten jugend=
lichen Bewohner aus gestohlenen Kindern von eilf, zwölf und dreizehn
Jahren besteht. Dieses Weib hält mehrere junge Frauenzimmer, von
welchen die Knaben auf eine für ihre Jugend widernatürliche Weise
verdorben und vernichtet werden; man gibt ihnen Anweisungen, wie
sie auf den Straßen und am Hafen kleine Diebstähle ausführen, und
andre Knaben, von ihrem Alter, durch Vorspiegelungen und Ver=
sprechungen mit sich nach Anderson=Row locken können. So wird diese
Verbrecherhöhle stets auf's Neue gefüllt; und respectable Eltern, welche
ihren Sohn, den sie über die Straße schickten, verloren und dessen
Spur sie durch Bekanntmachungen in den öffentlichen Blättern und
ausgesetzte Belohnungen vergebens zu entdecken suchten, finden ihn oft
nach Jahren in dem Verbrecher wieder, welchen der Magistrat zu
langwieriger Haft verurtheilt. Der Leser wird sich verwundern, wie
ich mich verwundert habe, solche Nachrichten aus dem Munde eines
Polizeimannes zu bekommen; denn warum macht die Polizei einem
so verworfenen Zustande, wenn sie ihn kennt, nicht mit einem Mal ein
Ende? Aber der Polizeimann sagte, das sei nicht möglich. Die List
und Verschlagenheit der Bewohner von Anderson=Row sei fast noch
größer, als ihre Schlechtigkeit. Man könne nach dem Gesetzbuche Nie=
manden einkerkern, verfolgen und transportiren, dem man die That,
auf welcher solche Strafe stände, nicht zu beweisen im Stande sei;

diese Verbrecher aber wüßten ihr Thun auf's Schlaueste zu verstellen, und die Kunst, mit der sie das Auge der Obrigkeit betrögen, sei oft unglaublich. Das Weib z. B., welches die Kindercolonie halte, sage, wenn ein unglücklicher Vater sein verlorenes Kind in diesem Schlupfwinkel wieder findet, es sei ihr zugelaufen und sie habe es aus Erbarmen aufgenommen. Die Obrigkeit kennt die Mittel, welche dieser Auswurf der Menschheit anwendet, damit die Kinder ihr „zulaufen;" aber die Hinterlist, mit welcher diese Mittel angewendet werden, vereiteln den Beweis. — Je weiter wir gingen, um so mehr fiel es mir auf, daß überall nur Frauen und Kinder zu sehn waren und kaum ein einziger Mann. Mein Führer unterrichtete mich, daß — da die männliche Bevölkerung von Anderson-Row aus Bettlern und Dieben bestehe — jetzt, in der Zeit der Abenddämmerung, das Geschäft der Ersteren noch nicht beendet sei, während das der Anderen eben seinen Anfang nehme. Mir war, indem ich von Fenster zu Fenster ging und stehn blieb und sah, wie so viel Elend und Krankheit und Unmenschlichkeit und Sünde auf dem faulendem Stroh lag, als sei ich in einer großen Morgue — viel größer und schrecklicher, als jene am Seinestrom, funfzig Schritte von der Notredame, wo die ausgeworfenen Leichen auf schrägen Metallbahren liegen und mit gebrochenen Augen und geschwollenen Armen warten, bis ein Lebender kommt, der sie weinend erkennt und jammernd heimträgt und begräbt ... Anderson-Row ist eine Morgue der Lebendigen, — eine Morgue für Leichen, welche noch aufstehn und umhergehn können, mit verwesten Seelen, welche die Atmosphäre vergiften .... „brennend, brennend, bis der Docht zu Ende," und zu denen, wenn sie eines Tages — Auswurf des Lebensstromes — regungslos auf dieses Lager fallen — Niemand kommt, Niemand, „der sie weinend erkennt und jammernd heimträgt und begräbt."

Das letzte Haus, vor dem wir stehn blieben, ist das abscheulichste und verrufenste. Es heißt die „Menagerie," und es leben — wenn alle Insassen aus den Gefängnissen zurückgekehrt sind — an hundert dieser Elenden darin. Wenn irgend ein großes und unerhörtes Verbrechen in Belfast begangen worden und die Spur des Thäters verloren gegangen ist, so wendet sich die Aufmerksamkeit der Polizei zuerst nach der Menagerie, und in neun von zehn Malen nicht umsonst. Der Polizeimann fragte mich, ob ich nicht vorzöge, in dieses Haus einzutreten, um mir das Innere anzusehn? Ich mußte seinen Vorschlag ablehnen. Der Koth, in den ich bis an die Enkel versank, als ich meinen Fuß nur über die Schwelle gesetzt hatte, schreckte mich zurück; und die Moderluft, die mir aus der Dunkelheit entgegenschlug, schien voll ansteckender Gifte zu sein. Aber wir traten auch hier an's Fenster und sahen im Innern mehrere Weiber und zwei, drei, vier Kinder. Ich steckte eine Silbermünze durch eine zerbrochene Scheibe, durch welche der Abendwind kalt in's Zimmer strich. Sogleich kam eins von den Weibern und riß sie mir mit hyänenhafter Gier aus der Hand. „Wie heißt Ihr?" fragte ich das Weib. Sie sagte mir ihren Namen, und der Polizeimann flüsterte mir in's Ohr: „vor vierzehn Tagen aus der Strafanstalt entlassen!" „Habt Ihr Lebensmittel im Haus?" „Ja," sagte das Weib und nahm aus einem Ziegelstein, welcher in der Nähe lag, ein Stück halbschimmeligen, sauerriechenden Brodes. „Ist das Alles?" fragte ich. „Ja!" — „Seid Ihr verheirathet?" Das Weib lachte laut auf. „Wollt Ihr mein Mann sein? kommt, wenn Ihr wollt!" „Besucht Ihr keine Kirche?" Sie schwieg einen Augenblick; dann sagte sie: „die Kirche und das Gefängniß zuweilen." Dann lachte sie über ihren Witz, und der Constabler sagte: „vor vierzehn Tagen zuletzt. Ist's nicht so?" „Ja," sagte das Weib. „Wie könnt Ihr's in diesem Dunst aushalten? Werden diese Zimmer nie gereinigt?" „Nein," sagte sie; „wenn's zu arg wird, kommt die Cholera und dann gibt's Luft!" Lachend verschwand sie in der Dunkelheit des trostlosen Gemaches; ich aber kehrte schweigend in die von tausend Gaslichtern strahlenden, menschendurchwogten, lustigen Straßen von Belfast zurück. —

Es war am zweiten Morgen nach meiner Ankunft in Belfast, daß ich vor einem großen und stattlichen Geschäftshause in Linen-Hallstreet stehn blieb. Der Sonnenschein, welcher sich durch die Giebel der gegenüberliegenden Gebäude hindurchgedrängt hatte, fiel eben auf eine Messingplatte rechts von der Thüre und im Brillantschimmer strahlten

mir nun die Worte: „Macrie Son and Co." entgegen. Es waren ge=
nau die Worte jener Karte, welche mir der Chef dieser Firma einst zu
Killarney mit der Anzeige übersandt hatte, daß seine Tochter Jane sich
mit John Brittlebank, Esq., verlobt habe, und daß es ihm und ihnen
und allen Betheiligten angenehm und erfreulich sein würde, wenn ich
sie auf meiner Reise durch Belfast nicht vergessen wolle. Nachdem die
Identität also hergestellt worden, trat ich auf die Flur des großen
und stattlichen Geschäftshauses und läutete an einer Glocke, worauf
sich sofort die benachbarte Glasthür öffnete und ein alter Mann er=
schien, der klein und mürrisch war und Nichts sagte, sondern mich an=
sah und mir zu verstehen gab, daß er bereit sei, zu hören.

„Ich wünsche mit Herrn Macrie zu sprechen," sagte ich, nachdem
wir uns eine Weile gegenübergestanden, er hinter, ich vor der Glas=
thüre, die sich halb zwischen uns schloß. Er sah mich größer, als zu=
vor an, und sein altes, graues Auge, indem es langsam und verächt=
lich an mir hinauf= und herunterwanderte und zuletzt an meinem Hute
hängen blieb, der seit seiner Affaire im Atlantischen Ozean nicht recht
mehr zu der Gestalt und Façon eines unter Europäern gebräuchlichen
Hutes zurückkehren wollte, belehrte mich, daß meine Kleidungsstücke in
der Wildniß allerdings beträchtlichen Schaden erlitten haben mußten.
Ja, indem ich meine Augen aufschlug und von ungefähr mein Bild in
der großen Scheibe der Glasthür erblickte, kam ich mir vor, wie mir
der erste Irländer vorgekommen war, als ich, am Morgen nach mei=
ner Ankunft auf dieser Insel, die Straßen von Dublin durchschritt.
Bis auf das Unterfutter meines Rockes war ich hibernisirt; diejenigen
Stücke desselben, die nicht an den Dornbüschen von Connamara hän=
gen geblieben waren, umflatterten mich beim Gehen wie die Fetzen
einer zerschossenen Fahne. So stand ich vor dem kleinen verdrießlichen
Manne, welcher nicht abgeneigt schien, mir die Thür vor der Nase zu=
zuschlagen. Allein ich hatte inzwischen meinen Namen auf ein Blatt
Papier geschrieben, gab es dem Pförtner unter so viel Würde, als sich
mit zerrissenem Unterfutter und einem in den Naturzustand zurückge=
kehrten Filzhut verträgt, und sagte ihm, ich wolle ihn hier erwarten.
Der kleine Misanthrop, nachdem er die Glasthür als Präservativ ge=
gen mich zuvor luftdicht gemacht hatte, schritt über den Corridor, so=
viel ich nach dem Klange beurtheilen konnte; aber er beeilte sich nicht

sehr in meinem Interesse; denn es dauerte lange bis die erste Thür knarrte. Um so rascher aber wurden seine Schritte, als er zurückkehrte und die Glasthür aufschloß. Dießmal öffnete er sie so weit, als ob ein Wagen davor stände, und mit einem sehr ehrfurchtsvollen Gesichte, welches der Misanthrop jetzt aufgesetzt hatte, benachrichtigte er mich, Mr. Macrie sei sehr erfreut und Mr. Macrie lasse mich bitten und Mr. Macrie erwarte mich. Alsdann lud er mich ein, ihm zu folgen, und seine Augen, als hätten sie nie ein zerrissenes Unterfutter und nie einen plattgedrückten Hut gesehn, zeigten mir mit möglichster Devotion den Weg. Ueber den Corridor ging's und dann durch eine hohe Thür und nun durch ein kleines Vorzimmer in ein zweites Gemach und gegenüber sah ich mich meinem ehrenwerthen Freunde von Glendalough und Killarney, mit steifer, weißer Cravatte und einem vergoldeten Nasenklemmer.

Er stand an einem hohen Schreibtische, der ihm bis über die Brust reichte, und es dauerte lange, ehe er mir die Hand schütteln konnte; denn ich fand ihn tief in ägyptische Alterthumskunde versunken, auf Veranlassung einer Pyramidenabbildung, welche einer von den Künstlern, denen die artistische Ausschmückung seiner Leinenschachteln anvertraut war, als passende Vignette für den Export nach Alexandrien vorgeschlagen hatte. Nachdem er mich um meine Ansicht über Pyramiden, Mumien und Hieroglyphen befragt hatte, sagte er, wir wollten diesen Gegenstand für heute fahren lassen, worauf er mich umarmte, küßte, willkommen hieß und die Thür des anstoßenden Gemaches öffnete, aus welchem unverzüglich John Brittlebank, Esq., hervortrat. John Brittlebank, Esq., mit dem intelligenten Gesichtchen, dem zierlichen Schnauzbärtchen und den muthigen, unternehmungslustigen Augen; John Brittlebank, Esq., der seit jener verhängnißvollen Mondscheinnacht auf dem Muckross-See den Dienst Rowland Hill's, Generalpostmeisters von London, gekündigt hatte und als zukünftiges Familienmitglied in die Firma „Macrie Son and Co." mit mäßigem Procentantheil eingetreten war. Wie freute er sich! Wie hätten sich seine Ansichten über Irland geändert, sagte er. Wie viel hätte er mir zu erzählen... Und wie würde sich Jane freuen, und wie — aber Mr. Macrie gönnte ihm das Wort nicht lange, sondern beauftragte ihm, Mrs. Macrie telegraphisch zu benachrichtigen, daß ich angekommen und zum Dinner ihr

Gaſt ſein werde, und daß der Wagen an der Eiſenbahn ſein ſolle. Inzwiſchen wolle er mir die Sehenswürdigkeiten von Belfaſt zeigen.

Die erſte Sehenswürdigkeit war ſein Leinenlager, drei Stockwerke hoch, Treppe auf, Treppe nieder, in Kiſten mit Eiſenreifen, in kleinen, allerliebſten Schachteln mit hübſchen Bildern von Frauenzimmern und Schlöſſern und Fontainen, in Ballen, verpackt und zum Verpacken fertig; ſo viel Leinen, daß man die nackten Bewohner von Connamara damit bekleiden könnte. Aber die Ladies von Kenſington Garden ziehen es vor, ſich feine Hemden und durchſichtige Taſchentücher daraus zu machen; und die Nachbaren der aegyptiſchen Pyramiden verfertigen ſich Röcke daraus. Nach Connamara arbeitet das Haus Macrie Son and Co. noch nicht. Dieſe Leinen laſſe er auf dem Lande von Handwebern machen; aber er liefere das Garn dazu, ſagte Mr. Macrie, und dieſe Garnfabrik war, nach ſeiner Meinung, die zweite Sehenswürdigkeit von Belfaſt. Sehenswerth war ſie auf jeden Fall. Sie war eine kleine Stadt für ſich — in der Mitte, der große Induſtriepalaſt mit ſeinen himmelhohen Schornſteinen, ſtatt der Thürme, und rings umher die kleinen, reinlichen Häuschen der Arbeiter, eine ganze Colonie mit ihrer eignen Schule, ihrem eignen Wirthshaus, ihrem eignen Krämer und ſo fort. Das Quartier bildet mehrere kleine Straßen und kleine Kinder ſaßen im Sonnenſchein auf der Thürſchwelle und im Hintergrunde loderte das Herdfeuer und die Mutter und Hausfrau ſtand daneben. Mr. Macrie durchſchritt ſein Gebiet, wie der Wüſtenkönig das ſeine, und ſagte mir, daß er hier tauſend Arbeiter beſchäftige und einen Jeden derſelben im Durchſchnitte die Woche mit 8 — 14 Schillingen belohne. Dann führte er mich in das Souterrain der großen Fabrik und ſagte mir, ich ſolle nur nicht bange werden und mich ohne Furcht auf ein Brett ſtellen, welches er mir näher bezeichnete. Er ging ſogar mit gutem Beiſpiel voran; und wenn Etwas in der Welt geeignet war, allenfallſige Beſorgniſſe zu zerſtreuen, ſo war es der Vorantritt Mr. Macrie's, denn in Bezug auf lebensgefährliche Dinge kannte ich ſeine Anſichten ungefähr. Wir ſtellten uns alſo auf dieſes Brett, und mit Blitzesſchnelle fuhren wir in die Höhe und hielten vor der Thüre des oberſten Stockwerkes an. Dieſe Vorrichtung vertritt die Treppe und außer ihr ſind nur kleinere Nebentreppen aus einem Stockwerk ins andere für die Arbeits-

leute vorhanden. Das Standbrett, eng anschließend und von Dampf=
kraft getrieben, geht in einer viereckigen Eisenröhre, welche aus dem
untersten Raume bis in den Dachgiebel führt, auf und nieder; ein
Druck der Hand bringt es zur Ruhe, ein anderer versetzt es auf's
Neue in Bewegung. Das war nun von Oben bis Unten ein Schnur=
ren und Sausen und ewiges Rasseln, und jede Spule, jedes kleinste
Rädchen hatte sein eigenes Leben, — das Glied eines Riesenorganis=
mus, durch den Dampf bewegt und durch den Menschen (Mr. Macrie
eingeschlossen) beherrscht, den kleinen Gott, der Taschentücher und Bett=
überzüge schafft, sechs Tage lang, und am Abende jeden Tages sieht,
„daß es gut sei." Zwischen den hin= und herschnellenden Raufen, in
den Spinnmaschinen, in ewig schwülen Sälen standen hier viele bleiche
Mädchen mit krankhaft dunklen Augen, und Kinder die nicht aussahen,
als ob sie lange auf der Schwelle ihrer Häuschen gespielt hätten oder
viel im Leben lachen würden. Der Ofen, durch welchen die Maschi=
nerie geheizt wird, befand sich im Hofe. Hier sah man das riesige
Schwungrad gehen, welches diese Welt voll kleiner Räder, Spulen,
Federn und Zähne in Bewegung setzt. Sie hatte etwas Acheron=
tisches, diese Unterwelt mit den Kohlengebirgen, dem glühenden Ofen=
rachen und dem düster gewaltigem Rade; und wie Teufel aus den Mirakel=
spielen standen die Heizer da, halbnackt — die bloße Brust, den Nacken,
das Gesicht schwarz von Kohlenstaub und Schweiß; und Andere, ebenso,
fuhren über die Gerüste mit Aschenkarren, und ihre dunklen Gestalten
malten sich auf dem blauen, sonnigen Mittagshimmel.

Die dritte Sehenswürdigkeit — nach Mr. Macrie's Ansicht —
war ein Erdglobus, welcher sich in dem Bibliothekſaal von Queen's
College befinde und auf welchem er (mein gelehrter Freund) mir be=
weisen wolle, daß Belfast seit der Zeit, wo die Eisenbahn über die
Panama=Enge laufe, in ein neues Stadium seiner Entwickelung getre=
ten, und daß Belfast, wenn der Suez=Canal erst vollendet sei, mit
London um die Palme des Welthandels erfolgreich ringen werde.
Zwar hatte ich nicht die leiseste Ahnung davon, was die Panama=
Eisenbahn und der Suez=Canal mit Belfast zu thun habe, und auch
Mr. Macrie, wenn ich ihn dieserhalb befragte, konnte mir keine noch
so entfernte Auskunft darüber geben. Er sagte immer: „Warten Sie
nur! der Globus!" Dieser Globus schien ein Gegenstand seiner

zärtlichsten Neigung zu sein und er mußte ihn wol durch öftere Be=
suche ausgezeichnet haben, denn die im Bibliotheksaal beschäftigten
Beamten lächelten, als sie Herrn Macrie dahin schreiten sahen. Der
Globus stand in einer Fensternische. Mr. Macrie gab ihm sogleich
nach unsrer Ankunft einen leisen Schlag, wie man die volle Wange
eines Kindes scherzweise patscht, und rundum mit Asien und Afrika
und dem ganze Weltmeer ging die Kugel. Mr. Macrie holte weit
aus. Er begann mit der Achsendrehung der Erde und sprach so laut, wie
ein Professor, so daß die jungen Herren, welche an den Tischen lasen und
schrieben, auffahen, die Einen ärgerlich, die Andern lachend. Sobald
der Globus still stand, ging Mr. Macrie näher auf sein Thema ein,
und nach seiner Art Studien zu treiben, setzte er sogleich alle fünf
Finger beider Hände in Function. „Hier haben wir Belfast," sagte
er. „Haben wir nicht?" Er bedeckte mit seinem rechten Zeigefinger
das Großbritannische Reich nebst Irland und einige angrenzende Länder,
wie Frankreich, Deutschland und Dänemark. Also Belfast war sicher
einbegriffen. „Ja!" sagte ich. „Hier haben wir die Panama=Enge,"
fuhr er fort, indem er mit dem linken Zeigefinger irgend wohin fuhr.
„Haben wir nicht?" Was er für die Panama=Enge ausgab, war nun
keineswegs diese selbst, sondern irgend ein Landstrich in den unentdeck=
ten Gegenden des Nordpols, aber „Ja" sagte ich. „Gut!" sagte
Mr. Macrie, sehr befriedigt über meine Gelehrigkeit, „Hier fährt unser
Schiff —" und dabei arbeitete er mit beiden Daumen über die po=
lirte Oberfläche der Kugel und bat mich, sie festzuhalten, damit sie
sich nicht unnöthiger Weise drehe. „Hier fährt unser Schiff," wiederholte
er, „von Belfast nach Amerika, von Amerika nach Westindien, — nun
kommt die Eisenbahn von Panama, dahinter kommt wieder unser Schiff,
und wir fahren nach Australien, Ostindien und China. Ist das nicht
eine merkwürdige Reise?" schloß Mr. Macrie diesen Theil seiner Be=
lehrung. Merkwürdig jedenfalls schon deshalb, weil das Schiff seine
ganze Fahrt über Land gemacht hatte, während die Eisenbahn durch
das Polarmeer gelaufen war.

In Bezug auf den Suez=Canal machte Mr. Macrie nur noch
einige Anspielungen; der Tag war weit vorgerückt, und wir mußten
eilen, wenn wir den nächsten Zug noch erreichen wollten. Indem

daher Mr. Macrie die Suez-Angelegenheit bis auf Weiteres vertagte, machten wir uns auf den Weg nach dem großen Bahnhofsgebäude.

Das Dörfchen, in welchem Mr. Macrie's Landwohnung lag, befand sich an der Eisenbahnlinie, und man erreichte es in zehn bis zwölf Minuten. Der Weg ist sehr reizend; man sieht die Antrimberge und der Meerbusen von Belfast öffnet sich, je weiter man vorbringt. Auch die Schiffe erscheinen zuletzt, und mit der Anmuth der Landschaft vereint sich der bunte Wechsel des Wassers. Mr. Macrie schwieg lange, indem wir dahinrollten, offenbar noch über maritime Fragen von unbegrenzter Wichtigkeit nachdenkend. Zuletzt überraschte er mich durch die höchst unerwartete Mittheilung, daß dort, dicht am Ufer, der Kopf Napoleon's liege. Ich hatte überhaupt nicht erwartet, Köpfe an einem Ufer liegen zu sehn; diesen Kopf aber am Allerwenigsten. „Wo?" fragte ich. „Dort, dicht am Ufer," erwiderte Mr. Macrie. Was dicht am Wasser lag, war dieß Mal Nichts weiter, als ein Hügelabhang, welcher nach Mr. Macrie's Versicherung Zug für Zug dem Kopf des alten Napoleon ähnlich sähe und über der Stirne sogar den bekannten Hut tragen solle. Meine Phantasie reichte an jenem Tage nicht ganz aus, oder sie war auf ihrer Fahrt nach Panama und dem Nordpol müde geworden; kurz, die Maschine hielt, ehe ich meinen gespannt harrenden Gastfreund mit der Nachricht erfreuen konnte, daß ich Napoleon's Kopf „dicht am Wasser" gesehn habe. —

Ein elegantes Wägelchen, mit zwei prächtigen Braunen bespannt, harrte unser. Angenehm, wie ich lange nicht gefahren war, rollte ich mit meinem Freunde dahin, durch einen säuselnden Park, dem Meeresufer entgegen, unter der lieblichen Pracht des Sonnenuntergangs. Nun hielten wir an einem Hügel; dicht heran, über Seetang und Muscheln, schlug das leise wallende Wasser, und von Oben grüßte mit weißen Säulen und Balconfenstern und grünen, freundlichen Schaltern eine allerliebste schloßartige Villa. Wir stiegen den Hügel hinan, ein Eisenthor öffnete und schloß sich, und aus der vom Abendrothe beleuchteten Villa sprangen uns zwei hübsche Mädchen entgegen und ein junger Mann folgte und Jane und Ellen jubelten mir den Willkomm entgegen und sagten, das wäre ein schöner Tag, den sie nicht vergessen wollten, und wenn sie auch hundert Jahre alt werden sollten, den Tag, an welchem ich ihres Vaters Haus betreten habe. Mir aber war, als

ginge alles Schöne, alles Liebe, Alles — was ich in Leid und Lust
auf meiner Pilgerfahrt durch die Insel der Heiligen erlebt, in dieser
sonnigen Stunde noch ein Mal durch meine Seele!

Mrs. Macrie empfing mich auf dem Hausflur. Ich konnte nicht
umhin, noch ein Mal auf das Unterfutter meines Rockes anzuspielen,
und den Hut — welcher durch mannigfache Begrüßungen und andere
sociale Anstandsbezeugungen noch mehr gelitten hatte -- auf's Schlauste
zu verbergen. Mrs. Macrie aber war so freundlich, zu sagen, daß
der Mann in jedem irischen Hause willkommen sei, der selbst seines
Rockes nicht schone, wo es gelte, den Zustand des unglücklichen Landes
zu erforschen. Lächelnd neigte sie das Haupt, lächelnd ging sie voran
und ein prächtiger Salon nahm uns Alle auf. Die schweren Vorhänge
waren halb niedergelassen gegen die Sonne, welche über dem Meere
die große und feurige Pracht des nahenden Untergangs versammelt
hatte; ein duftiges Feuer loderte im Kamin, und an einer reichbesetzten
Tafel nahmen wir unsern Sitz. Welch' ein ehrwürdiges Bild, Mr.
Macrie in weißer Halsbinde neben seiner besseren Hälfte sitzen zu
sehen, immer bemüht, das Gespräch auf Alterthumskunde zu bringen,
und seine beiden Töchter beständig ermahnend, sie möchten sich's „mer-
ken." Welch' ein freundliches Bild, diese Beiden — zwei lieblich blühende Geschöpfe, zwei Engelsköpfchen, zwei Rosenknospen, so jung, so
schön, so frisch noch vom Morgenthau des Daseins, neben ihren Geliebten und Verlobten sitzen zu sehn, welche sehr eifrig Acht gaben, daß
fürderhin keine Verwechslungen mehr Statt fänden, wie einst an der
Bai von Howth und auf den See von Killarney! Frohsinn herrschte
im kleinen Kreise, und mir war, ich sähe in einen offenen Himmel ir-
discher Glückseligkeit. Dem spanischen, dem französischen Wein folgte Wein
aus meiner Heimath . . . und das Auge ging mir über, als Will, der
Bräutigam Ellen's, das Glas erhob und den Vorschlag machte, auf das
Land zu trinken, welches sich immer so uneigennützig, so gerecht bewiesen
habe, wo es die Beurtheilung unglücklicher, verkannter Nationalitäten ge-
golten — auf das Land, das ihnen einen so lieben Gast gesendet habe,
auf Deutschland! — Und wir Alle thaten einen tiefen Zug aus den
mit Rüdesheimer Berg gefüllten Gläsern, und wie noch die Erinnerung
an träumerisch unter Weinlaub verbrachten Sommertagen durch mein
Gemüth wogte, war Jane aufgestanden, und nach einem sanften Prälu-

dium des Mr. Brittlebank auf dem Flügel in der Ecke des Salons, klang nun plötzlich wie ein Gruß aus versunkenen Welten, die hold und phantastisch aus blauen Gewässern emportauchen, durch die Stille des vom Abendroth erfüllten Gemaches das Lied der Erinnerung, das Lied von den Seen:

> O nehmt' Euch in Acht vor Kate Kearney,
> Die da lebt an den Seen von Killarney;
> Gar besondere Kraft,
> Zaubereigenschaft
> Liegt im dunklen Aug' von Kate Kearney!

Und sanft zum ersten Mal und schmerzlos, wie die wolbekannten Accorde so süß, so schmeichlerisch sich folgten und zuletzt doch wie ein ungelöstes Räthsel in weiter Ferne luftartig dahinstarben, schwebte das Andenken Brighit's auf den Tönen ihrer Heimath an mir vorüber, und ihr Abschiedslächeln glänzte mit den Strahlen der untergehenden Sonne von Westen herein.

Es ist Abend. Der Dampfer liegt bereit, der mich von Irland's Küsten entführen soll. Viele Menschen sind darauf versammelt, gleichgültige Menschen, die heut von diesem Lande gehn, wie sie hundert Mal von einer Küste zur andern gegangen sind, und morgen vielleicht wiederkommen, ohne mehr dabei zu empfinden. Das Deck wimmelt von Kaufleuten und Damen, die sich vor der Seekrankheit fürchten, und von ihren Kindern und ihren Kammermädchen, und ihren Bedienten und Schooßhündchen. Aber dort, in der Dämmerung des Zwischendecks sitzen zwanzig Mädchen zusammengedrängt — und sie haben ihr Haupt verhüllt und schluchzen und schreien, und am Ufer stehn hundert Andre, Mädchen und Bursche, und alte Männer und alte Weiber, und sie schluchzen und schreien auch — es ist der irische Schrei, den ich schon ein Mal vernommen habe, und den ich niemals, niemals vergessen werde ... und diese zwanzig Mädchen wandern aus nach Melbourne und sie verlassen ihr geliebtes Heimathland und ihren Vater und ihre Mutter und ihren Bruder und ihre Schwester ... es sind

irische Mädchen, . . . sie schluchzen, sie schreien so! Und die Schaufeln
des Schiffes fangen an, sich langsam zu bewegen — und stärker
schreien die zwanzig Mädchen und eines stürzt an die Schiffsbrüstung
und ringt die Hände und jammert, daß sie ihr geliebtes Irland nicht
verlassen könne und daß sie sich lieber in's Wasser begraben werde . . .
Und ein irischer Bursche stürzt sich ihr entgegen und die Andern am
Lande müssen ihn halten, und dann wirft er einen Kuchen und einen
Beutel hinüber auf's Schiff . . . und in dem Beutel befindet sich irische
Erde, die sie einst, wenn sie im fremden Lande gestorben, mit in das
Grab nehmen soll . . .

Und die Schaufelräder greifen tiefer in's Wasser, und das Schiff
geht . . . und die Wellen rollen ringsum, und die Nacht ist da und
Irlands Küste versinkt im schweren Nachtduft, und die Leuchtschiffe
funkeln zu beiden Seiten und dann kommt das Dunkel und die lange,
schwere Einsamkeit des eisigen Meeres . . . und die Schiffsparole geht
eintönig vom Steuer zur Lootsenbrücke, und von der Lootsenbrücke zum
Steuer, und „steady!" heißt es, wenn eine Felsbank kommt oder ein
Schiff vorbeisegelt . . . „steady! steady!" — und die zwanzig Mädchen
sitzen noch immer frostzitternd an Deck und ihr Blick ist gen Westen
gerichtet, wo ihre Heimath in Finsterniß versunken . . .

Und dann kommt der graue Herbstmorgen und die Landung an
der Küste von England. Die zwanzig Mädchen mit überwachten Gesichtern, mit rothgeweinten Augen und verworrenen Haaren wandern
weiter nach Liverpool, wo sie das große Schiff aufnehmen soll, das
nach Melbourne segelt . . . sie geben mir die Hand, alle zwanzig, eine
nach der andern, sie weinen und wünschen mir Lebewol, und ich, indem
ich die ihren drücke, nehme mein letztes Fahrwol von Irland . . . —
dann wandern sie dahin, und mein Blick folgt ihnen, und nun erst, wie
sie langsam im Nebel des Morgens verschwinden, fühle ich, als einen
stechenden Schmerz, den Abschied von Irland, und zugleich mit seinen
zwanzig verstoßenen Töchtern geht es selber für mich unter. —

Anmerkungen.

Seite 9. . . . kann sie doch nicht lesen. Schon im 16. Jahrhundert war der Unterschied zwischen dem gesprochenen und dem geschriebenen Irisch so groß, „daß," wie Stanyhurst (Description of Jreland, pag. 12) sagt, „kaum Einer von Fünfhundert es lesen, schreiben oder verstehen kann. Daher es unter gewissen ihrer Poeten und Antiquare aufbewahrt wird."

S. 9. Gaelische Zeitungen. . . . „Die irischen Zeitungen sind alle in englischer Sprache abgefaßt; die 1 ¾ Million Irländer also, welche kein Englisch können, sind von diesen Bildungsmitteln des Volkes ausgeschlossen, und auch die öffentlichen oder circulirenden Bibliotheken Irland's, welche der Menge zu Gebote stehen, sind nur für englische Leser bestimmt. Wer nicht liest, lebt nicht." Clement, Reisen in Irland, p. 318. — Zum Glück hat sich die Zahl dieser „nicht Lebenden" seit 1845, wo Clement schrieb bedeutend verringert; 1858 waren es nur noch ½ Million!

S. 9. . . . irische Bibelübersetzung. Es giebt allerdings mehrere, von protestantischer Seite ausgegangene, irische Bibelübersetzungen; eine des neuen Testamentes von William Daniel, Erzbischof von Tuam, aus dem Jahre 1602, und eine des alten und des neuen Testamentes vom Bischof Bedell, welche im Jahre 1665 erschien, aber aus begreiflichen Gründen von den Jesuiten unterdrückt ward. Zugleich entführten diese die irische Druckerei, welche Königin Elisabeth zum Zweck der Bibelausgabe hatte auf eigene Kosten errichten lassen, nach Frankreich, so daß man in Irland erst wieder neue Typen verfertigen mußte. Später veranstaltete eine im Jahre 1816 zu Dublin begründete und im Jahre 1822 durch einen Nebenzweig in London vergrößerte „Gesellschaft zur Beförderung der Erziehung eingeborener Iren vermittelst ihrer eigenen Sprache" eine irische Bibelübersetzung zu protestantischen Missionszwecken. Auch haben in den vierziger Jahren unseres Jahrhunderts ein Irländer Connellan und ein schottischer Geistlicher Dr. M'Leod die Psalmen in irische Verse gebracht. (Vgl. Collier, Staats- und Kirchengeschichte Irland's, S. 68 und S. 286).

S. 23. Jrish Ballad Singers and Street Ballads. — Der ungenannte Verfasser dieses Aufsatzes ist William Allingham, der jüngste und bedeutendste der jetzt lebenden irischen Poeten. Wir werden in unserer

„Harfe von Erin" Gelegenheit finden, einige seiner schönen, höchst eigenthümlichen Dichtungen dem Publikum in deutscher Uebertragung vorzulegen. — Eine deutsche Bearbeitung des oben genannten Artikels (von Titus Ulrich) befindet sich im „Magazin für die Literatur des Auslandes," 1852, Nr. 88—90.

S. 59. Hibernicis, nicht „Hibernioribus" hibernior, wie im Text irrthümlich stehn geblieben. —

S. 82. Eine alte, traurige Geschichte ... Meine Quelle ist: Hardiman, History of Galway. Dublin. 1820.

S 89. ... Nichts, als irisch Blut. Von 959,244 Einwohnern, die Connaught 1851 hatte, sprachen 93,706 nur Irisch, während 364,522 beide Sprachen — das Englische freilich in einer ziemlich schwer verständlichen Weise — reden konnten. In der Stadt Galway selbst sprachen von 23,787 Einwohnern, welche die Stadt damals hatte, 11,084 Irisch und Englisch, während 3511 Einwohner trotz allen Verkehrs mit Engländern, den die Lage der Stadt bedingt, doch Nichts reden konnten, als ihr altes Irisch. — Beiläufig bemerkt, können von den etwa 6½ Mill. Einwohnern Irland's 1½ Mill. Englisch und Irisch und zwischen 4- und 500,000 nur Irisch sprechen. Und wie sehr die irische Sprache durch Auswanderung und Absterben der Eingeborenen von Jahrzehent zu Jahrzehent abnimmt, geht daraus hervor, daß 1835 (nach Lappenberg, Irland, p. 97) von den 7 Millionen Einwohnern, die Irland damals zählte, noch 4 Millionen das Irische als Muttersprache redeten!

S. 100. Zum irischen Zaubereiland Hy-Brasail. Brasail (nach O'Brien's „Irish Dictionary") von bras- Einbildung, aoi- Eiland, illgroß. — Uebrigens wird das Eiland bald Hy- bald O'Brasail genannt. „Hy" ist der Plural von „Ua" oder „O", Enkel, und findet sich (vergl. John O'Donnovan, „Tribes and Customs of Hy-Many," Dublin 1853. p. 4) regelmäßig nur dem Namen des Ahnherrn einer Familie vorgesetzt, um sowol die Familie als das von ihr besessene Land zu particularisiren, so z. B. die Landstriche Hy- Maine, H- Jar Connaught „der Bezirk von West-Connaught" ꝛc Hier heißt es ungefähr; „der Bezirk des großen Zaubereilandes." — Nicholas O'Kearney (in seiner Ausgabe des „Battle of Gabhra", Transact. of the Ossianic Soc. 1853) erklärt es mit „Idh Breasail," wobei „Idh" das Wort „Insel" ist. Die im Text gegebene Erzählung von den heidnischen Paradiesen der alten Iren stützt sich auf die in diesem trefflichen Buche zerstreuten Anmerkungen, welches den ersten Band der Publicationen der 1853 gegründeten „Ossianic Society" bildet. Es ist eine Fundgrube für irische Mythologie. —

S. 102. ... Buch von Leacan. — Eins jener irischen Manuscript-Convolute von unbestimmbarem Alter, wie das Buch von Ballymote. Das Buch von Leacan ward von Jakob II. nach Frankreich gebracht und nach seinem Tode im Irish College zu Paris niedergelegt, wo es bis 1787 blieb, um alsdann durch den Nestor jenes Collegs, Dr. O'Kelly dem Vaterlande zurückgegeben zu werden, seitdem es in der Bibliothek der Royal Irish Academy zu Dublin liegt.

S. 102. ... allen Celten in Irland. Also auch in diesem Mythus von den dreifach verschiedenen Paradiesen der Celten Irland's spiegelt sich, wie in der finischen Dichtung, die Thatsache einer dreifachen Einwanderung ab, welche etwas näher zu begrenzen ich in meinen „Beiträgen zur Urgeschichte von Irland" (s. Ausland, Nr. 19, 1860. S. 453—456) versucht habe. —

S. 105. ... Die Pilgerfahrt des heil. Brandan ist noch neuerdings von dem, auch sonst um die Literatur seines Vaterlandes verdienten irischen Poeten D. F. M'Carthy zum Gegenstand einer epischen Dichtung gemacht worden. Vgl. seine „Songs, Ballads and Lyrics," 1850, und den Auszug daraus bei Chambers, Cyclopaedia, II, 612. Second Edition.

S. 106 ... unter den Canarischen Inseln. Es würde uns billig verwundern müssen, hier mitten aus unsren gen West gerichteten Zügen auf die Canarien verschlagen zu werden, wenn uns nicht jüngst noch über den wunderbaren Zusammenhang dieser Inseln mit der Atlantis Professor Unger in Wien, durch einen, im dortigen ständischen Saale, am 29. Februar 1860 gehaltenen Vortrag belehrt hätte. Er suchte theils aus der Natur, theils aus der Ueberlieferung den Beweis herzustellen, daß Amerika in der Tertiärzeit, welche unsere Erde mit dem massenhaften Brennstoff versah, mittelst der Insel oder Halbinsel Atlantis mit Europa in Verbindung gestanden habe. Auffallend im höchsten Grade sei es nämlich, daß in den verschiedensten Gegenden Europa's, in Spanien, Italien, Steyermark, im nördlichen Deutschland, selbst in Polen, in den Stein- und Braunkohlenlagern Stoffe von solchen Pflanzen gefunden werden, wie sie nur, und zwar heute noch, in Nordamerika wachsen, z. B. vom Amberbaume, von der Platane, dem Tulpenbaume, den Nadelhölzern, deren Same weder durch die Strömung noch durch Zugvögel herübergeschafft werden konnte. Es mußte also eine Brücke gewesen sein, und diese Brücke war die Atlantis. — Den Beweis der Ueberlieferung gibt Plato, der in seinem „Timäus" zuerst von der Existenz und dann von dem Untergang der durch große Erdbeben in's Meer gerissenen Atlantis erzählt. Die Canarien, die Azoren — und dies ist das für uns interessante Ergebniß dieser Untersuchung — sind die winzigen Ueberbleibsel der Atlantis, wie ihre fossilen Reste deutlich bezeugen. (Vgl. das Referat in der Wiener Presse, vom 1. März 1860.)

S. 109. ... ein Buch erhalten habe. Dieses Buch, wie Hardiman in seinen „Notes" zu „O'Flaherty's description" (p. 68—71) mittheilt, existirt noch unter dem Namen „das Buch von Brazil" und war sogar eine Zeit lang in seinem Besitz Es ist ein medizinisches Manuscript auf Pergament, 46 Quartfolioblätter stark, im Irischen des 15. Jahrhunderts geschrieben, nebst guter lateinischer Uebersetzung, voll astrologischer Figuren und Listen von Krankheitsfällen mit ihren Heilmethoden. — Eine ähnliche Geschichte von einem zauberhaften medizinischen Buche, welches heutzutage noch in der Bibliothek von Lincoln's Inn Field's zu London aufbewahrt werden soll, hörte ich in Wales, wo man es aber statt aus dem Zaubereiland, aus dem Feensee stammen läßt. Vgl. meinen Herbst in Wales, p. 175.

S. 134. ... als Tage im Jahre. Diese Art von numerischer Bezeichnung einer „großen Anzahl" von Dingen findet sich bei den Iren übrigens schon sehr früh. So sagt Nennius (hist. Brit., c. 54) Patrick habe „365 canonische und andere Bücher, die sich auf den katholischen Glauben bezogen," geschrieben.

S. 142. ... das schreiende Mißverhältniß. Im Jahre 1834 zählte Irland 852,064 englische Protestanten (established church) bei 6,427,712 Katholiken. Von 1385 protestantischen Pfarrern hatten 41 gar keine, 99: 1 bis 20, und nur 12 über 500 Gemeindeglieder (vgl. F. v. Raumer, England im Jahr 1835). Armagh, von St. Patrick gegründet, und zur Residenz gewählt, ist heute der Sitz des protestantischen Metropolitans und Primas „of All Ireland," während der Erzbischof von Dublin nur Primas „of Ireland," ohne das „All" ist. „Die Römisch-Katholischen in Irland," sagt der derbe Clement, „haben auch ihre Erzbischöfe mit leeren Titeln, wofür England keinen Pfennig gibt." Während unter den festen Einnahmen der anglikanischen Bischöfe in Irland die des von Cashel, welche 6308 £ St. beträgt, die geringste ist, der Erzbischof von Armagh aber über 12,000 £ St. einzunehmen hat, bestehen die Einnahmen der katholischen hohen Geistlichkeit aus einer Reihe kleiner Abgaben, die sie zum Theil vom armen Volk und zum Theil von den nicht viel reicheren Pfarrern ihrer Diöcese zu erheben haben.

S. 154. ... reich an natürlichen Hülfsmitteln. „Der Boden von Irland ist im Allgemeinen fruchtbarer als der von England und leidet selbst nicht durch die schlechte Bewirthschaftung des irländischen Landmannes; ein bedeutender Theil der Erdoberfläche Irland's besteht jedoch aus Mooren, und ist mit unergiebigen Kräutern bedeckt. Die meisten Moore bestehen aus einer röthlichen Masse und werden im Gegensatz der mit Torfmooren bedeckten Berge, der schwarzen Moore (mountain bogs), die rothen Moore (red oder flat bogs) genannt ... Ein so großes Hinderniß diese Moore für die Landwirthschaft bilden, so ist dagegen der Torf, welchen sie der armen Bevölkerung darbieten, und der ihnen statt Kleidung, Bett und oft zur Wohnung dient, unschätzbar. — Die Möglichkeit, die rothen Moore auszutrocknen und urbar zu machen, nicht so die schwarzen, ist oft behauptet, doch von manchen denkenden Männern bestritten worden, sofern der Erfolg die Anstrengungen und Auslagen belohnen soll. Jedenfalls kann aber nicht in Abrede gestellt werden, daß manche Torfmoore in die reichsten Wiesen umgestaltet worden sind, vorzüglich an den Küsten, wo Korallensand mit geringen Kosten als Dünger aufgetragen werden kann." So Lappenberg, Ersch und Gruber, Encycl. II. 24, 8. — Meine Quellen waren: O'Flaherty's „Territory of the West or H- Jar Connaught," herausgegeben von Hardiman (Irish Archaeological Society, 1846); ferner Nimmo's „Report on the bogs," 1814; Boate's „Natural history of Ireland," London, 1652. Ueber Nimmo sagt Hardiman: „Er war ein von der Regierung in Connamara beschäftigter großer Schottischer Ingenieur und that für die Verbesserung dieser Gegend mehr als irgend ein Anderer, der jemals lebte." — Ueber den neuesten Zustand fanden sich Nachrichten in dem „Irish Directory for 1858" und den „Irish Traits," einer Reihe von Abhandlungen und Aufzeichnungen ungenannter Verfasser. (Dublin, M'Glashan.)

S. 195. ... „On St. Patrick's Day in the morning."

Och! von einer Hochzeit will singen ich heute
Da sie eine Zeit ist für fröhliche Leute,
So wählte sich Pat denn die schönste der Bräute,
Die lang er schon liebte verborgen;
Doch sie sehnten sich endlich zu werden getraut,
Paddy Shannon, der Bräut'gam, und Shilah, die Braut.
    Denn leis', wie ein Blatt,
    Wispert Shilah: „o Pat,
Lieber Schatz, es muß sein — ich kann es schon fühlen!
    Doch sind wir ein Paar,
    Woll'n wir froh sein fürwahr,
Auf Sanct Patrick's Tag an dem Morgen!"

Gut, die Zeit ward bestimmt; und zur Kirche nun ging es,
Zum Geben des Wortes, zum Wechseln des Ringes,
Und der Dudelsack vorne, voll lust'gen Geklinges,
Und die Hochzeitschaar ohne Sorgen.
Und die Kirche, die füllten viel' lustige Gäst',
Und es bindet der Pfarr sie und bindet sie fest —
    Und als dieß gethan,
    Welche Lust auf dem Plan,
Mit dem Werfen und Fangen des bräutlichen Strumpfes!*)
    Und schon klingt es im Ohr
    Dem lustigen Chor,
Wie Sanct Patrick's Tag an dem Morgen.

Nun daheim, als vorüber die Hochzeit — o stündlich
Genoß seiner Wonne, zwar heimlich, doch mündlich,
Genoß seines Glückes unser Paddy so gründlich,
Daß für Räuber er nicht braucht' zu sorgen.
Denn also war Paddy verliebt in sein Weib,
Daß er von sich wies jeglichen Zeitvertreib.
    Und den Winter lang
    Mit lauter Gesang
Harrten sie bis neun Monde glücklich verstrichen;
    Bis ein kleiner Pat sie
    Einst munter schrie
Auf Sanct Patrick's Tag an dem Morgen.

S. 205. ... Reste des celtischen Elementardienstes. In der Geschichte des heil. Patrick's, im „Buch von Armagh" aus dem 7. Jahrhundert heißt es: „Und St. Patrick kam zu der Quelle Fina maige, welche jetzt Slan genannt wird; denn es war ihm angezeigt worden, daß die Magier dieselbe verehrten und ihr Gaben opferten, wie einem Gotte." An einer andern Stelle heißt es grabezu: „sie beteten die Quelle als einen Gott an."

---

*) Hochzeitsceremonie, deren sich die Leser noch von S. 171 her erinnern werden.

S. 206. ... die Verfolgung dieses Gegenstandes gehört nicht hierher. Das Nähere über die Reste des Elementardienstes im heutigen Irland, namentlich so weit sie sich in der Maifeier erhalten haben, wird sich an geeigneter Stelle in meinem demnächst erscheinenden Buche: „die Harfe von Erin, Märchen und Dichtung in Irland" mitgetheilt finden. —

S. 226. ... zum größten Theil aus Puritanern. Das Verhältniß hat sich ziemlich bis auf den heutigen Tag erhalten: von den 1,516,228 Einwohnern, welche sich nach dem Census von 1834 zur protestantischen Kirche bekannten, waren 664,164 Presbyterianer und andere Dissenters, deren Mehrzahl in Ulster wohnte.

S. 230. ... Organisation und Ceremoniel dieser politisch-religiösen Gesellschaft. Meine Hülfsmittel waren: Collier, Staats- und Kirchengeschichte Irland's, p. 203 ff., p. 216, 221 ff.; Irish Traits, I, 79 ff. (Dublin, M'Glashan.); Hall, the North and Giant's Causeway (Handbooks for Ireland), p. 151—159 — welche, ihren Angaben gemäß, aus den Quellen geschöpft haben.

S. 239. ... deren Gleichnisse der heimathlichen Natur entnommen. „So kämpfen" (heißt es im Gesange von der „Werbung um Evirallin," bei Drummond, Ancient Irish Minstrelsy, p. 119) „zwei Löwen, wie fremde Barden gesungen." — Also die andere Art des poetischen Vergleichs mit Sturm, Ozean und Felsküste ist, nach dem Volksmund selbst, die heimathliche!

S. 239. ... an dem einstigen Zusammenhang mit Schottland. „Fergus, der Sohn des Erk, führte im Jahre 502 p. Chr. starke Haufen von Dalrhaden (in Antrim) aus dem nördlichen Irland nach Albaneigh (Argyleshire), wo etwa 250 Jahre früher schon Carbre Rieda aus jener Gegend eine Colonie hingeführt hatte, welche von den Picten friedlich aufgenommen worden war. Fergus begründete hier ein neues Reich der Scoten, aus welchem, nach Besiegung der Picten, das heutige Schottland sich gestaltete." Lappenberg, Ersch und Gruber, Encykl. II, 24, p. 54. — Noch im 16. Jahrhundert, wie Lauchlan (Proceedings of the society of antiquaries of Scotland, vol. II., p. 1, in dem Aufsatz: „Notices of ancient Gaelic poems") aus der Vergleichung der in Irland und Hochschottland erhaltenen Reste der finischen Poesie überzeugend darthut, waren die Sprache und die Literatur in beiden Ländern übereinstimmend, oder der Unterschied zwischen ihnen war unerheblich. Die Verbindung zwischen Irland und den schottischen Hochlanden wurde erst durch die Reformation und die protestantische Colonisation von Ulster (Anfang des 17. Jahrhunderts) aufgehoben. Seit jener Zeit haben diese beiden Zweige der celtischen Race sich weiter und weiter von einander getrennt. — Bis zum Ende des 17. Jahrhunderts bedienten sich die Hochländer auch der irischen Lettern, die erst seit jener Zeit durch die römischen ersetzt wurden. S. Talvj, die Unächtheit der Lieder Ossian's, p 20, Anmerk.

S. 244. ... die rothe Hand von Ulster findet sich außerdem seit 1611 in einem Felde des Wappens der englischen Baronets, welche — als die letzte Stufe des erblichen Adels — ihre Entstehung bekanntlich der Bestimmung Jakob's I. verdankten: daß alle diejenigen in ihn erhoben sein sollten, welche zur Beschützung von Irland, besonders der Provinz Ulster (nach deren von dem genannten Monarchen begonnenen Colonisation, s. oben S. 225 ff.), ihm drei Jahre lang mit dreißig Mann auf eigene Kosten dienen würden. — S. den Artikel: „Baronet" (von George Hesekiel) in Wagener's Staats- und Gesellschaftslexicon, p. 314.

Inhalt des zweiten Bandes.

CPSIA information can be obtained
at www.ICGtesting.com
Printed in the USA
LVHW040402200422
716646LV00005B/258